风雪新天路

川藏铁路拉林段建设纪实

李康平 著

作家出版社

控制性工程巴玉隧道／杨玉彬摄

工人身着防护服在强岩爆巴玉隧道施工作业 / 刘明川摄

奔中山二号隧道 / 陶伟摄

跨越雅鲁藏布江绒乡特大桥 / 卜鹏摄

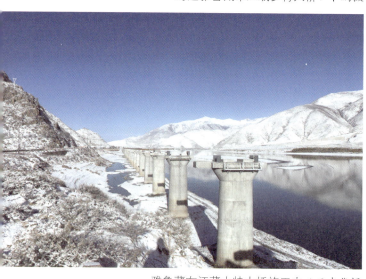

雅鲁藏布江藏木特大桥施工中 / 王克华摄

雅江明则特大桥 / 刘松鹭摄

新天路在高原延伸 / 王正武摄

路基附属工程 / 刘松鹭摄

香嘎山隧道进口环保绿化工程 / 张文涛摄

工地晨曲 / 方捷摄

绒布乡特大桥拼装梁架设 / 王克华摄

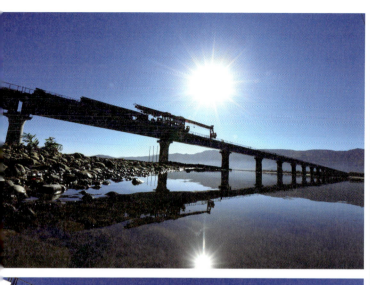

拉林铁路首跨雅江贡嘎特大桥铺架中／俞文喜摄

川藏线上十英雄雕像 / 王克华摄

川藏铁路鲁朗车站国际旅游小镇鲁朗 / 王克华摄

川藏线通麦天险三座大桥见证不同年代／王克华摄

怒江著名的 72 拐公路 / 王克华摄

川藏线上然乌湖风光（1）／王克华摄

川藏线上然乌湖风光（2）/ 王克华摄

新天路上的雪山经幡 / 王克华摄

雪域高原铺架新天路 / 俞文喜摄

林芝车站站台雨棚采用花瓣式新型雨棚建筑形式，体现了雨棚简洁、大气、自然、维护工作量小等特点；装饰装修设计过程中雨棚融入了藏族文化元素，使得雨棚别具一格，同时，也保证了雨棚与站房的协调统一。站房与雨棚交接处的采光窗，采用四边坡屋面形式，窗框颜色采用藏红色，既能够有效的防止渗漏，又融合了地方文化元素，使得建筑更具地方特色／马思龙摄

拉林铁路正线共有接触网线路 504 条公里，全线接触网作业均采用恒张力放线车架设，平均每天架设 6 条公里接触网线路，平直度误差控制在每米 0.1 毫米，确保了旅客列车在高速运行下的平稳取流 / 白小伟摄

拉林铁路全线共设 11 座牵引变电所，米林 220KV 牵引变电所是由牵引所和电力配电所合建的变电所，所内电气设备布置功能合理、简洁大方，牵引所 220KV 高压设备采用 GIS 组合电器装置，可避免雷暴、风雨等恶劣天气影响，增加设备稳定性，且具有体积紧凑、占地面积小、维护周期长的特点，全所采用无人化值守和远程控制操作，由 2300 公里外的西宁调度中心对牵引变电所内的开关设备进行远程操作 / 徐键摄

大面积玻璃幕墙为主，两侧在实墙面中嵌入竖条窗，建筑形象舒展大气，层次丰富。墙面虚实互补，稳重而不失轻盈通透，色彩运用上红白相间，彰显了林芝雪域江南的特色。林芝站站房总建筑面积为14986.78平方米，建筑高度为27.670米，站台规模为3台6线。始建于2019年7月，于2020年6月6日完成站房主体结构封顶，于2021年6月25日开通运营，高峰期最多可容纳2000人次同时候车 / 张鳗霖摄

我国设计制造具有自主知识产权的内电双源复兴号动车组首次驰骋在雪域高原之上 / 罗春晓摄

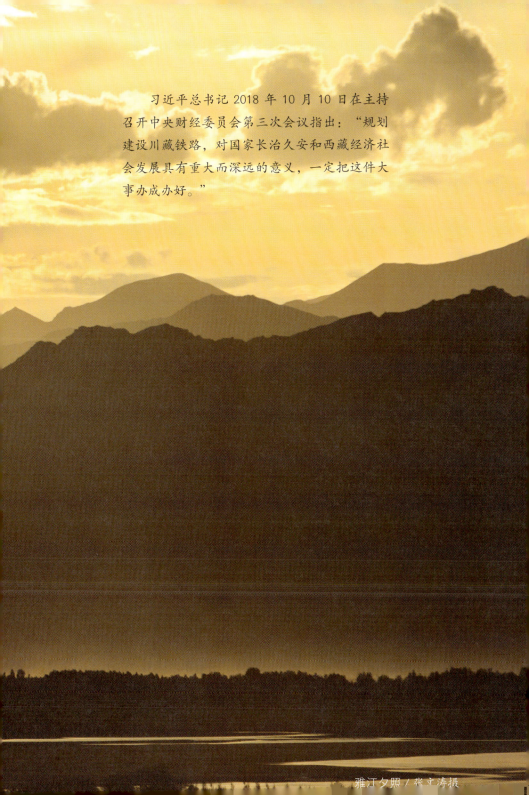

　　习近平总书记 2018 年 10 月 10 日在主持召开中央财经委员会第三次会议指出："规划建设川藏铁路，对国家长治久安和西藏经济社会发展具有重大而深远的意义，一定把这件大事办成办好。"

雅汗夕照 / 张文涛摄

目 录
CONTENTS

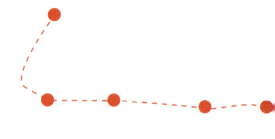

序　/ 001

引子 / 001

第一章　**天路之难难于上青天**

最艰难的曲线　/ 006

历史与现实的选择 / 013

最美还是川藏路 / 019

第二章　**没有硝烟的战斗**

强攻风积沙 / 029

再战高岩温 / 034

巧胜冰碛层 / 040

拼搏强岩爆 / 043

巩固大变形 / 048

勇攀世界峰 / 055

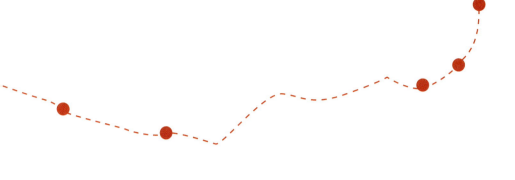

第三章　新天路的大国工匠

工匠精神的代代传承 / 076

新天路大工匠之隧道工陈永 / 085

新天路大工匠之爆破工陈晋 / 098

新天路大工匠之项目管理人惠宝 / 111

新天路大工匠之项目总工强天基 / 128

新天路大工匠之安全总监吴佩印 / 137

新天路大工匠之"电精灵"戚玉林 / 153

新天路大工匠之测量工邱永超 / 168

新天路大工匠之造桥工刘金春 / 177

第四章　冲锋在一线的指挥长们

王树成指挥长的"三把火" / 191

白国峰指挥长的一天 / 200

王元荣指挥长的靠前指挥 / 210

李永亮指挥长的担当 / 216

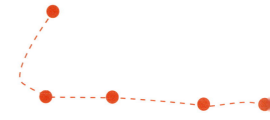

吴启新指挥长的家事天下事 / 223

张文涛指挥长之眼 / 232

何旭指挥长后来者居上 / 239

第五章 **川藏铁路的年轻人**

年轻人的选择 / 256

别样的亮丽青春 / 267

他们正年轻 / 278

第六章 **一个特别能战斗的指挥部**

天路有艰险，科研能攻关 / 285

紧抓拉林铁路命门的高原之子 / 289

唱红脸更唱白脸的安质部部长 / 297

拉林隧道的"三剑客" / 310

一分钱掰成两半儿花的"大财神" / 330

天下第一难何以不难 / 339

工程保障，材料为王 / 346

后勤线上的无名英雄 / 354

追寻无穷力量的源泉 / 365

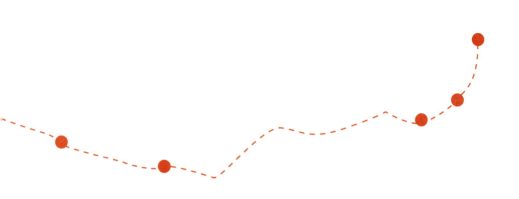

第七章 雅江两岸盛开的格桑花

像当年红军那样约法三章 / 377

路地鱼水情、藏汉一家亲 / 382

为贫困藏村增强造血功能 / 385

路地共建幸福路 / 388

第八章 洋溢在雪域高原的诗情画意

诗言志 / 394

歌抒情 / 405

影纪实 / 410

没有结尾的尾声 / 416

序

卢春房

　　《风雪新天路》是铁路作家李康平历时三年创作的反映拉林铁路建设（川藏铁路拉萨至林芝段）的长篇报告文学力作。此书出版之时，已经是拉林铁路通车一周年之后了，但是书中真实地再现了拉林铁路建设者历时6年半时间，在雪域高原高寒缺氧、自然环境极其恶劣、地理条件极尽严酷的条件下奋力拼搏的宏伟画面，激情地讲述了拉林铁路建设者奋战雪域高原、建设新天路的动人故事。作为拉林铁路建设的亲历者，读完《风雪新天路》，拉林铁路建设6年多来一幕幕激励人、凝聚人、锻炼人、感动人的画面真实地浮现眼前，令人十分感慨、催人泪下。掩卷沉思之后，欣然为书作序。

　　拉林铁路是新建川藏铁路的组成部分，地处雪域高原高寒缺氧、生态脆弱的严酷自然环境，地质情况复杂，强岩爆、高地温、软弱富水冰渍层、有害气体、放射性等隧道围岩地层、泥石流冲积扇悬浮地层、大埋深松散风积沙、高烈度地震带等一系列极其复杂的地质灾害频发，对参建者是前所未有的极限挑战。在国铁集团党组坚强有力的领导下，在西藏自治区各级党委、政府的全力支持下，拉林铁路建设总指挥部聚焦"交通强国、铁路先行"的目标任务，围绕高原地质灾害施工技术难题，组织产、学、研、用集体攻关，以科技创新强化风险控制管理，以管理创新强化工程质量管控，取得高原铁路施工一系列关键技术新突破，为川藏铁路建设积累了大量先行经验。

在拉林铁路建设中，各级党组织坚持以习近平新时代中国特色社会主义思想教育人、培养人，加强思想引领，坚定理想信念，不忘坚守初心，勇于责任担当，敢于直面风险，以坚韧不拔的意志和无私无畏的勇气战胜拉林铁路建设中的一切艰难险阻，涌现出一大批优秀共产党员、先进青年突击手、精品工程建设先进单位、优秀施工管理人员、专业技术人员等各类先进模范典型。高寒缺氧不缺精神，海拔再高不忘初心。拉林铁路建设的丰富实践和英雄群体，激发了作者的创作热情，也为作者提供了大量生动鲜活的文学创作素材。

习近平总书记在北京文艺工作座谈会上号召文艺工作者，"坚持以人民为中心的创作导向，努力创作更多无愧于时代的优秀作品，弘扬中国精神、凝聚中国力量，鼓舞全国各族人民朝气蓬勃迈向未来。"三年来，李康平同志数十次上高原，到拉林铁路建设一线，来回几十遍走访了拉林铁路每个建设标段的现场指挥部和长大隧道、桥梁等重点控制性工程工点，始终将笔触对准雪域高原铁路施工现场，对准一线筑路职工，做了大量深入细致的采访，掌握了大量翔实的第一手材料，对作品主题作了深度挖掘，用心、用情、用功抒写新时代新天路这一铁路工程建设伟大壮举，讲好拉林铁路建设者们破解高原天路世界性施工难题，迎战风积沙、鏖战高岩温、勇克强岩爆、化解冰碛层、制服软岩大变形、勇创世界桥梁之最等一个个感人故事，讴歌党、讴歌祖国、讴歌人民、讴歌英雄，成功地塑造出一组具有钢铁般意志、作风顽强、不怕牺牲、英勇奋战在雪域高原的筑路英雄群体形象，集中展现了拉林铁路建设者继承和发扬具有光荣传统的青藏铁路精神，不忘初心，牢记使命，砥砺奋进，打造精品的拉林铁路精神风貌。作者在创作中深有感触地说，拉林铁路建设者情系雪域高原，奉献拉林铁路，是他们大无畏的英雄创举首先感动了作者，给了作者创作的源泉和动力，这才有了这本真实再现拉林铁路建设艰辛历程的长篇报告文学作品奉献给广大读者。

作者在《中国报告文学》杂志2016年第12期刊发第一篇反映拉林铁路建设的两万余字作品《雅江、雪域、筑路人》之后，两年多时间在《中国报告文学》杂志"来自拉林铁路建设一线的报告"专栏每月一篇、连续刊发系列报告文学30余篇近40余万字，这些作品在参建单位领导和员工审读、传阅后，得到大家一致好评。长篇报告文学《风雪新天路》是在专栏作品的基础上进行了再创作。

拉林铁路是西藏第一条电气化铁路。我国设计制造具有自主知识产权的内电双源复兴号动车组首次驰骋在雪域高原之上，实现复兴号动车组在中国大陆31省区市全覆盖。拉林铁路通车一年来，运送旅客103万人次，运送货物3.69万吨。这是时代发展的复兴路，这是富民兴藏的幸福路，这是扎西德勒的吉祥路！

目前，川藏铁路已经全面开工建设，广大建设者将在新时代新天路创造出更加光辉灿烂的业绩。我们也期待更多的报告文学作家，作为新时代伟大工程的见证者、参与者、记录者，创作出更多更好的反映川藏铁路建设的好作品！

（本序作者卢春房为中国人民政治协商会议第十三届全国委员会委员，中国工程院院士，中国工程院第八届主席团成员，工程管理学部主任，铁路工程技术和建设管理专家，正高级工程师，中国铁道学会理事长，曾任中华人民共和国铁道部副部长，中国铁路总公司副总经理。）

引　子

新华社《第一视点》2021年7月24日报道：

同总书记一起走进拉林铁路

7月21日至23日，中共中央总书记、国家主席、中央军委主席习近平来到西藏，祝贺西藏和平解放70周年，看望慰问西藏各族干部群众。22日上午，习近平来到川藏铁路的重要枢纽站林芝火车站，了解川藏铁路总体规划及拉萨至林芝段建设运营情况，听取推进雅安至林芝段建设情况汇报，坐上专列实地察看拉林铁路沿线建设情况，深入研究有关问题。

《人民日报》、新华网、央视网等中央媒体2021年7月25日同时报道："习近平作为中共中央总书记、国家主席、中央军委主席到西藏庆祝西藏和平解放70周年并进行考察调研，这在党和国家历史上是第一次……"

由川藏线放眼广袤西部边疆铁路网建设，援引2021年8月12日海外网官方账号的报道中总书记的讲话："全国的交通地图就像一幅画啊，中国的中部、东部、东北地区都是工笔画，西部留白太大了，将来也要补几笔，把美丽中国的交通勾画得更美，要充分论证、科学规划，铁路建设要算大账。"报道中继续提出："川藏铁路是总书记一直关心的事，他指出，要建设好这一实现第二个百年奋斗目标进程中的标志性工程。作为川藏铁路重要组成部分的拉萨至林芝段开通运营，如一条新的天路横亘在雪域高原，为富民兴藏注入了新活力。"

2018年7月26日上午10时，国务院总理李克强乘坐的中国民航客机平稳地降落在西藏自治区首府拉萨的贡嘎国际机场。

贡嘎国际机场海拔3569.5米，是世界上海拔最高的机场之一。当下正是阳光与植物光合作用最充分的夏季，氧气含量也只有平原的60.3%。从低海拔地区初来乍到雪域高原之上，几乎每个人都会有些许头痛脑涨、胸闷气短的高原反应。

李克强总理下了飞机之后没有片刻逗留，立刻上了一辆中巴车，一行人轻车简从直奔山南市川藏铁路拉林段嘎拉山隧道施工现场，考察川藏铁路勘探设计和拉林段铁路施工进度。

在嘎拉山隧道洞口陈设的川藏铁路勘探设计图板前，李克强总理仔细听取了中国铁路总公司党组书记、总经理陆东福和新建川藏铁路拉萨至林芝段铁路建设总指挥长王建盛对川藏铁路勘探设计和施工情况的报告。

王建盛向总理报告说："新建川藏铁路从成都至浦江铁路朝阳湖站引出，向西经雅安、康定、昌都、林芝至拉萨，东端连接成都枢纽，通往西南及中东部地区，西端连接青藏铁路和规划中的新藏铁路，通往西部和新疆，是我国西藏自治区对外运输通道的重要组成部分……"

随后，李克强总理头戴安全帽，走进海拔3500米的嘎拉山隧道，来到正在隧道内施工的工人中间，亲切地对他们说，这里海拔很高，站着不动都是负重，更何况你们还要高强度工作，一定要保重身体。总理又先后两次蹲下身来仔细检查隧道施工质量，要求施工作业一定要严丝合缝、精益求精。

李克强总理考察结束走出隧道洞口时，再次对施工人员强调说，拉林铁路是川藏铁路的重要一段，川藏铁路建成后将成为继青藏铁路之后世界屋脊通往内地的又一条大动脉。它不仅会拉近西藏与内地的空间和发展距离，也会拉近彼此的心理距离。川藏铁路对西藏的发展建设和生态保护意义重大，不仅是西藏人民的期盼，也是全国人民的心愿。完成这项任务，责任重大、使命光荣，希望你们保质保量把这条铁路建成精品工程，经得起历史检验。

考察结束，总理回到北京。各有关部门关于川藏铁路建设的各项准备工作更是按照总理的要求，紧锣密鼓地进行。距总理考察川藏铁路不到1个月的时间，两位中央政治局常委同时参加的一个与川藏铁路建设相关的重要会议在北京召开。

8月21日，中共中央政治局常委、国务院总理、国务院西部地区开发领导小组组长李克强主持召开国务院西部地区开发领导小组会议，中共中央政治局常委、国务院副总理、国务院西部地区开发领导小组副组长韩正出席，部署深入推进西部开发工作。

李克强总理说，西部地区是我国发展的巨大战略回旋余地，也是全面建成小康社会、实现现代化的重点难点。当前，面对国内外环境的新变化，要按照向高质量方向发展、解决发展不平衡不充分问题的要求，紧紧依靠改革开放创新，促进西部地区发展动力增强、产业结构升级、民生不断改善，为全国经济保持稳中向好拓展空间。

有媒体记者敏锐地捕捉到总理讲话中的几个关键词，"战略回旋余地""国内外环境的新变化""为全国经济保持稳中向好拓展空间"，立刻意识到新变化必有新战略，新战略必有新动作。

果然，李克强总理紧接着在会上强调：要把调整优化经济结构和扩内需更好结合起来，突出重点补短板，抓紧推进一批西部急需、符合国家规划的重大工程建设。

在会议确定接下来将抓紧推进的一批重大工程建设项目清单中，"加快开工建设川藏铁路"名列其首，可见川藏铁路为这批国家重大工程建设项目的重中之重。

川藏铁路建设对于落实"一带一路"和"长江经济带"国家发展战略，完善区域路网布局，增强运输保障能力，加快藏区人民脱贫致富，确保长治久安，促进藏区经济社会又好又快发展，巩固国家边防安全等，都具有非常重要意义。

"祖国大地上，铁路进青藏，公路密成网，高峡出平湖，港口连五洋，产业门类齐，稻麦遍地香，神舟遨太空，国防更坚强。"习近平总书记2016年11月11日在纪念孙中山先生诞辰150周年大会上的讲话，为我们描绘出早已巍然屹立在世界东方的独立、民主、富强国家的壮丽图景，令人鼓舞，催人奋进。

这也正是当年被外国记者视为"空想"，如今已经变为现实的孙中山先生《建国方略》中的强国梦想。

今天，我们可以告慰孙中山先生的是，我们比历史上任何时期都更接近中华民族伟大复兴的目标，比历史上任何时期都更有信心、有能力实现这个目标。正如习近平总书记所断言的那样："只要道路正确、理论正确、制度正确、文化正确，只要坚定不移、坚韧不拔、坚持不懈、艰苦奋斗，朝着伟大目标持之以恒前进，风雨如磐不动摇，我们的目标就能够达到，我们的目标也一定能够达到！"

号称为"新时代新天路"的川藏铁路全线开工建设在即，而川藏铁路的藏区起始段拉萨至林芝铁路早已于2015年6月先期开工建设。截至总理考察拉林铁路施工情况之日，已经累计完成99.29%的路基土石方工程，81.51%的隧道及明洞工程，96.22%的特、大、中桥梁工程，全线架梁铺轨在即。

新天路已经出发，开始描绘她如诗如画的雄伟壮丽，书写她如歌如泣的惊心动魄！

天路迢迢，雪域漫漫。不管前面的路有多长、有多险、有多难，然而我们有理由坚定地相信，拉林铁路建设的实践也已经充分证明：

我们的目标一定要达到！

我们的目标一定能够达到！

第一章　　天路之难难于上青天

最艰难的曲线

打开中国版图，在中国腹心地带有一块面积26万多平方公里、古为富饶蜀地的四川盆地，由于四周被海拔1000～3000米之间的青藏高原、大巴山、巫山、大娄山、云贵高原环绕，古时出入蜀地交通之难之艰可想而知。唐朝大诗人李白面对峥嵘、突兀、强悍、崎岖、惊险的蜀道望天发出惊世的长叹："蜀道之难，难于上青天！"

仔细看看四川盆地，东部为穿过险峰陡立的大巫山东去、两岸高山峭壁对峙的长江三峡；南部被大娄山东、西、中三道山脉拦阻的云贵高原；北部被重重高山峻岭、陡峭峡谷、长达1000多公里大巴山所阻。如果说出川的东、南、北三面通道已经很难很难了，可是三面大山也都只有海拔1000～2000米，而盆地的西部却是世界海拔最高、平均海拔在4000米以上、有着"世界屋脊"之称的青藏高原。

扎西是一位藏族朋友，在一次去川藏铁路线采风的路上，他一直和我们争执说："你们汉族朋友总说'蜀道之难，难于上青天'。那是因为说这话的唐朝诗人李白没有到过西藏。唐朝贞观十五年、公元641年正月十五文成公主从长安城进藏，好马快车地走了两年，公元643年藏历四月十五才到拉萨。你们说说进藏的路有多难嘛！进藏的路是天路，天路啊！你说有多难！"

我们大笑，却无法反驳，扎西说得有理有据。而我们这次对川藏铁路线的踏访，也为扎西"天路之难，难于上青天"的论点作了最有力的诠释。

的确，天路之难，更加难于上青天！

然而，天路开建，就要偏偏上青天！

川藏铁路全长1742.39公里，设计速度为每小时200公里，部分路段限速每小时160公里，总投资约2700亿元人民币，是国家"十三五"重大建设项目计划中的重中之重，是国家规划的五条进藏铁路线中直通我国中、东部及沿海发达地区最便捷的大通道，另外四条进藏铁路青藏铁路、甘藏铁路、滇藏铁路、新藏铁路则都是分别通达我国西北和西南地区。

川藏铁路工程巨大，全线分期分段进行修建：

成都至雅安段：41.184公里，2014年年底开工建设，建设总工期3年，已于2018年通车运营。

雅安至康定段：299.482公里，已完成可行性研究工作，建设总工期8年。

康定至林芝段：998.61公里，已完成预可研工作，建设总工期8年。

拉萨至林芝段：403.11公里，于2014年年底开工建设，建设总工期7年。

和我们一道踏访川藏铁路的是中国中铁第二勘察设计院负责昌都至林芝段铁路勘察设计副总体设计师、高级工程师黄艳磊。这是一位年轻的80后铁路勘察设计专家，对川藏铁路昌林段每一段线位都了然于胸，充满着自豪的存在感。他毫不夸张地说：

"川藏铁路将是中国最难修建的铁路。因为川藏铁路是在平原到高原急剧隆升的地方修建。从四川盆地到青藏高原，川藏铁路依次经过四川盆地、川西高山峡谷区、川西高山原区、藏东南横断山区、藏南谷底区等5个地貌单元。线路经过区域山高谷深，地形条件极其复杂。因为要跨越高山峡谷，线路设计不得不八起八伏，巨大的海拔落差，火车就像过山车一样忽上忽下，累计爬升高度达14000多米，80%以上的线路都是隧道和桥梁。"

何为"八起八伏"？看到我们满脸的疑惑，黄副总体设计师笑着摊开川藏铁路线路图一一指给我们看：

"在平面地图上看，川藏铁路与其他铁路没有什么不同，就是一条弯弯曲曲的红线。然而这却是我国乃至世界上最艰难的曲线了。

"川藏铁路的起点成都平原平均海拔只有450～700米，相对高差一般不超过30～50米。因此，成都至雅安段的41.184公里基本是在成都平原修建。

"从海拔700米的雅安往西，线路就开始一路爬升，到泸定县海拔1330米，到甘孜州州府康定海拔2530米。从康定往西，线路继续爬升海拔1800多米，达到海拔4300多米的高程。

"从理塘开始，线路又开始沿着河谷迅速下降海拔1000多米，再下降1100米，到达海拔2550米的巴塘县。这才是川藏铁路的第一个起伏。

"川藏铁路就是这样在高山与峡谷之间不断地起起伏伏，八升八降，在考验着建设者的智慧、意志和战斗力的同时，也将给通车后乘火车来此旅行的人们以视觉的强烈冲击和忽而空中飞越、忽而遁地穿行的美妙体验。"

说起川藏铁路，亲身参与总体勘察设计的黄艳磊如数家珍，讲得兴高采烈，我们在一旁听得却是既惊心动魄，又心神向往！

大约200万年以前，在地球的中更新世，不安分的欧亚古大陆不断向南增生，冈瓦纳古陆北缘微陆块不断解体，向北漂移，终于两大古陆板块发生俯冲碰撞。于是，地壳分层变形、加厚、隆升，就有了如今被称为"世界屋脊"的青藏高原。川藏线昌林铁路正处于青藏高原东南缘，印度板块与亚欧板块挤压碰撞形成的造山带，三江并流，雪山叠嶂，断裂成束，在高海拔、大高差、地壳隆升、挤压强烈、河流急速下切的特殊地质背景下，更是导致了一系列外动力地质作用为主的斜坡和沟谷山地灾害链，内动力地质作用为主的高烈度地震、高地应力、高地温等工程病害，地质条件极其复杂、工程建设颇具挑战。

对此，川藏铁路昌林段副总体设计师黄艳磊给我们作了一个最形象的比喻。青藏高原好比是一个倒扣着的平底锅，青藏铁路是在锅的平底上修建，海拔虽高，但是线路走势比较平缓，工程难度相对川藏铁路来说，还是比较容易些，因而最先修建。而川藏铁路却是在从锅沿到锅底的地方修建，全线要穿越澜沧江地质断裂带、怒江地质断裂带和雅鲁藏布江地质断裂带等深大活动断裂地层，线路呈台阶式地上上下下，八起八伏，累计爬升高度超过14000米。建设者将面临地形高差剧烈、板块活动强烈（地质断裂和高烈度地震）、高地应力、高地热、高密卵石层、山地灾害频发、生态脆弱以及隧道供氧不易等诸人世界性工程难题。

为此，川藏铁路拉林段建设总指挥部副总指挥长兼总工程师王睿向我们作了进一步说明。王睿告诉我们，川藏铁路昌林段的建设将比拉林段建设更为艰巨。昌林铁路重大不良地质集中表现在：

高山峡谷崩滑灾害，主要包括崩塌、滑坡（错落）、岩屑坡和生长期高陡卸荷岸坡，分布于沿线江河岸坡地带，以横断山区最为突出，因地形高差大、地灾规模大、速度快，故破坏力极强；

冰川型泥石流灾害，主要以大量冰碛物与冰湖溃决洪水、冰川及冰雪融水为水动力条件而形成，其规模大、速度快，倾泻而下易导致堵江而形成沟谷灾害链，对铁路明线工程造成毁灭性破坏；

斜坡季节性冻土，主要因沿线造山带降雨丰沛，坡麓堆积层多富水，冬季气温多在零下，加之季节温差大，冻融作用强烈，斜坡冻土易热融滑塌，对路基工程尤其路堑影响甚大；

深大活动断裂与高频高烈度地震灾害，由于印欧板块碰撞形成的造山带，深大活动断裂发育，高烈度地震暴发频繁，错断、震坏及地震次生灾害对铁路工程危害极大；

高地应力，主要因喜马拉雅运动形成的造山带构造挤压强烈，伴有岩浆侵入，水平地应力场值普遍较高，加之深埋长大隧道多，故岩爆与大变形问题突出；

高地温（水温）：线路所处西南地热带沿雅鲁藏布江，经三江并流区，折向东南经高黎贡山进入云南腾冲火山区，这是我国大陆上地热活动最强烈的地带。高地温和高温热水对隧道影响大。

川藏铁路昌林段线路所经过的区域，正是国家"两屏三带"生态安全战略格局中"青藏高原生态屏障""黄土高原—川滇生态屏障"的核心区域，生物多样性极其丰富，生态环境具有原始、脆弱、敏感、独特的特点，是世界级的物种基因库，是世界山地生物物种与世界珍稀野生动植物生存繁衍栖息地的重要起源地和分化中心，是我国乃至世界生物多样性重点保护区域，具有重要的水源涵养和土壤保持生态功能。施工建设中的环境保护也是需要着力克服的重大难题。

川藏铁路最为艰难的昌林段线路全长436公里，设计为一次双线时速为200公里的客货兼顾区际快速干线铁路。昌林段新建车站11个，正线桥隧总长400.55公里，占线路长度的91.86%。其中：桥梁全长41.82公里，占线路长度9.59%。桥梁长度相当于一半长的成都市绕城高速公路修建在高桥之上。隧道全长358.73公里，占线路长度82.27%。隧道长度相当于4条多长的成都市绕城高速公路修建在地下。

我们的川藏铁路踏访之路从八宿县前往邦达要经过怒江大峡谷。G318国道上著名的怒江72拐就在这里。昌林铁路也要在怒江峡谷深处建一座跨越怒江的特大桥。大桥一端是邦达机场车站，海拔4300米，另一端是八宿车站，海拔3400米，两站之间海拔落差900米，而怒江河谷呈深"V"形，河谷底部海拔2700米。怒江两岸的线路标高都远高于怒江峡谷，为了缩短铁路展线长度，八宿怒江特大桥研究的方案之一是采用高跨度方案，大桥结构为钢桁梁悬索桥，主跨跨度1064米，主缆边跨跨度140米，桥面距江面高度760米，大桥两端门字形索缆主塔高达227米。相当于在怒江峡谷建起四栋摩天大楼，景色蔚为壮观。

另外昌林段铁路的金河特大桥、通麦易贡藏布双线大桥、东久车站三线特大桥、德诬特大桥均采用大跨度钢筋混凝土拱桥，一跨跨过深"V"峡谷，桥面与谷底高度都在120米以上。

川藏铁路的超长隧道群是铁路施工的又一超级难题。根据川藏铁路预可行性研究测算，全线隧道190座，顶计总长将达1223.451公里，占线路总长的70.2%，这相当于从北京到上海全线修一条地铁的长度。

中国工程院副院长、中国科协副主席、原铁道部总工程师何华武介绍，为克服地形高差，绕避不良地质，川藏铁路要修建许多埋深大于1000米、长度超过20公里的超埋深超长隧道。根据目前的设计方案，还未开工的川藏铁路康定到林芝段，是全线最难的建设段。隧道占比高达84%，长度达30公里以上的超长隧道就有6座，隧道总长843公里，超过北京到郑州的高铁总里程。

川藏铁路最难修建的隧道之一是伯舒拉岭越岭隧道。伯舒拉岭位于青藏高原的东南部，是横断山脉的一条主要山脉，与他念他翁山、芒康山并行，由念青唐古拉山脉和唐古拉山脉延续转向而来，海拔多在4000～5000米。

这段铁路设计的副总体设计师黄艳磊告诉我们，为了规避多种地质灾害，节省工程投资，设计人员研究了隧道长度从18公里到59公里等不同的7个越岭隧道方案，对各个隧道方案从规避不良地质条件、工期、投资上进行了详尽的比选，最终需通过进一步的勘测钻探才能确定推荐方案。

除了伯舒拉岭越岭隧道之外，还有38.3公里长的折多山隧道、37公里长的海子山隧道、39公里长的郭达山隧道、50公里长的易贡隧道等。最长的还数从雅江至理塘区段的沙鲁里山隧道，预计长度更是长达69公里。这条隧道和伯舒拉岭隧道建成后，将分别名列世界第一、第二长隧道。将当前世界第一长隧——57公里长的瑞士圣哥达基线铁路隧道甩在身后。

除了高桥长隧，川藏铁路沿线还面临着地质断裂、冰川雪崩、岩体错落、高山滑坡、强烈地震、高温地热、溶洞暗河、高强岩爆、软岩变形、冰碛层、风积沙等多种复杂地质灾害等世界级的施工难题。

对于施工建设者来说，这将又是一场前所未有的大挑战、大硬仗。

历史与现实的选择

面对种种世界性工程难题，川藏铁路不修不行吗？

西藏位于祖国西南边陲，这里可是平均海拔在4000米以上、素有"世界屋脊"之称的青藏高原！也许是因为太高太高，还许是因为太远太远，西藏长期交通闭塞，物流不畅。1949年，整个西藏仅仅拉萨才只有1公里多的土路便道可以行驶汽车，陆路运输全凭人背肩扛、牛驭马运。水上运输则有铁索桥、羊皮筏、独木舟之类的原始交通工具。在2006年7月1日被称为"天路"的青藏铁路全线通车到拉萨之前，西藏自治区是我国唯一不通铁路的省级行政区。

据说上世纪一位叫保罗·索鲁的美国旅行家曾经欲游历西藏而交通受阻，因而他在后来所著的《游历中国》一书中断言道："有昆仑山脉在，铁路就永远到不了拉萨。"

还有一位《纽约先驱报》记者、澳大利亚人威廉·亨瑞·端纳曾讥讽当年跟他谈过将铁路修到西藏设想的孙中山先生，说："那个地方连牦牛都上不去，怎么可能架设铁路呢？我确信孙不仅是个疯子，而且比疯子还要疯。"

把铁路修进西藏，是伟人的伟大设想，更是藏区人民乃至全国几代人的梦想。

从上世纪50年代开始，原铁道部第一勘测设计院按照党中央、国务院修建进藏铁路的决策部署，对从兰州到拉萨的2000余公里线路进行了全面的勘测设计工作。

与此同时，原铁道部第二勘测设计院积极响应党中央、国务院的号召，同时担负起川藏铁路、滇藏铁路更为艰难的规划研究任务，对这两条进藏铁路做了大量的前期勘测设计工作，多次赴沿线进行考察踏勘，成为川藏铁路最初的拓荒者。

中铁第二勘测设计院在川藏铁路的一份研究报告中回顾："从上世纪50年代至今，我们在铁道部的安排和指导下，在西藏自治区、四川省、云南省各级部门的大力支持下，对川藏、滇藏铁路开展了大量的前期研究工作，并进行了不同阶段的勘测设计工作，完成了各时期的考察报告、设计情况简要说明、方案研究报告，为本次研究打下了坚实的基础，尤其是大量的地质测绘及勘探，对川藏、滇藏铁路各方案地质情况有了清晰的认识。"

黄艳磊告诉我们，新中国成立以来，党中央、国务院对铁路进藏的关心从未停止过。1997年10月，当时的铁道部计划司召开了进藏铁路方案研讨会，与会各方官员、专家、学者对青藏、甘藏、滇藏、川藏4个进藏铁路选线方案进行了认真比选，经过缜密的科学研究论证，各方达成共识：哪条铁路进藏快，就先修哪条铁路。

2001年2月8日，国务院总理办公会议听取了原国家计委关于建设青藏铁路有关情况的汇报，对青藏铁路建设方案进行了研究审议。最后，时任国务院总理朱镕基在会议上满怀深情地说："通过多年不间断的科学研究和工程试验，对高原冻土地区筑路技术问题也提出了比较可行的解决方案。在几个建设方案综合比选中，青藏铁路方案比较有利，投资少，工期短，地形较为平坦。修建青藏铁路，时机已成熟，条件也已经具备，可以批准立项。"

2001年6月29日，由中央政府投资262.1亿元的青海省格尔木市至西藏自治区首府拉萨市铁路开始修建，隆重热烈而又激情洋溢的开工动员大会在格尔木和拉萨两地同时举行。

2005年10月12日，随着最后一节铁道轨排落在拉萨火车站，全长1142公里的青藏铁路格尔木至拉萨段全线铺通，西藏自治区从此结束了不通铁路的历史，更为青藏两省区经济社会发展带来了历史性机遇。

随着青藏铁路建成通车，当年暂时搁置的川藏铁路便自然而然地再次提到高层决策者的议事日程上。

党的十八大以来，习近平总书记先后3次到四川视察指导工作，亲自过问了川藏铁路建设情况，对治蜀兴川作出最明确、全面、精准的定位，提出"推动治蜀兴川再上新台阶""着力推动经济高质量发展"的总体要求。

四川省委、省政府为落实习近平总书记对四川工作的指示精神，努力推动治蜀兴川再上新台阶，构建现代综合交通运输体系，川藏铁路要确保成雅段2018年年底建成通车，争取早日开工建设川藏铁路雅安至康定段工程。

2016年11月11日，习近平总书记在纪念孙中山先生诞辰150周年大会发表重要讲话，高度评价了中国民主革命伟大先驱孙中山先生当年提出"要修建约16万公里的铁路，把中国沿海、内地、边疆连接起来"的宏伟构想，呼吁"所有敬仰孙中山先生的中华儿女，包括大陆同胞、港澳同胞、台湾同胞、海外侨胞，无论党派信仰，无论身在何处，更加紧密地团结起来，把握历史机遇，担当历史责任，把孙中山先生等一切革命先辈为之奋斗的伟大事业继续推向前进！"（见2016年新华社北京11月11日电）

2018年10月10日，习近平总书记主持中央财经委员会第三次会议，研究川藏铁路规划建设问题。习近平在会上发表重要讲话强调，"规划建设川藏铁路，对国家长治久安和西藏经济社会发展具有重大而深远的意义，一定把这件大事办成办好！"会议还强调，"规划建设川藏铁路，是促进民族团结、维护国家统一、巩固边疆稳定的需要，是促进西藏经济社会发展的需要，是贯彻落实党中央治藏方略的重大举措。要把握好科学规划、技术支撑、保护生态、安全可靠的总体思路，加强统一领导，加强项目前期工作，加强建设运营资金保障，发扬'两路'精神和青藏铁路精神，高起点高标准高质量推进工程规划建设。"（见2018年新华社北京10月10日电）

川藏铁路必定修建无疑，这就是历史的选择！

历史的选择从来如此，现实的选择更是必然！

还是在2016年青藏铁路通车10周年之际，西藏自治区政府铁路办的一位负责同志介绍说，青藏铁路通车10年，自治区党委、政府更加完善发展思路，科学规划产业布局，促进资源优化配置，推动经济结构调整，加快形成具有地区优势和民族特色的经济发展新格局。据统计，青藏铁路通车10年来，累计运送旅客1.15亿人次，年均增幅15.3%，其中运送进出藏旅客1817.1万人次，年均增幅3.6%；累计运送货物4.48亿吨，年均增幅6.6%，其中运送进出藏货物3225.4万吨，年均增幅22.6%，最大限度发挥了"绿色引擎"强大的辐射作用。西藏自治区实现了招商引资到位投资增长37倍、GDP增长3倍、城乡居民人均可支配收入增长2.6倍的骄人发展目标。

然而，这位负责人坦陈青藏铁路也有其无法改变的短板。那就是青藏铁路运输不能直通内地，必须迂回大西北，也就必然增加了运输成本。况且受当时技术条件限制，青藏铁路为单线，设计时速低于120公里，技术标准显然低于川藏铁路。

水源来自西藏念青唐古拉山脉海拔5100米的原始冰川水源地的"西藏5100"西藏冰川矿泉水，富含多种矿物质及微量元素，是国内少有的优质复合型矿泉水，在市场上陆续被中国高端政商会议、财经论坛和国际体育赛事和高档酒店宾馆认可。

从2008年起连续数年成为"两会唯一指定用水""国庆六十周年观礼台专用水""2010年上海世博会贵宾接待用水"等。在2017年3月15日荣获"最受消费者信赖的十大饮品品牌"。但是，正是因为2006年青藏铁路通车，西藏5100矿泉水才真正进入内地市场。然而也恰恰因为青藏铁路运距长，增加了运输成本，使西藏5100矿泉水在内地超市最高售价高达每瓶10元左右，几乎与法国进口矿泉水品牌同价位，更大大高于内地优质矿泉水农夫山泉数倍之多。

一位洪姓老板在拉萨开了一家装饰装修公司，装修材料大多从内地经青藏铁路运到拉萨，同样因为运距长增加了运输成本，因而，他装修收费也比内地高出一半还多。还是羊毛出在羊身上，多出来的运输费用最终由装修的业主买单，洪老板反而觉得在西藏搞装修更容易挣到钱。

由于运输成本高的原因，我们感到西藏物价水平普遍要比内地高出许多。早餐1根油条，内地只要5角钱，我们在西藏山南市加查县的餐馆买要2元钱，在昌都市买要3元钱。难怪有那么多的四川人、陕西人、甘肃人等，都跑到西藏来开餐馆、做买卖。

西藏经济社会的发展现实，一直在迫切地呼唤着全天候、大通道、大运量、大流通铁路网的建设！我们在川藏铁路踏访途中，黄艳磊副总体介绍说：目前，国家路网中进藏铁路通道主要有青藏、川藏、滇藏、新藏、甘藏等五条铁路线。已经建成的进出藏铁路通道只有青藏铁路；川藏铁路通道部分已开工建设；规划中的还有滇藏铁路、新藏铁路、甘藏西宁至昌都铁路。在这五条进山藏铁路通道中，除川藏铁路之外，其他四条通道都是连接西北、西南偏远欠发达地区的铁路。而川藏铁路的战略地位却不同。只有川藏铁路线位居中，从拉萨向东南连接林芝、昌都两个地级市，出藏后与成渝经济区紧密相连，衔接长江经济带，辐射海上丝绸之路，吸引范围面积259×104平方公里、2015年人口约8.0亿人、 GDP达37.1万亿元，人口、经济均占全国总量的58%。在进出藏通道中，只有川藏铁路运距最短、吸引人口最多、经济总量最大。

据测算，川藏铁路建成之后，将承担铁路进出藏约51%的客运需求和43%的货运需求，占进出藏铁路通道的半壁江山。因此，川藏铁路是进出藏最快速、便捷的客货运输主通道，将直接造福于西藏各族人民，推动西藏经济社会跨越式快速发展。

多么强大的吸引力，多么诱人的发展前景。因此数十年来，修建川藏铁路一直是西藏各族人民的美好愿景和迫切期望。

四川、西藏两省区的全国人大代表、政协委员连年在全国两会上提出加快川藏铁路建设的议案、提案，建议将川藏铁路纳入国家"十三五"规划并全线开工建设。

在昌都市政府对修建川藏铁路有关建议的公函中，将川藏铁路建设上升到充分体现以习近平为核心的党中央对西藏各族人民群众关心、关怀的高度，是贯彻落实中央第六次西藏工作座谈会精神和国家"一带一路"战略迫切需要的高度来认识，期望早日开工建设川藏铁路，加快构建面向东南亚开放铁路大通道，改善西藏交通基础设施，筑牢国家生态安全屏障，巩固祖国边疆稳定，切实维护国家安全，等等。

川藏铁路上西藏相邻的两个地级市林芝和昌都的负责同志都表示，将全力以赴做好川藏铁路建设各项工作，创造更加便利的施工条件，提供更加优质的服务保障，营造更好的建设与营运环境，积极推动川藏铁路建设。

天时、地利、人和，现实如此迫切地作出选择，川藏铁路此时不建，更待何时！

媒体记者从李克强总理讲话中捕捉到的几个关键词，我们就更加理解了中国选择此时全线开工修建川藏铁路的深刻意义。

关键词一："国内外环境的新变化。"让我们认识到世界正在发生深刻复杂变化，面对国内外环境形势新变化，习近平总书记多次指出：我们"要善于把握和平、发展、合作、共赢的国际大势，善于把握富强、民主、文明、和谐的国内大势"，"统筹好国内国际两个大局，在时代前进潮流中把握主动、赢得发展"。

关键词二："战略回旋余地。"就是既要眼睛向外，更要眼睛向内，要看到西部地区是我国发展的巨大战略回旋余地，也是全面建成小康社会、实现现代化的重点难点。这里有大工程可建，有大事业可为。

关键词三："为全国经济保持稳中向好拓展空间。"就是要加快补齐中西部基础设施建设滞后的这个短板，通过扩大有效投资，加快中西部基础设施建设，逐步缩小东中西部发展差距，做好、做大、做强自己。

毫无疑问，全线开建世界最难的超级工程川藏铁路，同样是我们别无二致的正确战略选择。

此时此刻，耳边又响起习近平总书记那掷地有声、铿锵有力、给人以坚定信心和无穷力量的动员令：

"只要道路正确、理论正确、制度正确、文化正确，只要坚定不移、坚韧不拔、坚持不懈、艰苦奋斗，朝着伟大目标持之以恒前进，风雨如磐不动摇，我们的目标就能够达到，我们的目标也一定能够达到！"

最美还是川藏路

我们是在一个桃花盛开的春日，去踏访开工建设在即的川藏铁路最为艰难的中段昌都至林芝700多公里的铁路线位。我们从林芝出发，由藏东南林芝市沿G318国道一路往东，前往被称为"藏东明珠"的昌都市。

我们是从林芝市出发的，川藏铁路林芝至昌都段的线位走向基本与G318国道的走向一致，从西向东途经波密县、八宿县，到达昌都市。一路走行在藏南谷地和藏东南横断山高山峡谷区，穿越青藏高原东部横断山脉中怒江、澜沧江等狭长幽深的河谷，河谷切割深度可达2000米以上，两侧山峰高耸，是世界上地形最复杂和最独特的高山峡谷地区。藏南谷地山势雄伟，群峰高耸，山岭多在海拔5000米以上。沿途风景千变万化，多姿多彩，惊险奇特、绝美雄壮的景观令人叹为观止，而隐身于茫茫雪域高原那千山万壑之中的川藏铁路，更给人以无限美妙的遐想。

2006年10月，G318国道被《中国国家地理》杂志评为"中国人的景观大道"。川藏公路如此惊艳，川藏铁路如何能不更加壮美！

从林芝出发，一出市区，经过的第一座山便是苯日神山。据藏族史料记载，苯日神山是世界上唯一一座由敦巴辛饶佛亲自加持的神山。因为此山是被幸饶弥沃如来佛祖加持过的大神山，所以至今仍然被加以重视和崇拜。因此，信众把自己今世的幸福、来世的解脱等所有希望都寄托给苯日神山，为了消除罪障以及各种疾病，他们年年按时绕转该山。绕转苯日神山也是全世界众多信众心中的理想。

苯日神山还有一个动人的故事：传说莲花生大师到达雅江与尼洋河交汇处时，调集狂风试图将沿江的村庄和树木一扫而光，阿穷杰博情急之中以巨石压着这些树才不至于此，因而这一带的树梢到现在都是歪向一边的，当地藏族信众说这就是那次斗法造成的。接着两人又在苯日神山山脚下斗法，莲花生欲摧毁苯日神山，以山堵住尼洋河，但都没有成功。而今苯日神山上还遗有大石崇拜、神鸟崇拜、天梯以及神水等传说中的遗迹。

与苯日神山紧紧相依的便是色季拉山，是尼洋河流域与帕隆藏布江的分水岭。车过海拔4728米的色季拉山，便到达西藏旅游的新地标、被誉为中国十大国际旅游小镇之一的鲁朗小镇，川藏铁路特意在鲁朗小镇设有车站，也是从林芝出发后的第一站。

鲁朗镇有着得天独厚的旅游资源。在鲁朗镇周边环游，可以去色季拉山口领略难见真容的"羞女峰"南迦巴瓦峰那长矛直刺苍穹的雄姿，也可以去南迦巴瓦脚下感受世界第一大峡谷那向南奔流而去的雅鲁藏布江激流汹涌的强烈震撼；可以到被称为中国最美六大瀑布之首的雅鲁藏布江藏布巴东瀑布群体会那飞流直下的痛快淋漓，也可以静静地在鲁朗谷地观赏雪山之下树林环绕之中牛羊成群牧人闲适放牧的田园风光；还有鲁朗林海的阵阵松涛、南伊沟花海的四季芬芳、工布江达巴松措湖水的波光粼粼、易贡国家地质公园古老的地质遗迹，以及波密卡钦、则普、若果的美丽冰川等，这些风景名胜都在鲁朗小镇的旅游半径之内。

我们在鲁朗小镇恰好遇到一个来自广东省的摄影团体在这里摄影采风，一行人手持肩扛"长枪短炮"不停地按得快门噼里啪啦作响。姓陈的带队摄影师兴奋地一边拍照一边嚷嚷："早知有鲁朗，何必去瑞士！"

这话丝毫没有夸张，鲁朗小镇的确已经有深藏在雪山之下藏区林海的"东方瑞士"之美誉。

据鲁朗镇政府的领导介绍，鲁朗镇是广东省东莞市对口援藏工作的重点之一，规划建设投资30亿元，就是要以建成"世界一流旅游目的地"为宗旨，以"圣洁宁静、藏族文化、自然生态、现代时尚"为总体开发定位，把鲁朗镇精心打造成为国内外知名的国际旅游小镇、藏东南旅游集散中心和西藏重要的旅游地标。

镇领导带我们观看了古老的藏寨木屋，又来到新建的旅游功能区。这里有保利集团建设的藏式度假别墅小屋，有恒大集团、珠江投资集团建设的藏式建筑宫殿式的豪华酒店，有广药集团建设的藏药养生古堡等以及配套齐全的旅游设施。镇领导介绍说，这里已经形成类型丰富、品质优良、舒适度好、特色性强的度假产品体系，完全可以满足主题度假、康体疗养、休闲娱乐、科考探险、乡村旅游、生态旅游、摄影旅游、文化旅游、徒步旅游等需求。当镇领导得知昌林铁路将要修建，还将在鲁朗设立客运车站，他高兴地说："交通现在是鲁朗小镇旅游开发的最大瓶颈，光靠一条318国道，拉来不了多少游客。我们可就等着'火车一响，黄金万两'了啊！"

离开了"鲁朗车站"，我们继续前行，前面一站是川藏铁路"东久车站"。

东久车站是专为久负盛名的东久乡、东久湖和东久自然保护区而设。车进东久乡，迎面而来的就是漫山遍野盛开的红的、粉的、白的各色山桃花，就连东久湖里也尽是满湖桃花的倒影，宁静的湖光山色像水彩画，吸引着过往游客。

东久自然保护区是藏区濒危动物赤斑羚的物种保存基地。只见远山冰峰雪岭高耸，近谷沟深水流湍急，瀑布跌宕，森林茂密，溪流怪石，相映成趣。保护区具有完整的山地亚热带森林生态系统及丰富的动植物资源，有国家重点保护植物12种，重点保护动物50种。赤斑羚就是重点保护动物之一。目前西藏境内赤斑羚总数不足1500只，主要都在东久自然保护区。

车到"通麦车站"，帕隆藏布江从通麦流过，与雅鲁藏布江交汇之处就是著名的马蹄形大拐弯的弧顶处，景色蔚为壮观，让我们感受到两江汇合而流的壮美和通麦天险的艰险。

通麦路段曾是G318国道线上最险的一段路，素有"通麦坟场""通麦天险"之称。最险处为10公里长的帕隆峡谷道，说是"车过帕隆道，险处不许看"，10公里通常要走2个多小时才能通过。另外还有亚洲最大的泥石流群之一，沿线的山体土质疏松，一遇风雨或冰雪融化，极易发生泥石流和塌方，故有"死亡路段"之称。

如今川藏公路通麦段整治改建工程早已完工，"通麦天险"已经解除。通麦的帕隆峡谷上不同年代的新旧三座大桥无言地诉说着"天堑如何变通途"的故事，也成为游客必须收入镜头的风景绝照。然而，不久的将来，峡谷将再次迎来一个新成员，那就是川藏铁路通麦跨江大桥，毫无疑问，崭新的铁路大桥将再次刷新峡谷建桥历史纪录，更为通麦天险增添一道美丽的风景线。

"波密车站"。波密平均海拔4200米，而车站所在地的县城海拔却只有2750米。远处的高山还白雪皑皑，山下的小村庄却已是大片的桃花、油菜花、青稞，把田野染得红一块、黄一块、绿一块地色彩斑斓。波密县旅游局的负责人听说川藏铁路开工在即，高兴地说，早就盼着修建铁路了，我们县有着丰富的旅游资源，桃花沟里盛开着中国最美丽的春天，久负盛名的卡钦、则普、若果、古乡等发育极好的海洋型冰川，盛产松茸、羊肚菌等出口菌。因而波密素有"西藏的瑞士""高原的明珠""雪域的江南""旅游胜地"等美称。

车到"八宿车站"，就已经进入昌都市界了。去八宿的路上必定要经过美丽的然乌湖，G318国道有一段就是沿着湖边走的。然乌湖是雅鲁藏布江支流帕隆藏布的主要源头，北面的拉古冰川又是湖水的源头，冰川延伸到湖边，每当冰雪融化，雪水便注入湖中。雪山下一半是湖水、一半是冰雪的然乌湖奇光异色，令人叹为观止。

去"邦达机场站"，途中要翻越怒江72拐天路，也称"川藏99道弯"。公路从怒江峡谷海拔3100米的低点开始爬升，一路到底拐了多少道拐，转了多少道弯，反正没数清。车到最高处的业拉山口，这里标记海拔4651米，垂直爬升了1500多米。这是川藏南线去西藏的必经之路，过往的司机、骑行者无不为这条路之险、之奇、之峻、之美惊叹不已，更为敬佩这条路的筑路人。

黄艳磊告诉我们，火车可不能爬这样陡的坡，而是挖掘隧道，取平线位，穿过业拉山。我们想，隧道的掘进虽然没有公路那么多的拐、那么多的弯，筑路的难度却要大大高于公路呢！我们再次为铁路筑路人而自豪。

翻过业拉山山口，我们就来到了牛羊成群的邦达美玉草原。世界上海拔最高机场——海拔4200米的邦达机场与火车站相邻为伴。川藏铁路通车之后，新建火车站与现在的机场、汽车站形成立体交通网络，将给游客带来更多的交通便利。

"昌都车站"是我们这次踏访川藏铁路中段林芝至昌都段的最后一站，扎曲和昂曲在昌都相汇为澜沧江，昌都在藏文的意思正是"水汇合处"。

昌都是西藏最东部一座美丽的山城，也是从四川和云南入藏的门户，川藏、滇藏商贸往来的枢纽，素有"藏东明珠"的美称。

川藏铁路中段一路踏访走来，蓝天、白云、雪山、草地、湖水、密林、绿树、鲜花、藏寨、牧人……处处美景令我们忙不迭地把镜头360度地任意旋转，随手拍到的都是一幅幅最完美的全景画面。

一路上，我们遇到不少步行者、骑行者和自驾的驴友，当他们听说川藏铁路将修建到这里时，无不兴高采烈地说："那你们就快点啊！等川藏铁路早点修通了，我们就坐着火车多来几次西藏了。这条路实在是太美了！"

一位来自成都的22岁的骑行者容盛盛利用年休假从成都沿318国道向着拉萨一路骑行，已经不间断地骑行1个多月了。见到我们，容盛盛高兴地说："无论是步行，还是骑行，上西藏此生可能只仅有一次。但是如果有了火车，那我就有了多来几次的充足理由，火车也必定是我西藏旅游的首选。"

在通麦桥头，我们在藏族姑娘拉姆和她的丈夫开的餐馆吃饭。拉姆的丈夫是汉族人，姓张，家在贵州。他在通麦天险当兵10多年，为国家贡献了自己宝贵的青春，也收获了甜蜜的爱情，退伍之后娶了当地漂亮的藏族姑娘拉姆，就留在了通麦。问他为何不回贵州老家，他和拉姆都说："这里多美呀，有什么理由不留在这里呢？"

这句很朴实的大白话，却让我们为之一震：这里多美呀，有什么理由不早日建好川藏铁路这条自然风景和人文景观并重的中国铁路最美丽的景观大道！

返程的路上，我们再次路过苯日神山的色季拉山口，天空突然放晴，远方的雪山上云开雾散，"羞女"南迦巴瓦峰终于露出了她硬朗又秀美的真容。这是个好兆头，于是我想，"天路难，难于上青天"的日子早已经成为历史。中国铁路人也早已不仅仅眼睛盯着火车轮子转的苦干、实干、拼命干，更是具有战略眼光的勇敢前行者。当年青藏铁路通车之后，中国铁路人就从来没有停止过前行的步伐。雪域高原之上，青藏铁路还在继续延伸，拉日铁路已经由拉萨向西延伸到日喀则市，川藏铁路向东由拉萨正在向着林芝、向着昌都、向着四川成都方向延伸、延伸、再延伸……川藏铁路全线开工建设已是箭在弦上、指日可待。

此时山下已是遍地桃花漫山绽放芬芳之时，硕果累累四处飘香的季节还会远吗？！

第二章　　没有硝烟的战斗

国务院总理李克强2018年7月26日，在西藏山南市川藏铁路拉林段施工现场考察勘探设计和施工进度的消息引起轰动，各大媒体纷纷报道，再加上此前有关川藏铁路的报道，可以用"铺天盖地"来形容其报道的密集程度。

"中国将全线开工世界最难工程——川藏铁路"

"中美贸易战最严峻时刻，中国选择开工川藏铁路，总投资2700亿"

"造价2000多亿，历时15年！川藏铁路终于来了，全程13小时飚拉萨！沿途风景堪称史诗级……"

"51张图告诉你，建设川藏铁路有多难"

"川藏铁路难度最大铁路有动静了，今年开工，长1000公里，途经11地"

"康林铁路最新消息：预计2018年年底开工，2025年全线竣工通车"

"史诗级超级工程——川藏铁路，美得无法自拔！"

……

新华网的报道更加准确——川藏铁路"两端推进"：从成都平原爬上"世界屋脊"。的确，川藏铁路建设其实早已拉开大幕、擂响战鼓，分别从四川和西藏"两端推进"，几乎同时开工建设，一起向着中段胜利会师而前进、前进、前进进！

川藏铁路四川起始端从成都至雅安铁路，早已于2014年12月6日开工。成雅段铁路全长约44公里，设计时速160公里。截至2018年8月底，全线已经完成铺轨，2018年11月将全线建成通车。

相比较川藏铁路的四川起始端来说，西藏起始端线路更长、工程更难。西藏起始端从拉萨至林芝铁路，先期控制性工程于2014年12月19日开工，全线于2015年6月29日开工。

川藏铁路拉萨林芝段自拉萨站起，从拉萨至日喀则铁路的协荣车站引出，再向东新建线路403公里，经贡嘎、扎囊、乃东、桑日、加查、朗县、米林至林芝市。全线桥隧总长300.975公里，占全线四分之三，桥隧比为74.66%。全线建设总工期为7年，力争2021年12月31日提前3个月建成通车。

拉林铁路高寒缺氧。全线平均高程3564米，最高高程可达5438米，相对高差1890米。年平均含氧量不到平原的70%，对从平原上来的人其生存本身就是严峻挑战。全线47座隧道、总长216公里，10公里以上隧道7座，在长大隧道内含氧量不及洞外的80%，特别是高地温隧道含氧量更低，洞内工作2小时就达到人体能够承受的极限，长期高原工作对身体会产生不可逆转的伤害，严重的会危及生命。因为高原缺氧，指挥部和设计、监理、施工单位都存在不同程度的缺员，人员普遍有程度不同的高原反应。

拉林铁路所处高原生态脆弱，气候环境恶劣。这里一年四季风沙大、日照强，冬季严寒，日夜温差高达30摄氏度，一天一个冻胀，给施工带来极大困难。沿线交通极为不便，多数工地现场不通公路，全线新建、改建施工便道400余公里，等同拉林铁路全线长度。可通行的公路也常常塌方断道，或者大雪封山，施工人员短缺、物资运输难，严重影响施工周期。

拉林铁路地质条件极其复杂。线路正处于亚欧大陆板块挤压缝合带，3次穿越强烈地震断裂带，沿线地质灾害种类多、分布广。全线有20座高岩爆隧道，其中巴玉隧道最大地应力达每平方厘米78兆帕，强烈岩爆突然爆裂的碎石如弹片，对人员和设备极易造成伤害。有10座高地温隧道，其中桑珠岭隧道高岩温超过90摄氏度，环境温度达46摄氏度。有7座风积沙隧道，其中嘎拉山隧道风积沙长260米，最大埋深70米，遇水会造成整体垮塌。还有8座软岩大变形隧道，6座冰碛富水层隧道，洞内岩体为青藏高原地质运动沉积的沙泥冰块层，开挖时极易涌水突泥、严重变形。

拉林铁路全线安全风险大，施工工期紧的重难点控制工期工程有7隧1桥：全长8755米的藏嘎隧道，全长13073米的巴玉隧道，全长3964米的藏日拉隧道，全长8700米的江木拉隧道，全长11660米的岗木拉山隧道，全长4373米的嘎拉山隧道，全长11560米的米林隧道和全长524.7米的藏木雅江特大桥。控制工期隧道具有长度长、工程地质条件复杂、工期风险高、安全风险大，单口施工量大，施工通风困难等施工难题。藏木特大桥梁处于峡谷区，桥梁结构复杂、施工场地条件困难、大风天气多，施工非常艰难。

面对高原高寒缺氧、自然环境恶劣、地质条件复杂等种种极限挑战，川藏铁路的参建人员志比山高，心比火热，以决战决胜的坚强信念进行着一场前所未有的征战，涌现出一批英雄群体。

我们的川藏铁路故事，就是从拉萨至林芝段铁路建设开始的。

强攻风积沙

拉林铁路线路走向从拉萨河流域穿过贡嘎山分水岭之后，就沿着雅鲁藏布江河谷地质缝合带一路向东，南临喜马拉雅山脉，北靠冈底斯山脉和念青唐古拉山脉，拉林铁路16次横跨雅鲁藏布江，穿行在三座山脉的险山恶水之间，线路多次穿越高烈度地震带和地质断裂带，地质条件极为复杂，风积沙、高岩温、强岩爆、冰碛层、大变形等地质灾害好像是潜伏地下千年的群魔，拉林铁路建设伺机惊天动地，它们便狂跳出来，兴风作浪，频繁捣乱。

风积沙便是拉林铁路从起点开始遇到的第一个"地质之魔"。

在青藏高原的河谷地带，有一种很奇怪的地质现象，就是一些高山上会很孤立地出现大片的沙子堆积成的山，紧紧地依靠在高山之上。用当地藏民更加形象一点的说法，就是这些沙山是从高山脚下长出来的，并且不断地往山上爬，越爬越高，最后成为山的一部分。用地质学专业术语讲，这就是风积沙，就是被风吹起而积淀成堆的沙层。本来风积沙多见于沙漠、戈壁之上，呈缓坡状平铺在地面上。而青藏高原的河谷一年四季受强烈阵风的影响，风吹起的沙尘又受河谷两岸高山的阻挡，便在山脚下堆积起来，成年累月，沙层越堆积越高，最终积沙成山，依山而立。

这天，我们乘汽车从拉萨出发，沿拉萨河谷往南，过了拉日铁路协荣车站不远，就来到拉林铁路的第一座隧道嘎拉山隧道进口。

一路上，铁路总公司拉林铁路建设总指挥部副总指挥长兼总工程师王睿不时地指给我们看沿途山上的风积沙。河谷两岸随处可见大片大片的沙子竟然"爬"上高高的大山,成为几乎垂直的"沙漠"。

王睿说:"这就是青藏高原拉萨河谷和雅鲁藏布江河谷一种独特的地形地貌。青藏高原的河谷一年四季受强烈阵风的影响,风吹起的沙尘又受河谷两岸高山的阻挡,便在山脚下堆积起来,成年累月,沙层越堆积越高,最终积沙成山,依山而立。便成了风积沙。"

说着,他让我们抓起一把沙子,细密的沙粒很快就从指缝里漏出去。然后又让我们试着用手在沙子上掏出一个小圆坑来,就像小时候玩沙子一样,结果掏出一把沙子,四周的干沙很快就涌过来,将挖出沙子的地方填满,根本就掏不成一个坑来。

王睿这才告诉我们:"风积沙与沉积沙相比,结构松散,自稳性极差。川藏铁路拉萨林芝段共有7座隧道要穿越较长段落的风积沙层地段。嘎拉山隧道是拉林铁路新建的第一条隧道,隧道进口覆盖着长达267米的风积沙层。隧道就是要在这风积沙层中穿过。"

"这怎么可能?沙子稍一触动就坍塌下来,怎么能在沙层里开挖成洞?"

有句成语说:"兵来将挡,水来土掩。"意思是说无论遇到什么困难,总会有解决的办法。可是沙来了,谁来挡、怎么挡?承担嘎拉山隧道施工的中铁十一局拉林铁路工程指挥部吴启新指挥长一上青藏高原,遇到的第一个施工难题,便是沙来了。

拉林铁路第一隧嘎拉山隧道全长4373米,就被这样一座高达100多米的沙山阻挡住隧道的进口。隧道需要穿越最大埋深40多米的第四系松散至中密的风积砂土层、粉细砂土层等沙山。由于沙山的砂土层是风吹上山又自然下落堆积而成,因此极为松散，根本就没有自稳能力。要在风积沙的沙山上开挖隧道，就相当于在沙堆上打洞，几乎是不可能的事情。别说开山凿洞，就连在沙山的底部稍一触动，整座沙山就如泥石流一般排山倒海地垮塌陷落下来，能将人和机械都深深地掩埋进去。

筑路人逢山开路、遇水架桥，随着施工技术的进步和大型先进筑路机械的应用，可以说现在自然界已经没有什么艰难险阻能够阻挡得住筑路人前进的脚步。可是在风积沙的沙山上开挖隧道，指挥长吴启新和负责施工的一分部经理郑典明、总工程师王杨波以及整个专业技术团队、施工作业人员都是头一回。在战略上藐视一切施工难题，在战术上还是要给予足够的重视。吴启新和他的施工团队从来不打无准备之仗。

2015年7月，当中铁十一局的施工队伍驻扎到嘎拉山下之后，一贯以快速进场、快速安家、快速施工、快速制胜的"四快"著称的吴启新指挥长这回却没有急于开工，而是当队伍进场安下家之后，他和一分部经理郑典明、总工程师王杨波带着专业技术团队一连几天绕着嘎拉山隧道进口的百丈沙山"转山"。只是他们的"转山"非同于佛教信众对神山顶礼膜拜的转山，他们并没有任何祈祷，而是在寻求攻克风积沙这个已经被列为铁路总公司拉林铁路建设总指挥部科研攻关课题的办法和途径。

嘎拉山是拉萨河与雅鲁藏布江的分水岭。嘎拉山隧道进口在拉萨河谷，出口在雅鲁藏布江河谷。拉萨河和雅鲁藏布江两条河谷好像要考验考验吴启新这群不同寻常的"转山"人的意志和毅力，时不时地同时发作，肆意吹来一股猛烈的狂风并裹着沙子，使劲地朝他们衣领里、袖口里、口袋里钻，钻得里面满满都是沙。吴启新刚要招呼大家注意安全，无情的风便将沙子吹得他满嘴都是。吴启新"呸、呸、呸"赶忙往外吐，吐不尽的沙子竟然就着口水被他咽下肚里。吴启新又气又恼，索性大声地向着狂风宣告："大风啊，你再来得猛烈一些吧！我就这样一口口地一定要将你们全部吃掉！"

同事们都被指挥长的乐观主义精神所鼓舞、所感染，"哈哈哈"地迎风大笑，又继续"转山"。他们时而埋头钻孔、取样，时而爬上高高的沙山勘察、测量，时而又深深地挖沙、试验，取得风积沙的第一手地质资料。在拉林铁路建设总指挥部王睿总工程师的指导下，吴启新参与了总指"西藏高原风积沙地层隧道设计与施工关键技术"科研课题的研究，深入研究风积沙地质成因、工程特性、应力分布规律和明、暗挖施工埋深分界、支护体系等关键技术。拉林铁路建设总指挥部还请来国内治沙专家，召集建设、设计、施工和监理单位各方的工程技术人员一道多次来到嘎拉山隧道风积沙现场"会诊"，研究治沙合理对策，提出最佳施工方案。

沙来了，谁来挡，怎么挡，终于有了答案：面对千年风积而成的大沙山，当然由筑路人来挡。他们研究出一套浅处明挖、修洞回填、深处旋喷、超前支护的办法来应对风积沙。

原来沙山不是直上直下一般厚重，而是呈一定坡度封在隧道进口，嘎拉山隧道进口197米在沙坡底部起始段，沙层埋深较浅，可以采用明挖法施工，开挖基坑强化围护结构，在此基础上建造隧道，隧道结构完成后再将沙土分层回填到原来沙山的高度。靠近岩体的70多米区段沙层埋深比较深，不能明挖，则采用暗挖法施工，拱墙周边采用水平旋喷桩进行超前支护。

通俗的描述听起来好像很简单，其实这里面包含着极其复杂的工程设计和计算。施工方案确定之后，一分部总工程师王杨波一连几天昼夜难眠，嘎拉山隧道进口和工区办公室"两点一线"成了他那段时间生活的全部空间。作为承担施工的项目部总工程师，他要将施工方案细化为具体的操作工法，每一步都需要有周密的计算数据作支撑。

隧道明挖施工时，由于沙层自稳能力极差，他根据沙层厚度周密地计算放坡开挖的高度、宽度、深度、坡率等，精心设计坡顶硬化、边坡刷坡范围内外锚网喷防护、基坑围护结构以及这三道支撑的结构、间距。

隧道暗挖法施工时，又需要根据沙层地质条件，计算拱墙周边水平旋喷桩直径、间距、长度、咬合方式、布置形式等，达到超前预加固，稳定隧道施工掌子面。

就这样，他们以每个工序循环零点几米的进度，像蚂蚁啃骨头一般艰难地向前掘进着。

在强攻风积沙的日子里，王睿总工程师隔三岔五地每月都要到风积沙施工现场来，和技术团队一道研究施工方案，细化操作工法，指导施工作业。一项目部经理郑典明、总工程师王杨波和项目部班子成员坚持带班作业，天天盯在施工现场指挥。

这里没有惊天动地的爆破，也没有大型施工机械轰鸣，只有精雕细刻般地一点点地雕琢。与其说他们是在隧道掘进，不如说他们是在精心地制作一件沙雕艺术品。不到300米的隧道，在通常是一个多月的掘进进度，而中铁十一局拉林铁路工程指挥部一项目分部的勇士们竟然用了将近两年的时间才完成。2017年6月22日，当嘎拉山隧道进口段终于第一次开挖到山体坚硬的岩层时，施工人员禁不住欢呼起来，他们比隧道贯通了还要高兴！

有句话说，筑路人挖隧道偏偏怕软不怕硬。现在，他们软都不怕，还怕硬吗？攻克了风积沙，嘎拉山隧道贯通已经指日可待。就在施工人员欢庆之时，吴启新在隧道里弯下了腰，掬起一捧细沙，小心地装进早准备好的一个布袋里。工人师傅好奇地问："吴总，您这是做什么用啊？这满山的沙子，让我们有劲没处使，憋屈得伤透了脑筋，您还这么宝贝它？"

吴启新捧起装好的沙袋贴在脸上，深沉地说："我装进去的是一段不能忘却的纪念。"接着他向工人师傅们下达命令："继续掘进！"

开工两年了，嘎拉山隧道进口段第一次响起了开凿炮眼的风枪声、震耳欲聋的爆破声。此刻，中铁十一局的施工人员第一次感到它是那么的悦耳动听！

2018年4月7日，中铁十一局拉林铁路工程指挥部指挥长吴启新现场指挥嘎拉山隧道工程贯通前的最后一炮：起爆。随着隆隆炮声响起，由拉萨方向引出的川藏铁路拉萨至林芝段铁路第一隧——嘎拉山隧道顺利贯通，为全线铺架迎来了开门红。

紧接着，2018年6月6日，经过3年奋战，中铁五局拉林铁路工程指挥部承建的又一座风积沙隧道——德吉隧道顺利贯通。德吉隧道虽然不算长，全长只有1715米，但风积沙段就有300余米，风积沙最大埋深110米，是比较典型的高原风积沙隧道。

随着一座座风积沙隧道的贯通，标志着我国高原风积沙隧道施工关键技术终于取得了阶段性重大成果。

再战高岩温

在百度上搜索词条"地热"，百度的释义是：地热是来自地球内部核聚变产生的一种能量资源。西藏是中国地热活动最强烈的地区，地热蕴藏量居中国首位，各种地热显示几乎遍及全区。地热可分为蒸汽型、热水型、地压型、干热岩型和熔岩型五大类。

地热本来是一种宝贵的能量资源，可以用来发电、供暖、医疗、保健、洗浴、种植等，造福于人类社会。可是在拉林铁路所经过的雅江北岸的桑珠岭大山腹内，就有这样一个叫作"超高地热"的恶魔已经潜伏了上千万年，一直在等待机会犯上作乱。在中铁五局集团拉林铁路工程指挥部文庭亚指挥长眼里，这地热就是从地下突然冒出来的恶魔，妄想吓退正往它的老巢掘进的勇士，甚至时刻想要吞噬他的团队员工生命！

中铁五局集团承建的川藏铁路在西藏山南地区加查、扎囊县境内的83公里线路，恰恰处于拉林段地质灾害较为集中的区段。铁路总公司拉林铁路建设总指挥部在拉林铁路全线列了7个强地质灾害科研攻关项目，中铁五局承建标段就占了冰碛层、高地热、强岩爆3个科研项目。然而，在中铁五局拉林铁路工程指挥部有着一群专门攻难克险的"钢铁侠"般的勇士，他们身披安全管理的"防护盔甲"，手握科学攻关的"坚刃利器"，传承青藏铁路精神，向拉林铁路发起了新的挑战。而为首的正是在铁路工程上身经百战、有着丰富施工管理经验的指挥长文庭亚，和足智多谋善于做人的思想政治工作的党工委专职副书记方捷。面对即将遭遇到的种种艰难险阻他们毫不畏惧，带领着中铁五局的勇士们站在高原之巅朝天大吼一声："拉林铁路——我来啦！"

根据地质勘探资料，预计桑珠岭隧道一号横洞在掘进到800多米处时，有可能出现较低温地热。为了战胜洞内地热，指挥长文庭亚和工程技术人员事先已经有预判，也专门制订了隧道地热施工防治预案。然而，2015年4月的一天，当桑珠岭隧道一号横洞才刚刚掘进到70米处时，施工人员就与地热提前打了个遭遇战。而且地热一旦出现，就以"超高地热"的狰狞面目示人，隧道作业面高温岩石达86.7摄氏度，已经超过高原水的沸点。尽管早已有预案，可是它大大地提前发生，还是有点让人措手不及。

川藏铁路桑珠岭隧道位于雅鲁藏布江桑加峡谷地区，海拔3572米，隧道正洞长16449米，3个辅助横洞长6211.77米，隧道里超高地热正是桑珠岭隧道施工的最大风险，被列为拉林铁路控制性重难点工程之一。其中一号横洞施工遭遇到86.7摄氏度高岩温，已经超过高原水的沸点，也高于以往国内交通隧道出现过的高地温情况，为国内外罕见。

这天，我们随总指王睿总工程师沿雅鲁藏布江河谷而上，来到桑珠岭隧道。刚走到隧道洞口，一股灼人的热浪从洞里扑面而来，不由得让人直往后退。王睿总工程师却像没事人似的换上工作服，戴上安全帽，大步流星地朝着洞里走去，我们赶紧跟上。

王睿总工程师告诉我们，地热本来是一种可利用的清洁能源，可是在隧道施工中，高地热却成为一种灾害，不仅不能利用，反而严重危害隧道施工作业，尤其是对隧道混凝土养护及结构耐久性都提出了更高的要求。

我们来到隧道高岩温的掌子面，试着拿瓶矿泉水浇在高岩温的洞体岩石上，只听水滋啦啦地立刻就腾化成水蒸气了。

最初接到桑珠岭隧道出现高岩温的报告后，中铁五局指挥长文庭亚立刻放下手中的工作，带领中铁五局指挥部安全总监等工程技术人员直奔桑珠岭隧道一号横洞。

走进横洞，文庭亚指挥长立刻感到热浪逼人，令人止步。但是，文指挥长顶着热浪继续往洞的深处大步走去。他们一行人越走越热，热得脱掉羽绒服和棉大衣，还热；再脱掉外套和羊毛衫，还是热。文庭亚指挥长已经脱得只剩内衣了，还是又急又热地出了一身汗。再看洞里的施工作业人员，热得有人都赤裸着上身光着膀子在干活。

看到文庭亚指挥长来到现场，隧道施工架子队长汪龙博上前向他报告发现地热过程：本作业班次按照隧道施工规范程序，作业面施行爆破、排烟、排尘之后，施工作业人员进洞开始装车运碴。当时作业人员一进洞，就感觉到与往日有些不同，洞里的空气异常发热甚至发烫，让人喘不过气来。他们开始以为仅仅是爆破后的余热没有散尽，加大排风温度自然就降下来了。可是加大排风后，作业人员还是感到身体发热直冒汗。他们又以为是不是身体不适？换个人上去再试试，新上去的人还是热得全身直冒汗。

汪龙博也纳闷了："不会是你们都发烧病了吧？给我让开，让我来！"

这位施工经验丰富的作业队长亲自上前，他随手触碰到掌子面岩石，烫得他立刻缩回直甩手。他这才意识到隧道内的异常发热来自桑珠岭山体内部，来自刚刚爆破裸露出来的岩石自身。这正是典型的干热岩型地热的表现。

施工人员都是第一次在隧道施工遭遇地热，还有点不以为然，不过是有点热而已。他们不但不知道"怕"字，还乐观地说："这不叫热，叫'温暖'。雪域高原本来就极寒，这下我们施工可以用上免费的暖气了。"

于是，工人们脱了衣服照样干。有人往干热岩石上浇水，立刻听到发出滋啦啦水分蒸发的声音，他们擦着身上的汗笑着说："这可是洗桑拿不要钱，爽啊！"

"撤，全部后撤，立刻停工待命！"这是指挥长在前线最不愿意下达的命令，可是这时文庭亚毫不犹豫地下达了停工后撤的命令。文庭亚爱好国学，常读兵书，更喜三十六计。在强敌面前，保存兵力正是为了更好地战斗。今天的撤退，是为了明天更快地突进。这正是欲擒故纵之计。

汪龙博很不情愿地组织他的作业队往下撤的时候，又指挥长拉住他叮嘱说："要注意人员下撤后的思想反应，要做好下撤作业人员的思想工作。"

据西藏地热资料，西藏地热多处高温可达200余摄氏度。川藏铁路拉萨林芝段存在高地温的隧道10座，总长30.19公里。除桑珠岭隧道为高岩温、高温水之外，还有9座隧道为高岩温。如果在隧道内发生高温水爆或者高温蒸汽井喷，后果将不堪设想。

桑珠岭隧道地热报告很快报送到铁路总公司拉林铁路建设总指挥部，王睿总工程师带着地质专家连夜驱车200多公里，从总指挥部所在地林芝赶到桑珠岭隧道工地一同会诊。王睿钻进隧道掌子面冷静观察，亲身体验高岩温，研究应对措施，指挥立刻启动科研课题组针对高岩温预先制定的施工预案，指导施工单位加强地质钻探和岩温实时监测，及时预判岩温变化，预防突发性超高温岩热灾害。要求隧道掘进爆破改用耐高温的专制炸药和导爆索，防止炸药因高温出现意外和导爆索软化失效。

科研课题组对高岩温下隧道衬砌方案也作了适时改进，采用隔热复式衬砌，杜绝衬砌质量隐患。为了降低隧道作业面温度，王睿指导施工单位采用集水廊道形式将高温水直接导出，避免在洞内散热。同时，加大隧道洞内通风，由通常1根通风管加到4根通风管。作业面间断性洒水，要求每天制作100多立方米冰块运送到隧道现场，进行强制性物理降温。

为了确保施工作业人员安全，王睿总工程师还要求在洞内修建作业人员休息室，安装大功率空调。减少隧道施工人员连续作业时间，由过去6~8小时一轮换，改为2~3小时一轮换。职工说："冬天在高原极寒之地，洞内洞外却是反差极大的冰火两重天。我们拿着高温补贴在工作，不畏严寒战高温，这种感觉真奇妙，在平原上真是难以想象啊！"

有一次，一位运输卡车司机顶风冒雪送施工材料到桑珠岭隧道洞口，听说洞里暖和，就跑到洞里避避风寒，还没走几步就感到热浪扑来，灼人面颊，赶紧退了回来，问施工人员："你们在里面生着火吗，怎么这么热？"

"生火？哈哈哈，是地球给我们生的好大好大的火啊！"心直口快的幽默回答。

"还用生火？自然地热就热得受不了了！"老实人的实话实说。

"地热知道吗？跟温泉一样的地下发热，只是我们这儿只有热，如果有水的话，就是温泉了。"热心人作进一步解释。

司机似懂非懂地点点头，问："这么热，里面还能干活吗？"

"当然能！不干活我们干吗来了？"工人理直气壮地回答。

"行！你们真行！"这位司机说，"给我一天一千块，我都干不了这活。"

课题组的同志对高岩温下隧道修建关键性技术研究取得了阶段性成果，桑珠岭隧道施工又继续向前掘进了。然而王睿却丝毫没有松口气，而是把研究的关注点从洞内环境降温、人员防护、热源处理方面转向高岩温下结构受力变化规律、支护材料力学性能变化及耐久性研究等多个方面，作进一步的研究，争取更大成果。

西藏自治区党委常委、常务副主席丁业现听说桑珠岭隧道一号横洞在施工中出现了超高地热，洞内岩面温度达到85摄氏度以上后，他放心不下。2015年12月10日，丁业现副主席专程从拉萨驱车200余公里，来到拉林铁路桑珠岭隧道，进入洞内察看了中铁五局职工克服高地热艰难施工的情况，对他们的努力给予了充分肯定，对加强隧道高地热安全防护提出新的要求。

勇敢不是战胜地热的唯一方式。由于及时采取一系列科学的施工方案和人性化的安全防护措施，桑珠岭隧道没有因为高地热阻挡施工进度。中铁五局指挥部在高地热的地质条件下，仍然取得了月成洞110米的好成绩。指挥长文庭亚很有信心地说："我们保证桑珠岭隧道绝不会影响拉林铁路工期！"

巧胜冰碛层

在前往藏噶隧道的路上，王睿总工程师给我们讲述起青藏高原的形成历史来：

大约在2.8亿年前，现在的青藏高原还是波涛汹涌的辽阔海洋。又过了4000万年，也就是2.4亿年前，由于欧亚大陆板块的漂移运动，不安分的欧亚古大陆不断向南增生，冈瓦纳古陆北缘微陆块不断解体，向北漂移，终于两大古陆板块发生俯冲碰撞，在如今青藏高原的北部产生了强烈的褶皱断裂和抬升，促使昆仑山和可可西里地区从海洋隆升变为陆地。

距今8000万前，又一次强烈的地质构造运动，冈底斯山、念青唐古拉山地区急剧上升，藏北地区和部分藏南地区也脱离海洋成为陆地。

距今1万年前，青藏高原抬升速度更快，以平均每年7厘米速度上升，使之成为当今"世界屋脊"。

在高原抬升的过程中，由于冰川的发育，大量冰川沉积物便也裹挟在快速隆起的山体之中，在冰川消退以后留在原地并沉积形成特殊地层，这就是高原特有的冰碛泥砾层，又称冰川沉积层。

青藏高原就是这么奇特。怎么能够想象那巍峨挺拔的高山，曾经是波涛汹涌的大海？而那千万大山腹中，有的包含着火，有的却裹挟着冰？

说着，王睿总工程师把话题又转回到川藏铁路拉林段。拉林铁路有中铁十七局承建的扎绕隧道、中铁五局承建的藏噶隧道等6座隧道穿越富水冰碛层，总长2475米，隧洞易发突水突泥等施工灾害。藏噶隧道就是其中最严重的一座。中铁五局指挥部四项目部掘进到冰碛层地段时，发现围岩含水量非常高，冰碛泥砾颗粒大小不均，如同一摊砂砾烂泥，挖一点塌一点，施工塌方、涌水突泥、洞身下沉等风险很大，盲目开挖，有可能引发突泥涌水，就会像暴发泥石流一样，造成隧道整体垮塌，甚至毁了整个隧道，施工不得不停下来。

刚刚经受了桑珠岭隧道高岩温的火的洗礼，此刻又面临着藏嘎隧道冰碛层的冰的考验。都知道打隧道不怕硬就怕软。硬围岩爆破开挖容易成洞，而冰碛层软得不用打眼爆破，就早已垮塌下来，根本不能掘进成洞。没想到藏嘎隧道幸运地没有遭遇到高地热这个恶地魔，却又偏偏撞上了冰碛层这个拦路虎。

2015年5月，中铁五局四项目部常务副经理向指挥部报告：藏嘎隧道施工作业时，疑似遇到冰碛层。

文庭亚又是在第一时间赶到藏嘎隧道施工现场，看到隧道作业面超前地质预报钻探孔不断地往外渗水冒泥，再往里掘进十分危险。同志们劝指挥长离作业面远一点，前面危险，别往前钻，站在旁处指挥就行了。文庭亚一听就火了，"我是指挥长，不往前站去了解情况，怎么指挥？那不成了瞎指挥了吗？"说完，他带着工程技术人员迅速在作业面展开地质情况调查。

根据事先掌握的地质资料和现场情况判断，显然这正是预料中的冰碛层了。若继续盲目开挖，有可能引发突泥涌水，就会像暴发泥石流一样，造成隧道大面积垮塌，甚至毁了整个隧道。指挥长文庭亚不得不再次下达了停工的命令。

在川藏铁路拉萨林芝段建设中，"高山河谷区富水冰碛层隧道修建关键技术研究"是科研项目的一个子课题。作为课题组总负责人，总指挥部王睿总工程师从已有的铁路施工文献资料中，根本查阅不到有关富水冰碛层的施工技术资料。原来这是铁路隧道施工中十第一次遇到富水冰碛层，根本没有现成的解决方案。国内公路施工倒是遇到过冰碛层，可那是露天作业，可以使用机械大面积开挖，冰碛层对公路施工的影响几乎可以忽略不计。而隧道内的冰碛层躲不过、绕不开，硬性开挖，只会导致更大面积的塌方，甚至毁了整座隧道。

为了攻克这一施工难题，那些日子里，王睿带着子课题组的一行人天天蹲守在藏噶隧道掌子面，展开富水冰碛层地质成因特性、冰碛层隧道围岩预加固技术、冰碛层隧道施工工艺工法以及防排水措施等关键性技术的系统深入研究，并且把研究的重点确定为冰碛层隧道围岩预加固方面。

藏噶隧道遇冰碛层施工受阻的日子里，文庭亚饭吃不下，觉睡不着，他一刻也不闲着，在总指课题组专家的指导下，一方面要求作业队继续打孔钻探，进一步探明冰碛层的厚度、构造等地质状况，进行实时监测；另一方面，他和专家一道查阅有关资料，研究解决方案。

文庭亚是个有心人，有着非常丰富的铁路工程施工经验，越是遇到难题，他钻研的兴趣就越大。指挥长文庭亚和总工程师李传书、安全总监苗永旺和专业技术人员盯在现场反复勘测，取得第一手地质资料数据，查阅大量文献资料，结合藏噶隧道现场实际认真研究，重新制定了藏噶隧道专项施工方案，请总指科研课题组和中国铁道科学研究院、铁路总公司工程管理中心、西南交通大学、中南大学、西藏大学等方面的技术专家逐条进行评审，提出可行性评估意见，不断修订完善。最终决定采取帷幕注浆的方式，向冰碛层钻孔强注加入水玻璃的水泥浆，使冰碛层预先固化，然后进行开挖。每次帷幕注浆可以固化冰碛层30米，施工开挖25米，接着再注浆固化，逐步掘进。

为了把耽误了的施工进度追赶上来，中铁五局指挥部投资800余万元，从国外进口新设备钻注一体机，组织专业团队操作，使隧道冰碛层段月成洞达到21米，超过了方案设计要求。

在藏噶隧道停工受阻的日子里，指挥部领导班子成员们同样一刻也没闲着。指挥部党工委专职副书记方捷和文指挥长是一文一武的一对"好搭档"。文指挥长在一线现场指挥，总工程师李传书、安全总监苗永旺等班子成员组织新施工方案的实施，党工委副书记方捷则经常深入到各作业队，了解班组人员状况，做好职工的思想稳定工作。他善于用平实的话语打消大家对高原反应和地质灾害的担心和顾虑，鼓励生产班组稳定人心，保持工作热情。党团组织发挥作用，组织职工钻研技术，练工比武，为攻克冰碛层这个难关群策群力、献计献策。大家七嘴八舌为冰碛层施工出了不少好主意、好点子。

藏噶隧道施工就这样以巧取胜，终于克服了冰碛层的拦阻，顺利穿过富水冰碛层，又向前掘进了。而王睿的课题组也为川藏铁路建设乃至整个铁路施工中富水冰碛层隧道修建的关键性技术，积累了宝贵的科研资料和成果经验。

拼搏强岩爆

岩爆是大埋深的高山隧道施工中比较常见的一种地质灾害，而高原之上川藏铁路隧道施工中所遇到的岩爆更为强烈，也就更加危险。中铁十七局承建的岗木拉山隧道、米林隧道，中铁十二局承建的巴玉隧道，还有嘎拉山隧道、藏嘎隧道、臧日拉隧道、江木拉隧道等7座隧道，由于存在着强烈岩爆，被列为全线控制性难点工程。

在去巴玉隧道的路上，王睿总工程师没有再给我们讲青藏高原的故事，而是拿出事先准备好的一根竹筷子用力弯曲给我们看，当竹筷弯曲到一定程度时，竹皮一侧的竹丝便一根根地爆裂开来，发出哔哔剥剥的声响。

王睿解释说："这就是应力现象。竹筷弯曲，竹纤维受到的应力发生变化，当应力超过竹纤维的承受力时，竹纤维就会一根根地逐步爆裂开来，直至整个竹筷折断。"

"这说明什么?"我们不解地问。

"这与青藏高原隧道施工中遇到的强岩爆是一个道理。青藏高原在隆升的过程中，活动山体内形成三种高强度的地应力，一是高原地壳隆起抬升向上的地应力，二是山体巨大重力垂直向下的地应力，三是两大古陆板块横向碰撞挤压水平的地应力。这三种高地应力相互交织，大量积聚，在山体内形成巨大的应变能量。当山体没有受到扰动时，就像这筷子没有弯曲的时候，这三种高地应力势均力敌，保持相对均衡。当隧道施工掘进到山体内部，给高地应力造成了可释放的空间之后，岩石便像刚才我们看到的竹丝一样地爆裂出来。换个比喻说，岩爆就像是在一只压力之下膨胀起来的气球戳上一个洞，气球立刻就爆裂成碎片。再用专业术语说，岩爆就是岩石工程中围岩体的突然破坏，并伴随着岩体中应变能的突然猛烈释放，导致岩石爆裂并弹射出来的现象。

专业的术语，通俗的解释，让我们立刻明白了岩爆的成因和危害，甚至有些莫名地忐忑起来。

拉林铁路隧道有高强度岩爆隧道20座，总长125.737公里，其中严重岩爆地段总长14.8公里、中等岩爆段落总长72.3公里，巴玉隧道岩爆尤为严重。

巴玉隧道全长13073米，最大埋深约2080米，最大地应力达78兆帕，相当于1平方厘米的面积上就有780公斤的压力。强大的地应力导致隧道内强烈岩爆频频发生，严重威胁着作业人员及机械设备安全，影响施工进度。

来到巴玉隧道岩爆掌子面，我们看到施工人员都身着防弹服、头戴钢盔、面罩，一个个全副武装像钢铁侠一般，高度警惕，随时应对突如其来的岩爆。

王睿总工程师告诉我们，岩爆的突发没有规律可循，常常是瞬间突然发生，令人猝不及防。巴玉隧道第一次发生岩爆时，看到岩石从掌子面上自动爆裂下来，施工人员由于没有经历过，还开玩笑说这是老天爷开眼，隧道不用爆破，自动掘进呢。等到岩石猛烈地弹射出来，差点伤及人时，才感到不妙，赶快逐级向上报告。

总指王睿总工程师和负责施工的中铁十二局拉林铁路工程指挥部白国峰指挥长在现场指挥施工人员立刻退下，而他们却不顾自身危险冲上前去，抵近观察。经过观察和地质钻探分析，预测出全长13073米的巴玉隧道正洞岩爆区段竟然长达12242米，占隧道总长的94%，其中中等岩爆5922米，强烈岩爆区段2214米。进口和出口两个平导洞的岩爆区段也分别占总长的94%和82%。

岩爆监测技术、分析与预警方法及其防治一直是岩石力学世界性难题，微震监测技术在矿山工程中已经有所应用，但对于复杂地质构造条件下铁路隧道工程岩爆的有效监测和预警，还是技术空白。为实现拉林铁路岩爆隧道的顺利修建，将灾害风险降到最低，并保证隧道的可持续运营，王睿总工程师在课题组里专门将"西藏高原板块缝合带高地应力岩爆隧道修建关键技术研究"列为子课题展开系统研究。承建巴玉隧道的中铁十二局拉林铁路工程指挥部也参加到这一课题研究中来，并委托中国科学院武汉岩土力学研究所对巴玉隧道岩爆微震监测、预警预测及风险控制等关键技术进行专项研究。

研究发现，岩体在强大地应力的作用下发生岩爆前，会发牛微小震动，通过感应器捕捉对累计微震事件数率、累计微震释放能率、累计视体积率等参数，经过软件自动比对分析，就能初步预测前方30米、准确预测前方10米距离的岩爆发生，预测率达70%～80%。而后及时采取应力有限释放控制措施，就能加快施工进度50%。课题研究取得阶段性成果，为隧道顺利掘进和保证工期创造了条件。

承担巴玉隧道施工的中铁十二局拉林铁路工程指挥部在王睿总工程师的现场指导下，也在实践中总结出一套有效的施工办法。他们现场发现凡是岩爆大都发生在新开挖的掌子面上，岩石比较坚硬干燥。针对这个特点，在凿岩开挖工序，施工人员采用全断面一级机械化配套施工方案，配备进口的三臂液压凿岩台车进行30米超前地质钻探预报，配合地质雷达、TSP超前地质预报进行围岩地质情况探测和开挖作业，提高施工效率。在爆破工序，又采用"短进度爆破"和"光面爆破"技术，尽可能减少爆破对围岩的扰动影响，减小局部应力集中发生。在爆破之后，又增加了一个"岩石除危、应力释放"环节，必要时注水软化新开挖掌子面的坚硬干燥岩石，进一步消除岩石内应力。在支护工序，配备一台湿喷机械手喷锚支护作业，采用混凝土加钢纤维锚喷防爆支护等。这些措施有效地减少岩爆对施工人员人身安全的威胁和对施工进度的影响。

"岩爆，岩爆，又是岩爆！"中铁五局指挥部在桑珠岭隧道战过高地热、冰碛层之后，再次遇到强岩爆。

真是一波未平，一波又起！如果说高地热、冰碛层是完全暴露出来的显性存在，你可以集中力量去正面应对。那么强岩爆尽管也早有预判，但它却是突如其来的隐性存在，因为你不知道隧道内哪块岩石暗藏杀机，会突然爆裂伤人，因此防不胜防。可是，中铁五局指挥部的文庭亚指挥长这回却胸有成竹，不打无准备之仗，用上了"以逸待劳"之计。

原来，中铁五局在拉林铁路中标，局领导决定派局副总工程师文庭亚担任拉林铁路指挥长，带队上拉林铁路之后，文指挥长就认真研究了拉林铁路标段设计图纸和地质资料，事先对可能遇到的强岩爆做足了功课，专门制定了针对强岩爆的施工方案，并请铁路总公司拉林铁路建设总指挥部组织有关方面技术专家进行评审完善。

真是"英雄所见略同"。对付强岩爆，中铁五局基本上也是采取同样措施：超前地质钻探预报，及时掌握地应力状况，有效进行爆前安全防护；隧道作业采用进口的三臂液压凿岩台车进行全断面机械化开挖作业，减少施工人员面对岩爆的危险；隧道掌子面大量浇水软化围岩，进一步弱化强地应力的释放；隧道爆破之后，先进行岩石除危，而后再装车运碴；配备湿喷机械手采用混凝土加钢纤维喷锚防爆支护。这些措施有效地减少了岩爆对施工人员人身安全的威胁和对施工进度的影响。桑珠岭隧道岩爆地段施工从最初的一筹莫展，到后来月成洞70米，达到了设计指标要求。

而文庭亚指挥长对岩爆施工人员的人身安全防护要求，真正达到了防爆级别。只见他们进隧道作业时，头戴防弹钢盔，身穿特制黑色防刺防爆服，脚踩长靴，手戴护套，眼戴护镜。有的还真模仿起机器人走路的样子，逗得大家开心大笑。职工们不无得意地说："有了这身盔甲，我们真是刀枪不入啦！"

在接连战胜了高岩温、冰碛层、强岩爆三大严重地质灾害之后，2018年1月17日上午10时18分，随着桑珠岭隧道项目安全总监袁甲的一声令下："准备就绪，起爆！"顿时，隧道内炮声震响之后，川藏铁路拉林段全长16449米的桑珠岭隧道胜利贯通。隧道一端的施工人员欢呼着拥向隧道贯通现场，和另一端工友们热烈拥抱一团。有人拉起事先准备好的"热烈庆祝中铁五局拉林铁路桑珠岭隧道胜利贯通"的横幅，挥舞着"党员先锋队""拉林先锋号"的鲜红旗帜，纷纷录像摄影留念，记录下这一激动人心的时刻。

强岩爆没有吓退川藏铁路的建设者们，技术专家潜心研究、科技攻关，施工人员敢打敢冲、顽强拼搏，岩爆区段在节节退缩、减少，各个控制工期的强岩爆隧道全线贯通的日子已经指日可待了。

巩固大变形

川藏铁路拉萨林芝段的另一种严重地质灾害就是隧道软弱围岩大变形，共有8座软弱围岩大变形隧道，变形地段总长16.1公里，其中严重变形地段长3公里，中等变形地段长6.8公里。

王睿总工程师介绍说："这是高地应力隧道的另一种表现，在坚硬围岩地质条件下表现为强岩爆，而在软弱围岩地质条件下则表现为大变形。打隧道就怕遇到软弱围岩。由于隧道围岩石体强度低、岩体破碎、赋存环境差等特性，使其力学特征与一般围岩相比，变形量大、变形速度快、变形时间长、地应压力大，打一点，塌一片，这边刚成洞，那边又变形，很难掘进成洞。在软弱围岩上打隧道也有一比，就好比在棉花被套上钻孔，钻不进、穿不透，真叫人束手无策。"

中国有句老话说，没有金刚钻，不揽瓷器活。这句话用来形容中国铁路隧道技术，可真是恰如其分。铁路隧道施工不怕遇到一二级极硬或硬质围岩，就好比金刚钻碰上瓷器活，你硬我更坚，越硬越好钻。

中国的第一座铁路隧道修建于19世纪末台湾省窄轨铁路的狮球岭隧道，全长仅261米。而今中国铁路隧道技术突飞猛进，隧道施工广泛采用全断面液压凿岩台车和其他大型施工机具，掘进机更是彻底改变了隧道开挖的钻爆方式，喷锚技术的发展和新奥法的应用为隧道工程开辟了新的途径。这就是筑路人手里的隧道施工"金刚钻"。可以毫不夸张地说，如今再高的大山也挡不住中国铁路的前进，天下就没有打不通的铁路隧道。有了"金刚钻"，中国铁路隧道也在不断刷新长度纪录，在建的成昆铁路复线阳糯雪山隧道长达54000米，名列世界铁路长隧前列。

然而，如果在软棉花被套上钻眼，就是拿着金刚钻恐怕也还是无能为力了。

眼下，中铁二局拉林铁路工程指挥部年轻的总工程师王勇，面对标段内5座软弱围岩大变形隧道，真有点手拿金刚钻有劲使不上的感觉了。

在父母和老师的眼里，王勇绝对是一个乖孩子、好学生。他1983年出生在四川成都，从小学到中学，都是品学兼优的好学生，高考以高分成绩考入西南交大土木工程专业，获学校董事会奖学金。大学本科毕业那年，王勇同时获四川省大学优秀毕业生称号和四川省大学生综合素质A级证书，以全系第一名的好成绩保送本校读研究生。2009年从西南交大研究生毕业后，签约到中铁二局，经过兰渝铁路、成渝铁路等项目施工的实践锻炼，很快成长为公司的工程技术骨干。

2015年6月的一天，中铁二局委以他重任，决定派他到西成铁路担任局指挥部副总工程师。王勇揣着调令，告别了妻子孩子，到成都火车站买了车票，准备乘车前往中铁二局西成铁路指挥部。就在火车马上要发车的时候，王勇的手机响了，他接到局领导一个简短而果断的命令：立刻下车，到局机关接受新任务。

局领导给王勇的新任务是任命他到新组建的中铁二局拉林铁路工程指挥部担任总工程师。

这一任命使王勇成为中铁二局在建工程指挥部中由80后担纲的最年轻的总工程师。朋友却跟他开玩笑说："王勇你这回去高原，提拔可够高的啊！"

王勇笑笑说："谁让咱年轻呢！"

他和朋友心照不宣，说的都不是职务的高低，而是海拔的高低。这个任命的改变，让王勇从海拔几十米的大平原，一下就到了海拔3000多米的青藏高原。领导征求他的意见，王勇说："我还年轻，身体倒是没问题，可是一下子把这么重的担子压给我，我能行吗？"

王勇开始的确有点犹豫，但局领导还是给他压上了这副担子，鼓励他勇敢往前闯。

到了拉林铁路，王勇才发现这里的情况不仅仅是海拔高一点那么简单，前所未见的施工难题摆在了他面前，这是他从没遇到过的，那就是他第一次遇到了冰碛层与千枚岩的纠缠。

中铁二局承建的川藏铁路拉萨林芝段第8标段地处藏东南的林芝和山南两市交界处，这里正是亚欧两大大陆板块碰撞隆升地带，平均海拔在3200～3700米之间，而且地质结构非常复杂。雅鲁藏布江从两岸大山高耸之间的峡谷穿流而过，雪域高原在河流切割和地质构造的共同作用下，发育成高山冰蚀——冰碛地貌、高山流水切割构造地貌、河流阶地堆积地貌以及风沙地貌。他们承建的32.23公里线路中，7座隧道总长16.613公里，占线路总长一半还多，其中全长3964米的藏日拉隧道、全长2017米的热当隧道、全长2515米的令达拿隧道、全长3722米的东噶山隧道和全长2652米的朗镇二号隧道等5座隧道，都是冰碛层与千枚岩相纠缠的软弱围岩大变形隧道，已经列入铁路总公司拉林铁路建设总指挥部的科研课题。软弱围岩大变形隧道在拉林铁路全线才8座，中铁二局的一个标段就占了5座，总长超过10公里，任务之艰巨可见一斑。

冰碛层和千枚岩都属于软弱围岩。冰碛层是冰川运动过程中所携带和搬运的泥沙和岩石碎块沉积形成的特殊地层，皆由碎屑物组成。千枚岩是具有千枚状构造的低级变质岩石。在铁路隧道施工中遇到其中一种都够令人头痛的了，可是这回在拉林铁路，王勇可真是"长见识"地同时遇到冰碛层与千枚岩的纠缠。

同时面对种种施工难题，中铁二局拉林铁路指挥部指挥长兼党工委书记马前卒心里明白，这回靠老经验是解决不了难题的，而要靠科技创新来攻克难关。

于是，指挥部由马前卒指挥长牵头，将指挥部和项目部的工匠团队组织起来，大家群策群力，为克服施工难题出谋划策。

为防止隧道坍塌，开挖班的工匠建议："爆破掘进时，要严格掌握炮眼数量、深度及装药量，尽量减少爆破对软弱围岩的震动。"

支护班的工匠建议："开挖后尽快进行初期支护，快速封闭围岩，减少岩层暴露、松动和地压增大而引发的隧道变形。"

测量班的工匠建议："加强监控量测，进行超前地质预报和初期支护后监控量测工作，及时指导施工适时调整支护参数，强化支护。"

隧道工程师提出："通过软弱围岩大变形地层时，各施工工序之间的距离要尽量缩短，适当加入预留变形量，以保证隧道的限界。"

工程部长要求："施工前加强方案和作业指导书交底，严禁作业人员违反方案施工。严格控制仰拱开挖进尺，在软弱围岩段仰拱紧跟，缩短仰拱开挖后暴露时间。"

大家你一言、我一语，有经验之谈，也有创新之举，在此基础上，指挥部集思广益，形成了隧道施工防止坍塌的安全管控措施。

防止了隧道坍塌，隧道突泥突水的新难点又摆在中铁二局指挥部面前。他们承建的藏日拉隧道洞内有300多米要穿越卵石土地层，而洞顶130米就是龙南水库；东噶山隧道洞内有一段穿越破碎段；朗镇一号隧道洞内正好穿越正断层；朗镇二号隧道洞内有1200多米穿越破碎段及地表冲沟，这些都是极易发生突水突泥地质灾害的地段，是中铁二局隧道施工的又一大难题。

为了有效防止隧道施工突水突泥，施工人员根据经验，再结合实际，又创造出一整套有效的整治办法，一方面利用超前探测手段，对施工掌子面前方30～100米范围内的山体进行探测，分析围岩情况、是否有潜水、水源补给、水质、涌水量大小、突水压力等情况，加强涌水地段地质预报；另一方面，严格按照"以堵为主、限量排放"的原则进行施工，采用帷幕注浆、超前导管、管棚等方式，堵塞渗水通道，降低围岩的渗透系数，控制地下水流失。同时，制定突水突泥的应急预案，成立应急救援队伍，定期开展应急演练，以防突水突泥意外事故的发生。

解难题本来就是好学生王勇的强项，何况王勇在学校是连续保持好几届的"学霸"。王勇也仿佛回到大学校园的日子，在初上高原的那些天，王勇沉浸在文献资料中，翻看软弱围岩隧道施工技术文献，查阅朗县的地理地质资料，更多的是到现场勘测取样作地质分析，掌握现场第一手情况，然后就把自己关在房间里连续几天不出门，只是埋头推理公式、模拟设计、计算数据、实证检验。王勇拿出一个又一个应对措施，和大家一起研究讨论，最终形成一套完整的切实可行的施工方案。

等王勇一身轻松地走出把自己关了好几天的房间时，习惯性地一摸手机，因为几天顾不上接听电话，手机早已没电了。他赶快换上备用电池开机，才发现妻子这几天给他来过N个电话他都没接。不知道妻子有什么事找他，他赶快回电话给妻子，妻子一听到他的声音就哭了。王勇着急地忙问怎么回事。

原来这几天孩子感冒发烧，妻子一个人照顾不过来，给王勇打了几次电话都没接，又担心王勇是不是在拉林铁路高原反应也出了问题有意瞒着她。几件事叠加一起，妻子更加着急上火也病倒在床。这会儿终于听到"失踪"好几天的王勇打来电话，妻子当然忍不住委屈得眼泪直流，大哭起来。

了解这一情况，王勇松了一口气，又赶紧好言相劝，安慰妻子。妻子反过来也劝王勇不要着急担心。王勇的爸爸妈妈知道了这一情况，也赶过来帮助照料儿媳和孙子。现在他们都好了，家人却都在担心他呢！妻子说，你再不来电话，我就准备这几天去西藏找你去！

王勇忙解释说，我这也是为了工作嘛！

妻子一听王勇说到工作，又来了气，"骂"王勇说："别跟我提你的工作，提你的工作我就来气。你就是个'骗子'，在学校是学霸，毕业了进央企，恋爱的时候听着条件真不错。等结婚了才知道，你们干工程的，心里只有工程，没有家！"

王勇一听就大笑起来。这些埋怨话妻子婚后不知说过多少遍，王勇耳朵都听出虫子来了。王勇的妻子在成都工作，王勇随着工程项目长年在外地，别说家里照顾不到，就连孩子对他的模样都"认生"了。但是，妻子埋怨的话里话外，其实还是包含着对王勇的体贴关心。因此，王勇根本不当真，就让妻子多说他几句。埋怨归埋怨，日子还是照样过，夫妻俩的感情其实好着呢！

挂了电话，王勇又投入到紧张的工作中去。他组织工程技术人员在令达拿隧道出口做了50米的试验段，试验先行，动态施工，采用旋臂式掘进机施工，尽可能地减少对软岩的扰动，并且实时监控量测数据，根据大变形隧道所处位置围岩的地应力、工程水文地质及变形等级，科学合理地确定开挖预留变形量。在试验段取得进展的基础上，5座软弱围岩隧道严格按照"管超前、短进尺、弱爆破、强支护、早封闭、勤量测"的原则组织施工，并及时补强动态设计支护措施，修正预留变形量。

王勇们采取的这些措施听起来很专业，但作为一个外行人只要明白一点就大可放心了，那就是：对付冰碛层与千枚岩相纠缠的软弱围岩大变形隧道，王勇们有办法了！王勇们这是以变形应对变形，他们手里的"金刚钻"不但能揽"瓷器活"，也能钻"棉花套"呢！

大变形隧道就这样在王勇们的手里，又乖乖地钻进雪域高原的大山更深处。

应对软弱围岩大变形隧道，拉林铁路建设总指挥部王睿总工程师组织工程技术人员在令达拿隧道、江木拉隧道、杰德秀隧道等软弱围岩段共做了7个试验段，作为科研总课题的一个子课题进行研究试验，探索软弱围岩大变形隧道施工关键技术新方法。

试验段头天开挖的洞，第二天再去看，就会发现围岩挤压变形导致洞子变小了，打进围岩里的锚杆挤出来了，钢拱架挤弯了，他们取得数据进行对比研究，然后接着再试。

王睿还请来了西南交大科研人员制作软岩变形模型，反复研究试验什么样的结构能抗得住隧道围岩变形，实时监控量测数据，根据大变形隧道所处位置围岩的地应力、工程水文地质及变形等级，有针对性地采用长锚杆钢拱架系统超前强支护等措施有效控制隧道变形。在试验段取得进展的基础上，软弱围岩隧道施工也有了新突破。

软弱围岩大变形隧道就这样按照给它设计规定的模样巩固成型，丝毫不敢有一点改变，乖乖地钻进雪域高原的大山深处。

勇攀世界峰

造桥人和他的桥，天然有着一生一世的不解之缘。这是因为，桥的造型具有独特的审美价值，在造桥人的眼里，桥是有着不朽生命的美丽精灵，桥是造桥人精心孕育屹立于山水之间点化自然之美的骄子。

还记得一部反法西斯的名叫《桥》的南斯拉夫电影里，造桥工程师每每看着他亲手建造的塔拉河大桥，无不深情地感叹：好美的一座桥！电影和电影插曲《好朋友，再见》曾经风靡了中国，也深刻地诠释了"造桥人"和"他的桥"那最深厚的真情实感。

改革开放以来，我国经济社会取得了长足的发展进步，同样，也造就了中国桥梁发展的"黄金机遇期"，中国修建了全球各类排名靠前的顶级大桥。

北京交通大学长大桥建养工程研发中心主任雷俊卿自豪地说："就建桥水平来说，中国目前绝对是全球的'引领者'，世界上所有有难度、创纪录的桥梁，大部分都由中国建造。"

交通运输部副部长高宏峰说："目前，我国已建梁桥、拱桥、斜拉桥和悬索桥的跨越能力，均领先世界同类桥梁跨径，在世界桥梁跨径前十大工程中，我国已建桥梁占一半以上。"

前任国际桥协主席、日本的伊藤学先生评价说："目前中国的桥梁建设规模、技术水平，特别是大跨度桥梁的建设水平已跃居世界前列。从国际桥梁建设的发展历程看，20世纪70年代看欧美，90年代看日本，21世纪看中国！"

拉林铁路全线有120座桥梁，全长84.506公里，占线路长度五分之一多。全线有16座大桥横跨雅鲁藏布江，而位于雅鲁藏布江桑加峡谷的藏木特大桥被称为"雅鲁藏布江上的绝跨"。藏木特大桥之绝，是因为它采用了许多新结构、新技术、新材料、新工艺，具有许多个世界之最和国内首次：

世界第一跨度——藏木特大桥主跨采用430米中承式钢管混凝土拱跨度，为同类铁路桥世界之最；

世界第一直径——藏木特大桥钢管混凝土桥钢管直径达1.8米，为世界之最；

国内第一变径——藏木特大桥为国内第一次采用变直径钢管做主拱钢管的大桥；

国内第一特钢——藏木特大桥为国内第一次采用大跨度桥梁涂装耐候钢拱肋的大桥；

另外藏木特大桥具有体量大、受力、抗震体系复杂，桥梁施工难度大、在雪域高原高寒高海拔环境下耐久性和运营养护要求更高，这些在国内同类型桥梁中也都是独一无二的。

在川藏铁路重点桥隧工程建造8个方面的关键技术研究中，藏木特大桥的关键技术研究就占了一半。藏木特大桥就其环境之险、施工之难、创新之最，真可称得上川藏铁路拉萨林芝段在雪域高原之上勇攀的一座世界峰。

面对种种难题，王睿总工程师和科研课题组的专家技术团队以严谨求实的科学态度和攻难克险的大无畏精神，勇攀科研高峰。他们会同设计、施工、科研、监理等单位桥梁工程专家共同参与，展开了联合科研攻关，对藏木特大桥的结构体系与构造、建筑材料、抗震、抗风设计、施工工艺等方面进行深入研究。

2016年7月，国内著名的路桥专家、中国工程院院士郑皆连、王景全等专程到藏木特大桥现场进行调研考察，召开现场技术攻关研讨会，将"提高进藏高速公路和铁路桥梁抗灾能力的战略研究"列为专门咨询研究项目，对大桥施工方案以及安全防护等技术难题，提出了很好的意见和建议。

藏木特大桥一跨过江，两端都是悬崖绝壁。桥尚未建，人得先上。为了掌握大桥实测数据，王睿总工程师腰系安全带，连拉带攀上到悬崖顶上去"看"桥。施工人员怕他危险，说："您需要什么数据，我们提供给您，您自己就不要上去了。"

王睿幽默地笑着说："我想尝尝梨子的味道，难道还要你吃了再告诉我？你就不能让我亲自咬一口吗？"

"我们是怕您危险！"

"怕我危险，你们就不危险了吗？"

王睿还和课题组的同志们说："不登凌绝顶，怎知众山小？拉林铁路桥隧关键技术研究成果绝对不会出在会议桌上、实验室里，而只能出在岩爆的隧道里、深谷的大桥上。你们年轻人可能没看过，有一部外国电影有句曾经很流行的台词说，'漂亮的脸蛋长不出大米'。同样，一马平川的路，那就不是拉林铁路。泥沙俱下的冰碛层和挤压变形的钢拱架，才能有翔实的科研数据。"他就这样勉励年轻的科研人员深入实际，扎实研究，早出成果。

功夫不负有心人。在王睿总工程师的带领组织下，藏木特大桥科研课题组取得了一系列的阶段性成果。王睿总工程师结合现场实际，用来指导制定了科学、经济、可靠、可行的藏木特大桥施工方案。

承建雅江藏木特大桥的是中国中铁广州工程局的造桥人。

2015年6月29日，川藏铁路拉萨林芝段全线开工之时，一支造桥人的队伍悄没声息地往雅江桑加峡谷开进。路过加查县城，他们没有找酒店宾馆休息片刻；路过峡谷口的藏木水电站生活区，他们也没有停留歇歇脚。队伍直开到峡谷口的山脚下，在打前站选好的半个篮球场大小的缓坡上搭起帐篷，就开始凿山劈石，挖土垒灶，慢慢地扩大平整地盘，盖起了工棚，建好了宿舍，一队人马就在这很不起眼的山坳里驻扎了下来，挂出了造桥人的大牌子：中国中铁广州工程局拉林铁路工程指挥部。

也是在这天，指挥长王远锋带着工程技术人员早早地就到藏木水电站上游，他们在一块岩石上展开藏木双线特大桥的设计图纸，对照着未来的桥址仔细地辨认着"他的桥"。虽说桥还没建，但他们对这座桥却心仪已久。这是"一座好美、好美的桥"，早已深深地镌刻在他们的心里，无比光彩耀人。

造桥人是这样用最专业的术语来描述他们心目中最美最美的这座大桥的：

　　藏木特大桥位于桑加峡谷华能藏木水电站库区，跨越电站水库，两端紧邻隧道，桥上设置会让车站。桥梁全长525.1米，全桥孔跨布置为（39.6+32）米连续梁+430米中承式钢管混凝土拱+（28+34.6）米连续梁，主跨采用中承式钢管混凝土拱，为国内最大跨度同类型铁路钢管混凝土拱桥。主拱钢管采用变直径耐候钢钢管，为国内首次采用，最大钢管直径1.8米，为钢管混凝土最大钢管直径。本桥结构设计复杂，主拱结构计算跨径430米，矢高112米，矢跨比为1：3.84，采用悬链线拱轴线，拱轴系数2.1；采用内倾角为

4.6091度的提篮拱结构，拱肋拱顶处中心距为7米，拱脚中心距为25米。拱座平面位置部分位于水中，最大开挖深度位于最高水位以下达10米。

再用比较通俗的语言说，桥梁高度和跨度是衡量一座桥梁建设的关键技术所在。藏木特大桥以其新结构、新技术、新材料、新工艺，在国内乃至亚洲创下多项第一。因此，藏木特大桥才有"雅鲁藏布江之绝跨"之称。

可是这天，指挥长王远锋对照着图纸标注藏木特大桥的位置，在藏木水电站库区上上下下找了好几个来回，愣是没找到心目中已经非常熟悉的"他的桥"！藏木水电站库区两岸没有任何建筑参照物，桥的两端本该连接隧道的地方还是陡峭的悬崖绝壁。最后，他们对照图纸，以藏木水电站大坝为参照物，用测距仪一段段测量，才算找到了线路勘测设计时打下的勘测桩。

他们找到了"他的桥"址，本该兴奋起来才对，可是这时，王远锋和工程技术人员却一屁股坐在地上半天说不出一句话来。

中国中铁广州工程局集团公司经历了几十年的发展，在港航、铁路、公路、桥梁等施工领域创造了辉煌的业绩。仅桥梁工程就完成了大大小小共320座，其中武汉天兴洲长江大桥、汕头海湾大桥、西陵长江大桥、青藏铁路拉萨河大桥等工程均代表我国桥梁工程建筑的领先水平，曾荣获国优金奖1项，中国建筑工程鲁班奖13项，詹天佑大奖2项，国家技术进步奖16项，创中国企业新纪录12项，省部级奖176项。

就说指挥长王远锋吧，他在国内也算得上是造桥的专家级人物了，有什么样的桥没见过、没造过？他造过的桥中国建筑工程鲁班奖都获得五六次了，可是眼下，他们还真被这座还无影无形的大桥给难住了！虽然说这座大桥是同类型跨度世界第一，建桥海拔高度世界第一，施工难度之大可想而知。可是眼下难住他们的不是桥的跨度有多大，也不是桥下水库的水有多深，更不是大桥所采用的新技术、新工艺、新材料有多难，而是他们根本无法找到大桥立脚的地方，就像是老虎吃天一样，纵然有天大的本事，却无处下口啊！

这就是中铁广州工程局造桥人眼下的困境：藏木特大桥的两端都是陡峭的悬崖绝壁，悬崖下面就是藏木水电站的库区，这里已是库区下游的末端，离大坝只有1公里多，水深达60多米。林芝方向端悬崖上开凿出狭窄的一条尚未完工的挂壁公路，车来车往，是藏东南地区通往拉萨的交通要道。藏木特大桥好像在两岸悬崖峭壁之间横画的一条线，横线的两端根本看不到支点何在，无立锥之地。不要说架桥，就连隧道洞口也同样无法开挖。拉萨方向端必须从同侧悬崖的山坳处打一条近600米的交通隧道，才能接近巴玉隧道正洞的出口，然后在出口旁边打一条斜洞到隧道正洞线位，再由里往外朝着隧道出口方向开挖作业。林芝方向端的安拉隧道同样需要在旁边另外开凿一条横洞，打到隧道正洞位置再由里向外往隧道进口方向开挖。

隧道开在岸上，尚可另辟蹊径；大桥立于水中，真得就无从下手了。

这天，中铁广州工程局拉林铁路工程指挥部的指挥长王远锋带着工程技术人员就这样一会儿立在公路旁，一会儿又爬到悬崖上，又一会儿下到水库边，只能远远地"围"着他心中好美、好美的"他的桥"转了一整天，前来叫他们回去吃饭的和给他们送饭的都"有来无回"，被他留下来跟着一起"转桥"。他们一起现场讨论着造桥的初步方案。一个方案很快推翻另一个方案，一个妙招马上引来无数个妙招。直到太阳已经落山，几乎看不清图纸和地形地貌了，他们才回到驻地。

高原的险山恶水、峡谷的强风沙尘没有吓退这些造桥人，虽然这天并没有形成最终的施工方案，但是他们已经在心中架起了这座好美、好美的"他的桥"。此时此刻，他们的决心更大、意志更坚，那就是一个字：

"干！"

毛泽东"世上无难事，只要肯登攀"的名句，当年激励着中国人敢上九天揽月、敢下五洋捉鳖，至今依然激励着新一代的有志者去实现"中国梦"，勇于攀登中华复兴的新高峰！

为了攻克拉林铁路藏木特大桥这道"险峰"，中铁广州工程局拉林铁路工程指挥部常务副指挥长徐英红度过了无数个不眠之夜。

徐英红上拉林铁路之前，是在国家沿海铁路运输通道重要组成之一的连云港至盐城的连盐铁路工程指挥部担任副指挥长。工程位置毗邻东部沿海城市群，海拔低、气候好，交通运输便利，生活供应丰富，工程更是干得顺风顺水，眼看还有半年工期就顺利完工，即将大功告成，他也准备回家好好休整休整。筑路人一个工程一干就是三五年不能回家，最盼望的就是一个工程完工后与下一个工程接手前的这段空当休整期，可以回家与妻儿老小团团圆圆待段时间。可就在这时，公司一纸调令，决定派他从沿海直上青藏高原，到拉林铁路工程指挥部任副指挥长。

这下徐英红等着回家的好梦可真是一时梦断难圆了。他和妻子双方的老人需要他回家贴心照顾，妻子工作面临调整，独生子高中毕业面临高考，家事难事事事哪能离得开他这个家庭的顶梁柱、主心骨啊！

然而，徐英红还是筑路人的那股子劲，工程当前，他们都是这样地义无反顾，更何况公司领导委以重任，他怎么可能不上高原去认尿？于是，他只打了一个电话，就把家里七七八八的事儿全部推给了妻子，拉上行李箱就上了青藏高原。

在拉林铁路工程指挥部，徐英红看到了公司从山南海北各个工程指挥部抽调的优秀施工人员组成的造桥人团队，他的眼睛湿润了：这是一个多么好的造桥团队，这是一些多么棒的造桥人啊！

方松伟，38岁，河南籍，黝黑脸盘，膀大腰圆，一个非常有经验的施工作业队长。近年来，他带着他的作业队南征北战，参加过横跨鄂西高原的深山峡谷之间的国内钢管拱单跨最大的桥梁——恩施小河特大桥、攻克岩溶地区施工难题的湘桂铁路大溶江特大桥，以及2016年年底刚刚通车的世界第一高桥——沪昆高铁北盘江特大桥等10多座大桥的建造施工。尤其是跨越号称"世界大峡谷"贵州省西部北盘江峡谷的特大桥全长721.25米，主跨445米，为目前世界最大跨度高速铁路桥梁。桥面距江面约300米，设计速度每小时350公里，是沪昆高铁全线重点控制性桥梁工程。他的作业队成为公司的"王牌作业队"，他也多次被评为优秀作业队长。

杨景新，90后，湖南长沙人，2014年才从湖南城市学院毕业，当时学校举办企业招聘会，他听说中铁广州工程局在广州一线大城市，就毫不犹豫地报了名，被录用了。生平第一次离开湖南家乡出远门，他很兴奋。到广州培训结束后，还没来得及好好在广州市逛逛，就分到佛山市的一个市政工程大桥实习。2015年7月，公司在拉林铁路中标，因为那里是青藏高原，怕有人身体不适应，让大家自己报名。小杨第一个报了名上拉林铁路。小伙子爱学习、肯钻研，把书本上学到的东西很快都结合运用到大桥工程中去，在技术上可以独当一面了。

王学栋，年轻的80后小伙，却已经是"老桥工"了，武汉科技大学毕业，就招聘到中铁广州工程局开始造桥，一开始从实习生干起，现在已经担任拉林铁路藏木特大桥项目部副经理，开始挑起大梁扛大活了。在大桥工地，什么时候都能见到他的身影：头戴高原特制的纯棉防风安全帽，腰系安全带，脚蹬防水靴，这哪里是西服革履"经理人"的样子？他就是个一线的大桥施工人员嘛！

胡卫忠，武汉人，50岁的老职工，施工员，从1983年参加工作起就开始造桥，一干就是30多年，此生造桥无数，到雪域高原造桥虽说是第一次，但是他拍着胸脯说：没问题！

陈红，也是80后，2008年长沙理工大学毕业到中铁广州工程局，经过多个大桥施工现场的锻炼，很快熟悉掌握了造桥的各个环节流程和关键技术，现在担任拉林铁路工程指挥部的工程部长，在施工技术方面已经能够独当一面了。

张宽龙，才刚刚20岁，2016年7月从贵阳铁路学校毕业，就上了高原，在拉林铁路藏木特大桥项目部担任施工员……

卢伟康，90后，工程部技术员，2015年武汉理工大学毕业……

徐英红的目光最后定格在指挥部副指挥长、藏木大桥项目经理张立军身上，这位2015年从西南交大毕业的80后，是一位勇挑重担、思路清晰、熟悉业务的年轻人，带领项目部人员，从悬崖峭壁中开出羊肠小道，运输车辆上不了山，就采用人背肩扛的办法，很快打开了施工局面。

这是一群年轻有为的造桥人，这是一支技术硬、敢拼搏、能战斗的造桥人团队，有了他们，什么样的困难不能克服，什么样的高峰不能攀登？徐英红激动了，他伸出手和大家紧紧地握在一起。此时此刻这群造桥人心心相通，化作一个共同的美好愿景，那就是：

中铁造桥人绝不让雅鲁藏布江的绝壁小城算什么小的绝唱而要把藏木特大桥的蓝图化作一道最美丽的彩虹，横空在雅鲁藏布江上。

曾经那个"人有多大胆，地有多大产"的狂热年代早已经一去不复返了。眼下，这群造桥人的决心，不是盲目乐观，而是有着严谨的科学、翔实的数据和可靠的技术作为攻克拉林铁路藏木特大桥施工难题的坚强有力的支撑。否则，没有金刚钻，敢揽瓷器活？

这天，站在雅鲁藏布江边，面对高山峡谷，王远锋指挥长竭尽全力向他的造桥人发出简短得只有两个字的命令：

"开战！"

这注定是一场高风险的恶战。

藏木特大桥所在的桑加峡谷区，自加查县藏木开始，经达古、藏嘎，到桑日县城东，全长约70公里，这段峡谷山高水险，地形险峻，被称为雅鲁藏布江大峡谷中的峡谷。桥址位置正处于悬崖绝壁之上，给桥梁下部结构墩台和墩台基础的施工带来极大困难，几乎无从下手。而峡谷气候恶劣，属于典型的高原高寒气候，大温差、强阵风，每年10月至次年5月桑加峡谷的干风季节，最大阵风可达12级，桥梁上部结构施工拱节吊装、线型控制的难度和风险极高。

这也注定是一场高技术的巧战！

面对这样的情形，常务副指挥长徐英红明白不能再像"平原作战"那样靠打"常规战"取胜，而要在雪域高原独特的高风险的地质地理条件下，打一场高技术含量的巧战。以巧制险，优战优胜。

在拉林铁路建设单位总指挥部的指导帮助下，他们请来设计、科研、监理单位的桥梁工程专家联合科研攻关。经过专家充分论证，将藏木特大桥的设计和施工方案作了进一步优化。

施工方案为在藏木水电站库区两岸山岭之间架设一条起吊重量高达250吨的大型缆索吊机，采用飞跨峡谷的缆索吊机进行桥梁上部结构的架设施工。常规的做法是，缆索吊机的塔架与桥梁平行地建在桥梁两端的拱座位置。可是由于大桥林芝方向端的拱座紧靠悬崖，根本没有修建缆索吊机塔架的位置。于是，施工方案优化为将林芝方向端的缆索吊机塔架建在悬崖之上。即使建在山上，也没有一块能够同时立足两个塔脚的平整地盘，于是，两个塔脚的修建只能依山就势，一高一低相差10余米。职工说，远远地看去，红色的缆索吊机塔架就像是一个"跛脚"的巨人，却又稳稳地站在雅江岸边，好萌、好萌！

常规的做法是，桥梁桥拱预拼件就近在桥下拼装，便于就近起吊作业。可是同样因为桥下没有足够大的作业场地，库区江面阵风强烈，水深，并且库区底部均为岩层，难以建立作业平台，也不能在江面拼装。于是，施工方案将钢管拱预拼场由江面优化至桥址上游7.5公里的岸上，通过爆破作业10万多方岩石，平整出一块作业场地。

常规的做法是，桥梁钢管拱要涂装防锈漆，大桥建成后，也要定期对大桥保养，进行除锈防锈作业。可是，藏木特大桥采用中承式钢管混凝土拱，大桥建成后缆索吊机一旦拆除，作业人员再上到钢管拱上进行除锈防锈作业就非常困难。于是，藏木特大桥在国内首次采用耐久性能优越的新型材料耐候钢钢管，最大钢管直径1.8米，为钢管混凝土最大钢管直径。可以永久性免维护保养，桥梁的寿命有望超过150年。

常规的做法是，桥梁拱座基础设计为整体嵌固式基础。可是，由于高原峡谷特殊的地质条件，施工方案将二个拱座基础由整体嵌固式基础优化为横竖桩组合基础，大大增强拱座对桥拱水平力和上拔力的承受度。

按照常规的做法，造桥人为拉林铁路造桥而来，当然就心无旁骛一心一意地造好铁路大桥就是了。可是造拉林铁路藏木双线特大桥，他们还要先在库区水面上造一座与雅鲁藏布江平行的149米公路桥，将桑加公路改道由桥面通行，原有的那段公路便作为桥头仅有的一块作业场地了。

还有一反常规的做法，就是这群造桥人在藏木特大桥最先造的却不是桥，而是船。没错，就是要水面上航行的船。由于桥下没有能够进行钢管拱预拼的场地，因此优化后的施工方案将钢管拱预拼场由江面移至桥址上游7.5公里的岸上。钢管拱预拼完成后，由山上吊装到水面的拖船上，运至藏木特大桥下，由缆索吊机起吊到大桥上进行安装作业。而指挥部在内地购买的拖船体型庞大，雅鲁藏布江根本不通航，公路运输也无法运送到现场。于是，他们再反常规，好好的拖船先拆解成几大件，经过青藏铁路运输到拉萨，再经公路运输到预拼场，在现场重新组装造出一条新船来。

藏木特大桥的钢管拱，由于场地受限，同样不能按常规在大桥工地现场一次完成。而要从南京钢厂将特种耐候钢通过铁路运输到拉萨，再通过公路运输到林芝加工成钢管，再将钢管通过公路运输到预拼场预拼成一节节的钢管拱，然后用船运送到桥下吊装。

正是这许许多多一再反"常规"的"巧战"，才使藏木特大桥的施工难题一一得到化解，藏木特大桥的胜利建造才有了科学可靠的保证。捷报也频频从施工现场传来：

第一个拱座施工平台顺利完成，拱座桩基开始施工；

预拼场顺利完成山石爆破，近万平方米的作业场地全部实现硬化，大型龙门吊机进场，完成拼装，钢管拱吊装下河码头顺利在建；

钢管拱钢结构加工厂在林芝建成，生产准备工作全部就绪，根据现场施工进度随时开工；

缆索吊机桩基础顺利打孔、浇筑，将按期完成缆索吊机塔架拼装；

缆索吊机钢结构加工厂建设完工，缆索吊机塔架杆件加工正在顺利进行中；

两侧工作索全部锚锭已经完工，主索及卷扬机安装就位，已经具备吊装能力；

桑加公路改线桥建成两车道单边桥，已经具备通车条件，另一两车道单边桥在建中……

各个环节施工进度顺利，藏木特大桥总体工期在可控之中。

在造桥的日日夜夜里，指挥长与造桥人摸爬滚打在一起。指挥长运筹帷幄，镇定自若地指挥全场安全作业；书记深入现场做好思想工作，给大家不断地鼓劲、加油、打气。望着雅鲁藏布江上一天天在"长大"的这座好美好美的大桥，指挥长深有感触又无不自豪地对大家说："同志们，我们国家目前绝对是全球造桥的'引领者'，世界上许多大难度、创纪录的桥梁，大都由中国建造。比如北盘江世界跨度最大的铁路拱桥、四渡河世界第一的高悬索桥、连创4项世界纪录跨径世界第一的苏通长江公路斜拉桥、世界上已建成最长的跨海大桥杭州湾大桥等等，举不胜举。我们应当为此感到骄傲、自豪！我们有理由、有能力一定攻难克险，建好拉林铁路藏木特大桥，造福西藏各族人民群众。"

造桥人报以热烈的掌声，在雅鲁藏布江桑加大峡谷久久地回荡……

捷报每每传来的场面尽是欢呼雀跃，然而可曾有人知道，每一捷报背后充满着造桥人怎样的艰难困苦？

高原造桥人最艰难的第一步，是从浇筑锚锭开始的。

锚锭就是承受缆索吊机两端那巨大牵引力的固定装置，被深深地筑进山体岩石里，与大山融为一体。藏木特大桥是国内最大跨度的铁路中承式钢管混凝土拱桥，桥梁主拱的钢管混凝土拱分成59节预先拼装好，最重的1节钢管拱重达250吨，全部用钢1.3万吨，都要通过缆索吊机起吊到桥上进行架设。缆索吊机起吊重量之重，决定了锚锭要承受更大更强的拉力，因此，要更深地扎根在山体之中。

当藏木特大桥项目副经理王学栋在给我介绍锚锭在桥梁施工中所起的重要作用以及建造锚锭的经过时，这个身体瘦削、面庞有些黝黑的80后年轻人，比画出一个非常优雅姿势去形容他们造的锚锭，说到他们施工中遇到的种种常人想象不到的困难时，他的声调不高，但很有股斩钉截铁般的磁性。

藏木特大桥的造桥缆索吊机塔架建在悬崖顶上，锚锭则建在更远更高海拔3500米的山上。从悬崖中间的公路上到浇筑锚锭的位置，上下高度不过200多米，但是坡度却有近80度，几近垂直，根本无路可走。为了"走"出一条上山的路来，王学栋让人将绳子拴在他的腰上，他先徒手爬上山，将绳子拴到树上，甩下绳子来让其他人抓住绳子上山来。就这样来来回回上上下下地反复勘测，硬是在两山之间的悬崖陡坡上修出了一条近1000多米上山的便道。职工看着修成的上山便道，来人就指给看，无不自豪地笑着说："瞧，我们的高原栈道，完全可以媲美抗战时期贵州那条著名的'二十四拐'公路呢！"

看着修通了的上山便道，王学栋又犯难了。爬上这海拔3500米的陡峭便道，人上去都要手脚并用，那庞然大物的挖掘机怎么开上去呢？

王学栋联系开挖掘机的机械公司，有的一听介绍情况，就直摇头表示挖掘机根本上不去。有的派挖掘机司机到现场来看，扭头就走，根本就没有商量的余地。王学栋一连联系了20多家，终于有一家挖掘机公司勉强同意接下这个活，可是每月租费张口就要7.6万元，少一分钱也没法干。

挖掘机公司少一分钱没法干，可山上浇筑锚锭是少了挖掘机没法干。王学栋请示项目部经理和指挥长，咬咬牙和这家挖掘机公司签下了高价的劳动合同。

"还是重赏之下，必有勇夫！"我松了口气说，"问题总算解决了。"

"哪里哟！"王学栋有点气，但还是很平静地说，"签下合同第二天，这家公司的挖掘机就开来了，准备上山。挖掘机司机头一天在下面围着上山的路整整转了一整天，没往山上开出去一寸。我们以为他在盘算挖掘机怎么个上法，也没有着急催他。可谁知第二天上班到工地，挖掘机没了踪影。原来司机不干了，连夜开跑了。"

"啊？这可怎么办？"

"天无绝人之路。最后还是朋友的挖掘公司知道了我们的难处，开来挖掘机上了山，帮我们解决了这个难题。"

说到这里，王学栋故意卖了个关子，问我："你说，就你眼前看到的这个样子，垂直高度200米，坡度七八十度，长1000多米的便道，一台挖掘机从山下上来，需要多长时间？"

我估摸了一下，说："这要是在平原上，1000多米的便道也就走半个小时。这在高原，又是陡坡，怎么也要爬上两三天吧？"

王学栋听了直摇头，笑着回答我说："第一台挖掘机从山下爬上山，整整走了57天。到锚锭施工点，20多天，总共走了80多天。"

"啊？"我再一次感到吃惊了。我想起中央电视台有档《挑战不可能》的节目，其中有台挖掘机爬上18米高的垂直钢架，也才只用了不到一个小时。我表示疑问："怎么会要走这么长时间？"

王学栋告诉我他也看到那档节目，但那机爬的直钢架有能吃劲的抓手，可以将挖掘机悬空挂住，而爬这近乎垂直的陡坡，有的地方巨石拦路，绕都绕不过去；有的地方又是水沟下陷，爬也爬不出来。最关键的是挖掘机的挖斗没有固定点可抓，借不上力。常常是刚刚爬上三米，又下滑两米，真是步步维艰，甚至随时都有挖掘机倾覆的危险，那将车毁人亡，后果不堪设想！

在挖掘机"爬山"的57天里，王学栋和项目部经理张立军、副经理孙军轮流天天盯在现场，挖掘机前前后后安排8个人进行引导和防护，每前进一步，都要及时固定防滑。总算把挖掘机开到悬崖顶，大大加快了锚锭基坑的开挖进度。

接下来锚锭浇筑又是一场比毅力、拼体力的硬仗。一个锚锭需要浇筑20立方米的钢筋混凝土，重达50吨。两个锚锭总重达100吨的砂石料、钢筋，都要靠人工背上山。海拔3000多米的高原上，人在平地走都觉得头重脚轻腿打软，何况要爬上海拔3500米的高山，真是对人体力和毅力的考验。垂直高度200米，不到两公里的施工便道，一个人一天只能背4趟，每次背35公斤，边走边大口地喘气，走几步就要歇一歇。有的走着走着就体力不支或因缺氧晕倒，后面的同志跟着继续往上爬。施工作业队的硬汉子们就像蚂蚁搬家一样一点儿一点儿地将100吨砂石料和钢筋全部背上山。其中4个锚锭预埋件，一个就重达500公斤，需要8个人抬，抬一个上山预埋件，就需要两天时间。

看到深深嵌在岩石里坚如磐石一般的巨大锚锭，我突然觉得，这锚锭，这坚定无比的锚锭，不正是有毅力、敢担当、更坚强的造桥人最形象的象征吗？造桥人正像这承受着巨大拉力的缆索锚锭一样，紧紧地咬定高原不放松！

就是靠着这股子咬定高原不放松的劲，这群造桥人在安装缆索吊拉侧索塔时，170米高、总重4000多吨的索塔采用节段拼装方法，每个节段9米高，用直径1米多的钢管拼装。按常规工序每7天拼装一个节段。他们优化施工工序，每3天完成一个节段拼装，大大节省了工期，为桥拱早日吊装赢得了时间。

就是靠着这股子咬定高原不放松的劲，藏木特大桥缆索吊24根直径60毫米、长度近1000米、重14吨的承重索，按常规工序整套系统安装调试时间要3个月。指挥长王远锋带着工程技术人员、现场施工员多次召开方案讨论会，群策群力，因地制宜，制订了一套详细可行的方案，6月12日开始过索，到7月5日完成了全部安装调试，工效提高了3倍，创造了公司缆索吊安装的新纪录。

就是靠着这股子咬定高原不放松的劲，他们克服藏木桥两岸山高坡陡，无法修建运输道路的困难，将2000多吨的水泥、砂石、设备，靠人工背运上山。缆索吊的16台卷扬机，每台重15吨，他们把每台拆解成几大块，用小型卷扬机分段拉上山。

就是靠着这股子咬定高原不放松的劲，指挥部的党政领导干部率先垂范，带着这支造桥团队苦干、巧干、拼命干，终于为大桥主拱的吊装赢得了工期。就在此篇刊发之时，这座雅鲁藏布江上最美最美的藏木特大桥主拱已经开始顺利吊装，不久的将来，她将傲骄地昂然屹立于蓝天碧水之间，为美丽的雅江峡谷增添一道惊艳的风景线。

藏木特大桥还正在建造中，大桥虽然尚未见雏形，但它的美却早已在藏区远播开来。

藏木特大桥真的是一座好美好美的桥：红色的钢管混凝土拱，宛如一道美丽的彩虹，在高原蓝天白云的映衬下，横跨在雅鲁藏布江藏木水电站库区的青山绿水之间。微风在库区水面吹过，荡起阵阵涟漪。弧形的桥拱，凌空的钢索，平直的桥梁，在碧绿的水中辉映出大桥别具艺术韵味的旖旎风采。上世纪英国著名的科学技术史学家李约瑟就曾在他所著的《中国的科学与文明》一书中说道："没有一座中国桥是不美的，并且有很多是特别出色的美。"只可惜李约瑟没能看到如今的中国桥,尤其是看看青藏高原雅鲁藏布江上的藏木特大铁路桥,不然,不知他又会发出怎样的惊叹!

正是因为藏木特大桥所具有的美丽韵味,桥还没有建成,先期而改扩建的桑加公路旁边就已经早早地修建好了远观大桥的观景台。到那时,留在游人手机、照相机里的不仅仅是藏木特大桥的美丽风景线,一定还会有"造桥人"和"他的桥"的美丽传说……

于是,我们相约,要不了多久,等到蓝图上美丽的图画变成现实,一定要再来观景台合影留念,将高原最美丽的大桥变成永远抹不掉的记忆。

李克强总理前来川藏铁路拉萨林芝段施工现场考察时,拉林铁路建设总指挥部王建盛指挥长高兴地向总理汇报:拉林铁路开工建设3年来,累计完成99.29%的路基工程,81.51%的隧道工程,96.22%的桥梁工程,在攻克高原高风险地质灾害的重点桥隧施工关键性技术创新方面取得突破性进展,为川藏铁路建设做了充分的创新技术储备和人才队伍准备。目前拉林铁路全线即将开始铺轨架梁,我们保证早日建成川藏铁路拉萨林芝段,以崭新的姿态去迎接川藏铁路全线开工建设的新挑战!

总理听了高兴地直点头,叮咛他们:这里海拔很高,一定要保重身体。

川藏铁路拉萨林芝段开工建设工期不到一半,完成投资任务却已经超过一半。开工3年已经完成投资196.45亿元,占设计总投资的53.67%。关键技术创新取得突破,全线铺架即将展开,站后工程进展顺利,质量安全稳定可控。

拉林铁路建设总指挥部指挥长王建盛信心十足地说:"修建川藏铁路是一场非常艰苦的苦仗、硬仗、恶仗,许多意想不到的困难和障碍就在前方，但是我们有信心以习近平新时代中国特色社会主义思想为指导，认真学习贯彻党的十九大精神，深入落实总公司党组对铁路建设工作的部署要求，动员川藏铁路拉萨林芝段全体参建干部职工不忘初心、牢记使命，交通强国、铁路先行，为早日建成川藏铁路，促进川藏两省区经济社会持续健康发展作出更大贡献!"

第三章　　新天路的大国工匠

2016年10月1日，是国庆67周年的喜庆日子。这天晚上，中央电视台的一段视频，在中铁二局拉林铁路工程指挥部以至整个川藏铁路拉萨林芝段参建队伍中，都引起强烈震动。

这是央视当晚电视专题片《大国工匠》第一集《大勇不惧》在新闻频道首播。专题片里报道的第一人，正是中铁二局拉林铁路工程指挥部的隧道爆破高级技师彭祥华。

"彭师傅上电视了，上中央电视台了！"

"咱们彭师傅真了不起，成了大国工匠第一人了！"

"啧啧，大国工匠！彭祥华可真给拉林铁路争光了！"

"大家快看，中铁二局在拉林铁路出了个大国工匠彭祥华！"

"彭祥华，大国工匠，好样的！"

……

消息一阵风地在拉林铁路迅速传开，在中铁二局集团公司迅速传开，在中国中铁迅速传开，在央视新闻频道所覆盖的全国范围迅速传开……

央视新闻频道《大国工匠》报道：彭祥华所在的中铁二局二公司，拥有出色的隧道爆破团队，承担过很多重大隧道的施工任务，彭祥华是这个团队的翘楚，被同事们公认为"爆破王"。

中铁二局二公司隧道爆破高级技师彭祥华和工友们开凿的是拉林铁路地质最复杂的东嘎山隧道。拉林铁路的地质基础是印度板块和欧亚板块的碰撞缝合带，属地震多发区，在这样的地质构造带上挖隧道，几乎等于在掏潘多拉的盒子。

决定精准爆破效果的关键因素之一是装药量，为此彭祥华一直是自己分装炸药，凭借多年分装炸药的经验，彭祥华能够把装填药量的误差控制得远远小于规定的最小误差。彭祥华说："药量控制不当的后果，就是欠挖，或者超挖，爆破面一点都不光堂，这都会造成误工和浪费。"

隧道内爆破面上通常有几十个炮孔，每个炮孔中的引爆雷管都要按照设计顺序爆炸，不同炮孔之间的起爆时差，在十几至一百毫秒间，还不到一眨眼的工夫。

每个炮孔的相对位置、精准装药量、引爆时间等因素，必须作为相互密切关联的系统来考虑，让它们以最佳效果相互作用，以求得严格控制下的合适爆破力度，那些在外人看来狂烈的爆破，在彭祥华的耳中是旋律清晰有序的弹奏。

巨大的爆破声冲破隧道，浓烟冒出洞口，随后最危险的工作就是走入爆破现场，检查效果和排除可能存在的哑炮，彭祥华阻止了其他工友近前，独自一人走进了隧道……这就是大工匠的担当，如山崖矗立，如长松挺身。

在拉林铁路，彭祥华的工友们为他以"大国工匠"的形象上中央电视新闻而惊喜，为他那平凡而又不寻常的事迹而震动。同时，工友们也在思考着：为何在看起来平常无奇的工作中，大国工匠却承受着常人不易承受的坚忍辛劳，担当着常人所不知的职责重任，练就了一身独门绝技？

同样在雪域高原，同样在拉林铁路，同样是筑路人，彭祥华能行，我们为何不能？

震动之后是行动，惊喜之后是惊人。彭祥华事迹在职工中激发起来的那股子不服输、不示弱、不落后的劲头，转化为"学大国工匠、比技术技能、敢作为担当"的能量惊人的行动力，在雪域高原描画着一幅幅雄壮的历史画卷，造就出新天路上新一代大国工匠！

工匠精神的代代传承

彭祥华的父亲是中铁二局的老职工，是新中国第一代铁路工人。中铁二局成立于1950年6月12日，前身为时任中共中央西南局第一书记邓小平同志设立的全国第一个铁路基建局西南铁路工程局。改组为铁道部第二工程局之后，贺龙同志亲自授予"开路先锋"的大旗。

中铁二局许多员工的父辈们也都像彭祥华的父亲一样，是中铁二局的老一辈筑路人。半个多世纪以来，他们高举着"开路先锋"的旗帜，逢山开路，遇水架桥，先后修建了成渝、川黔、贵昆、成昆、湘黔、京九、南昆、青藏等100多条铁路线，总里程达9000多公里，为共和国的铁路建设作出了卓越的贡献，成为名副其实的"开路先锋"。彭祥华的父亲20世纪50年代参加过的成昆铁路建设，因其地形险峻、地质复杂，被外国专家断定为"筑路禁区"，被联合国确定为上世纪象征着人类征服大自然的三大工程奇迹之一。

当年招工政策允许优先招收职工的子弟入职，因此，子承父业也就成为那时中铁二局补充新工的一个主要来源。中铁二局的职工子弟们顶替的不仅仅是父辈们的工作岗位，而是传承着父辈们敬业爱岗、精益求精、在筑路的每件工作中不断追求完美与极致的工匠精神。

中铁二局拉林铁路第二项目部副经理林文甫的父亲是中铁二局的一名老电工，林文甫刚参加工作的时候，就是在中铁二局跟着父亲学电工。

林文甫问父亲："是不是因为你是电工，就让我也学电工？"

父亲反问他："那你想干什么？"

"我想开山放炮、打隧道、架桥梁，那才叫气派，才是真正的修铁路呢！"

"你可别小瞧了电工活儿！你先把电工学好了再说。"

果然，没过几天，林文甫就让"电老虎"给狠狠地咬了一口，差点儿要了命！那是他学着父亲的样子接电源，他没有学到根本，却只照猫画虎，结果触了电，带电的线头吸在他身上，电流击得他浑身打战，身不由己。要不是父亲及时发现，从他身上挑开了带电的线头，他可能就彻底"交待"了。

"简简单单的电工活都干不好，你还想铺路架桥？"有了这次血的教训，父亲才现身说法给他讲，"干任何工作，可都别轻视大意了。不认真对待，都会要人命的！"

林文甫这才明白干好电工活儿并不简单，也这才理解父亲传给他的不光是电工技艺，而是干一行、爱一行、专一行的工匠精神啊！

从此他再也不跟父亲提出要改行去筑路架桥了，而是跟着父亲一心一意地学习电工，更学习父亲对工作认真负责的那股子劲头。后来因为工作需要，林文甫干过起重工、钢筋工、电焊工等多个工种，他始终按父亲的要求，认认真真做事，踏踏实实做人。

做电工他是好样的。他熟悉强、弱电各种电力电气工程施工、安装、拆卸、维护等方面的工作，尤其令他感到最有底气的，是自从那次被电老虎咬过之后，他再也没有触过电。有次施工中，由于电气设备故障需要紧急带电抢修，他从容自若地按照带电作业规范进行抢修，很快恢复设备供电，保证了施工继续进行。

做起重工他也是好样的。他熟悉各种起重机操作方法和安全规程，能够熟练操作各种起重机，吊装大桥施工物料准确无误，常常一次到位。特别是由于他有电工的底子，起重机的电气控制柜的电器、电路部分如有故障，他处理起来更是"手到病除"，职工都称他是起重机"医生"。有次林文甫指挥桥梁施工大型吊装作业试吊，他及时把电流、索距等所有数据记下来。等到正式吊装时，他已修正好了全部数据，提供给操作工，使复杂的吊装一次顺利完成。

做钢筋工他同样是好样的。他熟知钢筋品种、性能、规格、型号，根据常规钢筋混凝土构件的钢筋结构施工图，对钢筋进行除锈、调直、连接、切断、成型、安装钢筋骨架，就像是儿童做手工一样娴熟。每每看到亲手绑扎的大桥桥墩钢筋骨架、隧道拱架浇注混凝土成型，他就有种说不出来的痛快。

林文甫就这样经过多个工种岗位和多个施工项目的历练，从熟练操作工成长为工班长、施工队长，因为他有技术、有经验、有能力，上了拉林铁路，被中铁二局指挥部任命为第二项目部副指挥长。但是林文甫总不"习惯"于一旁指挥，还是习惯和工人一身泥、一身汗地在施工现场一起干。他说，看到彭祥华作为大国工匠上了中央电视台，我们更要以工匠为荣。不管干什么，我都还是中铁二局一名筑路的工匠。

第二项目部负责施工的令达拿隧道地质条件极为复杂，隧区岩石极易产生大变形。尤其隧道出口段落的细砂层十分松散，岩体自稳能力极差，按常规设计很难顺利开挖进洞。林文甫根据他的经验，结合隧道出口地质条件的具体情况，向中铁二局指挥部马前卒指挥长提出增设钢管桩加固处理的建议，以确保安全进洞。为保证施工安全，马前卒指挥长牵头与建设、设计、监理单位经过多次沟通，最终实现设计变更，在隧道出口50米段线路中线两侧10米范围增设钢管桩进行地表加固，洞口仰坡喷混凝土进行防护，修隧道出口导向墙、大管棚，终于成功完成令达拿隧道出口首次爆破，顺利实现进洞作业。

在郎镇一号跨雅鲁藏布江大桥四号江中桥墩施工时，按设计规范基坑围护采用旋喷桩止水作业。没料到2016年汛期雅鲁藏布江突发洪水，冲毁了基坑挡土墙，重新打再采用旋喷止水效果不好。林文甫赶到现场观察，在基坑开挖连续工序一蹲点就是36个小时，发现问题就出在基坑下部挖空后，填入的泥浆被水冲走，因而不能止水。根据他的经验，建议改用长臂挖机，挖开后填入黄土，利用黄土自然下沉去堵住漏水点。采用了林文甫的建议之后，果然奏效，基坑漏水点很快堵住，施工又继续推进。

袁万财，这位70后的壮汉，中铁二局拉林铁路第四项目部副经理，可是以"严"字出名的"工匠"师傅。

袁万财也是中铁二局职工子弟，他的父亲退休前是中铁二局高级木工技师。小时候，父亲常年在铁路建设工地上回不了家，有年放暑假妈妈带着他去铁路工地探亲。他曾远远地看到父亲立在大桥桥墩上，那时他还不知道那是在安装支护模板，只看到那桥墩就是在父亲的手下一节节往上长高的，他感到父亲伟大极了。

父亲木工手艺好，给他做了一套积木，从小教他搭房子、桥梁、隧道，而且每次只教一遍，就叫他自己搭。父亲教他很严厉，搭不成是要挨罚的。而每完成一次搭建，父亲都会给他表扬鼓励。

长大了，袁万财内招到了中铁二局。他跟父亲说，他想跟父亲一样学木工。父亲问他："真想学？"

"真想学!"袁万财肯定地点点头。

"不怕苦?"

"不怕!"

就这样,袁万财在中铁二局的第一个岗位,便是跟着父亲当学徒,学木工。

那时木工还没有现在这样多的电动工具,锯、刨、砍、削、凿,全都是人工力气活,挺苦的。袁万财跟父亲学木工,父亲让他先打下手干力气活儿,一根原木下好线给他,让他锯开成方成板。开始他不以为意,认为这些粗活没什么技术,可谁知道他一开锯、一抡斧,不是锯斜了,就是砍多了,刨板子也总刨不平,不知道废了多少料,更不知道挨了父亲多少批。直到他基本功练成了,父亲才教他下料、放线、打样,干结构复杂的精细活,把自己木工的全部手艺毫无保留地传授给了儿子。父亲严格要求,教他技艺,才让他很快成长为父亲的高徒。他那时还不知道这就是工匠精神,但他从父亲那里学会了严格、认真、仔细、耐心,还学会了吃苦耐劳,以企业为家,铺路架桥作奉献。

袁万财在施工方面也是多面手,最初是跟着父亲干木工,再后来,因为施工需要,又干过石工、混凝土工、起重工、开山工等许多岗位,当过工班长、施工员、施工队长,到拉林铁路在中铁二局指挥部第四项目部担任了副指挥长,在施工中他像当年父亲严格教他那样去严格管理、严格要求。

看到自己的同事彭祥华作为"大国工匠"上了央视新闻,他很受鼓舞,把这看作是中铁二局筑路人的荣誉,是拉林铁路的光荣。这以后只要在施工中发现问题,他就严厉批评:"这怎么行?立刻整改!我们可是大国工匠!要对得起这个称号!"

也许是因为干过木工,常常只用一只眼吊线、看水平,袁万财的眼睛练就火眼金睛一般。他到工地走一趟,搭眼一看,就能看出哪里有问题，哪里有违章。有次在堆巴特大桥施工现场，钢筋工正在绑扎钢筋骨架，他凭丰富的经验，一眼看上去有段绑扎得不顺眼，他走过去拿随身带的钢卷尺一量，果然钢筋焊缝长宽高都没有达到要求。他二话不说，叫来工班长就要求返工重扎。工班长怕麻烦，也怕耽误下道工序，还有点强词夺理。可是袁万财对钢筋绑扎的要求规格标准都装在心里，他脱口而出："按照规范要求，搭接焊和帮条焊时钢筋的搭接长度，双面焊不小于5倍D（钢筋直径），单面焊不小于10倍D，同一垂直断面上不得有2个焊接头，应分别错开500毫米以上。按照这个标准，你自己量量是不是符合？"

这下工班长没词了，只好返工，可心里还在嘀咕：这个"严"（袁）经理眼睛真"独（毒）"！不知道是工班长的口音问题，还是他故意为之，他一直叫袁经理为"严"经理。他也确实以"严"出了名。

为了保证返工的钢筋绑扎质量，袁万财说完之后，没有立刻离开，而是跟着钢筋班的工人一起干，他按照标准绑扎个样子示范给他们看。一边绑扎，一边跟工班长说："不是我跟你们过不去，是你们如果跟质量标准过不去，那么危害后果可就在后面跟你们过不去。标准就是标准，可一点儿马虎不得。你是工班长，大家可都看着你呢！你不带个好头，质量标准可就没保证了。我们现在干活儿，可要对得起大国工匠的称号哩！"

这就是大国工匠的责任感和荣誉感，他们要的就是无愧于这个光荣称号。

离开堆巴特大桥，袁万财又来到朗镇二号隧道，施工队二衬班正在进行隧道二次衬砌作业，袁万财又是"独具慧眼"，他一眼就看出问题来。

二次衬砌台车是隧道施工过程二次衬砌中的专用设备，用于对隧道内壁二次混凝土衬砌施工。二次衬砌台车有30个捣固窗口，混凝土浇筑过程中应对称浇筑，两侧混凝土高差不得超过0.5米，当本模混凝土方量比较大时，应适当放慢浇筑速度，加大看模力度。然而，袁万财看到的却是衬砌台车只打开了24个捣固窗口，还有6个捣固窗口因为位置不顺手，衬砌班没有打开操作。

袁万财看到这种情况，立刻严厉地叫"停"，责问："为什么只打开24个捣固窗口？还有6个为什么不打开？"

施工人员辩解说："不顺手，操作不了！"

"怎么可能？"

"不信，你来试试！"

袁万财真的挽起袖子就上到台车上面去了，打开关闭着的捣固窗口，从施工人员手上接过捣固棒就干起来，一边干，一边问询看模人员，指挥着泵送速度。二衬班的施工人员看着袁万财干，自己在一旁感到难为情了，也操起捣固棒在对称端的捣固窗口一同捣固起来，直到封顶封满。

走下台车，袁万财还是不依不饶，严厉地批评了二衬班长："你知道少开捣固窗口是什么行为？说轻了，是犯懒耍滑。说重了，是偷工减料，是对工程质量的严重不负责任，就是一种犯罪！"

袁万财的批评和他的亲自操作示范，让二衬班长和施工人员不由得心服口服，这样的事以后再也没有发生。职工说："有'严'（袁）师带着，我们这些他的手下，保证个个都是他的高徒！"

任启涛，是个90后年轻小伙儿。2014年大学毕业之后，在成都一个市政工程实习1年。2015年6月拉林铁路开工，他就随着中铁二局上了拉林铁路。问他为何不留在成都大城市工作，要上高原来呢？

原以为如今找工作不易，大学毕业能到中铁二局这样的工程单位，可能也是任启涛无奈的选择，可谁知任启涛不无自豪地说："我是中铁二局的'铁三代'。我爷爷、我父亲都是铁二局的老职工，我能在我爷爷、我父亲的单位铁二局，像他们那样地筑路架桥，我感到很骄傲！"

任启涛从小就听爷爷和父亲不止一次地给他讲贺龙元帅给爷爷他们授予"开路先锋"旗帜的故事，讲他们架桥的故事。因此，他特别喜欢大桥，从桩基到承台，从墩身到桥面，看到大桥在大江河谷中一天天长大，直到有一天大桥像彩虹般地飞跨天堑，他感到特别有成就感。

来到拉林铁路，正好他被分到第二项目部的桥梁工地。刚开工，项目部副经理林文甫就带着任启涛这些年轻的技术人员到施工现场勘察，给他们详细讲解大桥施工技术要领、方案展开、设备配置、人员部署。在大桥桩基钻孔时，为了保证桩基的钢筋笼质量和灌注质量，林文甫带着任启涛坚守在现场盯控，给年轻人讲解桩基灌注过程中所要注意的问题。在路基施工中，林经理又是经常带领任启涛他们在路基上进行巡查，从选料、筛料、开挖、填筑，将路基很有可能出现的质量问题一一给年轻人现场讲解，使年轻人在较短的时间了解了施工管理的各个环节要点。

林文甫还经常在周末空余时间开展知识技术讲座和座谈会，给任启涛和同期的年轻技术干部讲技术、教方法、传经验，也让任启涛他们自己讲讲施工中遇到的难题，又该如何解决，林文甫再一一点评，给予指导。

林文甫就是这样在各种场合传、帮、带年轻人，让任启涛他们逐步成长起来，提高自身技术水平，有了自我解决问题的能力，很快地也能够独当一面，独立完成各项技术工作。在任启涛负责的第二项目部第5段路基施工中，任启涛也就照样学样，像林文甫那样大胆管理，严格要求，每天盯控在工地上，把好施工质量关，确保第5段路基在2016年年底保质保量地完成填筑，得到了拉林铁路建设总指挥部和监理单位的一致好评。

看到任启涛他们这批"铁三代"快速成长起来，已经能够担当起大任，指挥长马前卒忽然得到一个重要的启示，那就是：没有永远的工匠，只有永远的传承。

是的，中铁二局曾经的骨干力，被称为"铁一代"的老职工现在完全退休了，被称为"铁二代"的中年职工已经接过"铁一代"的班，成为骨干力量；而年轻的"铁三代"也开始逐步走上重要岗位，担当大任。这就是工匠技艺的传承，是筑路事业的传承。有了这样的传承，企业才能始终保持创新的活力。

于是，中铁二局指挥部在拉林铁路现场开展了"导师带徒"活动。就是在大学毕业生或新员工入职到拉林铁路之后，选择思想好、责任强、技术精，堪称工匠的老职工，以"一师多徒"或"一徒多师"的形式，与新职工签订《导师带徒协议书》，要求每位师傅针对徒弟的特点，制订培养目标和培养计划，精心传承技艺，为各岗位培养优秀人才。

有的新员工第一次上高原，心里有种"恐高症"，心安定不下，更无心钻研技术。身兼中铁二局拉林铁路指挥部党工委书记的马前卒指挥长发挥思想政治工作的优势，在关心职工生活、搞好后勤保障的同时，在青年职工中开展学习和传承青藏铁路精神的专题学习教育活动，做好青年职工"传承精神、凝聚力量、安定人心、稳定队伍"的思想政治工作。

工匠精神的传承，青藏铁路精神的传承，对青年职工都是很大的触动，把他们心里那股不服气、不认输、不落后的劲头极大地激发出来了。他们说，老一辈从贺龙元帅手里接过"开路先锋"的旗帜，不能在我们手里褪色，更不能倒下！我们都是中铁二局人，一定要一代更比一代强！把中铁二局"开路先锋"的旗帜接过来，传下去！让大国工匠精神在拉林铁路更加发扬光大！

在拉林铁路，在中铁二局，代代相传的不仅仅是工匠技艺，更加闪耀辉煌的是工匠精神！

新天路大工匠之隧道工陈永

上个世纪80年代末，也许是90年代初，反正是那年秋月的一天，山西省榆社县云竹镇向阳村的一位陈姓村民因为一个极为普通的原因，普通到事后竟然都想不起来到底是因为什么事由，反正他打了他刚刚放学回家的孩子。

孩子也一定是知道自己做错了什么事，回到家背上的书包还没放下，父亲就一边骂一边脱下右脚上的布鞋，举着鞋底板朝他打过来，结果使劲太大，竟然一甩手将鞋子打飞。孩子知道大事不好，于是"三十六计走为上计"。他没再等父亲脱下另一只鞋子打过来，就夺门而逃。等父亲光着脚追到门外，早已不见了孩子的踪影，于是就骂："好你个狗崽子，有本事你跑，你跑得远远的就别回来！"

父亲的气话，没想到当晚就应了验。这孩子真的一跑就一整夜没回来。孩子的妈妈哭着向孩子的父亲要孩子。父亲没辙，带着孩子的弟弟妹妹满村子找孩子，问过了邻居问街坊，找遍了村子，就是不见孩子的踪影。这一夜，孩子全家、全村都没消停。

一直到第二天上学的路上，同学们才又看到这孩子背着书包的身影。于是有人告诉孩子的妈妈。妈妈急急跑来，孩子已经走进了教室。妈妈在学校门口等了一上午，一直等到孩子放学出来，妈妈一把抱住孩子，心疼地哭了，好像生怕他又跑不见了。

事后，家人问孩子那天晚上跑哪儿去了，怎么找遍全村都没找到？

孩子狡黠地笑了，领着妈妈来到自家院里新挖的地窖，指着说："就这里。"

原来，新挖的地窖是垂直往下挖3米多，再向两侧挖三五米好存放粮食、蔬菜，两侧的洞连起来就像一段地道，已经存放了一些刚收获的红薯。由于地窖新挖还没封口，大家也就没注意到里面会藏进去一个孩子，而这孩子恰恰就藏进大家都意想不到的地方。地窖里的地道给了孩子极大的安全感，至少能躲过父亲的一顿暴打。饿了，他就生吃红薯，有水分，还有点脆甜。困了，就在铺着麦草的洞底睡着了。

就是因为孩子的这段儿时的记忆太刻骨铭心了，他2002年高中毕业报考大学时，惊讶地发现大学招生专业名录里，竟然还有专门挖地道的专业。于是，他毫不犹豫地在第一志愿栏填写了"西南交通大学地下铁道与隧道工程专业"。

老师知道这孩子的学习成绩，报考重点大学的电子、航空、信息化等热门专业应该很有把握，如果再努把力报考清华、北大也不是没有希望，为什么要报工程专业？老师问他是不是再考虑考虑，换个专业？他摇摇头，很有主见地表示不换了。果然，这孩子以优异成绩，考取了他自己选定的大学专业，从此，也注定他和隧道结下了一辈子的不解之缘。

他就是中铁十二局拉林铁路工程指挥部巴玉隧道进口工区的工区长、隧道工陈永。

陈永，2006年从西南交通大学毕业。当年全国基建行业正火热，从北上广来学校招聘的建筑企业都到西南交通大学摆开擂台，争着抢招应届毕业生。陈永没有选择去北上广，而是选择家乡山西的企业，他与总部设在山西太原的中铁十二局签约，从地道的农家子弟转身为央企的一名员工，而且如愿以偿地当了一名专门挖山洞的隧道工。实现了从小立下的愿望，他已经十二分地知足了。

尽管在大学里已经学到了许多铁路隧道技术方面的书本知识，可是他总抹不去小时候对那段藏身地道的深刻认知。那就是他自由自在的小天地。

他太喜欢他现在的开挖隧道的工作了。铁路建设就是逢山开路、遇水架桥，不管前面有多大的高山阻挡，他们都能无坚不摧地在大山腹中开凿出一条平坦的钢铁大道。置身于亲手开挖的隧道之中，多大的高山险阻都挡在了洞外，他便有种儿时藏身地道那样的安全感，有种非常踏实的存在感和成就感。

记得刚走出大学校门，来到中铁十二局的隧道工地时，他还是一个没有一点儿现场施工经验的大学生。师傅第一次带他们刚来的大学生进隧道观摩施工，正好听到洞里掌子面放炮，吓得他赶紧跑出洞外，他还以为洞子要塌了。听到师傅在身后大笑，他才不好意思地站起身来，重新走进洞内。他喃喃低语，小时候父亲在家挖地窖里的那段地道的时候，是不放炮的，黄土地上的窑洞、地窖都是用镢头直接挖，父亲在前面挖，他跟在后面装土往外运。而现在他要开挖的，不是父亲的小窑洞、小地窖，而是将来要跑火车的大铁路、大隧道。是要用炸药来爆破，用机械来开挖，他觉得现在他比父亲要厉害多了，呵呵！

这些年来，陈永走南闯北，一直专注于隧道开挖。工程指挥部安在哪儿，他就打到哪儿。谈起参与修建过的隧道，他如数家珍：有石太铁路客运专线的南梁长大隧道，位于喀斯特地貌山区的宜万铁路红岩隧道、全长20.7公里，当时均为亚洲和中国第二长的太中银铁路吕梁山长大隧道，当时为我国高速公路第二长隧道的太古高速公路西山隧道，原神高速公路最长的野马梁隧道等等，加起来总长近百公里了。隧道工程施工的开挖班、支护班、衬砌班、测量班、试验班、机械班、技术班等各个工种工班，他也都干过。

陈永干一行、爱一行、钻一行，很快就熟练掌握隧道施工各工种、各环节、各流程的关键技术。干隧道开挖，他到掌子面一看，根据岩性就知道下一轮炮眼该在哪里打，每个炮眼该打多深，装多少炸药，爆破出来是什么样；干隧道支护，他根据围岩情况设计支护参数，能够准确判断在围岩自稳时间，快速完成一次喷射混凝土、打锚杆、联网、立钢拱架、复喷混凝土等支护工艺流程；干隧道二次衬砌，他熟悉各种模筑衬砌类型施工方法，能够做到既加固支护，方便后期隧道通信、照明、监测、防排水等设施施工，又美化衬砌外观；干测量，他熟知隧道各个点面部位的数据参数，能够准确无误地指导隧道开挖、衬砌不亏不欠、按图施工；干技术管理，他算得上隧道施工技术大拿，同事们有问题，都愿意先问问陈永该怎么办，每次都能从他那里得到满意的回答。

隧道施工深不可测，随时都可能遇到意想不到的地质灾害，在陈永参与过的隧道施工中，围岩崩塌、岩堆、软岩、变形、断层、突泥、流沙、涌水、岩爆、高地应力、高地热力等，几乎各种类型的地质灾害风险，陈永都见识过、经历过也治服过。在这个艰苦历练的过程中，陈永也完成了从小对小小地道留恋到对铁路隧道施工执着的华丽转身，他成长起来了，从一个农村走出来的稚嫩学生，成长为一个施工技术全面、熟练、精湛的隧道工了。

也正因为如此，当中铁十二局中标拉林铁路控制性工程巴玉隧道之后，指挥长点兵点将，特意点名从别的指挥部把陈永要来一起上拉林铁路。

把拉林铁路控制性工程巴玉隧道比作拉林铁路施工的"瓷器活儿"，那是一点也不过分。

雅鲁藏布江在古藏文中是"从最高顶峰上流下来的神水"的意思。她从海拔5300米以上的"世界屋脊"喜马拉雅山脉北麓发源，自西向东奔流在冈底斯山和喜马拉雅山之间，在流出藏南谷地进入桑日加查区段之后，雅江两岸海拔5500多米的大山更加向中间靠拢，将本来就狭窄的雅江挤压得更加拥塞不堪，雅江似乎也极为不满，发怒地咆哮着，江水也更加汹涌湍急地一泻百里，这便是被称为雅鲁藏布江大峡谷中的大峡谷——桑加峡谷。

桑加峡谷规划的阶梯水电站还在建设中，为了避开水电站，拉林铁路在桑加峡谷的喜马拉雅山一侧开凿全长13073米的巴玉隧道，隧道的进出口都在雅鲁藏布江边喜马拉雅山一侧的峭壁上，自然坡度最大达75度，地形陡峻，几乎垂直，而且都不通公路；进口下面便是深切峡谷、激流澎湃、狂呼怒吼的雅江，出口则在桑加峡谷东端的藏木水电站库区深达60多米的水域之上；隧道址区地面标高海拔3260～5500米，高差达2300米，隧道最大埋深约2080米。

2015年12月，巴玉隧道作为拉林铁路控制性工程先行开工，承建巴玉隧道的正是陈永所在的中铁十二局集团有限公司。

这天，中铁十二局拉林铁路工程指挥部白国峰指挥长带着巴玉隧道进口工区长陈永来到桑加峡谷，指着峡谷对面的山崖峭壁，说那就是巴玉隧道的进口位置，然后将巴玉隧道的情况给他作了介绍。

指挥长告诉陈永，巴玉隧道施工难度之大，就在于它虽然避开峡谷内施工的不便，然而也正是由于地形地势所限，峡谷内根本不可能再另外开挖斜井、横洞拓展施工作业面。这就使得13000多米长的巴玉隧道施工仅限于进出口两个作业面，你就是浑身有劲也施展不开呀！更为艰难的是勘探设计表明，洞内施工将会遇到中度以上的岩爆，这才是隧道施工最大的拦路虎。

最后白国峰指挥长对陈永说："巴玉隧道可真是个'瓷器活儿'，就等着你这个'金刚钻'来治服它呢！"

指挥长回指挥部了，陈永却还久久地坐在峡谷边上望着巴玉隧道的进口位置，一坐就是三个钟头不挪窝。直到吃晚饭的时候，进口工区的同事们才发现新来的工区长陈永怎么一下午不着面。有同事猜测："是不是工区长刚来就被巴玉隧道吓到了，又跟着指挥长跑了？"

了解陈永的说："不会，绝对不会。陈永不是那号人！"

后来，同事们还是在峡谷边上找到了工区长陈永。只见他在隧道设计图纸上勾勾画画，做了不少标记，笔记本也密密麻麻地写满了好几页。要不都说"生姜还是老的辣"呢，还是陈永匠心独具，一个下午对洞口地形地貌的观察，结合隧道设计图纸上给出的上千个技术参数，隧道进口的入洞施工初步方案已经跃然纸上。

说他匠心独具，还在于他的眼睛不光只盯在隧道入口一个点上，而是由点及面，他盯的是更大的面上。就是金刚钻，也不能硬碰硬！何况这里是青藏高原啊！隧道施工是在海拔3200多米的高原展开，高寒缺氧，连平地上走路都头重脚轻，气喘吁吁，此时他首先想到的还是人。人还是施工成败的决定因素。在这雪域高原之上，人能不能上得来，上来了能不能站得住，站住了能不能干得久，干久了能不能干得好。这些都取决于人。

在指挥长白国峰的指导下，工区长陈永带着大伙没有一上来就开挖隧道，而是先修便道、盖工房、搭便桥，先把临建和生活设施搞好了。让大家上来，吃，不但要吃得好，还要吃得有营养；睡，不但要睡得着，还要睡得香；玩，不但要娱乐，还要有益身心健康。

于是，进口工区最先建的临建就是厨房，配齐一应俱全的厨房电器，特别在高原水的沸点低，只有80多摄氏度，一般锅具做饭夹生，工区特意买来高原专用的高压锅具，从内地请来高级厨师，保证顿顿饭熟菜香。指挥部还安排专门人员车辆每周定期采购，给每个工区送来新鲜肉蛋蔬菜，确保营养供应。工区还建有职工文化活动室，业余时间组织一些棋牌、乒乓球、台球、书画、摄影等适应高原特点的低运动量的各类文体活动，满足青年职工业余娱乐文化生活需求。职工宿舍也尽可能地建得宽敞舒适一些，淋浴间保证24小时热水供应。

这期间，铁路总公司拉林铁路建设总指挥部和设计、监理单位的专家也多次到巴玉隧道现场给予技术指导，并将控制性工程的巴玉长大隧道施工列入拉林铁路科研课题，进行科研攻关。陈永抓住这些机会虚心向专家学习请教，提出他对施工方案的设想和建议，得到专家们的支持肯定，帮助更加完善施工方案。

磨刀不误砍柴工。在拉林铁路建设总指挥部和中铁十二局拉林铁路工程指挥部的帮助指导下，巴玉隧道进口工区做好了开工前的各项准备。

2014年12月18日，这是一个难忘的日子，有雪域高原的蓝天白云为证，有雅鲁藏布江的千山万壑为证，有藏东南各族人民群众和中铁筑路人为证，随着拉林铁路建设总指挥长王建盛的一声令下，陈永启动了巴玉隧道开山第一炮。轰然爆响的隆隆炮声在桑加峡谷久久回荡。

这是川藏线新天路拉萨林芝段铁路建设的第一炮。

这是宣告藏东南地区将永远结束没有铁路历史的标志性第

一炮。

尽管早在2.4亿年前，印度古陆板块开始向北朝着欧亚古陆板块俯冲、碰撞、挤压，由此引起昆仑山脉和可可西里地区的快速隆起、抬升，形成了今日的青藏高原。但是，青藏高原仍然是世界上最年轻的一座高原，至今青藏高原的边缘仍在不断上升。

拉林铁路正处于青藏高原东南部仍在隆升的边缘地带，活动山体内高原隆起抬升的向上地应力、大山巨大重力垂直的向下地应力和两大古陆板块横向碰撞挤压的水平地应力相互交织，三种高地应力大量积聚，在山体内形成巨大的应变能量。当山体没有受到扰动时，这三种高地应力势均力敌，还能保持相对均衡，给人一种稳定的假象。一旦山体有了裂隙，三种高地应力便集中朝着裂隙方向喷发出来。

隧道施工，便造成了山体扰动，于是，隧道便给高地应力的释放提供了机会，对隧道工程造成最直接的灾害就是，在硬脆性岩体隧道表现为岩爆，在软弱岩体则表现为隧道大变形。这两种隧道工程灾害在拉林铁路的施工中都有中强度以上的表现，而巴玉隧道则表现为岩爆。

当巴玉隧道进口顺利掘进到2000多米的时候，预料中的岩爆终于向筑路人示威似的宣告：岩爆，我来了！

当时是一次正常爆破作业之后，施工人员清理掌子面时，突然发现掌子面上的岩石块不等清理，便自动地一片片地剥落下来，还发生脆裂的声音。开始有人还开玩笑说，这是老天爷开眼，隧道不用爆破，可以自动掘进了。可是等到岩石突然爆裂，猛烈地弹射出来，差点儿伤及工人，这才感到事态不妙，赶快向工区长陈永报告。

工区长陈永听到现场人员报告之后的第一反应，便是高喊一声：岩爆，我来了！便冲进掌子面。

陈永接近岩爆掌子面时，岩石还正在爆裂中，大老远地现场人员就试图阻止陈永再靠近。陈永着急上火，对现场人员发了一通脾气："我是工区长，我不上前，谁上前？我不了解情况，谁来了解情况？"

此时此刻，陈永没有一句豪言壮语，语气急促了一些，但话却简单得不能再简单。就是这简简单单的几句，却让大家很快镇静下来。陈永靠前仔细观察了岩爆现场，迅速做了记录，并用手机拍了岩爆现场一段视频，很快上报给工程指挥部。

中铁十二局指挥部白国峰指挥长和乔志斌总工程师迅速赶到现场来了。

铁路总公司拉林铁路建设总指挥部王建盛总指挥长、负责专业技术的总工程师兼副总指挥长王睿、负责工程质量安全的副总指挥长朱锦堂和总指工程技术专家也都迅速赶到现场来了。

设计、监理单位的工程技术人员也迅速赶到现场，对巴玉隧道发生的岩爆进行现场调研，大家一致判断：拉林铁路高原高地应力地质特殊，隧道岩爆规模和程度均可能超过其他地区，对工程施工安全和工期会造成很大影响。

岩爆是隧道施工的世界性难题，专家们的科研攻关还在进行中，一时也提不出根本解决的好办法，施工却不能停下来等待。岩爆的突发毫无规律可循，有时是突然瞬间发生，有时又持续几个小时甚至几天。在这种情况下，工区长陈永一方面加强隧道施工人员的被动防护，给掌子面施工人员买来军用钢盔、防爆服，保护施工人员人身安全；另一方面，他一连几天盯在岩爆掌子面上观察，试图找出一点规律性的东西，尽力克服岩爆给施工带来的影响。

是陈永匠心独具，还是功夫不负有心人？在专家技术人员的指导下，经过连续几天的现场观察摸索，结合翻阅国内外大量的隧道施工岩爆防治资料，陈永琢磨出了一套"十八字令"的办法来克服岩爆。这就是"勤观察、预处理、弱爆破、少扰动、强支护、重安全"。

勤观察，就是掌子面爆破之后，第一时间采取看、摸、听的方式仔细观察，看爆破面岩石颜色发绿的、渗水的，摸岩石有裂缝、发潮的，听掌子面没有岩石开裂声音的，就肯定不会发生岩爆。反之爆破面光溜、干燥，能听到岩石噼噼开裂声音的，就极有可能发生岩爆，立刻启动岩爆应急处置预案。

预处理，就是爆破后，对掌子面进行预处理，清理危石、钻地应力释放孔、强注水软化围岩等，将大大减少或弱化岩爆的发生。

弱爆破，少扰动，就是减少炸药的填装量，进行小进尺光面爆破，尽可能地减小对岩爆区域围岩的扰动，弱爆破之后岩面应力保持相对均衡，延缓岩爆发生。

强支护，就是加大支护参数设计，根据岩性加密加长锚杆，及时喷射混凝土，强化隧道支护，有效防治岩爆。

重安全，是最重要的一个环节，就是高度重视施工人员的人身安全，制定岩爆应急预案，采取最高等级的防护措施，防止岩爆对施工人员的人身伤害。

同时，中铁十二局指挥部也加大设备投入，给巴玉隧道进口工区配备了一台三臂液压凿岩台车进行30米超前地质钻探预报，配合地质雷达对围岩情况进行超前探测，配备一台三臂液压凿岩台车开挖作业，一台湿喷机械手喷锚支护作业，以及挖掘机、装载机、自卸车等，形成从超前地质预报、开挖、喷锚支护、装碴运输等全流程机械化作业，既减少人员投入，确保人员安全，又加快施工进度，提高施工效率。

在陈永的带领下，巴玉隧道进口的施工又开始顺利向前推进了，目前平导洞月成洞210米以上，正洞月成洞180米以上，进口平导洞的工期由原先滞后赶超到超前2.4个月。

在巴玉隧道的掌子面上，什么时候都能看到陈永的身影。凿岩开挖，陈永在现场细心地做技术指导；爆破出碴，陈永也在现场调度指挥车来车往；断面支护，陈永还在现场进行安全防护检查。又一个工序循环开始凿岩开挖了，陈永准在掌子面上。别人一个工序干完出隧洞休息，他这个工序刚跟班干完，下一个工序又上去了。架子队的农民工说，只要在洞子里看到陈永在，我们的心里就踏实了。

陈永平常和大家有说有笑，没有烦恼。他的个子不高，换上肥大的安全防护服，穿上高筒雨靴，头戴安全帽，从背影看上去，和农民工没什么区别。可就是这个不起眼的小个子，一进隧道洞里，却立刻像换了个人一样，内心里充满着强大的正能量。

一次，他从二衬班打隧道衬砌的现场走过，突然感觉有点什么不对头。他又返回来看着二衬班工人灌注混凝土砂浆，他一眼看出混凝土砂浆流动得要快那么一点点，他将手伸进去抓起一把混凝土砂浆，砂浆从他的指缝迅速流出。他果断地叫停，指出这车混凝土不合乎标准要求，加水多了。他叫来试验班取样检测，果然这车混凝土砂浆含水配比高出标准0.02点，也就是说一车8立方米的混凝土砂浆，大约仅仅多加了一桶水。

陈永叫来衬砌班长，告诉他这车混凝土砂浆全部报废，重新配比。

衬砌班长心里佩服陈永的眼光厉害，任何一点儿马虎都休想在他眼皮底下蒙混过关。口里却委屈叫喊着："这不是浪费了吗？能不能这次将就着用了吧，保证下不为例！"

陈永严肃地跟衬砌班长说："没有下不为例。这次我把你放过，就是一次犯罪！"

接着陈永耐心地跟衬砌班长把道理讲清楚：混凝土中，除了空气以外密度最小的就是水了，混凝土的用水量越大，混凝土的密度越小，强度就越低。在隧道施工中，每一车混凝土都是唯一的一次，一次质量不合格，导致隧道衬砌强度不够，那就等于在隧道里埋设了一个定时炸弹啊，随时都有可能毁了整个隧道啊！

一席话，说得衬砌班长心服口服，可他还是没明白，陈永怎么就能一眼看得出混凝土砂浆不合格呢？

隧道测量班在隧道施工中起到引导和修正开挖方向的重要作用，首要的一项工作就是按隧道设计图纸的参数在现场放样，施工人员按放样开挖、支护、衬砌，这样才能保证隧道符合设计规范要求。有次测量班在隧道中线放样，按规定要求台车铺轨要将台车中线与隧道中线相吻合，这样才能以放样中线为基准去开挖。可是由于地形原因，台车中线与隧道中线总是相差三四厘米，怎么对也不能相吻合。为了赶时间，放线员将台车的中线往一边移动了三四厘米，人为地将两者相吻合。

陈永当时正在测量现场，就感到奇怪了，刚才还报告说错位三四厘米，怎么台车轨道没有移位，就自动吻合了？放线员再次报告，确认真的吻合了。

陈永还是不放心，自己爬到台车上去检查确认，结果发现了台车中线与隧道放样中线是怎样相吻合的。他狠狠地批评了放线员，当场责令测量班换人，并要求立刻纠正，重新对位。

事后，放线员主动找到陈永检查错误，陈永批评说："你要知道如果台车中线和隧道中线两者错位，后果十分严重。轻则导致隧道超挖或欠挖，造成误工或浪费，将错位延续下去，就不是错位三厘米、四厘米的小问题，而是错位三米、四米、十几米的大问题，甚至将导致隧道因开挖偏移错位而报废。这个责任你负得起吗？你、我都负不起！"

从此，这位放线员吸取教训，不但自己工作不敢再马虎，而且还自觉监督别人都别马虎。每次不管谁放线对位，他都主动再检查确认一遍，把陈永告诫他的话，给同事再学说一遍。

这就是对工作高度负责、精益求精的工匠精神，这就是严格要求、师徒传承的拉林铁路工匠们，在外人看起来是粗线条的铁路隧道施工人员，也一直在追求着只有自己能感受到的完美和极致。

在陈永的示范带领下，巴玉隧道进口工区的施工人员虽然身在雪域高原苦点儿、累点儿，但工作生活是团结的、快乐的。而支撑他们能够在高原坚持下来的，不正是这种可贵的工匠精神吗？

巴玉隧道进口平导在拉林铁路建设总指挥部组织的劳动竞赛中，多次获奖，2016年7月还荣获单月辅助坑道创纪录奖。

工区长陈永本人也屡屡获奖，被拉林铁路建设总指挥部评为拉林铁路优秀施工架子队队长，中国铁道建筑总公司科学技术一等奖，中铁十二局优秀共产党员、优秀技术员、敬业标兵、青年岗位能手、实干先进个人，被中华全国铁路总工会授予2016年在铁路建设中作出突出贡献的火车头奖章。他的科技论文《三台阶七步流水作业在西山隧道的应用》《复杂地质条件特长隧道施工技术》等，也先后在《山西建筑》等科技期刊上发表。

赞他获奖无数，荣誉有加，陈永淡淡一笑，说："这些都只能表明一时一事，过去的就过去了。而我还是我，永远的隧道工。"

永远的隧道工！这就是陈永的追求。

新天路大工匠之爆破工陈晋

喜欢放鞭炮，是男孩子的天性。陈晋现在还清楚地记得小时候自己第一次独立放炮的情景，那是过年的时候，他用爸爸给的压岁钱，在商摊上买了一挂小鞭和5个"二踢脚"。他没有将"二踢脚"放在平地上，点燃炮捻赶紧跑得远远地在一边看，而是直接用手轻轻地捏着"二踢脚"的上半部分，另一只手点燃炮捻，眼看着"二踢脚"从他的手上"砰"的一声直冲高空，接着在空中又是"砰"的一声炸响，烟花四散，看着都痛快。那挂小鞭，他也没舍得直接点燃一阵连响就灰飞烟灭，没了。而是把一整挂鞭炮拆零了装在裤兜里，他叫它们"小钢炮"，一个一个拿出来单独放，就可以听好几百次清脆的放炮声响。

小陈晋喜欢放炮，也想着法儿玩出了各种花样来。要么他一手拿一个"小钢炮"，一手拿着一根火捻，点着了迅速高高地往空中一扔，"小钢炮"像"二踢脚"一样在空中炸响，那声音听起来令他心花怒放，要么他将点燃了的"小钢炮"扔进易拉罐或铁桶里，感觉"小钢炮"不一样的爆炸声响；要么他把三两个"小钢炮"的炮捻扭在一起，埋进沙土里点燃，看"小钢炮"炸响后掀起一股烟一样的沙尘，他能想象出战场一样的场景；要么他调皮地将点燃了的"小钢炮"悄悄扔在小伙伴的身后，然后若无其事地走开，在一旁开心地看"小钢炮"炸响时小伙伴突然被惊吓的样子。

有一次他将点燃的"小钢炮"扔进下水道里，竟然引燃了下水道积聚的沼气着火，幸好下水道里的沼气浓度还不够大，才没有引发更猛烈的沼气爆燃事故。

这一小小的事故，不但没有让小陈晋害怕，反而引起他对爆竹的更大兴趣。他拆开爆竹，倒出里面一丁点儿炸药，他好奇这么点黄色的粉末，为什么会有那么大的威力？

"兴趣是最好的老师。"这是科学家爱因斯坦说过的话。小陈晋探求爆竹为什么会爆炸的浓厚的兴趣，引导着他去从书本里寻找答案，去求知、去探索爆破那瞬间的奥秘。于是，他高中毕业那年，报考了中国矿业大学土木工程专业，他想去专门研究爆破。

说到他高中毕业报考中国矿业大学土木工程专业，还是陈晋的父亲参与的选择。陈晋的父亲是1978年入伍的铁道兵第七师一名军人，当年曾在青海格尔木参加修建青藏铁路西宁至格尔木段。中铁十七局的前身正是当年的铁道兵第七师。父亲之所以帮助陈晋选择了土木工程专业，愿望是想让陈晋大学毕业后能够子承父业，还回到中铁十七局，也当一名筑路人，继父亲当年未竟之业，筑父亲当年未建之路。果然，陈晋大学毕业之后，放弃了南京市政单位的就业签约，毅然与父亲当年的铁道兵第七师三十五团、如今的中铁十七局五公司签订劳动合同，成为中铁十七局的铁二代。当然，这是后话。

大学四年，陈晋带着浓厚的兴趣去学习爆破专业知识。于是，他学到了，炸药是一种能在极短时间内由自身能量发生剧烈爆燃的物质。炸药剧烈爆燃时，能释放出大量的热能并产生高温高压气体，对周围物质进行稳定的爆轰式做功。爆破是一门学问，需要学习掌握炸药在空气、水、土石介质或物体中爆炸所产生的压缩、松动、破坏、抛掷及杀伤的作用原理，需要具备能量平衡理论、流体动力学理论、应力波和气体共同作用理论等基础理论知识以及熟练的操作技能。

于是，他了解了，中国古代最伟大的"四大发明"之一火药，被中国人用来制作爆竹以驱赶看不见摸不着的一个叫作

"年"的怪物，没想到年年驱"年"年还在，却又引来了西方列强用中国人的伟大发明制作成的枪炮，打开了中国的大门。而发明爆炸力更加猛烈的黄色炸药的瑞典科学家诺贝尔，很遗憾他的发明被人类用作战争，因而留下遗嘱，死后专门设立除各门科学奖之外的一个诺贝尔和平奖，以奖励那些致力于世界和平发展的人士。

于是，他知道了，在和平发展时期，利用炸药爆炸产生的巨大能量，能够达到人们预期的目的，爆破已经作为现代一种强大的生产手段而广泛应用于道路交通、水利水电、城市建筑等大型工程建设或是矿山开采，并且用途越来越广阔。

终于有一天，陈晋实现了自己从小立下的志愿，成为一名专业的爆破工程师。

2009年7月，陈晋从中国矿业大学毕业之后，入职中国铁建第十七工程局五公司，成为一名专职工程爆破的专业技术人员。入职以来，陈晋先后参与国内多条铁路、公路、水电基建项目建设，他将大学里学到的爆破基础理论与工程项目实践相结合，很快在工作中熟悉了各类炸药的性质和使用方法，能够熟练掌握铁路隧道爆破设计与施工技术、施工工艺等专业技能，安全高效地组织与实施各类爆破作业。

那个从小就喜欢放鞭炮的小男孩，如今已经长大了，可以更加开心地放炮了。每次当他下达起爆口令时，他还能想起小时候将手里的"小钢炮"火捻点燃高高地抛向空中的情景，只不过，一个"小钢炮"与现在他一次起爆上百个炮眼同时炸响的炮声逊色多了。

想到这里，陈晋不无自豪地笑了，笑得非常开心。

自从陈晋上了拉林铁路，在中铁十七局拉林铁路指挥部五公司项目部担任负责隧道掘进爆破技术工作的副总工程师之后，有段时间他实在是笑不出来。

川藏铁路建设中凡是能够遇到的高岩温、强岩爆、冰碛层、地层断裂破碎带、软弱围岩大变形等地质灾害，在中铁十七局拉林铁路指挥部五公司项目部承建的几条隧道里毫无例外地都有，其中拉林铁路控制性工程米林隧道全长11.56公里，是拉林铁路7个极高风险隧道之一，施工难度非常大。五公司项目部承建不到22公里线路，隧道就有20公里还多，长度占91.5%。另外布喀木长大隧道全长9240米，同样也是难啃的硬骨头。

工程爆破，绝对不像小时候放鞭炮那样好玩儿了。

在青藏高原如此复杂的地质条件下进行隧道施工掘进爆破，也绝对不像平原山区露天爆破那样轻而易举了。

负责爆破的工程师陈晋这下可遇到了大难题。他一连几天把自己关在工地的宿舍房间里翻看爆破理论书籍，查阅青藏高原地质资料，对比施工现场情况，研究设计爆破方案。这天，就在他苦心钻研的时候，中铁十七局拉林铁路指挥部王树成指挥长推门进来，把陈晋从纸堆里拉起来，说："走，别闷在屋里死读书，整日苦思冥想了，我给你介绍一个朋友。"

等到见了面，陈晋呆住了：这哪是同龄人的朋友？分明是令人尊敬的长者前辈嘛！

原来，指挥长王树成介绍的这位老朋友，是国内知名的爆破专家、中国铁道第五勘察设计院原副院长兼总工程师何广沂先生，他还是我国具有自主知识产权的科研成果水压光面爆破法的主要发明人，享有国家发明专利权。

指挥长王树成与何广沂先生是多年的忘年交了，王树成还没上拉林铁路的时候，就在渝怀铁路、张唐铁路等多个项目施工中得到何广沂先生的指点，采用他首创的水压光面爆破技术，在工程施工中受益匪浅。这次上拉林铁路，面对隧道施工遇到的前所未有的难题，他想，在青藏高原地质条件复杂的情况下，隧道施工不能强攻硬上，而要靠科技攻关，靠技术创新。王树成立刻想到了他的这位忘年交，要让他的科技成果盛开在雪域高原之上。而水压光面爆破法由于实施起来要比传统爆破法增加一道工艺程序，有些人图简单、怕麻烦，就不愿意采用。因此，何广沂先生也正为这一科技成果转化率一直比较低而着急。两个人一拍即合，王树成热情相邀，要让水压光面爆破的技术创新在拉林铁路建设中得到推广应用，在拉林铁路建设中转化为实实在在的工程成果。何广沂先生也不顾自己年已七十有八的高龄，毅然从我国海拔最低的滨海城市天津，一下登高上到海拔最高的"世界屋脊"青藏高原。来到中铁十七局拉林铁路指挥部，给职工面对面地传授水压光面爆破技术。

天津的海拔还不足10米，而拉林铁路所处的藏东南地区海拔都在三四千米。王树成指挥长开始还担心何广沂先生的身体在高原上吃不消，说："我们有先生的视频教学就可以了，有什么问题您就在天津视频指点我们也能行。"可是何老先生"固执"地要亲上高原，他对王树成指挥长说："你说的视频教学倒是个好主意，可是我人在天津，水压光面爆破怎么在拉林铁路放响呢？"

何广沂先生还是坚持上到拉林铁路来了。这可真是小工匠放炮男孩遇到了老工匠爆破大王，难得的一个学习拜师的好机会呀！

在中铁十七局拉林铁路指挥部施工现场举办的水压光面爆破技术培训班上，陈晋有种重回到大学课堂的感觉。课堂上，他认真听何广沂传授爆破技术，做了大量笔记。课下遇到不明白的问题，他就向何广沂先生请教，直到弄懂弄通为止。

"隧道掘进水压光面爆破"技术，是在打好的炮眼里先装填一节特制的"水袋"，然后装填炸药，再用"水袋"填充，最后用"炮泥"封堵炮眼。炸药引爆之后，利用水的不可压缩、能量传播损失小的特性，在炮孔周围岩石中产生的爆炸应力波经过水的传递，几乎无损失地作用于炮眼围岩，而且强度高，衰减慢，作用时间较长，有较高的爆炸压力峰值，在爆炸气体膨胀作用下产生的"水楔"效应，十分有利于岩石进一步破碎。同时，炮眼中的水在爆破瞬间雾化，可以起到降尘作用，大大降低粉尘对隧道施工环境的污染，有利于隧道作业人员的健康。

何广沂先生不光讲原理、讲理论，还亲自走进隧道洞里，手把手地教陈晋他们实际操作。第一次试验性水压光面爆破之后，陈晋头一个冲进隧道洞内查看爆破效果。果然，水压爆破比常规爆破威力更大，效果更好，并且爆破后的掌子面平整，危石大大减少，爆碴粒径更小，有利于出碴。

在老工匠爆破大王的亲授下，试点取得成功，陈晋和爆破手们也很快掌握了这门新技艺。中铁十七局拉林铁路工程指挥部在米林横洞召开现场技术观摩会，陈晋作了技术交流发言。指挥长王树成给予充分肯定，要求在中铁十七局承建的所有隧道施工中，全部推广水压光面爆破新工艺。

铁路总公司拉林铁路总指挥部设在朗县的现场指挥部李永亮指挥长了解到这一情况，将他分管203公里区段的施工负责人也召集到米林横洞施工现场做技术观摩，陈晋再次展示了他刚刚学到的水压光面爆破新技术，李永亮连连夸赞陈晋，要求在朗县现场指挥部的25座隧道、63个洞口作业面全部推广水压光面爆破新工艺。

老工匠满意地笑了，水压光面爆破的创新技艺在拉林铁路传承有人了。

小工匠开心地笑了，拉林铁路隧道施工爆破创新工艺进度大大加快了。

很快，陈晋所在的中铁十七局拉林铁路五公司项目部就从创新爆破工艺中尝到了甜头。

水压光面爆破大大提高了炸药的利用率。常规爆破每掘进1立方米需要1.19公斤炸药。采用水压光面爆破新工艺之后，每掘进1立方米只需要0.99公斤，节约了炸药用量。

水压光面爆破大大加快了掘进进度。常规爆破每个循环工序最多掘进3.1米。采用水压光面爆破新工艺之后，爆破效率大大优于常规爆破，每个循环工序平均掘进提高到3.3米多，最快一个月掘进302米，创造出拉林铁路隧道辅助导坑单月掘进的最好成绩。

水压光面爆破大大优化了隧道施工环境。常规爆破之后的大量浓烟粉尘聚集在洞内，久久排不彻底，随着隧道越打越深，排烟除尘通风难度就越大，所需时间就越长，工序拖延的时间也越长。采用水压光面爆破新工艺之后，由于炸药爆破产生的爆炸应力波，首先将填充在炮眼里水袋的水冲击成无数"水楔"，作用于围岩之后散化成的水雾微粒裹住烟雾粉尘，加重加快从空中悬浮状态落在隧道地面，大大减少了隧道爆破粉尘浓烟，隧道通风排烟时间由过去15分多钟缩短到5分钟之内，为下一道工序展开赢得了时间。

而陈晋在水压光面爆破法的工程实践中学知识、长技能、增才干，得到了中铁十七局指挥部、五公司项目部领导和同事们的认可，称他为项目部的爆破第一人、爆破师、新天路的大工匠。

说到工匠，人们总觉得可能是专门干那些精雕细刻活儿的手艺人。隧道掘进爆破是个很粗犷、粗线条的活儿，跟精雕细刻一点儿也沾不上边。可是，在陈晋的眼里，隧道掘进爆破，既是一门技术，更是一门艺术。

陈晋现在还清楚地记得小时候曾听大人讲过这样一个故事：瑞士钟表业举世闻名，世界价值不菲的名表都出自瑞士钟表家之手，其制作工艺精细到了极致。当美国步入工业发达国家之列后，美国人不服气，也制作了一个细若发丝的钟表螺丝寄给瑞士钟表家，表示我们也能制作如此之精细完美的钟表螺丝。可是过了不久，美国人收到瑞士钟表家寄回的包裹，打开一看，瑞士钟表家将美国人制作的钟表螺丝又寄回来了。美国人正在纳闷：这是为什么？却突然发现，原来瑞士钟表家在美国人制作的钟表螺丝的螺杆上又钻了一个螺丝孔，旋入一个更细的螺丝。美国人这下彻底服气了。

精雕细刻才是大工匠！精益求精才是工匠精神！这个故事给陈晋留下了很深的印象，听过之后，再难忘记，以至到现在都还在影响着陈晋的工作追求。那就是：在隧道掘进的惊天动地之间追求精雕细刻，在工程爆破的轰轰烈烈之间追求精益求精。

陈晋说："我们的大山虽然比不上钟表螺丝的精细，但比它的结构更加复杂；我们的隧道虽然比不上螺丝孔的细微，但比它的制作更加难于受控。这是工匠精神两个不同方向的极端追求，同样都是极致、完美！"

从这个意义上讲，陈晋和他的爆破师们何尝不是隧道艺术师、大山雕刻家呢！他们把筑路人的追求筑进铁路隧道，把筑路人的理想雕刻在雪域高原、大山之上。

一说起隧道掘进爆破，陈晋就如数家珍，有讲不完的话题：爆破技术其实是一种控制性技术，就是利用炸药爆炸释放出来的巨大能量准确地做功于隧道掌子面，使其沿着预定的位置掘进。比如我们负责施工的米林横洞及隧道正洞是二、二级围岩，采用全断面掘进。一次全断面爆破要打 120～130 个炮眼，最多要打 180 个炮眼。要准确控制隧道爆破掘进的方向、面积、进尺，炮眼的分布就非常讲究。不同位置、不同角度、不同深度、不同装药量的炮眼，爆破时起到的作用也都不相同。这些都需要爆破工程师陈晋根据现场围岩状况进行精心计算和设计。

比如说，掏槽眼在隧道断面的中心位置，专门开挖断面中心岩石的，是引导性的掘进主炮，需要较强的爆破力，通常打46个炮眼，每个炮眼深4.7米，装填炸药13截，围岩变硬时加装1截。

辅助眼在掏槽眼的旁边，在掏槽眼爆破挖开隧道中心岩石之后再爆破，乘势继续深挖岩石，起到辅助开挖作用，是辅助炮，通常打29个，每个炮眼深3.8米，装填炸药7截，围岩变硬加装1截。

周边眼在断面的轮廓四边，爆破时起到切割隧道轮廓成型的作用，因此炸药装填要恰到好处，使其爆破力正好沿隧道轮廓开挖，炸药多了就会超挖，而后需要回填。少了又会欠挖，需要补爆，两者都费工费料。通常打45个，每个炮眼底部装填炸药两截，后边间隔再装半截，围岩变硬加装半截。

底板眼在隧道底部，将来铁道铺轨就要铺在隧道底板之上，同样既不能欠挖，也不能超挖。通常打10个，每个炮眼装填炸药10截。

隧道截面下半段炮眼间距一般为50厘米，中段为40厘米，上半段隧道顶部圆拱部位为60厘米，并且根据掌子面围岩状况，每个炮眼间距还将随时调整。

爆破红线是引爆用的，每个炮眼一般用3.6米，加上周边连接，每轮爆破使用160米左右。

看陈晋对这些爆破的专业术语讲起来兴致勃勃，我们听得却一头雾水。看到陈晋丝毫没有停下来的意思，我们也不便打断，只好继续听他讲水压光面爆破的经济指标分析：以布喀木隧道为例，隧道开挖断面面积是多少多少平方米，炸药单价为多少多少钱，每个工序循环使用多少多少雷管，隧道每开挖1米节省雷管多少多少个、又多少多少钱，每道工序循环掘进进尺提高0.2米乘以隧道开挖断面面积再乘以人工费可节省多少多少钱，减少通风时间后空压机功率乘以节省时间再乘以电费再除以……再加上……再乘以……等于节省多少多少钱，再减去增加的支出费用多少多少钱，节省的减去增加的，每延米可节省412.4元钱，整个布喀木隧道开挖将节省……

因为无关文学，我们早就停下了记录的笔，但是仍然还在认真地听陈晋讲述他的经济指标分析，当听他说到最后一组数字时，突然来了兴趣，再追问陈晋一遍："你慢点说，采用水压光面爆破之后，布喀木隧道开挖将节省多少钱？"

"不到400万，粗略计算一下约380多万。"陈晋又看了一眼他的经济指标分析数据说。

"那么拉林铁路全线仅隧道累计长度200多公里，如果只有一半隧道掘进采用水压光面爆破新工艺，就会节省施工费用4000多万啊！"我们粗略地计算了一下，惊叹道。

陈晋很实在地说："这个账我没有算过，只算过我们自己的账。"

我们大笑起来，陈晋莫名其妙，不知我们为何大笑，但也跟着笑了，他的笑容很灿烂。

隧道施工靠爆破技术控制，要在大山的心腹中沿着预定设计的位置、方向掘进，这不仅仅是精雕细刻的掘进，在陈晋的手里，还是精打细算的掘进呢！

好样的，爆破工匠陈晋！我们一齐为陈晋点了一个大大的赞！

看到水压光面爆破新工艺在五公司项目部的试点推广取得进展，看到"爆破男孩"陈晋在拉林铁路爆破施工中的成长进步，中铁十七局拉林铁路指挥部王树成指挥长由衷地感到高兴。但他还有点"不满足","响鼓还需重槌敲！"他还要给陈晋再加码、再鞭策。

这天，王树成指挥长又来到五公司项目部找到陈晋，询问了陈晋的工作进展情况之后，突然问他："如果让你不搞水压光面爆破，再换种爆破方法，你行吗？"

"为什么？水压光面爆破不是挺好的吗？"

"如果还有更好的呢？"

"更好的？那就试试呗。"

"答应得不干脆，是不是有阻力？不行，我就找别的项目部去了。"

"别别别！"陈晋立刻起来拦住了指挥长，告诉了他实情。

原来，架子队爆破作业班最初推广水压光面爆破工艺就有懈怠，因为采用水压光面爆破要增加制作水袋、炮泥的专用设备和工序，同时也要增加一些费用。工人干活有一种惯性，干顺手了，就不想换别的方法干。因此，刚推行水压光面爆破时，架子队要增加设备，安排专人制作水袋、炮泥，而且青藏高原不像黄土高原那样制作炮泥专用的黄土随处可见，只有当地老乡知道哪里有黄土，架子队还要到当地老乡那里去买黄土。这些都是还没见到爆破效果，就已经实实在在增加了的架子队支出。因此，有的架子队爆破作业班对推广水压光面爆破新工艺有些抵触，有的工人还说："说白了，我们挖隧道就是来挣钱的，我们要进尺，要效益，用你们的话讲，就是讲究投入产出，追求经济效益。你在这儿试来试去的，耽误我们的掘进进尺，可算谁的？"遇到这种情况，陈晋不光要教技术，还要耐心地做工人的思想说服工作。也会把他们的实际情况向项目经理反映，给予试验经费上的支持。

为了推广水压光面爆破，陈晋天天盯在现场跟班作业，手把手地教工人按规定先装填水袋，再装填炸药，然后陈晋要逐个炮眼地测量炸药到炮眼口的距离，一半装填水袋，一半封装炮泥。当陈晋不在现场的时候，有的爆破作业班图快图省事，不按规定装填水袋和炮泥。陈晋发现后立刻制止纠正，给工人讲清道理，并且示范操作。等到作业班看到水压光面爆破实实在在地见成效后，才完全接受，自觉推广开来。现在刚刚用顺手了，见到效益了，如果再试试新的爆破作业法，陈晋担心工人会有抵触。可是听王树成指挥长说这可是更好的爆破技术，陈晋又忍不住好奇，跃跃欲试。

"什么好法儿？要不，就还在我这儿试试？"

艺无止境、精益求精的工匠精神再一次激励着陈晋去探索、去追求，而他的这种敢于实践的勇气，也得到了中铁十七局拉林铁路指挥部王树成指挥长、五公司项目部康艳军项目经理的大力支持，对陈晋的试验全过程提供设备、材料、人力和经费的保证，让陈晋安下心来发挥他的技术长项搞爆破技术创新攻关。终于，陈晋从指挥长王树成这里争取到了新的聚能爆破技术的试点推广项目。

这是何广沂先生的又一新科技成果。所谓聚能爆破，就是应用聚能效应预先设计、制作的线性聚能炸药罩，聚集炸药爆炸应力波对工程目标进行定向切割的爆破方法。多用于油气井聚能射孔、厚钢板聚能切割、高寒地区冻土层聚能击穿等，在隧道掘进中还处于试验推广阶段。

陈晋又一头钻进对聚能爆破的研究当中，把何广沂先生的理论成果，转变成一个个实践数据，进行推论、计算、比较、验证、设计、制作、试验，终于制成了适合高原隧道聚能爆破的聚能管。预先在聚能管里装好炸药，然后在隧道周边炮眼里按照设计的装填炸药结构，先装填一节小袋，然后将聚能管装入周边眼内，将聚能管槽的方向沿着隧道轮廓线方向放置，最后用水袋炮泥封堵炮眼。

试验爆破那天，项目经理康艳军和陈晋一道仔细检查掌子面的炮眼分布、间距，炮眼的封堵，爆破红线的连接，争取一炮打响，万无一失。

中铁十七局指挥长王树成来了，询问聚能爆破准备情况，鼓励陈晋说："放心大胆地试，没听说'六六六'农药是试验了666次才成功的嘛！我们有的是机会！"

总公司拉林铁路建设总指挥部的领导也来到了试爆现场，了解聚能爆破新工艺的试点进展和实际效果。

随着指挥长王树成一声"起爆"令下，陈晋启动爆破旋钮，米林隧道洞内100多个炮眼以小数点后面三位数毫秒的间隔爆破，洞外听到的只是一声惊天动地的爆响，爆破成功，并不等于效果最佳。陈晋不等烟尘排风除净，迫不及待地头一个冲进隧道洞内查看爆破效果，只见周边眼聚能爆破沿着隧道轮廓线准确无误地定向切割围岩，爆破面光整如砌，陈晋量石方、测进尺，爆破效果达到设计数值，聚能爆破取得成功，而且比水压光面爆破减少周边眼一半，减少钻孔人工，缩短钻爆时间，而效率更高、效果更好。当领导和同事们向陈晋表示祝贺时，陈晋却还在掌子面记录爆破数据，查找不足，准备进一步修订爆破参数，取得更大更好的效果。

另外一个隧道工作面曾经消极抵制过水压光面爆破的施工队长，刚刚接受和掌握了水压光面爆破技术，正干得顺手，听说陈晋又在鼓捣什么聚能爆破"新玩意儿"，他还是本能地不信，又消极抵制，不相信爆破还能爆出个什么花儿来。等聚能爆破试验成功，指挥部组织施工队长现场观摩之后，他也心服口服了，主动要求陈晋先到他们洞子去传授聚能爆破新工艺。

水压光面聚能爆破，一炮接一炮在雪域高原雅江两岸炸得惊天动地；爆破技术最新工艺，一个接一个在拉林铁路建设工地收获科技成果。

这正是工匠精神在拉林铁路最完美的体现。

采访要结束的时候，我们问陈晋为何对爆破技术如此执着，陈晋说出了他的座右铭，是习近平总书记在亚太经合组织工商领导人峰会上的主旨演讲里引用过的荀子《修身》名句："道虽迩，不行不至；事虽小，不为不成。"他说："拉林铁路是又一条造福西藏各族人民的高原天路，但是修建它却充满了重重艰难险阻。天路设计再好，不克服这些艰难险阻，是不会自动变通途的。因此，我们就要不断努力，有所作为，有所贡献，才能早日修通拉林铁路。"

拉林铁路米林隧道、布喀木隧道还在爆破掘进中，爆破工程师陈晋对隧道爆破技术的钻研并没有停止，他还在琢磨着、钻研着、不断改进着……随着青藏雪域高原万千大山那惊天动地的掘进，新天路大工匠们的理想和追求也在不断升华，在雪域高原新天路上永远发扬光大。

新天路大工匠之项目管理人惠宝

匠人的最早出现要追溯到距今七八千年前的原始社会末期，那时人类出现了第一次社会大分工，手工业从农业分离出来，才有了专门从事手工业生产的画匠、木匠、石匠、铁匠、泥水匠、剃头匠等工匠。看来，大凡工匠都是有一项工艺专长的匠人。从这个概念讲，似乎企业的管理者与工匠并不相干。

然而，现代管理理念认为，管理是科学也是艺术。随着科学进步和经济社会的飞速发展，社会生产的管理活动越来越复杂。因此，在客观上要求管理者必须掌握先进的管理手段和技巧，更加重视在长期的管理实践中，在具备一定素养、才能、知识、经验的基础上去研究、归纳、总结出一套高超的手段和方法，这就是管理的艺术。从这个意义上讲，管理者何尝不是大工匠。

中铁一局拉林铁路工程指挥部一分部项目经理惠宝，就是这样一个堪称新天路大工匠的项目管理人。

铁路工程施工无非就是逢山开洞，遇水架桥，虽然是个技术活，但也都是国内已经很成熟的技术，比不上高、精、尖的精密制造，主要还是靠实践经验的积累。因此，拉林铁路工程的指挥长、项目经理们，大都是铁路建设上的"老工程（功臣）"了，几乎人人走南闯北身经百战，个个身怀绝技战功赫赫。惠宝却是拉林铁路少有的几个最年轻的"80后"项目经理人之一。

惠宝是个身高1.82米的陕北榆林小伙。1982年出生在陕西省榆林地区清涧县宽州镇西沟砭村一个农户家庭。小的时候，家乡还没有通铁路，他第一次在学校的图书画报上看到火车的样子时，就被这个庞然大物强烈地吸引住了，他感到火车有一种不可思议的神奇，甚至把火车当作科幻的东西，眼见为实，他认为实际生活中不可能有这样的东西。

1998年7月，惠宝在家乡的宽州镇中学参加高考，他的学习成绩在全年级一直名列前茅。班主任老师很喜欢这个学习用功的孩子，用陕西著名作家柳青的话告诉惠宝：人生的道路虽然很长，但紧要处常常只有几步。你现在可正是到了关键紧要处的那一步。好好考，你一定能考到北京、上海的好大学呢！

惠宝回家在填写高考志愿的时候，父亲在一旁跟他说：

"今年长江发大水，咱们这儿的水也不小咧。"

"嗯，我知道。我在填高考志愿呢，爸！"

"咱家的窑洞破了，水都渗进窑里来咧。"

"嗯，我知道了，爸！我在填高考志愿呢！"

"村里好多家窑洞都破了，都等着修窑咧。"

"嗯，我都知道了。我填高考志愿……"

"我知道你在填志愿呢！我就想告诉你该填什么志愿！"

"什么志愿？"

"我跟你妈合计，家里的窑先不修了，攒下钱先供你上大学。你就填个上完大学能回来修窑、盖房、建屋的志愿！不光给咱家，给全村！知道不？我就是这个意思。"

说完，父亲走了，惠宝却停下笔想了许久许久，也想了许多许多……其实，惠宝从小立下的志愿就是长大了当个科学家。小时候看多了实现四个现代化的宣传画，科学家都是身穿白大褂，身后都是原子、太空、火箭、卫星什么的。1998年，那一年的第一天，我国和南非共和国正式建立外交关系。他从地图上地球的另一端找到南非，忽然觉得如果当一名外交官该多好，可以全世界到处跑。然而，他想的更多的，还是父亲那饱经风霜满脸皱纹的苍老面孔，想的是家里已经裂缝渗水的窑洞，想的是村民那些待修的旧窑破屋，想的是全村因为交通不便难以发展到现在还戴着贫困村的帽子甩不掉……

想到这里，惠宝毅然决然地在第一志愿上填上了"西安建筑科技大学"土木工程专业。他只想着4年后学成回到家乡，一定要用自己的一技之长为全村造屋、盖房、修窑洞，造福家乡的父老乡亲。

这年高考，惠宝取得了高出本科录取分数线30多分的优异成绩，老师很惊讶他本来有实力上北京、上海读个名牌大学的，为什么不去？

惠宝笑了笑说："我填写的不仅仅是我个人的志愿，这也是我父亲的志愿，是我们全村人的志愿。"

去省会西安入学那天，因为家乡不通火车，他从村里走到公路边上，坐长途公共汽车先到延安，再转乘火车去西安。汽车路过榆林时，正巧赶上榆林火车站开建，大型施工机械来来往往，工地热火朝天，榆林都要通火车了，那他的家乡清涧县还会很久吗？他的心情激动了好半天。车到延安，他终于看到了想象已久的火车，心里又是一阵激动，只顾得在火车站看来来往往的火车，差点儿误了上车。这时，他更坚定了他人生紧要处第一步的正确选择：都说要想富，先修路。将来学成回来，不光要给家乡造屋、盖房、修窑洞，还要将致富脱贫的铁路修到家乡来。

2002年7月，惠宝从西安建筑科技大学毕业，正好中铁一局集团四公司到学校招聘应届毕业生，他一听说这个单位是修铁路的，毫不犹豫地就和四公司签了劳动合同，迈开了漫长人生又一个紧要处的关键一步。

中铁一局集团有限公司是一个有着60多年历史的国有大型铁路施工企业，组建以来共修建铁路2.23万公里，占新中国铁路的七分之一，还承建了一大批市政建筑工程，承接过多项国外大中型工程，施工队伍遍及全国各个省、市、自治区。惠宝要去的中铁一局四公司也有着近50年的历史，先后承建了青藏、京秦、大秦、宝中、神朔、京九等国家重点铁路建设项目以及多个高速公路、机场、市场工程。

入职央企，惠宝就有了大视野。虽然他在造屋、盖房、修窑洞方面总是想方设法地给家乡的父老乡亲们提供一些技术上的指导和帮助，但他不再只局限于家乡那一个小地方了，他要有大胸怀、大局观。

筑路人筑路天涯，天涯所到之处都为民造福，这才是筑路人的大胸怀；中铁人奉献祖国，祖国需要之时可大显身手，这就是中铁人的大局观。

漫长人生路上紧要处的这一步,惠宝走得很顽强、很坚定,也很踏实。看看他入职以来的足迹:他筑路生涯的第一天,就从公司所在地大西北的中心城市西安,跑到大东北参加沈阳至大连高速公路改扩建项目建设;又从大东北,跑到大西南参加修建西昌至攀枝花高速公路、贵阳南环高速公路;又从大西南,再次跑到大东北参加修建丹东至通化高速公路;又从大东北,再到大西南参加修建贵州铜仁至大龙高速公路;又从大西南跑到中原参加修建河南郑州至江苏徐州铁路客运专线。这一路走来,惠宝一步步地在成长,从见习生成长为项目部技术员、助理工程师、项目工程部长、项目副总工程师、项目副经理、项目总工程师。2012年,惠宝刚刚30岁那年,就被提拔为中铁一局郑徐铁路客运专线工程指挥部二分部项目经理,成为中铁一局最年轻的项目经理人。

漫长人生紧要处的这一步,注定将要影响惠宝的整个人生。惠宝对他的选择无怨无悔。

2015年7月5日上午11点半,中铁一局郑徐铁路客运专线项目部项目经理惠宝还在工地现场,接到公司总经理孔凡强打来的电话:"公司总经理办公会研究决定,调你到拉林铁路工程指挥部一分部任项目经理。人事命令随后下发,你先交接工作,及早赴任。"

拉林铁路?那可是青藏高原!

挂了总经理的电话,惠宝在挂在墙上的中国地图上找拉萨和林芝,一个是西藏自治区首府,一个在藏东南,就是在这两个城市之间修条铁路。他又在手机百度上搜索了青藏高原的有关资料,对青藏高原有个大概的了解。回到家里,妻子也替他做足了功课:给他从药店买来补充血氧的红景天、诺迪康、速效救心丸,准备好保暖衣、防寒服。才9岁的女儿惠思瑜还专门教爸爸怎么使用微信视频聊天功能。

就这样，7月5日上午接到公司总经理要他"及早赴任"的电话，当天晚上他就乘飞机到了成都转机，第二天7月6日一早，惠宝转机就到了青藏高原。随后几天，惠宝的队伍也陆续到达，一分部在冈底斯山脉的奔中山下立营扎寨，挂上了中铁一局拉林铁路工程指挥部一分部的牌子，准备开始新的战斗。

可是，下车伊始，高原就毫不留情地给中铁一局这帮"不知天高地厚"的家伙来了个下马威！车停奔中山前，还来不及卸下行李，一行人就坐在地上大口地喘气，走路像踩在棉花堆上走不稳了，一个个摇摇晃晃地像喝醉了酒似的，脑袋清醒，就是指挥不动身子四肢。在接下来的临建中，每天都有人因高原反应不能出工，严重的需要安排专人陪护，送到山下较低海拔的林芝市医院去救治。有的高原反应稍微恢复过来一点儿，干脆就回家不干了。因此，一时间，一分部的施工队伍减员、缺员严重。

这一问题立刻引起了项目经理惠宝的高度重视，他意识到，工程管理中施工管理、质量管理、效益管理、安全管理等固然都很重要，但是最重要的还是人的管理。而在人的管理中，业务学习、技术培训、技能提高等方面的人员管理固然很重要，但眼下最重要的还是人的思想管理。必须要让职工安心高原、快乐生活，才能顺利施工。如果人都上不来、待不住，这工程还怎么干得了、干得好？

第二天，惠宝便叫停了正在搭建的项目一分部临建办公用房，改为先搭建职工宿舍和食堂。用最好的保温防寒彩钢板，盖最好的职工宿舍。买来最好的厨具电器，办最好的职工食堂。就是首先要让职工住好、吃好。一些老职工说："过去修路到哪儿都是住帐篷，再好点儿的住干打垒的土屋。现在条件好了，住保温防寒的彩钢板房，比老家的房子都漂亮。"

盖好职工宿舍、食堂，接着再建生产用房拌和站、料仓、钢结构加工场，最后建的是一分部的办公用房。

一分部离藏族村庄甲竹村很近，村里的藏族村民很好奇一分部这帮人变戏法似的几天工夫就盖起一排排漂亮的新房来，村里的男女老少纷纷前来参观，夸这是方圆几十里最漂亮的房子了。

高原气压低，烧开水80多摄氏度就沸腾了，用普通的锅煮饭常常夹生，下面条也煮不熟粘牙。惠宝打听到高原有专门的高压炊具，便嘱咐全套采购回来，蒸馍、煮饭、下面条，跟内地没什么两样。他还安排专人负责采购副食，从内地聘请手艺高的厨师，保证职工一日三餐四菜一汤，主食有米有面，副食有荤有素，一周饭菜不重样。职工们都说比在家吃得还要好呢！

解决了职工的基本生活需求之后，就该解决好职工医疗保健和精神文化生活的需求。一分部对职工和劳务工一视同仁，都安排了每年一次的健康体检。一分部专门设立了医保部，配备专职医生，重视职工高原病的积极防治。给职工印发高原工作生活注意事项，发现职工有不适应高原的症状，及时发现及时治疗，高原反应严重的及时送下高原进行救治。农民工在医保部看病拿药一律免费。每个部门还配置一台制氧机，隧道洞口设置吸氧室。

一分部还为职工购买了棋类、扑克、台球等活动量不那么激烈的文体活动用品，购买图书、订阅报刊，建职工文体活动室，一分部工会、团支部经常性地组织职工开展各类文艺活动，丰富和活跃职工业余文化生活。

惠宝看到一分部临建用地还有块一亩多的空地，农村长大的惠宝觉得这块地闲着可惜，他拿铁锹挖了挖土壤的厚度，觉得可以利用起来。便带着大家利用业余时间把这块地整理成菜地，惠宝给这块地起了个名字叫作"开心农场"，一分部每个部门承包一块"责任田"，喜欢种什么就种什么，比赛看哪个部门收获多。职工休息的时候，都争着去"开心农场"施肥、松土、除草，干得可欢啦！结果，到了收获季节，他们种出来的菜又多、又好、又绿色环保，送到食堂端上餐桌，职工说："这菜吃到口里的感觉都不一样！"

这天工余时间，项目经理惠宝到施工作业队和大家闲聊天，惠宝经常用这种方法，去了解职工和劳务工的需求和想法。惠宝问大家：以前有谁来过青藏高原？生活上还有什么难处？对拉林铁路施工是怎么想的？有什么好想法、好建议？大家七嘴八舌，有话也都愿意跟这个年轻的项目经理讲。

这个说："惠经理，上高原没说的，吃得好，住得好，一分部安排得这么好，我们保证一定也要干得好！"

那个说："以前从没上过高原，这是第一次。上来了也没觉得有什么好怕的。"

有的说："平原上怎么干，高原上也一样地干呗。没什么了不起的！"

还有的说："修路这么多年，什么样的隧道没打过！惠经理，您说怎么干，我们就怎么干，没问题！"

惠宝这一摸底，从大家积极乐观向上的情绪中，却发现了人员管理上的一个大问题。那就是对高原施工困难估计不足、重视不够的轻视现象。于是，惠宝把自己上高原之前所做足了的"功课"重新复习一遍，再讲给职工听，讲标段施工任务的分解，讲高原环境的特点，讲地质条件的影响，讲应对施工难题的措施。惠宝还把妻子告诉他的高原注意事项，毫无保留地告诉大家：在高原凡事行动要慢，动作要轻，说话声小，严防感冒等等。大家一边听，一边记，还笑着夸惠宝的妻子心真细，对惠宝真关心！

一分部的工程部和安全质检部也分门别类地对大家进行施工

前的人员培训，要求大家对拉林铁路可能遇到的地质灾害给施工带来的难题要有充分的思想准备，有针对性地制订应急预案。

一分部项目经理惠宝在项目管理上始终重视人员管理，而在人员管理上又始终坚持"两手抓"，一手抓施工队伍的稳定安心，一手抓精兵强将的技术培训，两手都抓住了"人"这个生产力的关键要素，使中铁一局拉林铁路工程指挥部一分部的施工任务完成情况走在了全线的前面，得到了铁路总公司拉林铁路建设总指挥部领导的多次表扬。

惠宝却谦虚地说："这又不是我的发明创造，这是毛泽东同志说过的一句话：'人间一切事物中，人是第一可宝贵的。在共产党的领导下，只要有了人，什么人间奇迹都可以创造出来。'"

苍茫大草原，一群狼紧紧跟在一群黄羊后面已经很长一段时间了，它们一直在伺机向猎物发起最后的进攻。

狼是群居动物，每一匹狼在群体里都有它的分工，都要为狼群承担一份责任。狼与狼之间的默契配合是狼成功获取猎物的决定性因素。此刻，有的狼在佯装放弃，让猎物放松警惕；有的狼在左，有的狼在右，从两侧辗转迂回，对猎物形成合围之势；有的牵头指挥，不时发号施令，组织最后的进攻。终于，群狼依靠团队的力量一鼓作气，成功地猎取了这群黄羊，满载而归。

这是保存在惠宝手机里的一段关于狼的视频，他每次在想什么问题的时候，总是习惯地打开看看，他说这样有助于他的思考。

在惠宝的办公室里，还有一本跟狼有关的书，是陕西师范大学出版社出版的《共同赢得未来：团队至胜的狼性法则》，书中揭示了狼群"纪律严明、团结一致、坚毅果敢、决不妥协、策略为上、求同存异、沟通交流、不断学习、生死相随"

的生存哲学，给他以很大的启发。于是，他把狼的故事讲给大家听，告诉大家狼是怎样地团结、工作、生活，纠正了大家过去对狼的许多"误解"。

这就是惠宝打造一支"狼性团队"管理理念的"前世今生"。在雪域青藏高原建设拉林铁路，正需要这么一支"纪律严明、团结一致、坚毅果敢、决不妥协、策略为上、求同存异、沟通交流、不断学习、生死相随"的"狼性团队"。

狼性团队纪事一：策略为上、求同存异的施工前期谋划。

拿到一分部承建任务的施工图纸，惠宝看到他们要承建的拉林铁路线路总长16.196公里。其中隧道共1.5座，总长为15.679公里，其中奔中山一号隧道6880米、奔中山二号隧道8799米，辅助坑洞长度3299米；涵洞共5座长254.36延米；新建卧龙车站一座，总造价83172万元。

这就是惠宝和他的工程技术团队的"猎物"，要将它拿下，不可盲目冲上，而是要事前好好地谋划谋划，策略为上。

于是，惠宝带着他的团队对照着施工图上的坐标，在雅鲁藏布江北岸没有路的地方走出一条路来，直奔奔中山隧道的设计位置进行现场踏勘。

一连几天，惠宝带着大家在奔中山十几米的陡峭山崖上爬上爬下，远测近量，又挖又钻，鼓捣个不停，有时还带几块山上的岩石回宿舍继续"研究研究"。

同事们有点不理解，问惠宝："经理，我们以前在东北、在西南，不管在什么地方打隧道，也没这么复杂呀！不都是按图施工吗？照着图纸干就是了。"

惠宝指着面前的大山说："你们看，咱们面前是雅鲁藏布江河谷，河谷对岸是喜马拉雅山脉，河谷这边是念青唐古拉山脉和冈底斯山脉。远古时期，这里可是一片大海。是印度大陆板块和欧亚大陆板块相撞，才隆起这青藏高原的万千大山。在这看似平静的大山内部，不知道有多少岩体在相互碰撞、挤压、扭曲、胶着，强大的地应力随时等待时机迸发。青藏高原跟内地不可同日而语，这里的地质条件要比内地复杂得多，不搞清楚了，不能盲目开工。"

惠宝说服大家坚持把现场踏勘工作搞完，然后把大家召集在一起，说："磨刀不误砍柴工。万事策略为上。施工前期准备是项目管理的一项重要工作，前期工作准备不好、不充分，施工时就会形成打乱仗的局面，所谓一步错，步步错。我们讨论讨论项目的前期策划。"

工程项目前期策划工作，可以达到工期、质量和投资三大控制目标；可以为项目科学决策提供依据，避免决策失误。经过几天来现场的详细调查，大家熟悉合同、图纸，找出施工的难点、重点以及潜在的风险因素，研究了风险应对措施。大家的讨论很热烈，惠宝听得也很认真，他善于集思广益，求同存异，将大家的意见作了很好的归纳，起草了《项目管理策划书及前期施工调查报告》，报告很快得到上级的批准，为下一步施工的顺利开展打下了良好基础。

狼性团队纪事二：团结一致、各负其责地向着共同的目标进取。

目标确定之后，管理的任务就是团结项目管理团队的每一个人，明确责任分工，向着共同的目标进取。在惠宝的项目管理团队里，每一个人都有明确的责任分工，团队成员团结一致，很好地发挥出 $1+1>2$ 的团队效应。

项目常务副经理兼安全质量总监崔福学分工负责项目精细化管理、施工生产和安全质量及标准化建设；项目总工程师强天基分工负责分部技术管理和试验工作；项目副经理李天军分工负责施工形象进度、安全、质量和标准化作业及现场文明施工；项目副总工程师王军分工负责项目变更及二次经营工作；

党支部副书记党新红协助党支部书记惠宝负责项目部党务工作以及地方协调、征地拆迁、电力、火工品安全、后勤等一部分行政工作；项目经理兼党支部书记惠宝全面负责项目工程管理和党务工作。

施工即将开始，项目常务副经理翟福学带着工程技术人员日夜连续奋战，在惠宝带领大家前期现场调研的基础上，编制了切实可行、操作性较强的施工组织设计和科学合理的施工方案，对一分部承建区段复杂的地质条件，确定了不同的施工重点和施工措施。

惠宝看到方案心里满意，嘴上却问："凡事预则立，不预则废，这个'预'就是计划、策划的意思。要想施工进展顺利，一定要预先制定好施工方案。这个方案能够确保工程顺利推进吗？"

翟福学十分肯定地回答："能！我们反复作了论证。方案也得到李有亮指挥长和徐和军指挥长的指导帮助，他们都充分肯定这个方案。"李有亮是拉林铁路建设总指挥部朗县现场指挥部指挥长，徐和军是中铁一局拉林铁路工程指挥部指挥长。

惠宝非常信任他这个团队每个成员，充分发挥他们的积极性，肯定他们的工作。于是，惠宝果断拍板："那就上报指挥部，方案批准后一定要科学管理、均衡生产、控制成本、争取最大效益。"

拉林铁路沿线交通不便，翟福学未雨绸缪，超前谋划，严抓物机管理，及时组织物机部尽快调查各种材料的料源、料价，对主要材料的供应及时签订协议，对项目主材一律集中采购，确保按时运送施工材料到现场。

"造船不如买船，买船不如租船"，这是上世纪我国现代化发展道路争论中的一段名言，如今惠宝拿过来用在拉林铁路建设项目上了。惠宝要求施工机械设备能够租赁的，采取片区集中租赁，引入公开竞争机制，选择服务好、价格低的供方使用，降低了成本。

奔中山一、二号隧道施工需要9台模板台车，因数量较多，翟福学提前确定模板的统一技术质量标准，及时调运模板到场，按期投入作业。他还根据现场实际需要，合理调配各隧道进出口和涵洞、车站的施工机械，避免设备的闲置浪费。

分工负责二工区工程安全质量管理的项目副经理李天军敢于负责，不怕唱"黑脸"。他常说："安全质量是工程管理的重中之重。项目部既然把二工区安全质量要我来分管，这个责任我就要负到底，既对项目经理负责，更对国家和人民负责！"

走进一分部，就能看到一条非常醒目的标语："创建安全文明工地，构筑优质精品工程"。这就是一分部安全质量管理的宗旨。李天军责任到位，整天奔跑在工地现场，对施工每一个环节的安全、质量进行有效把控，对特殊过程、关键工序和施工薄弱环节，强化严格的安全、质量管理，在安全质量管理上不敢有半点闪失。隧道光面爆破不规范，他盯在现场严格把关；洞壁衬砌厚度不达标，他严令返工；防水板挂设不牢固，他一律拿掉重挂。李天军的高标严管的确让他"得罪"了一些人，但更多的是赢得了大家的尊重和赞誉。

奔中山一号隧道出口，受地质构造影响岩性比较破碎，洞口被大片的破岩碎石所包围，按围岩地质分级多为五六级围岩，长达361米，一挖就垮塌，洞口难以开挖成型。没有成型的洞口，隧道施工根本无法继续掘进。针对这一施工难题，项目总工程师强天基牵头进行技术攻关，结合现场实际，动态调整了施工方案，解决了洞口开挖难题，洞口很快衬砌成型，隧道得以继续向前掘进。

党支部副书记寇新红配合工程的推进，做好职工思想政治工作和现场形象宣传鼓动，激发员工的积极性、主动性和创造性。还组织以"工程进度有保证、工程优质出精品、生产安全零事故、科技攻关有成果"为目标，以"比进度、比安全、比质量、比管理"为主要内容的劳动竞赛活动，掀起施工生产的一个又一个高潮。

拉林铁路建设总指挥部朗县现场指挥部在一分部召开的现场会上，项目经理惠宝介绍他们的经验做法时，一个字也没有提到自己怎样、如何，而主要介绍了他的"狼性团队"的成员作用。会下朗县指挥长李有亮责问他："怎么不说说你自己？"

惠宝说："真的不是我有多能、有多强！其实事情都是大家一起做的。"

这就是惠宝的"狼性团队"，这就是团队的力量。

狼性团队纪事三：相互沟通交流、不断学习进取的年轻人。

这天，惠宝去奔中山二号隧道进口例行检查，还没走到洞口，就远远地看到正排队进入隧道换班的作业队人员里有个员工没戴安全帽。因为进隧道员工都要戴白色的安全帽，只有他的脑袋是黑色的，因此惠宝一眼就看出来了。于是，惠宝快步走到作业队前，违背了他自己定的高原走路"步子要小、节奏要慢"的"硬性规定"，也顾不得正大口地喘气，就叫停了正往洞里走的队伍，叫没戴安全帽的员工出列。责问他："为什么不按规定戴安全帽？"

这位员工一摸脑袋，这才发现自己完全是粗心大意疏忽了，忘戴了安全帽。他知错认错，不好意思地低下头，没有任何理由争辩。

既然是这样，惠宝又狠狠地批评了带队的作业班长："带队为什么不认真检查？知道这样的危险后果是什么吗？"

惠宝责成作业班长作检查，员工现场改正，记警告一次。全队再检查一遍安全佩戴再进洞。他说："晚几分钟换班不要紧，安全出了问题，就有可能人进洞了，却再也出不来了！"

因为是雪域高原，环境艰险、气候恶劣，因此中铁一局拉林铁路工程一分部年轻人居多，许多都是80后、90后。从这件小事上，惠宝意识到年轻人的优点是他们正年轻，缺点却是经验不足。惠宝看到这一点，加强了团队成员的学习交流，增加了相互沟通。

惠宝给年轻员工到拉林铁路上的第一课，就是学规章制度以守严明纪律，学技术规范以保安全质量。惠宝说："如果员工不懂规章制度和技术规范，我们管理者应当负管而不教的责任；如果员工懂了还违反，那我们管理者应当负管而不严的责任。"

工程前期，一分部强化制度建设，结合公司管理手册和高原现场实际，细化了架子队管理制度、项目成本核算制度、工程变更设计管理办法、劳务队伍管理办法等，使管理人员和员工都有章可循。在施工期间，一分部注重员工和劳务工的技术培训，通过集中培训、个人自学、你问我答、小测验、师傅带徒等多种方式，提高职工的操作技能、学习能力和竞争能力，深化标准化管理，从而促进劳动效率的提高。

作业队分班作业，我出洞子休息了，你又进洞干活了，同在一个作业队互相不认识的情况都有。年轻员工说，我们在学习中不但增长知识技能，还增强了相互间的沟通、了解和交流。大家感到能在一个团队一起工作生活，那就是缘分，那就是情谊。几十年过后再来看，那都是满满的美好回忆，现在就要懂得好好珍惜呢！

狼性团队纪事四：领导率先垂范、员工紧紧相随的团队精神。

一分部的员工都知道，如果要找分部的领导，在办公室十次有九次找不到。因为他们都在隧道里、在涵洞下、在路基上、在施工现场。惠宝有句常说的"名言"："工程管理的最佳地点不在项目办公室，而是在施工现场。"

在一分部的施工现场，总能看到头戴安全帽、脚蹬防水靴、身着工作服的项目经理和副经理们和员工一起作业。都说雪域高原修建拉林铁路多么难、多么险，危急关口，领导率先垂范的带头作用，是现场管理的应有之义。因此，上拉林铁路伊始，惠宝就给项目部领导团队成员制定了施工现场领导带班制度，并且自己带头执行。两年多来，领导带班已经300多个班次，既现场解决施工难题，又大大地稳定人心，鼓舞士气。

90后小张家在陕西，小伙子听说项目经理惠宝也是陕西人，两个人攀上了老乡。小伙子听到惠宝的成长经历，心里暗暗下了决心，也要跟惠宝一样干出个模样出来。惠宝也挺喜欢小张这个小老乡，经常给他讲施工上的事。小张第一次上工地就来到雪域高原拉林铁路，从没进过隧道，第一次进隧道小张心里十分胆怯，担心洞子里的石头会不会掉下来？担心爆破会不会把洞子震塌？可是看到大步走在他前面的惠宝经理，小张紧张不安的心慢慢地踏实下来了。每当提起初次进洞的心理状态，小张都很不好意思，他说："看到惠宝经理立标打样走在前面，我还有什么好说的！紧跟着就是了。"

一分部的劳务工大都是农民工，春节是他们辛苦一年该回家过年和家人团圆的节日了。可是拉林铁路建设工期紧，高原冬季的严寒对隧道施工影响不大，为了保证工期，惠宝和项目团队成员研究，决定春节不休假，奔中山隧道施工春节不能停，大家在高原继续奋战。

听到一分部的这个决定，这天上班的时候，一分部驻地来了几十个农民工，把几个项目经理的办公室几乎围了个水泄不通。惠宝以为农民工是来上访的，急叫班子成员分头接访，及时化解矛盾在现场，绝不能将矛盾上交到指挥部。

谁知农民工听了惠宝给副手们交代任务，纷纷大笑起来。他们说："我们不是来上访的，我们是请战来的。"

"请战？请什么战？"

"听说分部决定春节不放假，隧道不停工，那我们也不回家了，要求春节和你们一起坚守高原，我们请的就是这个战！"

原来是为这个，惠宝松了一口气，但还是要项目经理们分头接访。只是接访的目的不是解决矛盾，而是解释隧道施工要不了那么多人，劝说农民工该回家的还回家。出来打工一年了，家人也都盼着呢！

最后，一分部施工作业队400多名农民工，200多人都坚持留在工地过春节，隧道施工是外甥打灯笼——照旧（舅）。

接着惠宝宣布：不回家过春节的职工，尽可能地让家属能来高原工地上探亲团聚，往返车票项目部全额报销！

农民工一阵欢呼！

惠宝又宣布：经项目经理办公会研究，决定在高原过春节的员工和农民工一视同仁，一律给予节日补贴。

农民工又是一阵欢呼！

这年春节，惠宝在工地和大家一起过春节。除夕之前，惠宝和班子成员一起，把新鲜的肉、蛋、奶、礼品送到各个隧道作业队，慰问来队探亲的家属。农民工激动地说："有这样的领导关心爱护我们，跟着我们一起干，我们再苦再累，也值了！"

靠科学的管理，靠团队的力量（这两点是项目经理惠宝的概括，员工们还补充了一点：靠领导的带头作用），中铁一局拉林铁路工程指挥部一分部的工程进度走在了前面。截至2017年4月25日，当年累计完成产值8613.5万元，开工至今累计完成41089万元，占任务总额的49.4%。

2016年，中铁一局在铁路总公司拉林铁路建设总指挥部评选获得的6个奖项中，惠宝带领一分部就获得了5个。在中铁一局集团的优秀项目部评选中，惠宝带领的拉林铁路一分部获得了第一名。也在这一年，惠宝个人荣获了全国"火车头"奖章。

面对各级领导的众多赞誉，面对各路媒体的众多采访，还有同事员工亲朋好友的点赞，惠宝的"获奖感言"是："既然管理和人类的社会活动相始终，管理艺术又何曾有末期？我还在求知、探索、实践。拉林铁路还在建设中，现在还不是我们喝庆功酒的时候，我们还需要紧紧依靠管理的创新、科技的运用、智慧的发挥、经验的积累，更重要的是团队的力量，去解决各种难以预料的施工难题。相信在这个过程中，我们将与拉林铁路同前进，与雪域高原共成长。"

这又何尝不是惠宝管理艺术的另外一种形式表达呢！

新天路大工匠之项目总工强天基

强天基2006年从兰州交大水利水电专业毕业入职中铁一局之后，在工程项目部待的时间比在家待的时间要长得多，跟同事、工友在一起的时间比跟妻子、儿子在一起的时间长得多。有次他从工程项目部回家休假，还穿着一身工地上的工作服，他的儿子强鑫竟然堵在门口，不让他进家门，表情严肃地询问他："叔叔，你找谁？"

强天基一脸的苦笑，跟儿子强鑫说："儿子，我是你爸爸，我回家了呀！"

儿子仍然堵在门口，看看穿着工作服的强天基，再看看屋里挂着强天基穿西服、扎领带和妻子的结婚照，还是不让强天基进屋，指着照片说："你不是我爸爸，你看我爸爸多帅呀！"

强天基去学校参加孩子的家长会，老师因为从来没有见过他来参加家长会，又是疑惑又是警惕地问："您是哪位同学的家长？"

每当提起这些，强天基总是淡淡地一笑了之，他说："这些无奈和尴尬，数数我们这些舍家别子、长年奔波在外的筑路人，哪个没有类似这样的经历？如果我们不舍小家，哪能为大家，为国家？习惯了，也就随遇而安了。"

眼下强天基在工程已经完工的湖北谷城至竹溪高速公路项目工程做收尾工作。这也是工程单位最为轻松的阶段，等到转战下一个新线建设项目，他们就又该紧张忙碌起来了。因此，项目总工程师强天基想利用这段轻闲时间，把爱人、孩子接来到附近风景名胜去好好玩玩，弥补这些年不能陪在家人身边的亏欠。

强天基安排好旅游路线，发微信给爱人。爱人非常高兴，当下就买了高铁车票，只等国庆节放假带着儿子来，一家人团聚去游玩。

可是计划总是不如变化快。正当一家人都沉浸在即将团聚快乐游玩的期盼之中，公司一个电话，将强天基的计划定格在美好的想象之中。

公司劳动人事部黄成武部长在电话那头告诉他："公司决定调你去拉林铁路，担任中铁一局指挥部一分部总工程师。先征求你的意见。"

黄成武告诉强天基，公司之所以决定派他去拉林铁路工程项目，是因为那里是青藏高原，高寒缺氧、环境恶劣，尤其是拉林铁路地质条件极其复杂，地质灾害极其频繁……

强天基刚要说什么，黄部长先打断了他的话："你现在不用着急回答我，你先想想，考虑好了，晚上我听你的意见。"

还不等黄部长挂断电话，强天基果断而又简短地跟黄部长回复了两个字："我去！"

这边强天基的爱人已经请好假，当她知道计划有了变化之后，她对一家人不能去游玩没说什么，对强天基要去高原很有意见，说，"你傻呀？那个地方可是青藏高原啊！去高原会有高原反应的，你知道不知道？我就知道好多人因为高原反应都从高原上下到平原上来了，你倒好，反其道而行之，从平原到高原？别人咋不去呢？"

强天基的回答很朴实，很实在，没有豪言壮语，也没有高谈阔论，就是一句大实话："拉林铁路就是天路，也总得有人去修吧！青藏高原就是再高，也总得有人去吧！你不去，我不去，他不去，那你说谁就该去？"

也不管妻子想通没想通，也不管儿子乐意不乐意，强天基给妻子儿子重新许下了一个听起来更美好然而兑现起来更加遥遥无期的全家人旅游团聚的承诺，自己只身一人从低海拔的鄂西山水画廊间，奔赴海拔3000多米的雪域高原西藏，加入到中铁一局拉林铁路建设者的团队中来。

这就是筑路人的天职，一个项目接着一个项目筑路到天涯！

这就是中铁人的担当，不讲条件不畏艰苦甘愿奉献筑天路！

担任工程项目部的总工程师，分管施工技术方面的工作，是强天基的专业长项，这次上拉林铁路，他不过是从一个项目部总工程师，平调到另一个项目部的总工程师，工作应当是驾轻就熟，没有什么难处。可是初上高原，高原就给强天基一个下马威。强天基一路奔波数天，车马劳顿千里，到了工地驻地，他直感到头疼脑裂，胸闷气短，喘不过气来，走路头重脚轻，像踩在棉花上似的站立不稳，吃饭没食欲，晚上睡不着觉。看来他的身体状况很不适应高原环境了。

项目部的同志知道他这是初上高原必然会出现的高原反应，于是让他赶紧先吸点氧气，坐下休息休息。谁知他这一坐一吸氧，就两个小时不想起来。来高原之前，他其实预先已经做足了功课。他突然意识到，这是不是就是人们常说的高原氧气"依赖症"啊？在高原如果总是依赖氧气，那可就什么也干不成了。

想到这里，强天基毅然拔掉氧气管，试着按照高原注意事项的要求，深呼吸、慢动作，说话也放慢语速、放低声调，来慢慢适应高原缺氧的环境状态。到了吃饭时间，本来就没有食欲不想吃饭的他，也勉强自己少吃一点。晚上睡不好觉，就躺在床上数羊：一只羊、两只羊、三只羊……数着数着，也不知道数到哪一只羊就睡着了。

就这样，强天基慢慢地逐一克服了高原环境不适应的种种难题，又活跃在总工程师的工作岗位上。

强天基查阅了大量的地质资料，组织工程技术人员作了深入细致的研究，对项目部承建的隧道施工中可能遇到的强岩爆、高地温、冰碛层等地质灾害作了周密的施工应急处理预案，有能力也有信心在地质灾害发生时做到万无一失。

奔中山二号隧道进口为三线洞口，地质结构为细砂层，黏结性弱，围岩自稳能力差，三线洞口这样大的开挖断面，开挖时很容易垮塌。面对这一施工难点，强天基及时向铁路总公司拉林铁路建设总指挥部报告，联系设计单位一同对奔中山二号隧道洞口地质情况进行钻孔补勘，取得翔实的第一手地质资料，又查阅了大量技术文献，在此基础上，他组织工程技术人员重新编制了奔中山二号隧道进口地表加固方案和进洞开挖施工方案，将原来设计洞口地表加固直径42毫米小导管，变更为直径76毫米钢管桩注浆加固。在洞口钢管桩注浆施工前，他带着作业班先进行试桩。一次不行，再试；加固不够，再加固，直到取得最优注浆参数，及时进行工艺性试验总结。正式加固作业开始，强天基和项目部班子成员轮流带班作业，技术人员日夜盯在现场值班，确保了注浆效果达到施工要求，为洞口开挖打下了坚实基础。

洞口开挖作业，原设计方案是双侧壁导坑法，不适应现场地质条件，还容易影响工期。强天基组织工程技术人员调整进洞施工方案，将工法变更为三台阶七步法，得到总指的批准。按说已经可以按变更后的工法施工了。可是强天基还是不放心，连日到现场观察研究，由于奔中山二号隧道开挖断面大，安全风险大，而且台阶过高，现场施工难度也大，施工质量得不到保证。于是，他发动大家共同研讨，大家七嘴八舌，群策群力，将隧道施工通常采用的三台阶七步法，根据隧道围岩实际状况，做了一些小小的改进优化，他们把这一小改进称为四台阶九步法，以更加适应多线大断面开挖，安全系数也大大增加，质量和工期都得到了保证。开挖中，强天基和领导班子成员全程盯控，严格按照设计和施工方案进行作业，使隧道洞口开挖顺利渡过三线大断面的软弱围岩段，进入单线小断面施工。这一具有创新意义的改进工法，引起了拉林铁路设计单位中铁设计二院的关注，派专人前来观摩。奔中山二号隧道被铁路总公司拉林铁路建设总指挥部评为2016年"优质样板工地"。

奔中山一号隧道内的冲沟流水，是中铁一局一分部施工的又一大难点。隧道要穿过一段近400米长的冲沟，冲沟内有一条约10米宽的地下河，常年流水不断。此段隧道拱顶距地面最小距离82米，覆盖层为块石土，施工具有很大的安全风险。

强天基知难而上，一连几天钻进隧道洞里不出来，连续观察洞内河道涌水情况，做好现场水文、地质资料的收集整理和分析研究，结合现场情况改进施工方案，取消了拱部系统锚杆，采用直径89毫米钢管棚加强支护。对冲沟地段预先采用注浆措施，对岩体进行加固，封堵涌水、渗水点，同时对地下河道进行铺砌，防止渗漏水引起岩体垮塌的危险。对预计可能遇到的冰碛层，做好隧道超前地质预报分析，收集和借鉴帷幕注浆工艺工法技术资料，提前编制好帷幕注浆施工应急预案，经过组织专家论证，得到了拉林铁路建设总指挥部的批准。

隧道冲沟涌水的排水如果是顺坡，也就是下坡道，可以利用水的自流，排水本来不是难题。可是在奔中山二号隧道斜井，因为是反坡，也就是上坡道水不能自流，排水就成了问题。强天基经过实地观察测量，斜井日涌水量达2600多立方米。他根据隧道坡道情况，在3%、4%、9%的三段坡度上设计了三级排水方案，既不造成动力浪费，又不造成斜井隧道内积水，有效地解决了排水难题。

一段时间以来，"有难题，找天基！"竟然成了中铁一局拉林铁路指挥部一分部同事和工友们的口头禅。而强天基的回答是："找天基，没问题！"

拉林铁路多少难题，在强天基和他的同事们手下，一个个被攻克。

雪域高原美丽天路，在强天基和他的同事们手中，一天天在延伸。

精益求精，是拉林铁路工匠的职责所在，更是一种精神追求。

中铁一局拉林铁路指挥部一分部承担施工的奔中山一号隧道在克服了各种施工难题之后，又顺利掘进的时候，强天基又开始"找事"了。

隧道掘进到1100米处，这天，强天基对隧道进行例行技术检查时，忽然发现隧道掌子面不平整、无光面，隧道周边严重超挖。

理想的爆破，炸药应力波沿着隧道的轮廓线对山体围岩进行切割。超挖就是爆破应力波没有按照隧道轮廓线开挖，而是向隧道外围岩体超限多挖了围岩。这样在隧道二次衬砌时，为了使围岩和隧道洞壁之间无空洞，就需要用大量的混凝土去填充超挖部分，造成费工、费时、费材料，大大增加了施工成本。

看到这样的情况，强天基没有简单地批评施工队的作业人员，而是细心地对掌子面爆破残留炮眼进行观察、研究、分析，找出原因所在。他终于发现，隧道围岩已经有了变化，而施工队没有及时调整爆破参数，还按原有爆破设计作业，在围岩变化的情况下，原来设计的炮眼间距就显得过大，而施工队为了图快图省事，只想少打点炮眼，每炮再多装些炸药，多炸些石方量，就在周边炮眼装填炸药时超过了标准的两截用药量，这样直接造成严重超挖，也增加了爆破成本。

原因找到了，强天基还是没有硬性地责令施工队整改，而是跟工人现场讲解水压光面爆破新技术新工艺的原理，讲解爆破参数的设计依据和作用效果，并且根据围岩变化，重新进行了爆破参数调整设计。

爆破工老陈有着多年的爆破经验，他对强总工程师的这一番"纸上谈兵"的调整有些不服气，认为是强总工这是没事找事，耽误了他们的掘进进尺，于是冷嘲热讽地问强天基："你打过几年炮眼？"

强天基大学毕业就当了工程技术员，的确没有一线实际操作过打风枪，于是他实话实说："没打过。"

"你炮眼都没打过，还来指导我们打炮眼？"

"我学过爆破理论，我知道……"

"你知道什么？炮眼密一点、疏一点，炸药多一点、少一点有那么重要吗？爆破哪能像车工那样精细，大概齐就得了。"

强天基听了，也不反驳，只说："我们试试就知道了。"

经过强天基调整后的爆破方案现场试爆，一举成功，爆破后的掌子面就像是剪切刀割一样基本沿着隧道轮廓线开挖，爆破光面度大大提高，让施工队的那些爆破工心服口服，二话不说，自觉主动地按照强天基新的爆破设计进行整改。

强天基离开现场后，先前对强天基不服气的爆破工老陈在强天基的背后直竖大拇指说："瞧瞧人家，这才是高手呢！到底人家是总工程师嘛，没有两把刷子，能服了人？"

工友们笑他："人家强总说了，这叫科学。你那充其量只能算作经验，还过时了！哈哈哈……"

雅鲁藏布江谷地山大沟深，施工所需的场地有限，为了节约用地，同样也为了便于质量集中控制，提高质量标准，中铁一局拉林铁路一分部建成了钢构件加工场集中加工，所有隧道钢构件都由钢构件加工场集中加工。这样，加工场的质量控制就显得更加重要。为此，强天基主持在钢构件加工场推行了二维码合格证的技术应用。在钢构件加工过程中，运用二维码合格证来加强质检过程控制流程的辨识，可准确反映出钢拱架单元名称、加工制作责任人、质检工程师验收责任人、监理工程师确认责任人以及验收合格出场时间等信息，确保钢构件质量控制落实责任到人。

开始有人对此不以为然，说："搞什么二维码，麻烦不麻烦？"

强天基说："百年大计，质量第一。怕麻烦，就不要搞工程！搞工程，要的就是精益求精这股子劲！精益求精，就是要把责任分解到每个环节、每个人身上。"

隧道洞壁在爆破出碴、清理危石之后，要先做一次衬砌为初次支护，然后在一次衬砌初支的洞壁打热熔胶片，挂防水板，再做二次衬砌，隧道洞壁就完成定型了。打个比方，隧道的二次衬砌好比隧道商品的"外包装"，初次支护和防水板是"包装"里的内容。看隧道合格不合格，不能只看"外包装"光堂不光堂、好看不好看，关键要看"包装"里的内容实在不实在，有没有空洞瑕疵。可是隧道成型验收时只能看隧道的"外包装"，看不到"包装"里面的内容。因此，强天基抓隧道的质量控制，体现在隧道施工的全过程，尤其是在"包装"前要把好质量关。每道工序前，他都要到隧道施工现场对上一道工序进行仔细检查。挂防水板作业前，他要看初次支护锚杆的数量、长度够不够，间距是不是符合标准；在二次衬砌前，他要看防水板挂得平不平整，牢不牢固。

一次，作业班正在隧道洞壁挂防水板，强天基到现场抽查发现了问题。他没有当场指出问题所在，而是把作业班长和现场施工的工人叫来，他用手轻轻地一掰已经挂好的防水板，防水板就掉了下来。然后他拿起掉下来的防水板问施工人员："挂好的防水板为什么掉下来？"

"你用手掰的呗！"工人中有人小声回应，引得一些人发笑。

"不错，是我用手掰的。可这样挂不稳，如果换作二次衬砌注浆时，是不是会移位，或者也掉下来呢？"

强总说得对，的确是这个道理，作业人员没人敢再应答。

强天基接着给作业人员讲道理："防水板如果移位或者掉下来，就起不到防水作用，还会造成二衬空洞不实，直接影响隧道的整体性。这可是严重的质量问题啊！你们想到这个后果了吗？"

作业人员静静地听着。强天基再接着讲："为什么防水板没挂牢呢？是因为热熔垫片打得不够，间距过大。按照规定，拱顶热熔垫片的间距应当是50～80厘米，拱腰、拱墙应当是80～100厘米。可是你们有的人是不是图省事，就少打了热熔垫片，这才是防水板挂不稳的直接原因呢！"

强天基摆事实、讲道理、列数据、谈后果，一番话让现场作业人员心服口服，佩服地说："强总真是火眼金睛，盯得够细的。连我们挂防水板少打几个热熔垫片都一眼看出来了，您是怎么看出来的呢？"

强天基故意卖个关子说："看细微之处。"

细微之处见精神，而这也正是工匠精神在强天基身上的完美体现。

新天路大工匠之安全总监吴佩印

中国改革开放之后，出现了许多新名词，"农民工"就是其中一个，而且还是中国特有的。农民和工人本来是两个截然不同的概念，农民就是务农人，工人就是做工人。当农民的户籍和工人的职业合二为一之后，你就弄不清他到底是农民，还是工人了。

吴佩印就是这样的一位农民工。他的确切身份是中国铁建第十八局集团公司拉林铁路工程指挥部第二项目分部安全总监，即使他已经被公司正式聘用为合同工，他已经进入到第二项目分部领导班子成员之列，但是他说，他觉得他的骨子里仍然还是一个农民工。

下面，我不得不用大段的非文学语言来叙述一下吴佩印这样体制外的农民工进入体制内的背景。

中国自进入21世纪以来，铁路建设突飞猛进，尤其是遍布全国四纵四横的高速铁路网络快速建设，铁路建设的投资连年大幅增长。资料表明，"十五"期间，国家铁路基本建设投资2700亿元，平均每年500多亿元。到了"十一五"期间，铁路建设跨越式发展，规划投资2.95万亿，实际投入4.2万亿，其中基建投资超额比例接近90%，年均投资超过"十五"期间10倍多。"十二五"期间，铁路建设与投资经历了大起大落的V形反转走势。至"十二五"末期，铁路建设投资再回历史高点，连年投资规模达到8000亿元，年均通车里程达到8000多公里。

新建铁路项目井喷式地快速上马，一时间令工程施工单位应接不暇，一个铁路工程局此前每年平均承包铁路工程量只有区区数亿元，一下子迅速猛增到每年承包数十亿、数百亿元的铁路工程。大量的铁路建设工程承揽下来，自己的施工力量却又一时跟不上，于是，一个叫作"架子队"现象的产物在铁路工程乃至整个建筑行业出现了。

说到架子队现象，还得先说说它的前身。

改革开放，农村实行土地承包制，极大地解放了农村生产力，大批富余的农村劳动力都以青壮年农民为主，纷纷离开农村走进城镇，参加城市建设。而城市处处都是大工地，急需大量的劳动力。就在这样的情况下，一个叫作"包工头"的新"职业"应运而生。包工头并没有工程投标的资质，却能从工程单位那里分包到一些工程。包工头也没有公司单位，却能将进城来正着急找不到工作的农民召集到他的旗下，将自己分包到的工程活儿派给他们干。包工头就这样恰到好处地在劳动力供需双方之间起到了重要的关联作用。

但是，工程转包、分包的弊病接着就显现出来了，一些素质不高、不懂技术的包工头偷工减料、违规操作、事故迭出，豆腐渣工程频繁曝光，还有包工头克扣农民工工资的问题也屡屡发生。2005年，建设部下发《建设部关于建立和完善劳务分包制度发展建筑劳务企业的意见》，对施工企业劳动用工制度进行转型改革，规定工程总承包企业不得将工程违反规定发包、分包给不具备用工主体资格的组织或"包工头"个人。《建筑法》更是明确规定，违法转包、分包工程的将责令改正，没收违法所得，并处罚款，可以责令停业整顿，降低资质等级，直至吊销资质证书。

在施工企业用工制度改革的新形势下，当时的铁道部创新了架子队这个铁路建设市场劳务用工模式的改革新尝试，专门出台了文件，积极倡导架子队的管理模式。所谓架子队，就是工程作业队的基本框架是管理监控层加上作业层的组成模式，也就是说，工程作业队由施工企业搭建一个负责施工管理的管理层"架子"，劳务企业提供负责施工作业的劳务人员，其中大部分都是与劳务企业签订了劳动合同的农民工。这样就从法律形式上把包工头彻底排除在了现场作业序列之外。

于是，21世纪之初，在中国铁路工程建筑领域出现了一个独有的"一队两制"的"架子队"现象：在同一个施工作业队，发挥施工管理作用的"骨架"是工程承包企业的人，实际发力现场作业的"肌肉"是劳务企业的；"骨架"人员都是体制内员工，包括队长、工程师、技术员、安全员、质检员、实验员、材料员、领工员、工班长等，而"肌肉"力量都是体制外的农民工，包括开挖工、爆破工、钢筋工、混凝土工、电焊工、架子工、模板工、起重工、普通工、安装工、钳工、电工等。体制内员工和体制外劳务工最大的区别不仅仅体现在工资收入、福利待遇上的不同，最根本的还是身份上的不同，前者是工人，后者是农民工。

吴佩印这个农民工就是这样进入到中铁十八局隧道公司施工作业架子队的，参加过多个铁路、公路建设项目，一开始从架子队的开挖工、架子工、混凝土工、钢筋工等工种干起，从架子队的"肌肉"一步步干到架子队的"骨架"，当过架子队管理层的工班长、领工员、质检员、安全员等，直到被公司正式聘为合同工，被委以中铁十八局拉林铁路工程指挥部第二项目分部的安全总监的重任。但是，吴佩印还是忘不了他当农民工的这段珍贵的人生经历，忘不了还是农民工的这些工友。他常说："是农民工的这段经历锻炼了我，是中铁十八局对农民工的重视培养了我。我是从农民工里成长起来的，因此，我为农民工骄傲，为农民工自豪。什么时候我都忘不了——我是农民工！"

难哪！揽瓷器活儿需要金刚钻，拉林铁路呼唤大工匠。

中铁十八局中标的是拉林铁路第9标段39.26公里线路，其中隧道就有35.8公里，占了第9标段线路总长的九成还多，川藏铁路拉萨林芝段最长的达嘎拉隧道17.3公里，就在中铁十八局的标段内。

这时，中铁十八局指挥部第二项目分部经理张秋莹把目光盯在了吴佩印身上。

张秋莹是一位"老功臣"了，他参建过的铁路、公路、水电建设项目无数、获奖无数，可是他还是自谦自己不过是个"老工程"而已。这次领导派他上高原之前，张秋莹做足了功课。高原的艰险他早有耳闻，拉林铁路的艰难他也有预知，但是，作为一名共产党员，一个基层项目部的优秀指挥长，他不但要无条件地服从组织决定，还要勇于冲锋在前。尽管他战略上藐视雪域高原和拉林铁路上的重重艰难险阻，但他在战术上是非常重视如何打好这一硬仗的。张秋莹选精兵强将，配最新设备，查地质资料，学高原知识，公司领导也给予张秋莹大力支持，要人给人，要设备给设备，目标只有一个，那就是发扬中铁十八局的前身铁道兵第十八师能打硬仗、勇于胜利的优良作风和光荣传统，坚决打赢拉林铁路这一仗。

张秋莹和项目部书记彭玉军一起点兵点将，项目分部副指挥长、总工程师都到位了，工程部长、安质部长等重要岗位人员都配齐了，施工作业队管理层、技术层的"架子"都搭好了，施工作业人员也都上来了。然而，这时安全总监的位置还在空缺着。因为张秋莹把目光盯在了曾经是农民工的吴佩印身上。

吴佩印是个80后小伙，家在宁夏南部贫困山区西海固的一个小山村。得益于教育扶贫的资助，吴佩印没有因家庭贫困而辍学，坚持读完初中、高中，又考入宁夏交通技术学院公路与桥梁专业学习，2005年毕业后到中铁十八局隧道公司，被架子队聘为施工作业人员，从此吴佩印跟着架子队走南闯北东征西战，开始了他的筑路生涯。现在已经被公司正式聘为合同工了。

张秋莹是看着吴佩印锻炼成长起来的。他看中这小伙子能吃苦，隧道里工作服一穿、胶靴一蹬，扑在掌子面上开挖、爆破、出碴、喷锚、衬砌、捣固，他什么活都能干，什么苦都能吃，一身泥、一身水的你根本就看不出他是个大学生。

张秋莹还看中这小伙子勤学习，他在架子队里不是那种让怎么干就怎么干的"老实人"，而干什么都爱问个为什么，领工员派完活他爱问爱琢磨为什么要这样干，干完活技术主管验收他爱问爱琢磨这样干了怎么样。工作之余他还在上长安大学的本科函授，继续充电学习。在施工作业中遇到问题，工友们总爱先问问他。往往不等技术主管到现场，他就已经解决了。

最让张秋莹看中的还是这小伙子的认真劲。给他派活，只要是他认为错了的，命令他干，他也坚决顶着不干，他还能给你讲出道理来。可是如果是他错了，你能说服他，他拼命也要干得直到让你叫好才行。因此，只要他施工作业干出来的活儿，验工员很放心，几乎可以"免检"合格。

有人说吴佩印有些固执，认死理儿。可张秋莹却说他这是负责任，有担当。吴佩印就是这样从架子队的"肌肉"干成"骨架"，从受指派干活的施工人员干到带班管理的头儿。因此，张秋莹决定上拉林铁路，让吴佩印把二项目分部安全总监的担子挑起来。

这一决定一下子在架子队里"炸了窝"：

曾经的农民工竟然当上了项目部安全总监！

曾经的农民工竟然进了项目部领导班子！

曾经的农民工竟然成了管农民工的了！

曾经的农民工……

张秋莹的决定在项目部领导班子里也引起了非议：吴佩印

毕竟还是公司聘用的农民工，我们自己体制内的职工、大学生那么多，提拔怎么也轮不到他呀！

可是，张秋莹坚持不这么看，在班子会上，他尽力说服大家："吴佩印有技术、负责任、敢担当，除了没有一个体制内固定工的身份之外，他什么都不差！我们不要纠结他曾经是农民工，他有技术、有能力，更是一个合格的、优秀的大工匠，这正是我们修建拉林铁路攻难克险最需要的。"

其实，张秋莹对"农民工"这个改革开放之后才有的新名词很有看法。农民就是农民，工人就是工人。谁能说说，农民工到底是农民还是工人？因此，在张秋莹眼里，就没有农民工这个词。只要是在他项目部施工作业的架子队，不管是"骨架"，还是"肌肉"，不管是体制内，还是体制外，他都一视同仁。所谓的"农民工"，都是中铁十八局的新型工人。他说，扒拉扒拉我们这些老工人的今生前世，不出三代，全都是地地道道的农民。要说这就是农民工，我们全都是农民工！那么，中国还有产业工人吗？

最终，张秋莹还是力排众议，说服了大家。施工企业，安全为天。项目部安全总监不管钱不管物，却专门给人"找碴儿挑刺过不去"，扮演的是拉得下脸、下得了手的"黑脸包公"的角色。张秋莹不怀疑吴佩印的技术、能力，但是，他还是有点担心吴佩印不够大胆、自信。因此，在吴佩印走马上任之前，张秋莹指挥长把公司任命吴佩印为拉林铁路工程指挥部第二项目分部安全总监的人事命令交给吴佩印时，用他那天津人特有的幽默感故意很轻松地跟吴佩印说："小吴，给你个事儿干干，成吗？"

吴佩印从张秋莹手里接过人事命令一看，吃了一惊："项目安全总监？我能行吗？"

"你是技术不行，还是能力不够？"张秋莹有意激将他。

"我管得了农民工，还能去管体制内的员工吗？"安全总监这个岗位只对施工安全负责，对项目指挥长负责，施工中只要是违规的安全隐患，他都要管，包括架子队管理层、项目部、工程部、安质部等部门的那些体制内的部长们。吴佩印因此心里还是有些打鼓。

"给你了项目安全总监的尚方宝剑，你就大胆管你该管的事。你管它体制内还是体制外，都是中铁十八局拉林铁路第二项目分部的。"

就这样，有第二项目分部领导班子的信任，有项目分部张秋莹指挥长的支持，吴佩印这个从农民工里成长起来的工程技术人员，走上了中铁十八局拉林铁路指挥部第二项目分部安全总监的重要岗位。

都说工匠有点儿倔脾气，其实那是一种执着。说到安全总监吴佩印，他还是以较真倔强出了名。

上任中铁十八局拉林铁路第二项目分部安全总监岗位的第二天，在项目部就看不到吴佩印的影子了。

不知道的说："这叫什么？一当官就转起来了？深居简出了？"

知道的说："看到他去达嘎拉隧道工地去了，说是要现场安全包保，住在工地不回来了。"

全长17.3公里的达嘎拉隧道不但是拉林铁路最长的隧道，也是地质条件最为复杂的隧道之一。2015年10月10日下午，达嘎拉隧道放响了拉林铁路建设第一炮之后，立刻就见识了各种地质灾害，隧道施工先后通过了沙层、土夹石、富水土夹石、富水砂夹石、富水炭质千枚岩、富水千枚岩等地质灾害地段。2016年2月20日，达嘎拉隧道一号横洞开工不久就遇到突泥突水，隧道里就像挖开了泉眼似的，每小时突水流量近200

立方米。铁路总公司拉林铁路建设总指挥部接到达嘎拉隧道突水报告之后来察看了现场，掌子面突水裹挟着泥沙石块不断涌流而出，隧道随时都有坍塌的危险，于是下令立刻停工封堵掌子面，防止更大灾害。

工程技术人员从掌子面撤出了，施工作业队也从掌子面撤出了，掌子面也暂时封堵上了。待总指和中铁十八局指挥部的工程技术人员现场察看离开后，住在工地的吴佩印叫上施工队长又回到隧道，悄悄挖开封堵的掌子面，盯着突水处继续观察着、琢磨着。吴佩印发现掌子面的突水处呈星点状，虽然突水量大，但都是从围岩的缝隙涌出的，突水口并不大，也不集中，而且突水点周边的岩石在较短时间内还是可以支撑住掌子面，如果少量地掘进之后，立刻打拱架做支撑，还不至于坍塌。这样虽然慢一点，但总比停工强。

吴佩印把他的想法向项目分部作了汇报，得到项目分部经理张秋莹的全力支持，吴佩印和工程技术人员又进一步细化了达嘎拉隧道一号横洞施工方案，重新开始一点点地掘进。一天掘进进度仅30～50厘米，用了1年多的时间，一号横洞才向前掘进了430米，这个进度只是一般隧道施工1个多月的掘进进度。

达嘎拉隧道一号横洞掘进就像蚂蚁啃骨头一样地一点点前进，总算掘过了突泥突水层，围岩状况有了较大的改变，十八局指挥部工程负责人到现场检查后，要求恢复原施工方案，加快掘进，赶上耽误的施工进度。但是，倔强的吴佩印这时不听从十八局指挥部的命令，因为他现场发现掌子面偶尔还是会有岩石掉块，于是，他还坚持他细化后的施工方案，隧道每掘进1米，都要先停下来打好拱架支护再掘进。这样虽然进度慢一点儿，但是安全有了保证。

局指挥部工程负责人与吴佩印在现场争执起来了，一个是上级指挥部，下了命令要吴佩印服从执行，一个是"县官不如现管"，现场还是吴佩印说了算！于是，局指挥部工程负责人到第二项目分部经理张秋莹那里告了吴佩印的状，说他不服从局指挥部的管理，擅自做主更改施工方案。

张秋莹向吴佩印了解现场情况，要吴佩印听局指挥部的意见。吴佩印竟然跟提携他的项目分部经理张秋莹也顶起牛来，就是不听。

张秋莹质问吴佩印："局指挥部也不是瞎指挥，他们也是到现场做了调查研究的。现在一号横洞围岩状况好转了，就应该采取原来的施工方案，加快施工进度，把耽误的时间赶回来。这难道有错吗？"

吴佩印说："他们到现场一两个小时，我天天24小时都在现场。他们来的时候，掌子面围岩的确还稳定。可是他们走后，掌子面也的确还在往下掉块（岩石）。他们看到的是局部、一时，我看到的是全面、全时。这就说明围岩的稳定是暂时的、相对的，不稳定才是长久的、绝对的。为了施工人员人身安全，为了不因隧道坍塌而影响掘进，我的意见每次爆破之后，还是坚持先支护。既然您让我对施工的安全负责，我就要负责到底。除非……"

"除非什么？"

"……您把我安全总监给撤了。"

"你！"

张秋莹气得直摔电话。但是，吴佩印在现场倔强起来，连指挥长的话也不听，他也没辙。还是那句老话"县官不如现管"，除非他真把吴佩印的安全总监给撤了。其实，还是因为张秋莹心里明白，事后也充分证明，吴佩印是对的。再提起这件事，吴佩印笑着说："不是我脾气倔，而是我实事求是嘛。您想想，整个青藏高原都还在继续抬升隆起，这高原里的大山围岩还能稳定不变吗？"

由于吴佩印坚持支持在前、安全为先的原则，尽管达嘎拉隧道一号横洞围岩极其不稳定，坍塌的隐患始终存在，但隧道施工以来，没有发生一起人身安全事故，也没有发生对施工造成更大影响的严重坍塌事故。

大工匠就要有大担当。吴佩印办事不但认真，有股子工匠的倔强劲，而且他有技术、有能力，因此现场敢负责、有担当。施工现场有他在，大家感到干活儿也踏实。

施工作业从来都是按图施工，这是规矩、规范。可是有的情况下，到了吴佩印这里，一切也都有可能改变。

全长2638米的祝拉岗隧道横洞在掘进到接近正洞时，围岩状况突然发生了变化，自稳性变差，爆破排险时，掌子面的岩石稍一触动，就大面积地坍塌下来，情形十分危险。隧道工区长和施工作业队长向吴佩印报告，吴佩印第一时间赶到现场指挥排险，危石排除了，打上锚杆，挂上网，然后喷射混凝土固化掌子面，但是根据围岩变化，隧道坍塌的事故隐患还依然存在。于是，吴佩印下令再强化安全防护措施，进行立架支护。

施工作业队长当即表示不同意。因为设计上没有立架支护这笔费用。工人也怕麻烦，因为立架支护，又多了一道工序。

吴佩印说："先不考虑设计，先把问题解决了再说。"

作业队长说："那怎么行？我们是按图施工，没有错。"

吴佩印解释说："这不是谁对谁错的问题，而是要解决施工安全的问题。设计是理论设计，问题是出在现场实际。理论联系实际，就是要一切从实际出发，设计要服从实际。眼下正是施工的黄金季，变更设计需要等待层层上报、研究、审批，我们工期不等人，还是先干再说。"

"我们也知道工期耽误不起，可是立架支护的费用？"

"你说施工人员人身安全重要，还是经济效益重要？"

风雪新天路

"这还用说吗？当然是安全重要。"这道理谁都懂，安全上出了事，什么经济效益都赔进去了。

"那就先干再说，先确保施工人员不出事，立架支护的费用我帮你们解决。有问题你们尽管找我。"

这就是吴佩印的责任担当。他说只要他认定是对的，他就坚持到底，从不让步。桥梁施工的缆索吊不能载人，吴佩印看到有人违反规定乘坐了，他立刻叫停缆索吊，看到从缆索吊下来的竟然是个老熟人。知道自己错了，赶紧跟吴佩印嘻嘻哈哈地赔笑脸，指望他高抬贵手别较真儿了，可吴佩印黑着个脸，一点儿也不给熟人留情面，当下给予乘坐者罚款1万元的处理。气得当事人直骂他不够意思，算什么朋友？而旁人却直给吴总监竖大拇指，赞他铁面无私敢作敢当，是个爷们儿！

有次吴佩印检查到达嘎拉隧道一号横洞洞口挡墙施工，他拿根钢筋从石缝往里插，凭他工匠的经验手感，他判断挡墙砂浆不饱满，这样的挡墙不但起不到挡墙的作用，还容易垮塌，造成事故。于是他立刻黑着个脸，叫来施工负责人要求拆掉重砌。施工负责人不服气，说："我们就是按标准做的。"吴佩印二话没说，一脚就踢倒不合格的挡墙，质问施工负责人："你的标准就是这样？"施工负责人无话可说，赶紧带人返工重砌。

达嘎拉隧道一号横洞施工到与正洞的交叉处，该进行正洞的隧道底板施工了。所谓隧道底板，就是隧道底部的钢筋混凝土衬砌，铁道钢轨就是铺在成型的隧道底板之上。因此隧道底板的施工要求非常高，钢筋混凝土浇注在隧道底部的基岩上，基岩表面必须清理干净，不能有虚碴，不能带泥水。由于这是一个工序转换，吴佩印要求升级报验。在作业队自验合格之后，吴佩印还不放心，带着技术人员赶到现场再次进行升级检验。

到了隧道底板施工现场，他看到底板钢筋已经绑扎好，他测量了钢筋横竖间距，没有问题；钢筋绑扎厚度，符合要求；

他又脱掉手套，将手伸到钢筋下面的隧道基岩上逐段逐段去摸；光滑……干净……平整……OK，不好，这里有泥水……这里有残碴！

他叫来作业队长，让他自己脱下手套自己伸手去摸摸钢筋下面的基岩，让队长自己说说："钢筋下面摸到了什么？"

队长不好意思地承认："是有点残碴、泥水，不过只是一点点……"

不等队长说完，吴佩印已经下达"返工"的命令。

"返工？"队长急了，现场工人也不愿意了，"那我们不是白干了吗？"

吴佩印没有丝毫回旋的余地："的确，不合格的活干得再多，也都是白干！如果将来火车因为你今天的不合格而引起事故，造成更大损失，那就不是白干的问题了，而是对国家和人民的严重犯罪！"

看到施工人员还在一旁迟疑，吴佩印干脆从身边的工人手里夺过一把钳子，"啪啪啪"地接连剪断十几根绑扎好的钢筋，然后再把钳子往工人手里扔过去，厉声厉色地大叫一声："返工！"

这声音震得隧洞里嗡嗡回响，这命令不容有任何反驳余地。施工作业队长只得带着大家返工重新清理隧道底板基岩。事后，吴佩印还是给队长耐心地讲返工的道理："天路是造福藏区各族人民群众的百年天路、千年天路啊，我们一定要把质量始终放在第一位。打隧道底板，如果基岩上石碴、泥水清理不彻底，那么混凝土浇注之后，底板和基岩之间就会虚接，有缝隙，钢轨铺在这样的底板上就不踏实，久而久之，整个隧道底板都会与基岩脱离，严重了会造成列车在隧道内颠覆事故，车毁人亡啊！"

"想想也是后怕！"队长这下可对吴佩印真的心服口服了。

也许是因为在黄土高原上长大，从小受高原上强烈紫外线的照射，吴佩印的肤色本来就显得有点儿黑，加之他安全总监的角色在施工现场也总是唱黑脸。因此，有人背后称他是黑脸的吴总监。

在导师带徒中，吴佩印带着的两个2016年刚毕业的大学生黄韦华和张见，就说黑脸的吴佩印其实也很温柔。

导师带徒是中铁十八局的一个光荣传统，新员工入职，都要与指定的老职工签订导师带徒协议，在工作中由老职工带领新员工学习培训，不光是传授铁路施工技术，更重要的是培育和传承中铁十八局"不畏艰险、勇攀高峰、领先行业、创誉中外"的企业文化和企业精神，使之不断发扬光大，代代相传。

当项目部指挥长张秋莹告诉吴佩印与新员工签订导师带徒协议时，他又不自信了："要我带徒？我自己还是个农民工呢，行吗？"

"你又不自信了。"张秋莹跟吴佩印一点儿也不客气，他提携了他，也经常关注他、敲打他，"你是怎么做的，也教他们怎么做。你是怎么成长起来的，也教他们怎么尽快地成长起来，在拉林铁路培养更多的大工匠。"

黄韦华和张见刚刚大学毕业，就签约到中铁十八局隧道公司，来到拉林铁路项目。第一次上高原，心里既兴奋又紧张。兴奋的是，人们都说青藏高原是人生必须去一次的地方，雪域高原那纯净的蓝天、白云、圣湖、草地，是净化人们心灵的地方。紧张的是，这可是青藏高原！一到高原，还没上工地干活，他们就感到头重脚轻，胸闷气短，不想吃饭，浑身疲倦，呼吸不畅，这是典型的轻度高原反应，这以后可怎么过啊？

这时，吴佩印作为带他们的导师、师傅来到他们身边，一见面就亲热地问长问短，问他们在高原有什么反应，告诉他们刚到高原，每个人都会感到不同程度的胸闷、气短、呼吸困难等缺氧症状，不要紧张，不要怕，一般两三天适应之后，上述症状就会好转或消失。在高原应当注意不要剧烈运动，干什么动作都要慢一点儿。要多吃些蔬菜、水果，多饮水，晚上早休息，多睡眠。吴佩印的话，打消了他们在高原的顾虑，很快适应了高原生活。

接下来，吴佩印不厌其烦，言传身教，带他们熟悉工地工作情况，介绍施工的每一道工序。小黄和小张刚刚接触铁路施工实际，开始连施工图纸都看不懂，吴佩印带着施工图到现场，对应着实际位置教他们识图，以图纸数据来学习检验施工实际，掌握技术规范标准要求。很快，小黄和小张在吴佩印的带领下，能够上岗担负技术管理工作了。一听到有人说吴佩印厉害，管人管事太不讲情面，小黄和小张就替吴佩印辩解说话："我们觉得吴总监一点儿也不厉害，也没有安全总监的领导架子，对我们挺好的，就像大哥哥一样。"

有关系好的哥们儿私下里问吴佩印："你干得再好，不也是农民工身份吗？何必办事那么认真呢？"

吴佩印说："有句老话说得好，严是爱，松是害，不管不问是祸害。项目部领导把我放在安全总监这个位子上了，我就要负安全总监的责任。谁在这个位子，都得这样。哪天我不当这个安全总监了，新来的安全总监严格管我，我也照样服从。"

"你不这么拼命，行吗？"

"我以农民工的身份干安全总监，职工找我要位子、要票子、要房子，我都给不了，我只能给他们做样子！我先做出个样子给他们看，他们才能服我。其实也不是服我，而是服从铁路安全施工作业的规章、规范、标准、流程，这些都做到了，施工安全就有保证，我也就尽职尽责了。你说，我不这样干，行吗？"

说到农民工的身份，吴佩印讲了这么一件事。那是他在达嘎拉隧道施工现场检查，凭经验，他一眼就看出掌子面的炮眼间距过大。他拿过钢卷尺一量，果然，要求炮眼间距在40～45厘米之间，实际炮眼间距达到了50～55厘米，超过了10厘米。炮间距大了，炮眼相对就少打，少装填炸药，达不到爆破要求。他立刻纠正架子队农民工违反操作规程的错误，要求他们重新补打炮眼再爆破。农民工不服，跟吴佩印当场顶起牛来，扯着嗓子大声叫他："吴老大，你是中铁十八局的职工，我们是农民工，就是来打工的。过得去就行了，你不能按照你中铁十八局职工的标准来要求我们。"

吴佩印回答的声音比农民工的声音还要大："告诉你，我也是农民工！"

架子队的农民工被吴佩印的气势震到了。双方就这样静默着对峙了一两分钟，吴佩印先缓和了口气，跟大家说："现在我们干的是中铁十八局筑路工人的活儿，我们就是中铁十八局的筑路工人！就要对得起中铁十八局筑路人这个称号！这个称号是有历史、有故事的！"

接着，吴佩印给大家讲中铁十八局的前身铁道兵第八师光辉的战斗历程，讲中铁十八局集团有限公司承建了京津城际、京沪、武广、石武高铁，成昆、襄渝、京九、青藏等100多项国家大型重点铁路工程以及水利水电、市政建设、海外工程等光辉业绩，讲中铁十八局作为世界500强企业中国铁建的核心企业的企业文化、企业精神等，有些是他亲身经历过的，更多的也是他从老职工那里听来的。这些故事就是这样在中铁十八局一代代传下来的。

"面对今天的行为，说轻了，是一种工作失误；说重了，是偷工减料，以地不是中铁十八局应有的作为，更是拉林铁路所绝对不允许的！"说到这里，吴佩印再次加重了语气。

架子队长赶紧承认错误："是我们失误，是我们失误！"立刻安排按要求补打了炮眼。

青藏高原因为冬天严寒，拉林铁路桥梁、路基等露天作业全部停了下来，隧道施工却依然在紧张地进行中。2016年春节，是拉林铁路全线开工之后的第一个春节。吴佩印主动要求留在工地和施工人员一道坚持施工，并且把他爱人也接来高原和职工一道在拉林铁路工地过春节。

大年三十那天，吴佩印和职工们一道进到达嘎拉隧道继续施工。掌子面爆破声响，职工们高兴地说，我们这是提前放过年的爆竹了，而且比谁放得都更响，威力更大。该出碴了，职工们高兴地说，这是准备过年的大扫除。直等到一个工序完成，他们回到工区，吴佩印的爱人和休息的职工一道早包好饺子等着他们呢。

吃过年夜饭，喝了庆功酒，看完中央电视台直播的春节联欢晚会，他们烧开了锅开始煮饺子，老家的习俗，大年初一吃饺子，吃得越早越好！

一边吃着饺子，吴佩印问爱人交代她办的事办好了吗，他爱人点点头，转身回宿舍又赶到饭厅，将手里的提包交给吴佩印。吴佩印打开一看，里面一个个信封都是封好了的。他满意地笑了，回过头对大家说："现在我宣布一个好消息，公司领导关心大家在工地上的春节过得好不好？"

"好！"大家高声叫着。

"公司领导让我代表他们给大伙儿拜年啦！"

"谢谢领导！""我们也给公司领导拜年啦！"

"公司领导关心大家，拜年也不能干拜呀！拜年是有红包的。每人500块，在这儿人人有份！"

大家热烈欢呼起来。

其实，领导早想到了过年了要给大家发红包的事，也预留了2万元现金。可是，事到临头，吴佩印才发现，只留下给体制内职工的红包钱，还差农民工的红包钱。既然都是留在工地过春节加班施工，红包就应当人人有份，体制内、体制外一视同仁。他赶快向公司领导请示，公司领导同意他的意见，可是钱却来不及转过来了。于是，吴佩印拿着自己个人的银行卡，让他爱人白天赶在银行下班前取出现金来，回到宿舍用信封分好、包好，不耽误拜年时发给大家。

薄皮大馅的羊肉萝卜饺子也吃饱了，大年初一的好运红包也揣进兜里了，早班的工人稍稍休息片刻，吴佩印又该带着他们去上班了。

带着年夜的喜悦，带着十二分的满足，吴佩印他们迎着高原冬季凛冽的晨风，又钻进拉林铁路最长最长的达嘎拉隧道里开始新一年的施工了。

新天路大工匠之"电精灵"戚玉林

当我们在川藏铁路拉萨林芝全线寻访拉林铁路工匠的时候，西藏自治区总工会也正在开展"藏地工匠"寻访活动。两项活动不谋而合，都是要展现基层一线劳动者的风采，营造劳动者最光荣、劳动者最崇高、劳动者最伟大、劳动者最美丽的浓厚社会氛围。

2017年7月的一天，带着这双重任务，我们来到中铁九局拉林铁路工程指挥部寻访新天路人工匠。可没想到指挥长阎树东介绍我们去采访的却是一个只有初中文化程度的农民工、一个普普通通工作简单并不需要有绝活也没有绝活的电工、其貌不扬不善言谈憨厚得甚至有点"傻气"的戚玉林。

"就他？他就是你们推荐的工匠？"我们还在用一种怀疑的

眼光打量着眼前有些紧张得手足无措的戚玉林。

指挥长阎树东十分肯定地回答："对，没错，就是他！"

"他有工匠绝活？"

"他没有绝活，再说，电工也不需要有什么绝活呀！"指挥长阎树东紧接着话锋一转，声音都提高了一个八度，"可是，农民工里也有大匠！他虽然没有一手绝活，但是他有敬业爱岗的劳动精神，有踏实认真的工匠精神，有负责担当的主人翁精神，这就是我们推荐他的主要理由。"

"他还是个农民工……"

"在拉林铁路工地上，农民工和铁建职工都是并肩战斗的好战友、患难与共的好兄弟。弘扬正能量，我们一视同仁，甚至还要多宣传宣传他们，他们也真不容易啊！"

指挥长阎树东的一声感叹，引起了我们的共鸣。接下来的采访，也让我们对眼前这位农民工戚玉林有了新的认识。他的本职工作是电工，但是冲、车、铣、钻、焊、钳、铲车、挖机等，只要是工地上有的工作，他都能来一手，成为工地上不可多得一专多能的"多面手"；他的岗位在隧道，但是工地哪里有应急需要，他就出现在哪里；8小时之内他在工作，8小时之外，他还在工作；四个人的工作岗位，他一个人顶着干。他不正是我们要寻访的藏地拉林铁路的大工匠吗？他不就是拉林铁路隧道里的"电精灵"吗？

讲述戚玉林的故事，还得从他的成长经历讲起。

四川省南充市银山县双流镇高桥村六组，这是一个偏僻山区的小村庄，直到上个世纪90年代初还没通上电，村里一个正在乡里中学读初中的孩子却对物理代课老师讲的电感到非常地好奇。下课后他追着老师不住地询问：

"电，真的没有形状吗？既不是长的、方的、圆的，也不是粗的、细的、扁的，那怎么才能看到它呢?"

"电，怎么能在实心的金属线里流动呢? 它流动起来是个什么样子?"

"电，真的可以锯木头、磨面、开火车，做好多好多的事吗? 我家手电筒里面的电怎么就不能呢?"

"电……"

老师当时就惊住了，这孩子问得没有一个是课本上的作业题，这简直是"天问"哪! 他究竟是怎么想出来的这些问题? 但是老师没有去浇灭这孩子刚刚燃起的兴趣之火，而是引导他自己去探寻。于是，老师对他说:"我们的课还没讲到那儿呢! 等讲到了，你就明白了。你要想早知道，也可以自己先预习预习课文。"

这个好问的初中孩子就是小时的戚玉林。代课老师虽然没有解答小玉林对"电"的种种疑惑，但是给他指出一条重要的学习方法。于是，他自己预习了物理课本有关电的全部章节，还特意借来学校图书室《十万个为什么》来读。虽然他最终还是没有弄明白物质原子结构最外层的电子为什么会源源不断地产生和在固体内以光的速度流动，也没有弄明白他所有问题里的那些个为什么，但是至少他期末考试的物理成绩明显要高出语文、数学和化学等其他科目很多很多。

兴趣是成功的起点，也是成长的动力，这是被古今中外无数杰出人物所证明过的一个真理。虽然由于家境贫困的原因，小玉林初中毕业之后就辍学回家，再没有机会在学校老师的指导下继续探索"电"的神奇秘密，但是他对电的浓厚兴趣并没有因为辍学而磨灭。从这个意义上讲，他今天被大家称为"隧道里的'电精灵'"，并且能以电工身份被推荐为藏地拉林铁路工匠，从小便对"电"产生浓厚的兴趣，依然是他今天成功的起点，也是他成长的动力。

17岁那年，还是因为家境贫困的原因，戚玉林不得不辍学离开家乡去打工。幸运的是同乡恰好介绍他来到绵阳市一家与电有关的工厂，这是一家专门生产出口外销的装饰电风扇厂。更幸运的是厂里安排他干的正是他兴趣所在的电工。上岗前，厂里还专门对他们这批农民工进行了电工基础培训，让他学到了许多初中物理课本里没有的电工基础知识和实际操作技能，顺利地考取了电工合格证。

这段工作实践，给戚玉林打开了电工知识的无底洞，他如饥似渴地学习、实践。培训班结束之后，他买来《电工与电子基础》《电工工艺学》《电气控制技术》等一大堆"带电"的技术书籍，外带一本《新华字典》慢慢地读。带他的老电工陈师傅就喜欢这个徒弟勤学好问、喜欢钻研的这股劲儿，他把自己会的、知道的毫无保留地都给戚玉林"充了电"。一个旧电机，戚玉林拿回宿舍拆了装，装了拆；线圈解开了再绕，绕好了再解开。他对照着书本上的电工原理，一定要弄明白电机为什么会转？白炽灯、日光灯、碘钨灯、节能灯等各种灯泡，他反复地比较，一定要知道为什么它们通上一样的电，却会发出不一样的光。有一次他换灯泡，不小心将手指插进悬在天花板上的白炽灯的灯头里，手指同时触碰到正负极两个触点，一股电流猛地通过手指击穿了全身，他大脑立刻一片空白，什么都不知道了。幸好灯头连接的电线不够长，靠着自己身体的重力将他拽离灯头，身子重重地摔倒在地。这次电击让他永远地记住了：电不但会"转"、会"亮"、会"干活"，有时还会"咬人"的！怪不得有人也叫它"电老虎"。

戚玉林在电扇厂打工四年的这段理论与实践相结合的工作经历，给他后来通向工匠之路打下了非常坚实的基础。如果不是电扇厂后来被兼并关闭，他可能会在厂子里一直干下去。因为那里是他学艺生涯的起点，是他求知兴趣得以释放的地方，是他永远难忘的人生第一段打工经历。在戚玉林离开电扇厂以后四处打工的时候，他才忽然发现这4年的收获太大太大了，他这时才体会到他的第一个师傅告诉他"一招鲜、吃遍天"的真正含义。因为此时，他能够凭借着一手好电工活，到哪儿都很容易地找到新的工作，并且得到老板的器重。

无论戚玉林在哪里打工，他对什么新鲜的东西都好奇、好学、好动的品质还是没有变。车床闲下来了，他向车工请教开车床，拿根木头就车了一个陀螺，跟工友休息的时候鞭抽陀螺玩；焊枪空在那儿了，他学焊工的样儿拿起来跟焊工学电焊，用根废钢筋焊个铁环，下班了在院里滚铁环；又来新工友了，他敢开着叉车去帮着新工友卸行李，碰碎了暖瓶叉破了行李他给新工友再赔新的。这期间他做了许多好事，也闹了不少笑话，也交了一些"学费"，甚至还挨了不少批评。就这样，公开地或者暗地的、合规的或者违章的，有师傅教的或者自学的，反正他是利用一切机会，练就了车、冲、钻、焊、钳、铣十八般"武艺"，不说门门都精通，样样却都能来一手。

师傅说过"一招鲜、吃遍天"，戚玉林说练就"十招鲜、不怕天"，这叫"与时俱进"！

就这样，带着电工活的"秘籍"，还带着全身的"十八般武艺"，戚玉林到铁路施工作业队来应聘了。

施工负责人李春林问他："你都会什么呀？"

"我会电工。"戚玉林拿出电工上岗证摆在李春林的桌前。

"电工活儿多了，你说你都会什么呀？"

"我会工厂、企业、民用供电设施的电路设计、安装、维修；还会正确使用仪器仪表，独立操作；还会电工识图；还会操作各种配电柜、补偿柜、电力柜的设计、安装、维修；还会起重机、卷扬机、变频器等设备线路的检测与维修；还会……"

"行啦，行啦！你给我绕口令哪！把你的应知应会都背给我听？"李春林有点儿不耐烦地打断戚玉林的话，却又问他："除了电工，你还会什么呀？"

"还会开车，卡车、叉车、挖掘机、装载机，我都能开！"说完，戚玉林又把他的大车驾照摆到李春林面前。

"我还会钳工、车工、钻工、电焊……"戚玉林太想得到这个工作机会了，这回还没等李春林问，就主动先说了。

"行了，别说了！"李春林仔细地打量着眼前这个看上去挺实在，却又自信满满、说自己什么都会的年轻人，他相信他了。这位专门负责招聘劳务工的施工负责人阅人无数，他相信他的眼光看人不会错，他不再问他技术能力方面的问题了。但是他还是没说出戚玉林其实最想听到的那句"你被录用了"的话。

李春林停顿片刻，转而又问戚玉林："你身体怎么样？没什么毛病吧？"

"没有，没有！我身体好着呢！"戚玉林又把最近刚刚体检过的体检报告递给李春林。

李春林接过戚玉林的体检报告，一边翻看一边念叨着："血压不高，心肺功能正常……"他只看了这两项体检指标，就不再往下看了。放下手中的体检报告，李春林还是没跟戚玉林说他最想听的那句"你被录用了"的话，而是跟他说："你回去准备准备吧，后天跟我上拉林铁路。"

拉林铁路？那是什么地方？回去之后，戚玉林打开手机高德地图上找，上百度查，终于他知道了：那就是青藏高原，一个人一生必须去一次的神秘地方！他还真的从来没有到过那么远的地方。

就这样，2016年的1月，元旦刚过，戚玉林终于来到他向往而又心怯的雪域高原，他又是紧张兴奋，又是忐忑不安地来到了中铁九局拉林铁路工程一项目部杰德秀一号隧道施工作业队，李春林给他带到电工班工房一指，说："喏，这就是电工班，从明天起，你就在这儿上班。"

上班的第一天，戚玉林早早来到电工班工房报到，等待电工班长分配工作。可是他等了足足一个多小时都没有人来。他等不及了，就直接去找杰德秀一号隧道施工负责人李春林，想问个究竟，因为他得干活呀！

李春林望着戚玉林，不得不跟他说了实话："是这么回事，还没来得及跟你说呢！"原来，电工班本来还有一个电工老陈头，今年50多岁了，因为身体不好，高原反应比较大，已经下山回家不来了。李春林说："从现在起，电工班长就是你了，你是你的班长，你也是你的兵。没办法，谁让这里是青藏高原，人都上不来呢！你就一个人先干着吧，我再找人。"

中铁九局拉林铁路工程一项目部承担着拉林铁路杰德秀一号和二号两座隧道的施工，本来一座隧道的进口和出口各有一名电工，电工班应当有4名电工。可现在，戚玉林自己给自己当班长，自己给自己当兵，一个人顶起4个人的工作岗位，干4个人的活儿。可是他毫无怨言，每天愉快地工作着。

隧道工程的关注点是掘进、掘进、掘进！施工的关键环节是爆破、出碴、支护、衬砌，既轰轰烈烈，又战果赫赫。而电工属于很不起眼的小工种，似乎跟掘进没多大直接关联，平常施工的时候甚至感觉不到电工的存在，只有停电了，才感到电工真的是离不开、少不了，电工无处不在处处在，细微之处见真功。

隧道往前掘进中，戚玉林在隧道布线、配电，保证隧道用电及时跟进。隧道每往前掘进1米，就将电往前送进1米。隧道内的电路设计是个细心活儿，洞内二次衬砌后每百米就要设一个固定配电箱，二衬台车上要安装两个移动配电箱，洞壁挂防水板也要安装移动配电箱。许多个配电箱的线路交叉，既要避开洞内掘进爆破的冲击，又要防止出碴、装卸和混凝土车辆的碾压，必须保证施工机械的不间断运转和洞内24小时通风照明用电，戚玉林独自设计出一套合理的电路，对以往隧道线路在洞壁打横担走线的做法进行了小小的改进，用五芯电缆架设供电，大大节省了人力和工时。

隧道洞内自然光照射不进，全靠灯光照明。戚玉林对隧道灯光照明的改进，还是他在灯下偶然摔了一跤引起的。那天他在隧道照明灯下盘电线，不小心被自己正在盘的电线绊了一跤，这一跤摔得他膝盖好疼，却也把他摔得警醒起来。他发现按照惯例，洞内照明都用大功率的碘钨灯投射光线，这种灯光照远不照近，往往有"灯下黑"现象，使洞内施工人员光照处容易目眩，灯下黑处又造成短暂盲视，容易绊跤。于是，他对洞内照明也做了小小的改进，将耗电量大的每个800瓦的碘钨灯改成节能的每个28瓦的球形工业用LED灯，采用360度环绕照明，消除了"灯下黑"。

施工人员见了戚玉林都竖大拇指说："你这一改，洞子里可亮堂多了，我们干活也更加心情舒畅了。"

戚玉林笑着说："这还不是摔出来的改进。"

工友们大笑："你这一摔，可以跟砸在牛顿头上的苹果相媲美了！"

电工活儿，电路畅通的时候没事挺清闲，可一旦停电了，用电的人火急火燎的可都是急脾气，分分钟得抢修好、通上电。戚玉林一个人顶起一个电工班，一个电工要干4个电工的活儿，两座隧道4个洞口来回跑，没有三头六臂，至少也得有飞毛腿。为了赶时间不耽误工作，于是他特意买了一辆电动自行车。隧道里每个工班长都有他的手机号，而且他还把手机号"电工热线"写在每个配电箱上，哪里电线短路了、跳闸了、断电了、停机了，只要拨打他的手机，他蹬上电动自行车就走，24小时随叫随到，随到随修。刚刚还见他在杰德秀一号隧道进口修电闸，转眼你又在二号隧道出口看到他在换开关。戚玉林简直就跟一个"精灵"一样，隧道里随处都可见到他那奔波劳碌的身影，于是工友们开始叫戚玉林是隧道里的"电精灵"。

更为重要的是他这个"电精灵"还时刻提防着曾经咬过他的"电老虎"呢！戚玉林非常注重隧道安全用电，经常给工友们介绍安全用电常识。隧道配电箱、电气柜的醒目位置都设置"安全用电"的警示标，提醒大家隧道用电安全。他定期检查和维护好隧道电路、电器设备，确保安全用电无差错。

也许是因为高原高，也许是因为高原险，也许是因为高原寒，反正高原令许多人望而生畏，不敢迈足。川藏铁路拉萨林芝段的参建队伍许多都因此而缺员，施工人员要么上不来、不敢上，要么上来了待不住、干不长，这成了川藏铁路建设除自然环境因素之外的一大难题。许多参建单位在人员不足的情况下，上高原的人员只能一个人顶着几个人干，多干苦干作奉献。

面对戚玉林的诘问，杰德秀一号隧道施工负责人李春林还是实话实说："你前面的电工有高原反应，身体不适应，下山了，不来了。又找了好几个人，一听说到青藏高原，都不敢来。我也实在没办法，只好委屈你多干点儿了。"

李春林说的这情况，戚玉林其实也都知道。他身边就有好几个工友因为高原反应严重，他亲自帮助抬上救护车，看着送下山去救治，救治好了也都不敢再上高原来了。既然这样，他还能说什么呢！

戚玉林苦笑说："看来，我就是为高原而生，为川藏铁路、拉林铁路而生的人。你看我，身体还行吧，多干点儿没什么，谁让咱适应（高原）没反应呢！队长你放心，哪天我要是有个反应什么的，就是下山治好了，我也还会上来的。干事哪能半途而退呢？我保证，拉林铁路不修通，我就不下高原！"

这就是戚玉林最朴素、也是心底里最真实的想法，如果让他从理想、信念、事业的高度讲一番大道理，他可能一句也讲不出，但他知道应当怎么做才是正确的选择。他说："因为父辈们、祖父辈们从小就是这样教我的，凡事只要做对了，就要坚持到底，不能半途而废。半途而废将一事无成。"

就是这个只有戚玉林一个人的杰德秀隧道电工班，在中铁九局拉林铁路工程指挥部的安全检查评比中，多次获得表扬奖励，他本人被推荐为中铁九局拉林铁路工程的"藏地工匠"，上报到拉林铁路建设总指挥部。施工负责人李春林见到戚玉林时，悄悄地在他耳边跟他说："你这小子，真有你的！行！好事！"

几个断句，听得戚玉林莫名其妙，只听清最后两个字"好事"，他忙问李春林："什么好事？是不是我们电工班要来新人了？"

李春林听了一愣，似乎刚想起什么，忙说："快了，快了！"

至今，戚玉林的电工班还是他一个人，班长是他，当兵的也是他。他就是这么一个人！

戚玉林就这样坚持下来了！在青藏雪域高原环境恶劣生活条件最艰苦的地方、在拉林铁路建设最需要人的时候，他坚守自己本职工作岗位的同时，力所能及地做好其他工作，而且做得很好，同事们称他是隧道里难得的一专多能的"多面手"，也纷纷向我们讲起这个"多面手"的小故事。

这天，给隧道工地运送施工材料的车已经到了多时了，工地人手紧张，材料员去找人卸车，已经去了半个多小时了，还没见回来。卡车司机着急还要去拉第二趟，可这车材料卸不了车，他发起脾气来了，站在车前大声地嚷嚷："你们到底怎么搞的？车到1个小时了，还卸不了？误了工时算你们的，还是算我的啊？太不像话了！"

正着急着呢，司机看到戚玉林从隧道里走出来，就又冲着戚玉林嚷嚷："你是干什么的？快去叫人卸车啊！"

"来了，来了。"戚玉林一边答应着，一边走到叉车跟前发动了车，他开着叉车就直接来卸车了。

等材料员找来人卸车，这车材料戚玉林一个人都快要卸完了。戚玉林将叉车交给来人继续卸车，他跑到司机跟前给司机递根烟点着了抽着，一边赔着笑脸跟司机说："刚才让你久等了，真对不起。我给你一个我的手机号，下次你来了提前打电话给我，我给你找人，车来了就卸，保证不误你事儿！材料嘛，你还是先尽着我们杰德秀隧道拉。"

司机火灭了，气消了，反倒跟戚玉林成朋友了。司机每次给杰德秀隧道送材料，都先打电话给戚玉林，保证随到随卸。隧道需要施工材料，戚玉林给司机打个电话第二天就送来了。

高原雨季到了。这天一夜大雨，杰德秀一号隧道进口施工便道的排水沟垮塌，将流水堵住了。水漫过施工便道，正在流向村民的庄稼地，快要淹了已经要成熟的青稞。中铁十一局拉林铁路工程指挥长阎树东清晨去隧道工地检查施工情况，发现这一问题，正要打电话叫人来处理，却看到不远处轰隆隆开来一台挖掘机，近前一看，开挖掘机的却是电工戚玉林。指挥长责问戚玉林："这挖机是你开的吗？你这可是违章作业啊！"

戚玉林没有因为指挥长的批评而惊恐，反倒笑着跟指挥长说："阎总，您可别冤枉好人，我是有驾照的，开挖机没有违章啊！"

"你这么一大早把挖机开出来干什么？"

"我是下夜班从隧道刚出来，就看到这排水沟堵了，都要淹了老百姓的地了。我就开了挖机来疏通疏通。"

阎树东光顾着纠正戚玉林的"违章"了，把眼下这个急茬儿给忘了，便说："那好吧，不算你违章。你先干着，我叫挖机司机来换你。"

等到挖机司机来，戚玉林已经把排水沟疏通了。看到流水通畅地流进河沟，再汇入雅江，戚玉林的心里也通畅了。

有一次，隧道底板打钢筋混凝土，工人们正热火朝天地加紧电焊钢筋结点，钢筋绑扎结点焊花四溅，之后就该灌注混凝土了。可是当最后一个钢筋结点焊好，工人们整理工具时，发现少了一把焊枪。如果是掉落在钢筋网中，混凝土一灌注，就会造成虚空，影响到隧道底板质量了。这可真是怪事。大家在隧道洞里找了好几遍也没见焊枪的踪影，又到隧道洞口找。

其实怪事不怪。等大家到隧道洞口，就看到旁边的电工房又是焊花四溅。原来戚玉林看到钢筋结点已经焊好，顾不得打声招呼，抄起一把焊枪就急急地回到电工房，他正在修理坏了的配电箱体和安装架子，旁边还有空气等离子切割机用来切割钢条。戚玉林一个人又是切，又是焊，正忙得不亦乐乎。看到工友张师傅因为丢了焊枪找上门来，戚玉林忙拱手作揖，表示："抱歉，抱歉！"

张师傅没有责怪他，而是熟练地操起焊枪帮他一起焊起配电箱来。一边焊，一边晃晃手里的焊枪跟戚玉林说："今后有什么事要帮忙的，你也言语一声啊，别生抢我们电焊工的饭碗啊！"

戚玉林说："这点小活儿，能干我就自己干了，这不是怕给你们添麻烦。再说你们不是也正忙着隧道里的活儿嘛。"

张师傅说："平时我们给你添的麻烦还少吗？你要这样，我们就各干各的，谁也不给谁添麻烦了。"

"别，别，你们有事还尽管找我，我能行一定帮你们。"

"还是啊，有时候离了你这个多面手，还真有点玩不转呢！"

大家笑了，接着又热火朝天地干起来。

还有一次，杰德秀一号隧道突然断电，刚才还灯火通明、机声隆隆的洞里一片漆黑、一片寂静。此时，还是施工人员训练有素，没有一个人惊慌失措，大呼小叫，而是全部都原地站立不动，静静地等待着来电，避免发生意外。

隧道断电告急的电话立刻接通了戚玉林的手机，他放下手头的工作，在最短时间内赶到杰德秀一号隧道。路上他已经把他自己设计的隧道电路图在脑子里一一过了一遍，靠着手电筒的一点光亮，他很熟练地循序检查线路、电器、开关、保险……很快就找到故障点，是隧道内20多个配电箱其中一个的空气开关故障。他手脚麻利地很快更换了空气开关，隧道重新明亮起来，大家一片掌声，为隧道复明鼓掌，也为"电精灵"戚玉林点赞。

虽然这次电器故障不是人为的原因，戚玉林却还是为"故障"惴惴不安。没想到指挥长阎树东不但没有批评他，还表扬戚玉林心里有数，应急处理及时，没有造成隧道长时间停工。这让戚玉林更加不安了，他自己还是把这次电器故障原因列到他的头上，决心不再犯同样的"错误"。他将发生故障的空气开关拆解开来仔细研究故障原因，他发现隧道洞内空气潮湿是造成配电箱的空气开关易发故障的主要原因。于是，他利用隧道内工序换班衔接的空当时间，将配电箱内的空气开关全部更换成隧道内可靠性更高的刀闸开关，并且把原来的隧道电路的断路器一路供电改为两路供电，使隧道电路故障几乎达到零发生率。

施工需要大工匠，生活中也离不开大工匠，这是工友们对戚玉林的期望和评价。

高原环境艰苦、气候恶劣，要让施工队伍人员上得来、站得住、干得好，生活保障是第一位的。因此，中铁九局拉林铁路工程指挥部非常重视施工人员的生活保障工作，指挥长阎树东说："高原施工不易，上来的都是英雄好汉。要让大家干得好，首先要让大家吃得好、睡得好、住得好。"指挥部除了搞好后勤生活供应、办好职工食堂、丰富活跃职工业余文化生活、帮助解决职工个人实际困难，免除职工后顾之忧等，自然还给职工添置了许多生活电器，如饮水机、电水壶、电热毯、电压力锅以及电视机、机顶盒、路由器等，尽可能地为职工生活提供更大便利。职工说："我们在高原的生活一点儿也不比内地差，内地有什么，我们就有什么，甚至比内地的还要多。"

"说得是，高原不就是高一点儿嘛！可我们在蓝天白云之下呼吸的空气比内地更洁净，我们站得高、看得远，我们眼里的雪域高原风光比内地更美丽呢！"

筑路人的这种积极、乐观、向上的精神，激励着他们以更大的热情投入到拉林铁路建设中，以更快的进度、更好的质量早日筑成拉林铁路，造福藏区各族人民群众。中铁九局拉林铁路工程指挥部的工期进展在川藏铁路拉萨林芝段的11个标段中名列前茅，2016年上半年提前半年完成全年投资4.4亿元人民币的施工任务，到年底超额完成投资2亿元人民币。2017年上半年已完成投资2亿元人民币，承建标段的主体工程已经全部完成。在拉林铁路全线工程质量考核评比中多次获得优质奖项，受到铁路总公司拉林铁路建设总指挥部的嘉奖。

再回到前面的话题中来，职工生活电器多了，故障的几率也自然就大了。生活电器就是这样，正常使用的时候习以为常了，一旦故障用不了了，立刻就感到种种不便。每当这个时候，大家自然就想到了他们的"电精灵"戚玉林。

杨师傅从四川老家探亲回到工地，还把他爱人也一起带到高原来看看。这天工休，杨师傅的爱人请来几个四川老乡工友一起聚聚，杨师傅专门到集市上买来一只肥羊后腿，准备中午大家一起吃火锅，杨师傅的爱人专门从四川老家带来了川味麻辣火锅调料。可谁知调料下锅了，红辣椒在锅里漂着，就是不见开锅。杨师傅过来一看，就断定是电火锅坏了，便叫道："叫戚玉林来！"

轮班休息时间，小张的女朋友从老家寄来今年的铁观音新茶，正好小张的朋友小陈有一套茶道组，平常也不怎么用。这天大家约在一起品功夫茶、聊聊天。可就在这当口儿偏偏电水壶坏了，水烧不开了。小陈急了，忙叫："叫戚玉林来！"

2017年春节这天，下午6点钟吃完年夜饭，趁着中央电视台的春节联欢晚会还没开始，工区职工说我们先"联欢联欢"K起歌来。大家高兴地拿起话筒，你方唱罢，我又登台。可这时音响机却偏偏不响了。工区长急了，怕耽误大家待会儿看一年一次的春晚，赶紧叫："叫戚玉林来！"

电热毯不热了，"叫戚玉林来！"

电灯泡不亮了，"叫戚玉林来！"

职工一声声急促地"叫戚玉林来"，在戚玉林听来，那就是大家对他的信任、对他的托付和一个个刷新藏地拉林大工匠的存在感的印证。每次只要他在，都是这边声刚落，那边人就到，手到故障除。于是，大家很快就又能闻到火锅那诱人的麻辣香，很快就又能品到新茶的醇厚韵味，很快就又能听到职工欢快的歌声……

采访接近尾声时，我们问戚玉林："大家都说你聪明，怎么什么都会，你是怎么做到的？"

戚玉林很动感情地说："真的不是我个人有多聪明，还是中铁九局拉林铁路工程指挥部这个平台好，为我们农民工施展才华技能创造了很好的条件。大家推荐我为藏地拉林铁路工匠，说明中铁九局对我们农民工一视同仁，和体制内铁路员工一样地重视，一样地培养，一样地激励。我感谢拉林铁路，感谢中铁九局。"

这是戚玉林的大实话："没有拉林铁路，就没有我这个藏地工匠。"

的确如此。指挥长阎树东告诉我们，中铁九局拉林铁路工程指挥部十分重视农民工的培养。经常组织工程技术人员对农民工进行现场教学、技术培训和交流，还经常组织农民工现场技术考试和技能比赛，鼓励大家现场成才。架子队长班俊峰、技术员王一博、杨帆说，他们都给农民工上过技术培训课，农民工也都很重视这样的机会，非常认真地学理论、练技术、比技能，注重自身的提高。因此，戚玉林的成长不是一个偶然现象，他仅仅是农民工中的普通一员。我们相信，更多的拉林铁路大工匠还将从农民工中涌现出来，为藏地拉林铁路建设作出他们的贡献！

新天路大工匠之测量工邱永超

铁路之美，究竟美在哪里？站在不同的角度，会有完全不同的回答。

旅行者说：铁路之美，最美的是看不完的沿途美丽风光，铁路就像珍珠项链一般地将祖国美丽的大好河山、万千美景串联起来，尽收眼底。

造车人说：铁路之美，最美的是那静若处子、动若脱兔的"复兴号"高铁动车，以世界第一的"中国速度"大大拉近人们的时空距离，给21世纪的中国赢得的不仅仅是时间和效益，更重要的是中国人的尊严。

铁路人说：铁路之美，最美的当然是铁路人！百万铁路人默默地日夜奋战在万里铁路线上，精心呵护着铁路的每一节钢轨、每一颗道钉、每一节车厢，给旅客提供安全优质、温暖贴心的无微不至服务，让游客旅行在铁路、满意在铁路。

就连筑路人的回答，也是各说各话。

筑路基的说：铁路之美，最美的是蜿蜒在大地之上那巨龙般长长的路基，无论是与城市鳞次栉比的高楼大厦，还是与乡村原野那绿的麦苗、黄的菜花，或者草原上白云般的羊群，都能构成一幅幅风格各异的最美图画。因此铁路路基也成为摄影家镜头追逐最多的铁路风景之一。即使是戈壁大漠荒原之上，每当火车从路基上开过，立刻生机无限、意趣盎然。

打隧道的说：铁路之美，最美的是那或者钻入山腹之中贯通崇山峻岭、或者深深地从河床海底穿越而过、或者深潜城市之下再建一座地下美丽长廊的万千条深邃隧道。筑路人不怕高山阻拦，何惧艰难万险，铁路修到哪儿，隧道就像利剑般气吞山河，开山劈路，无坚不摧，无往而不通。隧道之美不在外观之雄壮华丽，而求内在实用之美，她美得低调奢华而含蓄。

造桥人却说：路基虽美，但没有火车经过就缺乏灵气；隧道虽美，但锁在山底神龙见首不见尾。铁路之美，最美的还是千姿百态的铁路大桥，有的像钢铁战士傲然挺立在大江大河之上，有的像曼妙美女含羞隐现于峡谷云雾之中，有的又与城市和谐完美地融为一体，勤劳朴实地承载着城市每日前进的步履。

这根本就是一个没有标准答案的问题。

这天，再次来到雅鲁藏布江桑加峡谷S306省道专为观赏拉林铁路藏木特大桥而建的观景台上，看到藏木水电站水库如镜的水面映照的高原监人目色之间，中铁广州工程局拉林铁路工程指挥部正在吊装架设藏木特大桥红色的钢拱。我忽然发现，那弯弯的桥拱与桥面恰好勾勒出美丽的大眼睛，正深情地凝视着险峻的桑加峡谷，凝视着宁静的藏木水库，凝视着热火朝天建设中的拉林铁路。于是我想，伦敦有伦敦眼，天津有天津眼，眼下美丽的藏木特大桥不正是美丽的拉林铁路之眼吗？

中铁广州工程局拉林铁路工程指挥部党工委副书记黄启超听了这个比喻击节称妙！但是，他又说，其实藏木特大桥真的有一双最美丽的眼睛呢！

我是把拉林铁路藏木特大桥比作拉林铁路之眼，黄启超副书记所说的最美丽的眼睛，却不是大桥，而是新天路大工匠、中铁广州工程局拉林铁路指挥部的测量高级技师邱永超。

邱永超，1977年生人，是中铁广州工程局拉林铁路指挥部测量班测量负责人。1.75米的个头，身材有些微胖，人倒是挺帅气，可是我并没有看到他的眼睛美到哪儿去。

看到我有些疑惑，黄启超书记笑着说："邱永超是大桥测量工。大桥桩基在哪里扎根？桥墩在哪里站立？拱架在哪里吊装？节段梁在哪里拼接？总之，大桥在哪里定位，哪一个环节都离不开测量工，所以大桥怎么建造，从某种意义上讲，还是测量工说了算。所以说，测量工就是大桥的眼睛，测量工看好哪里，大桥就在哪里。邱永超这个高级测量技师是测量工里的佼佼者，他不正是我们美丽大桥的最美的眼睛吗？"

的确，待我对邱永超有了更进一步的了解之后，我终于理解了这个比喻的全部含义。

有着"雅鲁藏布江之绝跨"之称的拉林铁路藏木特大桥开工前的一天，中铁广州工程局拉林铁路指挥部刚到驻地还没有安顿下来，王远锋指挥长就着急地和一帮桥梁工程技术人员带着大桥设计图纸来到藏木水电站库区，只知道大桥就在水电站库区，可是一行人在雅鲁藏布江北岸S306省道来回走了好几趟，就是找不到大桥定位何处。大桥两端应该是隧道，眼下只能看到无立足之地的悬崖绝壁，没有任何建筑物可作参照。

"快叫邱永超来！"指挥长王远锋看到现场是这样一种情景，心里有些着急了，这才想起忘了叫测量工一起来。

真是"说曹操，曹操就到"。指挥长话音刚落，就看到邱永超满头是汗地带着测量仪器出现在指挥长面前。

指挥长有些意外，还在纳闷刚才有没有叫邱永超一起来。其实邱永超带着测量班的同志已经先指挥长而来，在尚在图中的藏木特大桥周边已经连轴"转"了好几天了。

邱永超是个有心人。施工单位常说"施工未动，测量先行"。没有准确的测量、定位、放样、划线，施工就无从下手。因此，中铁广州工程局刚中标拉林铁路藏木特大桥，邱永超人还没上高原，就已经心系高原，天天用心地在设计图上读桥、识桥、知桥、建桥了。设计图上雅鲁藏布江藏木特大桥的上万个测量数据，邱永超早已了然于胸，跟着队伍一上高原，他就带着测量班到现场一一对应测量。现场没有建筑参照物，没有地标参数，他们利用藏木水电站地标参数，用测量仪逐段引入到藏木特大桥现场上来，一一标出大桥桩基、塔架、桥台、缆索的现场准确位置，为下一步施工做好先行准备。这会儿听到王远锋指挥长叫他，他本来就在现场，立刻就出现在指挥长面前。

指挥长问："桥在什么位置，测出来了吗？"

邱永超立刻报上一连串的大桥数据：

"藏木特大桥位于拉林铁路第203公里+461.1米至986.2米处，横跨雅鲁藏布江藏木水电站库区，全长525.1米，中心里程第203公里+731米；主拱计算跨径430米，矢高112米，矢跨比为1∶3.84，拱轴系数1.8；提篮拱内倾角为4.59度，拱肋拱顶处中心距为7米，拱脚中心距为25米；主梁高3米，桥面宽18米，桁底宽12米；桥址海拔3350米，桥下水深66米，桥位所处河谷最大风速12级……"

对这一连串的大桥数据，指挥长也都非常清楚，他现在想要知道的这些数据将在哪里幻化出一座美丽的大桥来，具体地说大桥将建在什么位置。他打断了邱永超的话，直截了当地问道："你现在给我指指桥将建在哪里？"

邱永超指着南岸的某点，又指指北岸的某点，告诉指挥长："喏，就从这儿到那儿！"

指挥长还是没看出来，邱永超这才想起递过望远镜给指挥长。王远锋接过望远镜顺着邱永超指的方向看去，果然看到邱永超和他的同事们几天来现场实地测量打下的测量桩，一一标记了藏木特大桥桥桩基础、塔架基座、缆索锚锭等各个重点位置。眼下指挥长看到的还只是一个个的点。可以说，这些测量点为下一步大桥的建造提供了方向性的指导。造桥人把这些点连接起来，就是一座美丽的藏木特大桥，那就是拉林铁路之眼。

指挥长放下望远镜对邱永超的测量班称赞道："行，施工未动，测量先行。你们可为藏木特大桥立下了先行之头一功啊！"

事后，有人问邱永超："我们到了江边两眼一抹黑，对着图纸也不知道桥在哪里，指挥长当时问你，你怎么就能于无桥处看到桥？"

也许是因为得到了指挥长的表扬，邱永超不无得意地用诗意的语言回答："心里有桥，眼里就有桥。何况我们搞测量的有一双能发现美丽大桥的眼睛。"

高原白天日照紫外线强，测量班整天室外测量，为了防强光照射，当时邱永超正戴了一副时尚墨镜，同事谐音"眼镜"——"眼睛"，就这么傻傻地也分不清地叫起来了。

拉林铁路从拉萨起始穿过第一隧嘎拉山隧道，就到了雅鲁藏布江河谷首跨雅鲁藏布江的贡嘎特大桥，这座由专业造桥团队中铁广州工程局承建的大桥有着复杂工艺和特殊结构。全长5726.54米，有131个桥孔，其中主河道有81孔，每孔48米长，可见雅鲁藏布江这段江面有多宽。

筑路人总是在没有路的地方筑路，造桥人也总是在没有桥的江河之上造桥。因此，当造桥的"先行者"邱永超一行来到雅鲁藏布江边给贡嘎特大桥定位测量时，这里无桥无路也无船，他们只能到附近村子藏族群众家里租用传统的羊皮筏了过江。

藏族群众的羊皮筏手工缝制，体积不大，每只筏子只能坐两三人。他们带着测量仪器乘羊皮筏过江，划到江中，他们发现羊皮筏在往里渗水，可是羊皮筏已经划到江中，继续往前划，或者往回划，结果都是一样的，羊皮筏都有可能连人带水载不起而翻沉江中。

怎么办？大家的眼睛都望着邱永超，邱永超立即做出反应，对撑筏的藏族群众说："继续往江对岸划。"这边对同事说："你们保护好测量仪，护在怀里，尽可能举得高一些。"然后他摘下头上戴的安全帽，不住地从羊皮筏里往外舀水，舀水，再舀水。

羊皮筏终于撑到江对岸，看到同事们高高地举起测量仪器下了羊皮筏，邱永超累得这才一下子躺倒在羊皮筏里。全身衣服里外都是水，里面是汗水，外面是江水。

藏木特大桥施工之难超出人们的预先想象，而作为施工的先行者，邱永超和他的测量团队必须最先尝尝难的味道。

大桥两岸都是悬崖绝壁，塔架没有立足之地，只能立在悬崖之上的山顶上面，邱永超带着测量班必须先行上山，给塔架测量定位。上山无路，邱永超他们背着测量仪在悬崖之下足足转了两天，多次尝试着从"旁门左道"迂回上山，都因无法攀援而半途而归。

第三天，邱永超一行又来到悬崖下公路旁寻找上山的路，正好看到有几个藏族群众手摇转经幢，怀揣五彩经幡，一路走来。邱永超好奇地在一旁看他们去往何处。却见他们从悬崖下的公路绕到两面悬崖相交的一处山坳处。这里高原雨季泥石流冲下来的乱石成堆，稍有触碰，就会连锁反应滚落下来，非常危险。邱永超正想提醒这几个藏族群众注意安全，却见他们竟然不管不顾地已经爬上泥石流冲下来的乱石堆，向山上爬去。于是，邱永超赶紧上前向藏族群众询问："从这里能上山吗？"

"你们上山干什么？"藏族群众警觉地反问邱永超。

"我们要在这里修一座铁路大桥，上山要测量、施工，就是干活儿去。"

藏族群众听不大懂汉语，邱永超也听不懂藏语，他们连说带比画，总算都明白了对方的意思。原来这山是有灵气的，藏族群众要上山去挂经幡。悬挂经幡是千百年来流传于藏民族地区的一种宗教习俗，有着自身修行、利益众生的功德。风每吹动一次经幡，就如同将上面的经文诵读了一遍。上苍诸佛保护一切制造和悬挂经幡的人们，哪里有经幡，哪里就有善良吉祥。

当得知眼前这几位汉族兄弟是来为藏族群众修建铁路的，他们双手合十，连连祝福："扎西德勒，扎西德勒！"

"从这里能上山吗？你们看这石头随时会滚落下来，多危险啊！"邱永超还是不忘提醒这几位藏族群众。

"能上，能上。这里原来是有条小路的。下雨让山上滚下来的泥石流埋在下面了。"

于是，藏族群众在前面指引带路，邱永超他们在后面跟着。前面的人连拉带拽，后面的人又顶又推，这段无路攀援花了两个多小时，总算上到山顶。一看海拔标高，才只上了50多米，这在内地山区，也只是几分钟的路程。这就是青藏高原。

和藏族群众分手后，他们立刻投入测量工作，为了不把时间耽误在"路"上，这天他们连中午饭也没吃，一直干到天黑才回驻地，午饭和晚饭一起吃了。

第二天再上山来，他们已经是"轻车熟路"了。还是为了抓紧时间测量，为下一步工序争取时间，他们中午还是没下山，派人把饭送到山上吃。

后来建塔架的施工队也是沿着他们最先"开辟"的这条小道上山。施工队扩修小道，将一台挖机开上山就足足用了56天。可想当初邱永超他们上山的这条"道路"有多难！

藏木特大桥采用中承式提篮钢管混凝土结构，以其430米的主拱跨径，居世界上同类型桥梁跨度之最，同时也是世界上同类型桥梁中海拔最高的，大桥的许多新结构、新技术、新材料、新工艺，在国内铁路桥梁建设中都是首创。

藏木特大桥一跨过江，桥拱的架设需要将预制好的桥拱一节节从上游预制场用驳船运到桥下再进行吊装。因此，测量航道的任务也责无旁贷地落在了邱永超的测量班肩上。他们租借藏木水电站用来清理库区水面漂浮物的小船在库区测量水深、流速、风速以及水下礁石分布，确定一条最佳航道。江面风大，邱永超巍然站立船头进行航道精测。测量班的同志一次次要换他到船舱坐坐休息一下，他一次次地拒绝说："没事，还是我来！"他是不亲自掌握第一手资料不放心啊！江面大风摇曳着他一身橙红色的工作服，与同色系的橙红色救生衣勾勒出一幅正在江面上燃烧的火炬。同事们说邱永超总是给同事们带个好头，"燃烧自己，照亮前面一条前进的航道！"

藏木特大桥的架设桥下不是可供施工作业的地面，而是深达60多米的藏木水电站库区水容。桥拱的架设全靠立在两岸悬崖绝壁之上巨型塔架之间的钢缆索吊。

缆索吊承重索有24根，每根直径60毫米，长1000米，重14吨，起重最大重量245吨。因此，24根承重索必须保持在一个水平面上，起重时24根承重索要同时平均受力承重，稍有误差偏重，起重桥拱的重量集中在少量承重索上，就会导致承重索崩断，桥拱坠落，沉入水库，后果不堪设想！

因此，精测精调缆索吊承重索是一个细心活，靠的是高超的测量技术，更需要不急不躁胆大心细的稳定心态。承重索两端悬挂在两岸高高的塔架上，中间自然下垂成一个半圆形的弯弧，24根承重索不在一个平面上，也不在静止状态，七八级甚至大到十二级的雅江河谷大风吹动着24根承重索不停地左右摇摆，摆动幅度最大达40厘米。这给邱永超他们的精测精调造成很大的难度。

邱永超带着测量工一班人精测精调，心细如丝，平和不急，不因风动而动，不为索摇而躁。邱永超还想办法在塔架上安装棱镜，利用棱镜的反射，对应测量每根承重索的摆距，计算出中心位置，用圆周切线法更快更准确地测量计算出调整参数。为了不影响下一工序，他们顶着大风经常加班加点，连续两天一干就是十几个小时，终于把原计划5天的测量工作，两天就干完，为下一工序开展赢得了时间。

拱形大桥最常见的是平行拱，就是桥的两侧桥拱是等距离平行的。藏木特大桥的主拱为提篮式拱，就像提篮的两个提手，下面相距宽，向上逐渐变窄。这种拱空间结构非常复杂，两拱之间每一个点的距离都不相等，拱肋拱顶处中心距为7米，拱脚中心距为25米。桥拱相邻节段的对接精度要求非常高，拱肋节段线型控制和安装非常难。这就要求测量一定要准之又准，万万不能有丝毫偏差。前端若差之毫厘，后端就会谬以千里，整个桥梁甚至就要报废。

对此，邱永超不敢有丝毫大意，每次吊装桥拱之前，他都要做足功课，对空间线性控制做多次复杂的计算，再反复验算，直到有了唯一的准确结果，再测量放样，指导桥拱的准确吊装。

中铁广州工程局拉林铁路指挥部承建的拉林铁路藏木特大桥、绒乡特大桥、贡嘎特大桥三跨雅鲁藏布江，却风姿绰约，各有各的神韵。

就像"女大十八变"一样，大桥每天都在长高、长大，变得越来越漂亮、越来越壮观。邱永超和他的测量班依然天天放大样、测标高、调模板，给大桥的每一个节点准确无误地定向定位，引导着大桥健康成长。终将有一天，大桥成为青藏高原雅鲁藏布江河谷最美的风景线。

新天路大工匠之造桥工刘金春

肯定是我孤陋寡闻了，尽管在采访中铁广州工程局拉林铁路工程指挥部贡嘎特大桥的建桥工刘金春之前，我已经做足了功课，还算了解了桥梁的分类有钢梁、预应力混凝土梁、简支梁、连续梁、预应力混凝土钢构梁等，桥梁结构的施工方法有支架现浇法、预制安装法、悬臂施工法、转体施工法、顶推施工法、移动模架主孔施工法、横移法、提升与浮运法等，可是当听造桥工刘金春介绍说他们现在正在施工的川藏铁路贡嘎雅鲁藏布江特大桥是像拼积木一样，采用节段梁一节节地用胶水拼接而成的时候，我还是惊讶地目瞪口呆，无论怎样发挥我的想象，都感到用胶水拼接的铁路桥梁真的似魔术师变戏法一样不可思议，难怪有人把建桥人比作大江大河上的桥梁"魔术师"，而眼前这位建桥工刘金春就是这样一位桥梁"魔术师"。

刘金春从小就喜欢桥，因为他爸爸就是造桥的。

刘金春也是"铁二代"。小时候，爸爸他们造桥到哪儿，造桥工人的家就安在哪儿。刘金春从小跟着爸爸，每天放学后，站在家门口就能看到爸爸他们在江河上建大桥。他眼看着水流湍急的大江大河上如何从无到有、从小到大，最终魔术般地呈现出一座座姿态各异的美丽大桥来，他感到爸爸他们厉害极了。

刘金春的爸爸是老桥工，工友们都称他"刘老虎"。老虎那可是百兽之王啊！老刘师傅之所以被称为"刘老虎"，那说明老刘师傅在桥工们眼里的威望可不一般，有王者之尊呢！

　　在爸爸的桥梁工地上，小金春经常能听到桥工们扯着大嗓门喊：

　　"刘老虎，您快来看看，这是怎么回事？"

　　"老虎，您快点过来帮帮忙，这儿又遇到麻烦了。"

　　"刘老虎，您这两手还真管用，可帮我们解决大问题了。"

　　小金春眼里，爸爸他们的桥每天都在变，越变越好看。先是在水深流急的江河中，桥墩一点点地冒出水面，傲然挺立江中。接着，桥梁也一节节地架起来了，如一道彩虹飞过江面，连通南北。再后来，大桥要通车了，桥面上插满彩旗、气球，桥头搭起台子，高音喇叭放着欢乐的歌。人们纷纷伫立桥头，选择不同角度，与大桥雄姿合影留念。领导们也都来了，讲话、剪彩、给造桥的爸爸他们披红戴花，颁发奖状，然后爸爸他们这些造桥的人和领导们一起坐上彩车，在喧天的锣鼓声中，缓缓地驶过大桥……

　　爸爸他们那一代造桥人的荣耀，让小金春也感到无比的自豪。每次大桥通车的时刻，都给小金春留下了非常深刻的印象。他从小就立志，将来长大了也要和爸爸一样当个造桥人，去造更大、更长、更美丽的大桥。

　　刘金春从小立下的这个志向，在他17岁高中毕业那年终于实现了。那是1989年，金春的爸爸"刘老虎"退休，按照当时的政策，职工子女可以顶替接班，直接参加工作。于是，父亲跟正准备高考的儿子商量："现在给你两条路选择，一是参加高考，选一个你喜欢的大学和专业进一步深造；还有一个选择是接班顶替我，参加工作，也跟我一样去建桥。你选择哪个？"

　　"我选接班顶替，参加工作，跟您一样去建桥。"刘金春其实早已听说，有了心理准备，这时听爸爸问他，毫不犹豫地说出发自内心早已做出的选择。

"你就不高考上大学了吗？我知道，以你的学习成绩考个一本大学还是很有把握的呀！"

"不高考了，还可以上函授、上电大、自学考试，有的是机会。可是接班顶替爸爸造桥的工作，这是唯一的机会。错过了，就再没有了。"

"爸爸退休后，家就安在武汉大城市里了，可是造桥要走南闯北，一年四季不着家，你吃得了这个苦吗？"

"爸爸不也是吃苦一辈子，这么一路走过来的吗？您能吃得了苦，我也能！"

"你就那么喜欢建桥？"

"爸爸您不也喜欢造桥一辈子吗？"

"刘老虎"被儿子说服了。

就这样，刘金春到了爸爸所在的造桥队也当了一名造桥工。当然，他还不是那个曾经的"刘老虎"。他听爸爸的吩咐，老老实实地从学徒工做起，虚心拜师学技，先后做过钳工、电工、泵手、运梁专用车司机、起重司机、起重司索工。业余时间，他还自学了电大基础理论课程、桥梁工程学、土木工程学、建筑材料学、桥梁构造学等专业理论知识，不断地充实提高自己关于桥梁建造方面的专业技术技能。

工作28年来，刘金春先后参加过洛阳黄河二桥、菏泽东明黄河二桥、湖南沅江二桥、山西阳翼北深沟特大桥等许多桥梁的建造，积累了许多造桥的经验。这次上拉林铁路，他担任了贡嘎雅鲁藏布江特大桥一号造桥机机长，成为建桥工的技术带头人。

桥梁"魔术师"就是这样练成的。终于，有一天，工友们送给刘金春一个他其实早就渴望得到的响亮"外号"："小老虎，过来看看！"

这是他第一次听到工友这样地叫他"小老虎"，当时他先是一愣，然后高兴地大声答应："哎，来了！"

当晚，刘金春用手机给爸爸打电话说："有人也叫我小老虎了。"

爸爸听了非常高兴，但没有表现出来，而是告诉儿子："你给我记住了，你现在只是一个小小的小老虎，还不是刘老虎！"

"我明白了，爸爸！"

川藏铁路拉萨林芝段的桥梁有120座，其中16次跨越雅鲁藏布江，贡嘎雅鲁藏布江特大桥是首跨，也是特殊结构的节段拼装梁桥。

当我终于弄明白什么是节段拼装梁桥时，就努力试图用外行人听起来也比较通俗易懂的语言来描述：桥梁即两个桥墩或桥台之间的建筑，不管是什么材料建造，一般不外乎是两种方式，一是预先制好整个梁体，再整体吊装到桥墩上固定；另一种是在两个桥墩之间打模板、扎钢筋，现场灌注混凝土制成梁体。前者简称为预制梁，后者简称为现浇梁。而节段拼装梁则介于两者之间，就是预制梁体时不是预制整体梁，而是分成数个节段预制，然后在两个桥墩之间将预制的各个节段梁箱体悬空用胶水粘接为一个整体，架接在桥墩之上。

贡嘎雅鲁藏布江特大桥全长5726.54米，是拉林铁路最长的一座桥，共有131个桥孔。在拉林铁路其他桥1800多孔桥梁都采用32米简支T梁，只有贡嘎雅鲁藏布江特大桥跨越雅鲁藏布江主河道的81孔采用的是48米节段箱梁。一号造桥机机长"小老虎"刘金春说，这是桥梁设计时考虑到雅鲁藏布江主河道必须要保持河道水流泄洪的通畅，所以加大了桥孔的跨度，由通用的32米改为48米，随之而改变的就是桥梁的结构由整体预制梁也改为节段预制梁。跨度48米的一孔梁如果制成整体梁，总重可达1200多吨，在江面上吊装架梁就需要更大型的起重设备，而雅鲁藏布江不通航，大型船舶进不来。而改成节段梁拼装，就比较易于在江面作业了。

说节段梁拼装造桥易于江面作业，也仅仅是相对而言。其实，采用节段梁拼装工艺造桥，在拉林铁路这是唯一的一座，在青藏高原雅鲁藏布江上更是首次。造桥是在水流湍急、风沙肆虐的高原峡谷雅江江面上进行，必须悬空吊装拼接每节上百吨重的节段梁，每孔桥需要连续拼接十一节段，然后张拉预应力，再整体落梁。这对第一次上高原担任造桥机长的刘金春来说也是首次，怎么可能没有难度？

这天晚上，刘金春给武汉退休在家的爸爸打了电话，说了他将要在高原峡谷雅江江面上造桥的事。爸爸送给儿子八个字："胆大心细，遇事不慌。"

说实话，"刘老虎"也没有在雪域高原造过这样的桥，随着造桥技术的快速发展，他已经不能再教给顶替他造桥的儿子新技术了，但仍然可以教给他处事方法。爸爸对儿子说："你自己好好琢磨琢磨吧，琢磨透了再干。还是那句话，凡事要胆大心细，遇事不慌。你能行！"

"嗯，您放心，我能行！"

"好好琢磨琢磨吧！"

爸爸的这句话，叫刘金春一连几天都带着他的一帮弟兄们在雅江江面岸边来来回回地转。测了江水流速再测河谷风速，量了桥墩距离再绕着桥墩转，一边转，一边嘴里还念念有词，不时地掏出随身带的小本子记些什么。他的徒弟不解地问："老虎师傅，您这是干什么啊？也教教我们呀！"

刘金春回答："别急，我们先琢磨琢磨。"

贡嘎特大桥共有132个墩台、637根桩，目前，大桥全部桩基已完成，主河道内承台、墩身也将全部完工。高高地站在桥台上的老杨师傅看到刘金春这天又带人围着桥墩转悠，大声地跟刘金春喊叫着："小老虎，什么时候看你们造桥啊？我这桥墩都在这儿等急了呢！"

刘金春笑笑："别急，我们先琢磨琢磨。"

这天，刘金春又带人来到项目部节段梁预制梁场琢磨琢磨。

中铁广州工程局拉林铁路工程指挥部贡嘎特大桥项目部节段梁预制梁场承担着贡嘎特大桥项目内81孔共891节段的节段梁预制任务，是拉林铁路全线最大的节段梁预制场。按照拉林铁路建设总指挥部"高标准起步、高质量建设、高效率推进"的建设要求，强力推进工厂化、专业化、机械化、信息化的标准化建设，打造绿色高效的标准化制梁场。2017年4月19日上午，伴随着欢庆的锣鼓和鞭炮声，首节节段梁顺利浇筑，标志着节段梁预制工作全面展开。

节段梁梁体为单箱单室、等高度预应力混凝土简支箱梁，每节预制节段梁长分4.35米和4.6米两种，高3.7米，重约100多吨。每孔桥采用11个节段梁、10个接缝。贡嘎雅鲁藏布江特大桥主河道上的81桥孔就是要用胶水将891个节段梁拼接成桥梁整体。难啊！

看到造桥机长刘金春来到节段梁预制场，预制场场长李建桥打趣地跟刘金春说："怎么样啊，小老虎？造桥还得看你们。我这里把炮弹可都给你备齐了，就等着看你炮弹上膛把它们打出去了。"

刘金春还是笑笑："别急，我们先琢磨琢磨。"

刘金春其实心里有数，等他把这一切都琢磨透了，终于拿出一份完整的造桥机施工作业方案，摆在大家面前。他说："人们称我们造桥人是'桥梁魔术师'，多难多险的大江大河上都能魔术般地变幻出一座美丽的桥来。可是你们知道魔术的奥秘在哪里吗？"

有人还以为刘金春机长要给大家变魔术，饶有兴趣地听着。

"魔术的奥秘全在道具。我们桥梁魔术师的奥秘就在造桥机上。眼下桥墩已经建好，节段梁也已经预制完毕，下一步就看咱们怎么样给它们在雅鲁藏布江上拼装起来。我们要选最佳方案，造最优大桥。"

大家这才明白机长这些天来带领大家游雅江、转桥墩、看制梁的意图，也都看到了机长和机修工精心保养造桥机的一举一动。刘金春接连几天和起重司机孙新桥、申辉一道爬上爬下，对1号节段梁造桥机天车、提升站等设备重点部位精心保养。孙新桥师傅说："机长，这是我们的活儿，我们保养就可以了，您歇着吧。"刘金春却说："可这也是我的'道具'啊。"

造桥机主导梁拼装是重要环节。主导梁安装总重150吨，方案采用两台220吨吊机拼装，选用的吊机吊高、幅度每台能吊重100吨，按双机抬吊每台做功80%计算，完全能够满足起重要求。可是对吊索的选用，刘金春感到有问题，经验告诉他吊索直径细了。

起重公司的技术人员打保票说："直径42毫米的钢丝绳，没问题。我们刚刚在内地也是用这样粗的吊索吊装100多吨的构件，保证没问题。"

"可是这里是青藏高原，这里海拔3566米，不是内地！"

"那也足够了，安全系数达7～8倍了。"

"雅江江面上风人，节段梁的吊高又高，吊索细了，吊件容易摆动，降低安全系数。高原气压低，起重作业安全系数必须要提高几个等级才行。"

他们 时谁也说服不了谁。"官司"打到工程技术部，经过重新计算，果然直径42毫米的吊索达不到规定的安全系数，改用刘金春建议的直径56毫米的钢丝绳吊装。

起重公司的技术人员拿到计算数据，对刘金春点赞说："还是机长有经验。向您学习！"

刘金春倒谦虚起来，说："也不是我有经验。您刚才不也说在内地就是这样吊装的，那不也是经验嘛！"

"唉，您就别提这茬儿了。"

"不，我们对事不对人。高原作业，每个吊装的工作工况不同，吊高不同，安全风险就不一样。我们不能简单以内地的吊装经验来判定。尤其大型吊装，我们要对企业负责，对国家负责，对每个吊装工人的生命安全负责。"

大家再次对刘金春机长竖起大拇指点赞。

终于，"桥梁魔术师"的道具造桥机也让刘金春琢磨透了。造桥作业方案也得到中铁广州工程局拉林铁路工程指挥部和铁路总公司拉林铁路建设总指挥部的批准，万事俱备，只等择日造桥了。

造桥开始的前夜，刘金春又给爸爸"刘老虎"打了电话，告诉说："爸爸，我已经都琢磨好、琢磨透了。"

"好！那就好！磨刀不误砍柴工。"

"嗯，明天就开始要造桥了。"

"好，还记得我送给你的八个字吗？"

"记得呢！胆大心细，遇事不慌。"

"好，你一定能行！"

挂了电话，刘金春美美地睡了个好觉。这10多天来他一直睡不好觉，他还以为是高原反应的缘故，看来不是。

2016年8月10日，中铁广州工程局拉林铁路工程指挥部承建的贡嘎特大桥在雅鲁藏布江主河道上的造桥正式开始。

这天，刘金春早早地起床，洗漱完毕，特意换上一身新工装，戴上工牌，来到他称之为"魔术道具"的一号造桥机前，又仔细地检查一遍。一切准备就绪，起重工、司索工、拼接工、测量工、安全员等各个工种都各就各位，时针指向上午9点整，指挥长一声令下，刘金春开始指挥一号造桥机作业。

刘金春紧盯着造桥现场，熟练地下达一个又一个作业命令："一号梁体起吊卸车——安装支座——安装梁体挡块——拧紧螺栓——测量梁体——水平调整——中心调整——调整标高——涂胶作业——准备拼接……"

一号机30多人按部就班，在机长的指挥下有条不紊地进行节段梁体拼装作业。我忽然觉得，与魔术师的快手相比，此时的造桥机长刘金春其实更像一个乐队的指挥，看他那从容镇定、有张有弛的样子，整个造桥机在他的指挥下活了起来，一节节梁体起吊、拼接、张拉、安装、落梁，那隆隆的机声、清脆的哨声、此起彼伏的口令声和应答声，就是那响彻雪域高原的最美妙音符，那一孔孔拼接完成的桥梁就是他指挥的"乐队"献给雅鲁藏布江上最完美的艺术品。

中铁广州工程局拉林铁路工程指挥部贡嘎项目部党总支书记陈东华告诉我们，公司选刘金春担任贡嘎特大桥一号造桥机机长，就是因为他专业技能比较全面，工作认真负责特别严谨，作为一个机长，他胆大心细，遇事不慌……

"胆大心细，遇事不慌"，这不就是"刘老虎"送给"小老虎"的"八字箴言"吗？看来这八个字已经是造桥人的座右铭了。按着，陈东华书记又给我们讲了刘金春机长造桥的二三事。

节段梁每节重大约在100吨，大钩吊具用四根直径52毫米的吊杆吊挂，在吊挂中每个螺母要同时拧出五丝，才能同时起吊，容不得丝毫偏差。有一天，在节段梁段吊装作业时，节段梁已经挂在吊杆上，刘金春一边指挥起钩带力，一边仔细观察，突然发现其中一个吊点异常，与其他三个吊点不同步，有些微微的带力滞后。凭经验刘金春感觉肯定是吊杆螺母没有拧到位，立刻下令让吊机重新落下。他亲自上前检查，果然发现这个吊杆上少拧了一丝。他质询："这是谁干的？"一个工人怯怯地上前答道："是我。"刘金春一看，原来是个新来的工人，他没有指责这个新工人，而是告诉他，一定要把每个螺母丝扣拧到位，因为起吊作业每个吊杆都要均匀受力，如果有偏差，一个吊杆不受力或者少受力，就可能导致起吊倾覆的大事故，后果不堪设想。道理讲清楚了，这个新工人此后再也没犯同类错误。事后，刘金春却把带班的班长狠狠地批评了一通。

有一次运梁车运节段梁，梁体吊装到运梁车上落钩后，刘金春发现梁体在车上没有放正，偏差两三厘米。刘金春要求起吊重新安放。司索工小王都已经解开吊索了，不以为然地跟机长说："这么大的一片梁，又不是上桥拼装，只是放到车上运到工地，放偏个两三厘米不是什么大不了的事，您何必较这个真儿？"

刘金春把班长叫来，对班长和司索工小王一起批评教育说："梁体放偏两三厘米，上百吨的梁体在梁车上重心就偏移了。高原路况不好，运输途中梁体一旦发生移动，加重偏斜，就会导致梁车倾覆。这样的后果我们必须要有预见，要对运梁车司机的安全负责，每个环节来不得半点差错，这是从事高危工作应该有的细心和责任心。"

班长主动承担了责任，立刻让小王重新吊装梁体，正确安放，并用导链拉紧加固。

在节段梁拼装中，一号节段梁的吊装摆放是最关键的一个环节。中心线调整不能够偏差一毫米，如果一号梁偏差一毫米，就会导致最后一片节段梁偏差几十毫米，不能准确安放到桥墩的支座上，导致拼装失败。差之毫厘，失之千里，就是这个道理。每孔桥的一号节段梁安装时，刘金春和技术人员一起不厌其烦地反复调整，每次要调整1个多小时，才能调整到位，准确摆放。如果当天不能胶拼，根据高原温差大的特点，还要预抬标高，次日拼装前再复核标高，发现变化，再进行微调，调整好再进行固定。

有一次，刘金春在检查中发现节段梁的固定导链拉在钢筋上，顶托中间有缝隙，他立刻责成工作班改正。班长却顶撞说没事，节段梁一百多吨重，移动不了。刘金春告诉班长说，钢筋在受力以后如果弯曲，就会导致首片梁位移，顶托再顶不牢，所有的尺寸就发生变化，导致拼胶失败。必须立即改正。班长理屈词穷，说不出理由来。刘金春就带着他们一起对梁体预埋件做了临时焊接加固，确保节段梁不移位。

在节段梁拼接时，不但要注意温度的变化，还要注意雅江河谷风沙和雨水的影响，有时正在给节段梁拼接面涂抹胶水，忽然雅江河谷吹起了风沙。刘金春指挥及时支起篷布，继续作业。有一天风很大，刚刚支上篷布，立刻被大风吹走，自然也吹了些许的沙子粘在已经涂抹好胶水的节段梁上，毫无疑问，这样必然影响到胶水的黏结度。

刘金春见状立刻下令停止作业，沙子肯定无法从脱水上清除掉，只能将梁体内箱已经涂好的胶铲除掉，等风停了重新涂胶。因为胶水4个小时之内会固化，如果不进行铲除或及时张拉作业，整个梁体就会报废。刘金春现场指挥得当，及时采取有效措施，确保了节段梁拼装的质量。

造桥机支腿固定时，精轧螺纹把支腿锁定后，刘金春还要求戴双螺母。作业班长刘开明不理解，嫌麻烦，对机长说："每个螺纹受力都有七八十吨，十几个精轧螺纹也有一千多吨了，戴双螺母有什么意义？"刘金春耐心地对他解释说："每个螺母的受力够了，但作业中由于震动，不能保证每个螺母负荷受力后不会松动啊。一旦某个螺母松动，就会将负荷转移到其他螺母上，其他螺母负荷突然增大，承载上千吨重量，一旦断裂，整个造桥机都会垮塌。现在加个螺母看起来麻烦了，但安全系数却大大增大了。防患于未然，就不要怕麻烦。"

刘金春就是这样，每逢遇到大家不理解的问题，他用道理去说服人，用技术去帮教人，用技能去引导人，确保节段梁施工作业人员和机械的安全。刘开明理解了，立刻带人安装好双螺母，做到双保险。

还有一次，造桥机就位后，刘金春要求作业班对后主千斤顶加装铁板将主梁下面垫实，增加一项保险措施。作业班长不理解，认为这是多此一举，说："千斤顶都可以承载了，用不着加装铁板。"刘金春说："千斤顶是液压的，压力过大油管可能会爆裂，液压的密封圈坏了也可能内泄。虽然液压锁可以起到保护，但还是锁板的物理受力最有保障。我们要对上面几十个工作师傅们的安全负责，保证机械受力的稳定性、可靠性、安全性。"班长觉得还是机长考虑得周到周全，立刻改正了。

一次节段梁拼接完成后在落梁的过程中，主千斤顶突然不起作用了，钳工现场检查之后，发现是千斤顶内部密封圈老化，必须拆下更换密封圈。但这时上千吨的节段梁还压着主千斤顶，这可怎么更换！许多人没经历过这种情况，情景非常紧急。刘金春让大家别慌，调来两台350吨的张拉顶代替故障主顶，加上原来三个450吨的主顶同时操作，安全平稳地将上千吨的节段梁体落在桥墩支座上，完成了支撑转换，然后再拆除故障主顶，修理更换密封圈。大家事后说："真佩服刘机长了！经验丰富，遇事不慌，每到关键时刻，我们的'小老虎'刘机长总能逢凶化吉、化险为夷。"

陈东华书记说，刘金春大事抓得紧，小事也不放过。青藏高原昼夜温差大，有的时候早晚温差能够达30摄氏度左右。造桥师傅们有时早起还穿一身厚厚的防寒服在江面上作业，中午天热和高强紫外线，又要穿起单衣。有一天中午天热，节段梁拼接等待胶水固化过程中，他看到有人脱下安全帽，坐在天车下面的阴凉处休息。刘金春立刻纠正要他戴上安全帽，移到安全地点来休息。刘金春说："天上掉馅饼的事没见过，天车上掉下个松动螺栓还是有的。你把安全帽脱下，万一掉下来的螺栓正好砸在你脑袋上怎么办？要知道，你可不是一个人在高原战斗啊！你家中的妻子、孩子可都指望着你呢！家人都希望你们平平安安地回家来。"机长的批评可都是大实话，可是机长的幽默感，还是把大家逗得哈哈大笑，在笑声中记牢了"安全无小事"的大道理。

"艺高人胆大，智慧人心细。"这是中铁广州工程局拉林铁路工程指挥部在上报刘金春为拉林铁路"藏地工匠"的事迹材料中，对刘金春工匠事迹的概括，这何尝不是中铁造桥人工匠群体的精神写照呢。

2017年5月6日，雅鲁藏布江第一跨贡嘎特大桥胜利实现了主跨过江的施工目标，这座西藏境内最长、雅鲁藏布江跨度最大的铁路桥梁建设取得了重大成果。贡嘎特大桥项目部也多次获得拉林铁路"标准化文明工地""标准化拌和站""标准化试验"等称号。中央电视台新闻频道2017年五一特别节目《劳动的力量》对贡嘎雅鲁藏布江特大桥这一亮点工程作了报道。

对这些成绩和荣誉，采访中刘金春竟然一字不提，只是邀请我们明年的这个季节再来拉林铁路看看，看看雅鲁藏布江滚滚东逝水，看看贡嘎特大桥巍巍风景线。

他深情地望着他造的桥说："那时来，你们一定还会有新发现、新收获，但那一定不是我。"

这些只是从新天路大工匠的故事中略取一二。在藏地铁路工匠之中，还有专心精心细心的巧手架子工、指哪儿打哪儿毫厘不差的霹雳风枪手、练就一双火眼金睛的黑脸安质员、运筹帷幄决胜高原的现场指挥长，还有钢筋工、混凝土工、掘进工、机械师、工程车司机、材料员……是的，他们中间可歌可泣的英雄人物和感人故事太多太多，值得更多的作家和艺术工作者贴近基层、贴近一线、贴近生活，将创作的笔触、艺术的镜头对准川藏铁路建设一线的他们，必定会有更多更美的新发现、新收获！

第四章　　冲锋在一线的指挥长们

川藏铁路拉萨林芝段建设的管理层级是这样的：铁路总公司是投资方，成立了拉林铁路建设总指挥部即建设单位，负责全线建设管理。

全线分为11个标段建设，中标单位即施工单位，成立该单位拉林铁路工程指挥部，负责组织指挥该标段施工。每个工程指挥部下面再设项目分部，具体组织工程队展开施工作业。

因此，各施工单位工程指挥部的指挥长们，便是铁路工程建设管理中承上启下的中坚力量，对上他们负责认真落实建设单位的总体部署，按照优质、安全的要求，保证如期完成各项施工任务。对下他们指挥在一线、冲锋在一线，和工人同甘共苦、日夜奋战，演绎着一个个动人的故事。

王树成指挥长的"三把火"

中铁十七局拉林铁路指挥部王树成指挥长的上任可算得上是"临危受命"了。

王树成是中铁十七局集团五公司副总经理，来拉林铁路之前，他在张（家口）唐（山）铁路项目部任副指挥长。项目部所在地号称"京北第一草原"，这里草原风光绮丽，景色宜人，是京城人双休日度假旅游的最佳选择之一。而且张唐铁路工程进展顺利，已经开通。2016年元月，王树成突然接到中铁十七局集团一纸调令，任他为中铁十七局拉林铁路指挥部指挥长，从京北草原一下子调到了青藏高原。和他同时调任新职的还有指挥部党工委书记宸江潮。

　　实话实说，当王树成接到上青藏高原的调令，他的心也"咯噔"一下要跳了出来。当时他又高兴又紧张。高兴的是领导信任委以重任。紧张的是上高原，我能吃得消吗？

　　于是，王树成先做足了上高原的功课。通过查阅资料、网上搜索和向参加过修建青藏铁路的老同志请教。他了解到高原海拔高、气压低、氧气薄、紫外线强、冬天极寒，许多人上去了会有高原反应，严重的导致肺气肿、脑水肿，甚至会要人命。

　　但是，这些负面信息并没有吓倒王树成，因为他了解到更多的是正能量。他了解到2006年建成通车的青藏铁路是世界上海拔最高、线路最长的高原铁路，参建单位周密部署，严格管理，高起点、高标准、高质量地在高寒缺氧、地质复杂、冻土广布、工程十分艰巨的条件下，以惊人的毅力和勇气战胜了各种难以想象的困难，用自己的心血和汗水谱写了人类铁路建设史上的辉煌篇章。而中铁十七局集团就是当年的参建单位之一，担负全线海拔最高、条件最艰苦、施工难度最大的唐古拉山多年冻土无人区的越岭地段线路建设，而中铁十七局的前身铁道兵第七师还曾担负青藏铁路一期工程建设，被人们誉为青藏铁路建设的"老功臣"。唐古拉山越岭地段项目被共青团中央授予"青年文明号"荣誉称号。

　　此时此刻，王树成更加感到责任重大，使命光荣。他说：

"我是站在中铁十七局奋战青藏铁路的成绩和荣誉之上再战高原的，这个高起点要求我只能向着更高的目标前进，此战必胜，不能失败！我绝不能摔下来给中铁十七局丢脸抹黑。"

到了拉林铁路指挥部，王树成才发现他和党工委同时接手的这个摊子有点儿"乱"。原来，前任指挥长和党工委书记因为另有重任，双双几乎同时调任。中铁十七局拉林铁路指挥部一时"群龙无首"，工作顿时陷入忙乱无序状态。所承担的隧道施工有13个洞口、14个作业面，有7个因为违反铁路总公司的隧道施工规范，步距不达标，被铁路总公司拉林铁路工程总指挥部限令停工。2015年下半年，中铁十七局指挥部在拉林铁路全线工程信誉评比排名倒数第一，职工士气也落到最低点。新指挥长临危受命，空降高原。大家也都冷眼旁观，就连上级领导也都在看着他，看看王树成这个新官上任"三把火"怎么个烧法？

此时，王树成知道大家都在看着他，他其实也在看大家，他想知道大家将如何看待他的"三把火"。

第一把火，点燃快乐的生活。

如今一提起"高原"二字，人们最先想到的便是海拔高、氧气少、紫外线强、生活艰苦这些有点儿吓人的负面词汇。而王树成作为指挥长，他最先想到的只有一个字，那就是大写的"人"字。人在高原如今怎么样？人能不能上得去？上去了能不能站得住？站住了能不能干得好？干好了能不能干得长？因为他明白，工程施工，最关键的决胜因素不是先进的机械设备，而是人！他常说："既然高原艰苦，那么上来的就都是好汉！我们不能让好汉吃苦吃亏，更不能让好汉倒下。"他对党工委书记宸江潮说："大家上来了不容易，我们的首要责任就是关心人、爱护人、帮助人，其次才是管理人、带领人、教育人。"

王树成的第一把火，就这样首先烧了个大写的"人"字，去点燃职工在高原的快乐生活。他提出了"努力工作，快乐生活"的管理理念，努力工作是目的，快乐生活是保障。于是，王树成先抓职工生活后勤保障。他每到一个项目工区，先不去看工地，而是先看职工食堂。高原气压低，烧开水80多摄氏度就开锅，使用普通锅做饭总夹生。他要求食堂都增添高压锅、压力蒸箱、电烤箱，还高薪从内地聘用国家一级厨师来主持厨房料理，一日三餐自助，有荤有素，有干有稀，主食是米饭、馒头、面条、花卷、包子好几样，南北方人各取所爱。王树成还向厨师提出一个要求，在内地看来无关紧要，而在高原却显得尤为重要，那就是他要求顿顿要见绿，要有绿叶菜给大家补充维生素。他说，人要是长期不吃绿叶菜，缺乏维生素，高原紫外线强，容易引起夜盲症。小小细节，足见王树成对大家的关心爱护。有次他到隧道工地，正赶上中午开饭时间，他先跑进食堂端起碗盛上饭，就跟职工坐在一起吃起来。职工跟王树成心贴心地说："刚上高原有反应，我们都吃不下饭。自打您王指挥长来了，我们吃得下饭了，吃嘛嘛香！浑身有的是劲！"大家开心地笑成一团。

职工吃得香了，还要让职工睡得好！给职工宿舍区安装了大功率的电热洗浴装置，让职工劳累一天回来，能舒舒服服洗个热水澡。高原冬天风大，洗了衣服晾在外面常常被风刮跑了。他到宿舍区去察看，因地适宜地搭建了一个阳光房，专门晾晒衣物。他听修建青藏铁路的老同志说过，感冒是诱发高原病的主要因素。在高原，夜间上厕所成了关系职工生命安危的大问题。中国科学院院士吴紫旺曾专门给时任铁道部领导写信，提醒要小心死神会躲在厕所里拉走你的职工。因此，有参建单位专门研制了一种移动厕所，夜间将厕所移到宿舍门口，早上将厕所拉走，还在全线进行了推广。借鉴这一经验，指挥部为职工的每一间宿舍进行了卫生间改造，达到正常起居水平。项目工区职工宿舍也尽可能地在室内修建卫生间，没有条件的，卫生间一定要离宿舍近一些、再近些。

王树成还非常重视职工业余文化生活，指挥部建起了职工活动室，有棋类活动、卡拉OK，还有阅览室，丰富职工业余文化生活。高原挡不住年轻人对篮球运动的喜爱，王树成了解年轻人好动，满足他们的要求，在有条件的工区修建篮球场，但要求少打强对抗性的比赛，让职工练练投篮也行，玩玩球类游戏也好。指挥部还建有职工微信群和"雪域新铁军"微信公众号，组织职工手机摄影比赛，发到微信群里交流。而无线网络的设立，更是让年轻人和家人朋友交流更方便了，更加拉近了与家人朋友的距离。

生活环境改善了，职工人心很快安定下来，也快乐起来，一心一意投入到工作中去，许多人觉得在高原和内地没什么两样，反而感到在高原呼吸的空气更纯净无污染，更宜人，这可是高原独有的。

第二把火，凝聚人心的力量。

人心安定下来了，并不等于工作就到家了。王树成此刻想的是，还要再把人心聚拢起来，这样才有力量，才能形成战斗力。聚拢人心，还是做人的工作。于是，他的第二把火，着重于抓管理，最大限度地调动人的积极性，向管理要能力，向管理要效益。

王树成说，抓管理说难也难，因为管理是门科学。说简单其实也很简单，无非就是遵循规律、按章办事。抓生活，他像一个大哥哥一样对大家关心爱护有加。抓管理，他就一副指挥长的面孔，说一不二。王树成和党工委书记宸江潮研究提出一个口号来引领大家，这就是"重振旗鼓大干一百二十天，再拾河山创建雪域高尊旗"。"高尊旗"是中铁十七局卢董事长提出的管理目标，指挥部的管理目标就是要在雪域高原创建高品质、受尊敬、旗舰型的工程指挥部。

王树成严格管理，全体职工便心中有戒，凝聚有力。在指挥部的带领下，停工的7个工作面很快得到恢复，工程进度大大加快。现在每月完成产值7500万元左右，这是王树成到任之前半年的完成量。2016年6月，在拉林铁路全线工程信誉评价中，中铁十七局指挥部也由最后一名冲到了三甲之列。

王树成对管理的一个理解是，管理不是力拔千钧的蛮劲，而是四两拨千斤的巧劲。关键还是要用好人、用对人，点拨到位。他和党工委书记宸江潮到任后，认真考察了指挥部中层干部，大胆选拔任用一些年轻有为的技术骨干到项目经理、技术主管和管理部门负责人岗位任职，给他们提供了充分展示自己管理才能和技术才干的上升空间，一下子把大家的积极性调动起来，形成了一个人人向上走、个个争上游的和谐竞争氛围。

五公司项目部经理康艳军，米林隧道横洞技术主管李秉环，一个是80后年轻人，一个是90后小伙，都是王树成选拔上来刚刚走上管理岗位的。这点连他们自己也都没想到，都还感到自己大学毕业没几年，好像还在实习一样，许多东西都还在实践中学着呢！王树成鼓励他们："没事。大胆、心细、好好干！有我给你们顶着呢！谁又不是从年轻走过来的？"

有指挥长扶上马送一程，给他们撑腰打气，康艳军和李秉环大胆工作，科学管理，积极采取新工艺、新工法组织施工，工程进度很快就抓上来了。

2016年6月，米林隧道横洞作业创下了月成洞302米的拉林铁路最好成绩，受到铁路总公司拉林铁路工程总指挥部的通报表扬。

2016年五一劳动节晚上，指挥部组织大家唱卡拉OK庆祝咱工人的节日，王树成带头唱了一首他改了歌词的老歌《什么也不说》。他在歌词里这样唱道：

你跳你的槽哟／我坚守荒漠／你向往繁华／我意在山河／既然是已选择哟／既然都是为祖国／筑路人浪迹漂泊算什么／什么也不说／丹心献祖国／用我辛勤的汗水／为绿洲添颜色。

你享天伦乐哟／我用焊花儿贺／你叙人间情／我桥跨长河／只要能为你的幸福／献出我微薄／筑路人聚少离多算什么／什么也不说／决心更执着／用我无尽的热情／为祖国秀山河。

谁想到指挥长的歌一唱完，不但没有调动起大家踊跃唱歌的情绪，反而令大家一片沉默。他的歌唱到大家的心里了，引起了大家的共鸣。有人提议：让指挥长再唱一遍好不好！

王树成说："我们大家一起唱，唱个大家都会的。"说完，他起个头，指挥大家一起唱起了《铁道兵志在四方》。这首歌在中铁十七局还是铁道兵第七师的时候，就是每天必唱的战歌，这个传统一直保持到了今天。嘹亮的歌声立刻把大家又带回到铁道兵第七师走南闯北筑路架桥为人民的年代，而今的年轻人不愧是英雄铁道兵的后来者，他们接过铁道兵的旗帜，唱着铁道兵的战歌，又战斗在拉林铁路上了。

从此后，项目部的职工都是唱着《铁道兵志在四方》和指挥长改过词的这首《什么也不说》向井始每一天施工的。

第三把火，激发创新的动力。

拉林铁路地处西藏南部山区，山高谷深，地势险峻，线路位于青藏高原高烈度地震带和地质断裂带，地质条件非常复杂。中铁十七局担负的米林隧道全长11.56公里，是全线7个极高风险隧道之一，拉林铁路控制性工程之一。米林隧道就像是一个天然的"地质灾害博物馆"，拉林铁路全线能遇到的高地热、高地应力、强岩爆、冰碛层、地质断裂破碎带等，在米林隧道里应有尽有，施工难度非常大。王树成明白，在这样的情况下，靠强攻硬上不行，像蚂蚁啃骨头慢慢来也不行，只有靠科技、靠创新，才能打赢这一仗。因此，王树成的第三把火必然是科技创新之火。

王树成说："科研成果是创新，成果转化同样是创新。前者是理论创新，后者是实践创新。"因此，他在抓施工组织中，很重视科技成果在拉林铁路建设实践中的转化。

光面水压爆破法是铁道第五勘察设计院原副院长、总工程师何广沂具有自主知识产权的一项科研成果，享有国家发明专利权。可是由于实施起来比起传统爆破要增加一道工艺程序，有些怕麻烦不愿意使用。因此这一科技成果转化率一直比较低。

王树成了解到拉林铁路还没有使用推广这一技术后，将老朋友、78岁高龄的何广沂教授从天津专程请到中铁十七局拉林铁路指挥部工地现场来，面对面地给职工传授这一爆破新工艺的科学原理和应用技术，首先在米林隧道横洞掘进中进行试点。

"隧道掘进光面水压爆破"是采用在炮眼中先"注水"后用"炮泥"回填堵塞的一项新技术。它是利用在水中传播的爆破应力波对水的不可压缩性，使爆炸能量经过水几乎无损失地传递到炮眼围岩中，十分有利于岩石破碎。同时，水在爆炸气体膨胀作用下产生的"水楔"效应有利于岩石进一步破碎，炮眼中有水可以起到雾化降尘作用，大大降低粉尘对环境的污染。

试点采用这一隧道爆破新工艺取得成功之后，指挥部在米林横洞召开现场技术观摩会，在指挥部所有隧道施工中全部推广这一爆破新工艺，装填炸药量减少三分之一，而且大大减少爆破粉尘和危石，通风排烟时间缩短在5分钟之内，爆破效率大大优于常规爆破，隧道掘进进度大大加快，米林横洞还创造了月成洞302米的拉林铁路隧道施工最好成绩。

有一次王树成来到另一隧道工地，正好掌子面在放炮爆破。他一听炮声不对，到现场再一查看爆破碎石粒径，就知道该作业队刚才这一炮一定没有采用光面水压爆破工艺。他找来作业队长一问，队长吞吞吐吐说了实情，果然是嫌麻烦，就偷减了工序。

王树成对作业队长作了严肃批评，但他也意识到，自己总不能天天盯在掌子面监督每一炮爆破，要用政策引导大家把工艺创新作为自己的行动自觉才行。于是，他制定出一套奖罚办法。凡使用新工艺爆破的，节约炸药归分公司，每月奖励2万元。凡不使用的，每掘进一米罚款200元，等等。

王树成一边全面推广何广沂教授的光面水压爆破新技术时，也一边与何教授共同研究聚能光面水压爆破新技术，采用聚能装置，进行专门射孔和切割的一种更高效的爆破方法。经过多次试验，终于取得可喜的进展，开始在全线推广。

布喀木隧道进口施工按照设计图纸要求，是采用CRD双侧导坑工法掘进，由于山体地质构造复杂，实际掘进岩层与地质勘测岩层有了很大变化，原有的工法掘进效率低、进度慢，而且不安全。王树成连续几天现场观测检查，取得大量检测数据之后，向铁路总公司拉林铁路工程总指挥部上报改进工法的报告，得到批准后，及时改用二台阶七步法的工法继续掘进，大大加快了施工进度。

这就是王树成指挥长"三把火"的故事。职工评述说："王指挥长的三把火，烧得中铁十七局拉林铁路工地人气兴旺、绩效兴旺、事业兴旺，唯独他默默地燃烧着自己，从一个工地到另一个工地。"

"儿行千里母担忧！"就在他母亲得知他将要去往西藏工作后，母亲的思念与牵挂依然没有阻挡他义无反顾地要上到高原。其实他也无时不惦记着母亲，但自古忠孝两难全。他每每想念母亲时，就会打电话给妹妹，问询母亲的日常生活怎样，叮嘱代他照顾好母亲。但是他却不敢直接打给母亲，因为刚到高原时，每次打电话母亲就会问："你那里安全吗？"电话总是难以放下，他也知道，在这里有跟他一样牵挂父母想念儿女的兄弟们。而他要做的就是和他们一起比肩而事、同舟共济！正像他唱的那样：什么也不说／决心更执着／用我无尽的热情／为祖国秀山河！

白国峰指挥长的一天

时间是公平的，每个人的一天不多也不少，都是 24 小时。可是中铁十二局拉林铁路指挥部白国峰指挥长的一天，可能是 25、26、30 个小时，抑或还要更多更多。因为，他的许多时间都是叠加在一起的。我们就撷取 2016 年 7 月 26 日到访中铁十二局拉林铁路指挥部的这一天，看看白国峰指挥长度过的是怎样的一天。

6:00——

白国峰的双闹铃每天总是准时在这个时间响起，其实比北京时间还要稍稍早几分钟，因为无论他的手表还是手机时间，都调校得比北京时间要快几分钟。这是他长年的工作习惯养成的，凡事都要早到几分钟，办事更加从容有序。为了叙述方便，这几分钟的提前量就暂且忽略不计了。

白国峰的双闹铃同时发出的是不同的声音。一个闹铃是他的手机设置成部队起床的军号声："so——do——mi——do——

mi——so——so——do——"中铁十二局集团的前身是中国人民解放军铁道兵第二师。起床号是军营里每天的第一声军号，它是战士们的动员令，是战斗打响前的预备铃。白国峰一生最感遗憾的是没当上兵，可是他走出校门到中铁十二局工作时，单位还保持着部队的传统，每天早上都能听到这起床的军号，立刻令他精神抖擞起来，投入到一天工作中去。他习惯了，如果一天早上没听到起床军号，他就像掉了魂似的少了点什么。

另一个闹铃是电子闹钟响起一连串短促的电子铃声，就像是指挥员紧急集合的哨音，命令他赶快起床。之所以要用两个闹铃唤醒起床，白国峰是要双保险。他怕万一哪个突然没电了，耽误他起床误了事。

起床之后，白国峰打开收音机一边听新闻广播，一边洗漱。保证在15分钟解决所有问题，然后走出他办公室兼宿舍的房间。

6:15——

白国峰就这点不好，他早起从来不锻炼。不过他不锻炼也有他的道理。他说高原海拔高，氧气含量只有内地的一半多，不适宜做剧烈运动。本来走路都气喘，如果剧烈运动，会导致大脑缺氧引起突然晕厥倒地，轻则受伤，重则会要了命。因此，不光他早起不锻炼，他也告诉年轻职工也都别剧烈运动。他在抓进场临建时，就要求指挥部和项目工区必须建立职工活动室，经常组织职工开展一些棋牌比赛、书报阅览、知识竞赛、卡拉OK、书画学习等文化娱乐活动，活跃了年轻职工业余文化生活，让他们感到身在高原不再寂寞。说到书画学习，白国峰自己就出身书法艺术世家，父兄几个都是书法家协会会员。白国峰的行书草书也非常漂亮，特别是他的草书，颇有明代书法大家工铎的草风之美。在他的引导下，职工中有好几个都成了书法艺术爱好者。

白国峰只是在指挥部院里缓步走了几圈，算是活动开了身体，就径直走进职工食堂。高原生活艰苦，白国峰明白要让职工在高原安心，首先要让职工安胃的道理。因此上到高原，白国峰抓的头一件事就是办好职工食堂。高原气压低，水烧到80多摄氏度就开锅了，这样的温度做米饭面条都夹生。职工吃不好，还怎么干活，怎么完成任务？于是，他不怕花大钱，给职工食堂添置了高压锅、压力蒸箱等适合高原的厨具，安排专人负责采购新鲜蔬菜副食，从内地高薪聘请做得一手好菜的厨师。有了这几招，职工食堂办得深受大家欢迎。

走进食堂，厨师正在准备早餐。白国峰看到早餐有馒头、花卷、包子、油条、稀饭，主食品种还真不少。菜有四五种腌制小菜、油炸花生米，对了，还有煮鸡蛋。他点点头，感到满意了。然后他又走进餐料间，打开冰箱看看肉、蛋还有没有，新鲜不新鲜；看看蔬菜还有几样，够不够。然后，他对厨师叮嘱注意把好食堂卫生环节，一定要防止病从口入。另外，让厨师转告采购员，到附近的加查县城再买回些眼下时令新鲜蔬菜。

看完食堂，白国峰看看手表，还有点时间，他回到办公室，再看看今天给职工道德讲堂的备课讲义。

7:00——

早餐时间，白国峰再次走进食堂，和他一起去食堂的是指挥部的职工，白国峰和大家一起共进早餐。他一边吃饭一边问几个新上高原的职工：最近感觉怎么样？有没有高原反应？能不能吃得下、睡得香？问几个年轻人：有没有想家了？叮嘱他们常给父母打个电话问候问候。还问大家对伙食有什么意见、要求。他说："在高原吃不下饭，也一定要吃，还要吃好。想吃什么就点什么，就跟在家一样。"

调皮的小张纠正白指挥长："指挥长，您说错了。"

白国峰愕然："哪儿说错了？"

小张故作正经地说："怎么会跟在家一样？您说想吃什么就

点什么，那就跟酒店一样了。"

大家开心地笑了，白国峰也开心地笑了。

7:45——

早餐并没有用去白国峰45分钟的时间，他通常只用10分钟左右吃完早饭，就回到办公室做当天工作的准备。这个时间是指挥部每天的工作例会时间。

工作例会制度，是白国峰每到一个项目部的规定动作。每天早餐后上班前，只用短短一刻钟的时间，大家在一起交流昨日工作，汇报当日安排，然后他作简要的点评，强调工作要点，大家感到这样工作思路清晰，重点突出，目标明确，很有益处。

今天的工作例会，大家交流完工作之后，白国峰强调的要点是，当前正值汛期，近日雅鲁藏布江洪水猛涨，拉林铁路全线许多座大桥工地围堰、筑岛、栈桥都被洪水冲毁，我们承建的巴玉大桥一号桥台基础也遭水淹，要吸取这个教训，采取防护措施，把损失减少到最低程度。同时巴玉隧道出口主动防护网被山上落石砸坏，要进一步排查隐患，防止意外伤害。在防汛的同时，还要进一步加强巴玉隧道进出口施工组织，加快施工进度。

8:00——

这是每天半小时的职工道德讲堂时间。指挥部80后、90后的年轻人多，他想的是抓年轻人的思想教育，要先从立德开始，他专门安排每天上班后半小时时间，设立了职工道德讲堂，给职工进行思想道德教育。讲课的内容很多，从理论学习、时事政治、思想道德，到办公礼仪、艺术启蒙、茶酒文化等，凡是对青年职工有益的，或者是他们有要求想要了解的，都安排进来，使职工受益匪浅。

这天的道德讲堂讲的是办公礼仪。他觉得年轻人太需要讲礼仪了，有的人能力挺强，工作也挺能干，往往就是因为礼仪不到，把事情办砸了，甚至误了前程，这都是教训。

白国峰再次跟大家语重心长地讲："年轻人在单位按部就班地无差异化地工作着，区别不大。而一个人成长进步的快与慢，往往就看业余时间是怎么安排的？而你们与他人将来的差异，可能就取决于每天这半小时的道德讲堂学习。"他还以自己的成长为例，强调自觉学习的重要性。当时他刚刚参加工作，在工地上从事施工作业。业余时间他学习写作，竟然有篇小豆腐块文章在报刊发表，就被领导发现，调到机关工作，从此他的人生就沿着另一条轨迹前进。他最后引用著名作家柳青的话说：人生的路很长，紧要处常常只有几步。走不好，就可能影响到人的一生。叮嘱年轻职工一定要走好人生的这关键几步。

台下的年轻职工听了频频点头，不停地记着笔记。看样子，大家都记到心里去了。

8:30——

走出职工道德讲堂，白国峰叫了车直接去工地，工地他每天必去。

中铁十二局承建的是拉林铁路控制性工程巴玉特长隧道和巴玉三线大桥。巴玉隧道全长13公里多，位于雅鲁藏布江峡谷的桑加峡谷区域，隧道进出口都在雅鲁藏布江边喜马拉雅山一侧的悬崖峭壁上。隧道出口紧接藏木特大桥，全长524米，在雅鲁藏布江峡谷区的藏木水电站库区水面上，一跨过江，桥梁结构、隧道地质条件复杂、施工场地条件困难、安全风险大、施工工期紧。控制性工程先期于2014年12月进场动工时，巴玉隧道出口隔着库区，连人都走不到近前，施工机械和材料要靠船运到对岸，有些材料要靠人背肩扛到洞口。而修建施工便道临近藏木水电站大坝，涉及大坝安全。白国峰跑电站，跑环保、水利等相关部门，配合总指为修建施工便道多方协调了近

1年时间，多次修改便道施工方案，强化安全防护措施，采取小药量微爆破的方式，减少对大坝的影响。

巴玉隧道与雅鲁藏布江桑加峡谷区域阶梯水电站库区平行，不能打横洞增加隧道施工作业面，只能从两个进出口和开挖平导洞老老实实地往前掘进，加上洞内地质条件复杂，施工进度一时缓慢，比正常工期晚了十几个月。为了不耽误工期，白国峰配备先进机械，强化施工管理，做好人的思想动员工作，把大家的积极性充分调动起来，加快施工进度。而白国峰几乎天天盯在工地上，工作服外面一身泥水，里面一身汗水，湿了干，干了又湿。吃饭时间，跟大家一样端盒饭，吃完了接着再干。工人换班休息了，又一班工人上。工人看到指挥长是盯了隧道进口，再去盯隧道出口，盯了隧道正洞，再去盯平导洞。在白国峰的带领下，巴玉隧道施工进度大大加快，目前隧道平导月成洞210米以上，正洞月成洞180米以上，已创巴玉隧道施工最好成绩。进口平导由工期滞后反超到提前2.4个月。

可是凡事总不会都那么一帆风顺。就在白国峰带领职工刚刚打开困难局面，加快施工进度时，强岩爆像一只凶恶的拦路虎横在中铁十二局的筑路人面前。

强岩爆是由于大陆板块强烈碰撞，使地壳分层变形、加厚、隆升而在活动山体内大量积聚的强地应力所致。当隧道掘进到强地应力积聚区域时，就像在膨胀的气球上戳了个眼，给强地应力提供了一个释放机会，岩石就会从掘进的掌子面猛烈迸发出来。轻则容易伤人，重则导致掌子面自爆塌陷，甚至毁了整个隧道。

情况危急。这时候，职工有劲使不出着急。白国峰因为职工人身安全受到威胁和施工受阻的双重影响更是急上加急。他带着指挥部总工程师乔志斌到岩爆的掌子面仔细观察，一蹲就是数小时，发现岩爆竟毫无规律可循，真像点燃了的炸药说爆就爆。有资料表明，拉林铁路高原高地应力地质特殊，隧道岩爆规模和程度均可能超过其他地区，对工程施工安全和工期会造成很大影响。

在自然地质灾害面前，是要讲究斗争策略的。只能科学治理，不能强攻硬上。白国峰和总工程师乔志斌等技术人员翻阅了大量国内外有关岩土动力学、岩石爆炸动力学方面的技术文献和资料，学习掌握国内外有关预防和消除岩爆的技术措施。白国峰首先做好的是职工的人身防护。他派人从内地购来专门的防爆服和防弹钢盔，让掌子面作业人员"全副武装"好了再施工。第一次头戴钢盔穿上防爆服，职工们你看看我，我看看你，禁不住都笑起来说："呵呵，我们变身钢铁侠了！"

白国峰要求在掌子面附近安装高像素摄像头，并且随着洞子的掘进往前推进，24小时全程监测岩爆的发生。在凿岩开挖作业前，先打孔注水软化掌子面的坚硬干燥岩石，消除岩石内应力。开掘时，采用全断面一级机械化配套施工方案，配备进口的三臂液压凿岩台车进行30米超前地质钻探预报，配合地质雷达、TSP超前地质预报进行围岩地质情况探测和开挖作业，提高施工效率。爆破时，采用"短进尺爆破"和"光面爆破"技术，减少爆破对围岩的影响和局部地应力集中发生。爆破后，先去除危石，释放应力，再装车出碴。支护时，配备湿喷机械手喷锚支护作业，采用混凝土加钢纤维锚喷防爆支护。这些措施有效地减少了岩爆对施工人员人身安全的威胁和对施工进度的影响。巴玉隧道又开始顺利往大山的深腹推进。中铁十二局指挥部在拉林铁路12个标段中也多次获得"拉林铁路隧道成洞新纪录创建单位""安全质量创优先进单位"称号，被授予奖杯和流动红旗。

这天，白国峰先坐车到离指挥部最远的30公里之外巴玉隧道进口工地。这段沿着雅鲁藏布江峡谷北岸开凿的公路可称之为"挂在悬崖上的公路",路左侧是在峡谷咆哮肆虐飞流直下的雅鲁藏布江,路右侧是高不见顶的悬崖峭壁。这段公路还在修建中,在地图上都查不到这条路的线位,也是拉萨到林芝南线公路最难走的70公里,白国峰要去工地的路程占了一半,需要开车走近1个小时。

半个多小时后,汽车走到离巴玉隧道进口只有大约2公里的一处不知名的悬崖,遇到了公路塌方。从山上滚落下的两块10余吨重的巨石夹带着泥石流横在公路中间,两侧堵塞了数十辆汽车,停在路边的车队见头不见尾。白国峰立刻下车,从车里取出常备的安全帽和雨靴,走到塌方处察看。公路塌方并不是他的管辖范围,可是他是央企员工,社会责任令他不能不见堵不救。他立刻打电话,从工地调来两台装载机,现场指挥排除塌方险情,疏通堵塞道路,又继续前往工地。

在巴玉隧道进口,白国峰查看了平导掌子面有没有岩爆发生,检查作业人员防护护具佩戴妥当不妥当,了解当班掘进进度,叮嘱安全注意事项。而后又查看了正洞掌子面施工情况,到安全体验站检查了作业人员每日安全培训记录。这是白国峰的主意,特意在巴玉隧道进口建个安全体验站,对新来的作业人员进行安全抢险、坠落体验、电击体验、人员抢救等模拟体验式培训,提高他们安全防护和抢险能力。然后,白国峰和总工程师乔志斌、进口工区经理陈永一起研究起当前施工安排。中午就和职工一起在洞口一人一盒盒饭,一边吃一边看着施工图纸一起继续研究着。

饭后,项目经理让白指挥长到他宿舍午休一会儿,白国峰说不了,就叫上司机先去了隧道出口搅拌站。

搅拌站站长叫王怡波,才是个高中学历,但小伙子肯学习、善钻研,技术水平提高很快。白国峰不拘一格用人,提他任隧道出口搅拌站站长。2016年5月,正是巴玉隧道施工大干120

天的紧张时期，每天1000多立方的混凝土拌合量，搅拌站15个人两台大型拌合机连轴转也供不应求。偏偏这时王怡波接到妻子来电话，说父母病了，让他速速回家。可是他作为站长实在走不开，妻子跟他急了，他也跟妻子发了火。"不就是病了吗？谁还没个小病小灾的，你在家还不行吗？别大惊小怪的，我走不开。"就把电话挂了。

白国峰知道了这件事，对搅拌站的工作重新做了安排，让王怡波赶快回家探望父母。王怡波回家不几天，打电话给白国峰，话还没说，先失声大哭。原来他回来晚了，父亲病逝了，母亲还在病床上躺着，他的弟弟还正在大学读书。家里生活顿时陷入困境。白国峰劝慰王怡波这时更要像个男子汉顶住，家里就靠他了。然后白国峰组织指挥部的同志给王怡波捐了近3万元，白国峰带头捐了2000元，救助他渡难关。一提起这件事，王怡波就激动地掉眼泪，回来后，他工作更努力了。他说他只能以此相报组织和同事们的关心关怀了。

这一天，白国峰上午10点左右到工地，在巴玉隧道进口、出口、平导和藏木特大桥工地一待就是整整12个小时。由于隧道进口变换断面，三线台车要改成一线台车，为了不影响第二天施工，需要连夜拆除。白国峰一边指挥，一边跟着大家一块干，直干到22点钟。他才坐车离开工地走在返回指挥部的路上。

22：40——

回去路上，白国峰疲惫得迷糊了一会儿。车快行到指挥部了，司机问白指挥长要不要告诉食堂师傅一声，准备点夜宵。白国峰看看手机时间，说不必了，师傅这会儿也该休息了，就不要去打扰了。他嘱咐司机把车开到指挥部附近的居民区，敲开一家小餐馆的门。餐馆老板还没有休息，也正好白天还有剩菜没有卖完准备往冰箱里收呢。见白国峰来了，就打开液化气灶，给白国峰他们每人煮碗面条吃了垫个肚子。

23:15——

白国峰又回到他的办公室兼卧室。一进房间，他几乎是迫不及待地走到办公桌前，打开抽屉拿出一部手机开屏翻看。

白国峰有两个手机，一个是工作手机，另一个是亲情手机。工作手机通讯录里全是与他有工作联系的领导、同事、下属的电话，亲情手机通讯录里只有父母、妻子和孩子。他上班只带工作手机用来处理工作事务。上班时间亲情手机就放进办公室的抽屉里，上班时间家人来电、来信，一概恕不接听接看。家人都知道他这个"毛病"，可就是拿他没办法。

手机里已经有妻子12个未接电话和5条短信，短信都是告诉他同一件事，让他速速回家。白国峰心里有数，但还是有点忐忑，他把电话回拨回去，再一看时间已经太晚，心想妻子可能已经睡了，正要挂了电话等明天再拨，妻子那边已经在接听了。

妻子张口就大声指责："你还知道回电啊？你这一天都死到哪儿去了？"

白国峰苦笑说："我在工地呢！"

妻子说："你快点回来吧，家里都要翻了天了，我管不了你家的小祖宗了！"

原来白国峰的妻子正值更年期，火气大，而他的儿子正值叛逆期，偏不听她的。于是，更年期碰上叛逆期，必然擦枪走火，爆出许多火花来。就为这么点家里小事，他怎么可能走开呢？于是，白国峰好言相劝，安慰妻子，表示一定再给儿子发短信，要不就发电子邮件，好好教育教育他。这才慢慢地熄了妻子的火。

23:55——

就要敲响零点的钟声了，时间过得真快，这一天又要过去了。可是白国峰还是不能放心地睡下。他坐到办公桌前，打开日记，记下了这一天的主要工作，然后又查看了明天的工作安排，例会上他要强调些什么，职工道德讲堂他要讲些什么，这些都得准备准备，不能打无准备之仗，这不是他的风格。

等到这些工作完成之后，已经快到第二天的凌晨1点钟了。

这就是白国峰指挥长的一天。晨起散步与食堂检查的时间叠加，早餐与职工思想工作的时间叠加，餐后休息与备课的时间叠加，去工地途中与思考工作的时间叠加，午餐与研究工作的时间叠加，晚上休息与准备第二天工作的时间叠加，他这一天还能用24小时来计算吗？

王元荣指挥长的靠前指挥

铁路建设工程就是一条线，战线拉得很长。为了贴近现场，靠前指挥，拉林铁路建设总指挥部设了两个现场指挥部，一个是拉萨现场指挥部，本来设在拉萨，可是拉萨现场指挥长王元荣为了更加靠前指挥，将指挥部又往现场靠近一步，设在了居中的山南市，负责协调指挥197.5公里线路建设，有22座隧道、47座桥梁，其中桥梁10跨雅鲁藏布江。

说王元荣是个"老高原"，由不得你不信！从他黝黑的脸庞、洪亮的嗓门、有力的动作、爽朗的性格，就能感觉出那种高原人特有的奔放豪爽气息。但是，王元荣其实是地道的南方人，他的老家和出生地都在依山傍海的东南沿海福建。34年前，才刚刚20岁的年轻小伙王元荣追随着父亲的脚步从福建来到青藏铁路。

王元荣的父亲当年参军入伍在铁道兵，转业后进入铁路维护单位工作。1983年青藏铁路从西宁修通到格尔木，由于缺少有铁路维护经验的人员，王元荣的父亲为了响应党的号召，支援大西北，来到了格尔木工务段。

王元荣就是听从父亲的召唤，从家乡坐上火车一路向北、再向西，火车坐了七天七夜，列车窗外的景色一路上都在不停地变幻着。出发时列车窗外的家乡还是山清水秀，过长江却只见江天一色，车到八百里秦川窗外绿色葱茏，上到高原便只有满目干黄了。待到车过青海省会西宁市继续西行时，列车窗外一望无际的戈壁滩上竟然不见一草一木，更无人烟踪迹，满眼都是无尽的砂砾卵石。见惯了家乡青山绿水，王元荣从来没见过这般荒凉景色，直看得他目瞪口呆。要不是站台上的站牌提醒他已经到了青藏铁路西格段的终点站格尔木车站，他还真以为是到了科幻电影里的外星球上呢！

　　就这样，他在青藏铁路格尔木建筑段当了一名建筑工。这一干就是34年，王元荣再也没有离开青藏高原，没有离开青藏铁路。

　　2006年，青藏铁路从格尔木修通到拉萨。第二年王元荣离开格尔木，到海拔更高的那曲修建物流中心，王元荣担任工程指挥部的工程部部长。他汗洒高原，为青藏铁路第一个物流中心的建成立下了汗马功劳。

　　2010年，青藏铁路从拉萨继续延伸，开始修建拉日铁路，王元荣也在高原继续西进，在拉日铁路建设总指挥部担任工程部副部长，直到拉日铁路建成通车。

　　2015年6月24日，王元荣再次转战修建拉萨至林芝铁路，担任拉林铁路山南现场指挥部指挥长。工程容不得他有半点喘息的时间，他到任5天后，拉林铁路建设全线开工。

　　这十来年，青藏铁路延伸到哪里，王元荣便干到哪里，越干越深入高原，越干离家越远。采访王元荣时他说的头一句话便是："我是高原人！"

　　是啊，人生能有几个30年？如今已经年过半百、岁月染白双鬓的王元荣将人生最美好的青春年华都奉献给了这片圣洁的雪域高原，奉献给了这条神奇的青藏铁路，谁又能说他不是"高原人"呢！

采访王元荣真的很不容易见到他。问他此时在哪里，说是正在哪座隧道洞里；等人赶到隧道再问，又说是有急事要处理刚刚去了哪座大桥桥上；好不容易见到他，却是在又一处路基工地现场。这位现场指挥长，几乎就不在现场指挥部办公。王元荣说："这就对了，现场指挥部就应该在现场。"

有人说单位工作最好干的，就是部门副职。论责任压力，上有正职顶着；说工作担子，下有同事扛着。王元荣在去山南现场指挥部之前就在总指工程部担任副职，工作还是比较轻松。当总指领导决定派王元荣去山南现场指挥部征求他意见时，王元荣没有片刻的犹豫，他答应爽快得甚至让领导都有点意想不到。从总指机关到施工现场，从相对海拔低一点的林芝到海拔更高的山南，气压更低，植被更差，氧气含量更加不足，条件也更加艰苦。一般的反应，要么不愿意，要么会跟领导讲讲条件。可是总指领导在跟王元荣谈话前预想他可能会有的坚决拒绝、婉言推辞或者摆客观、讲条件等反应，王元荣一个都没有，而是毫不犹豫地立刻答应："我是党员，坚决服从决定。"

领导叮嘱他上到海拔更高处，还是要多多注意身体，注意安全。

王元荣拍拍胸脯，爽朗地说："领导放心，我身体没问题，老高原了！"

"你又不是土生土长的高原人。内地人在高原久了，五脏器官都会发生一些变化，要更加注意呢！"

王元荣当着领导的面答应了一定注意身体，可是"将在外，不由帅"，等王元荣到了现场指挥部，就把总指领导的关照丢到脑后了。2015年6月24日总指领导和王元荣谈话一结束，当天他就驱车480公里，从林芝赶到山南。因为时间不等人啊！离6月29日拉林铁路全线开工只有5天时间了。虽然他在总指工程部对全线开工准备工作还是比较了解，但是到了现场指挥部，他还是放心不下。到达山南现场指挥部，他连办公室的门都没进，就直接驱车去了沿线。

5天时间，从王元荣接受任命到全线开工，只有短短的5天时间，王元荣和现场指挥部的同志马不停蹄，将区段内7个标段的所有开工点全部用脚"丈量"了一遍。他重点检查开工准备工作，施工组织方案是不是已经制订完善？施工设备机械是不是全部就绪到位？高原生态保护环保措施是不是符合标准要求？职工生活服务医疗保障设施是不是健全齐备？对初次上高原来的施工人员是不是都做过体检，身体状况如何，有没有高反？事无巨细，王元荣都要一一过问。准备有欠缺不足的，他要求抓紧时间补强到位，实在来不及的，也限定时间在开工后立刻补充完善。

现场检查开工前的准备工作，王元荣的目光不仅仅盯着工地生产，还紧盯着职工生活。

在一座隧道开工点，王元荣看到隧道工作面已经清理出来，施工机械都已准备就绪，职工精神饱满，积极性很高，见到现场指挥长来检查，信心满满地说："请王指挥放心，现在万事俱备，也不欠东风，就等总指开工的一声号令了。"

王元荣检查之后对工点的开工准备工作还是比较满意，可是等转到项目部的职工食堂，掀开锅盖，打开冰箱冰柜，却觉得还缺点儿什么。转了两圈，王元荣发现了食堂鲜肉不多，新鲜蔬菜也不多，他叫来项目经理说："这些肉、菜就够两天吃的，开工之后，立刻安排人去山南市采买。"

项目经理一边答应点头，一边笑着跟王元荣说："王指挥这吃喝拉撒的事儿您也管哪？我还以为您只检查开工的事呢。"

王元荣满脸的严肃，说："高原施工，人是第一位的。高原本来就对平原上来的人身体有影响，再要是吃不好、睡不好，还怎么干活儿？您说这事我现场指挥该不该管？"

"应该，应该！"见王指挥挺认真的劲儿，项目经理不敢再开玩笑，当着王元荣的面儿，就立刻派人去山南市里采买新鲜肉食蔬菜了。检查过后，王元荣还不放心，又派人专门前来这个项目部回访，看看职工生活准备工作落实到位没有。直到报告说肉蛋奶菜都准备充足，他才算满意。

5天之后的6月29日，拉林铁路终于全线顺利开工，这意味着藏东南结束不通铁路的日子终于可期可盼。伴着欢庆鞭炮的鸣放、开工机械的轰响，王元荣却和衣"倒"在床上，这一倒下就足足一天一夜酣睡不醒。五天五夜不辞辛劳全集中在这一刻彻底释放了。待他醒来之后，依然像高原上那不知疲倦的雪豹。

"拉林铁路建设总指挥部专门设置现场指挥部的用意，就是要求我们转作风、树新风，现场靠前指挥，把现场发现的问题及时解决在现场。"这是王元荣对现场指挥部工作性质的理解，也是他现场指挥的原则和作风。他要求现场指挥部的同志："现场指挥千万不能养成主观主义、官僚主义的机关作风，现场的问题在现场解决，决不允许出现懒政怠政、为政不为、推诿扯皮、得过且过、不思进取的问题。我们要把现场指挥部设在197.5公里的线路上，设在每条隧道里、每座桥梁上、每段路基上。"

王元荣每月至少三分之二的时间都一头扎在现场，重点工点现场检查都是步行，常常是王元荣在路基上面边走边检查，指挥部司机小贺开着车慢慢在公路上走。小贺不时地劝王元荣上车，王元荣笑着反问："我又不管公路，上车看什么？"

2016年9月，山南现场指挥部管内第2标段的路基工程已经开始做防护工程，这关系到工程的良好外在形象，王元荣反复叮嘱承建路基的中铁九局工程指挥部一定要下大力气做好路基防护工程，给藏区人民群众献上一份最美丽的画卷，向世人展示出拉林铁路的高原雄姿。

叮嘱归叮嘱，检查归检查。待到防护工程进行到一半的时候，王元荣叫上中铁九局工程指挥部总工程师一道上路基检查。

这天，九局工程指挥部总工程师带上车早早地在2标段的起始点公路上等着王元荣，见现场指挥部司机小贺开车过来，忙问小贺："王指挥人呢？我在这儿等他。"

小贺说："王指挥早上路基检查去了，您没看到吗？"

"他不坐车？"

"检查路基，王指挥从来不坐车的。您快去追他吧。"

于是总工程师赶快放他的车跟小贺在公路上慢慢开，他跑到路基上去追王元荣。追上之后总工程师气喘吁吁地说："王指挥，刚才我在路边等您呢，还以为您坐车来。"

"坐在车上走马观花，怎么能看到路基上的问题？"

这天，王元荣把2标段全程走了一遍，发现路基平整度、线型、路拱、预制块、沟槽、防护栏等存在的质量问题100多处，并且一一提出整改要求，连这位总工程师自己都感到惊讶："真没想到，怎么会有这么多问题？"

王元荣并没有责备这位总工程师，淡淡一笑说："你们熟视无睹，还是我这个旁观者清啊！"

总工程师知道王元荣这其实是在批评，忙自我检查说："怪我们工作没有做好，说实话，这标段连我自己都没完全走一遍。您这一来，真给我们带了个好头！"

拉林铁路的严重地质灾害在山南现场指挥部管段内比较突

出、也比较集中。嘎拉山隧道进口最大埋深57米、长达267米的风积沙，巴玉隧道最大地应力达78兆帕的强岩爆，桑珠岭隧道超过90摄氏度的高岩温，藏嘎隧道冰碛富水层和软岩大变形等都在管段内。在隧道地质灾害发生后，王元荣总是在第一时间出现在现场，沉着镇定地指挥作业，协调设计、施工、监理单位实时监测、控制，一起研究攻坚克难的措施办法，使工程得以顺利推进。

李永亮指挥长的担当

被誉为"中国最美的快速铁路"的向莆铁路，穿越武夷山、金饶山、大金湖、玉华洞、青云山等七大名胜景区，途经江西省南昌、福建省福州两个省会城市和抚州、三明、莆田等地市级城市。李永亮就在中铁十二局向莆铁路工程指挥部担任指挥长，有职有权有威望，工程也干得顺风顺水。

向莆铁路2007年11月开工建设，2012年11月全线贯通，2013年9月26日客运线正式开通运营，2014年3月1日货运线正式开通运营。李永亮这个指挥长可以说正是到了担子最轻、压力最小、工作最清闲的时候。

可是，偏偏这时一纸商调函的复印件送到李永亮手里。原来是铁路总公司拉（萨）林（芝）铁路工程总指挥部商量借调李永亮去拉林铁路。因为李永亮搞工程建设几十年，是个行家里手，他经手的工程多个项目获得国家级和省部级奖项。他参与创造的隧道施工的三台阶七步法的工法曾获得铁道部工程施工工法评比一等奖。李永亮知道拉萨是西藏自治区首府，林芝此前他听都没听说过。他连忙拿出地图查看，这下子才知道这个调动不但一下子跨了好几个省区，而且是从华南去了西南，从低海拔的大海边去了高海拔的青藏高原，从已建成铁路去了尚未开工的荒山野岭从头再来。

去，还是不去？这是个问题，就这样非常现实地摆在了李永亮的面前。

去，级别不变，工资不变，待遇不变，甚至连人事隶属关系都不变。也就是说，他李永亮只是借调而已，人还是中铁十二局的人。

不去，事情就很简单了。他还是照样在中铁十二局向莆铁路指挥部当他的指挥长，工程正在清概结算，也没什么大事。李永亮自打向莆铁路开工就来工程工地了，一干就是七八年，只顾得干工程，一个景区都还没去玩过。妻子听说他工作的地方是名胜景区，几次想来他都不让，为此妻子直抱怨。他正打算利用工作之余，带上妻子自驾自费挨个儿到七大名胜景区转一转，走一走。

而妻子考虑丈夫去不去的理由更直接简单：不去，离家近，回家方便，当天可到家。去了，离家更远了，回家坐汽车再换火车得三天，坐飞机都不直达，还要在成都转机。

李永亮还在思考，还在犹豫。可是这时，一位老领导偶然的一句话，把他激将起来。这位老领导原是好心，并没有激将他的意思，只是听说商调他去青藏高原参建拉林铁路，叮嘱他几句说："永亮啊，修拉林铁路我知道那是个苦差事，你要觉得不行，可不要勉强。你是中铁十二局的老同志了，也是铁道兵老战士，去青藏高原可不是个人随随便便就能去的，那得是硬汉，得有担当精神！你去了代表的可是中铁十二局，原铁道兵英雄部队第二师啊！"

听到老领导这话，李永亮想都没想就给老领导当面表态说："我不会给中铁十二局丢人跌份的。我去！我有这个担当！"

李永亮说："我有这个担当，因为担当是一种责任！"

担当是一种责任。这是李永亮在党的群众路线教育和"三严三实"教育中学习收获的新认识。他跟干部职工说："习近平总书记反复强调党员干部特别是领导干部要敢于担当，敢于坚持原则，并带头示范、以上率下。我作为一个工程项目指挥长，担当就是职责所系，义不容辞。"

李永亮一路风尘仆仆到了被誉为"西藏小江南"的林芝市，去拉林铁路工程总指挥部报到之后，又继续一路往西，被派到更加偏远的朗县现场指挥部担任指挥长，分管协调拉林铁路203公里区段的铁路建设，其中有25个隧道、63个作业洞口，最长的达嘎拉隧道有17公里长；还有47座桥梁、17个车站。隧道施工面临高地热、高地应力、强岩爆、冰碛层、地质断裂层、风积沙等严重地质灾害。桥梁八跨雅鲁藏布江，工程艰巨、施工难度之大，超出了李永亮来拉林铁路之前的想象，当属他干工程几十年来最为困难的工程。

压力就是挑战，责任就要担当。李永亮二话没说，叫上司机和技术人员，带着干粮，对着线路设计图纸开始全线察地形、观山貌、找坐标、跑线位。有次要过雅鲁藏布江后爬上山去找隧道口，山上无路，他们爬得好艰难。爬着爬着李永亮忽地笑了起来。同事们以为指挥长发现了什么宝贝，好奇地问他笑什么。李永亮的笑里带着一丝无奈和苦涩说："我年过半百，修了大半辈子铁路，总是最先在无路的地方找路，然后在无路的地方修路，最后再离开修好的路又去了无路的地方。这就是我们筑路人与铁路'修'来的缘分啊！"

一个"修"字，意味深长，耐人琢磨。就这样，他用了一个月的时间，光是坐汽车就跑了1万多公里，随身带的计步器都爆了表，对他分管协调管理的203公里线路每个施工点现场勘察，掌握到第一手资料，做到了心中有数。审核参建单位报来的施工方案，他就有了发言权。

有个参建单位报来的施工方案，几次都在李永亮这里卡了壳通不过。参建单位的人恳求他说："我们的方案可都是按设计图要求、按施工规范定的。指挥长您就高抬贵手通过了吧，队伍都在洞口等您一句话就开干了！"

李永亮摇摇头："那不行，你这方案有问题，没解决，在我这儿怎么能放行？"

参建单位的人急了："干活是我们干，您只是审看一下方案，干吗那么较真儿？"

李永亮跟来人拍了桌子，说："给了我审看施工方案的权力，我就要负起这个责任。"拍桌子是他急了的一个习惯动作，他并没有发脾气。

事情过后，当开工现场的实际一再验证了李永亮当初审改施工方案的正确时，参建单位的指挥长都说，李指挥长审定施工方案不唯书，不唯上，只唯实。因为他有经验，有能力，才敢负责，敢担当。

李永亮看到达嘎拉隧道施工方案，他一计算工作量，就知道原方案根本不能按计划工期完成。于是他协调设计单位，提出增加掘进一个1700多米的斜井到正洞，再向正洞两侧掘进，增加两个工作面，加快了施工进度。

李永亮在现场勘察时，发现米林隧道一号横洞洞口有滑坡体。他提出调整施工方案，减小洞口开挖坡度，由原10%减小到4%，果然洞口掘进十分顺利，旗开得胜。

李永亮还发现贡多岭隧道出口的地质条件发生变化，与设计图纸有出入。原方案要在山体开挖出隧道断面，要开挖4000多立方米土石，他提出了一个零刷坡的开掘方案，既不破坏洞口地质结构，又减小对生态环境的影响。设计院的同志开始不同意修改方案，李永亮虚心地把他们请来现场复测，一起商量研究。设计院的同志最终同意了修改设计，采用了李永亮提出的修改方案，佩服地说：“还是李指挥长有经验。”

像这样主动帮助施工单位出主意、想办法，优化完善施工方案的事例还有很多。朗镇隧道出口有风积沙，一挖就塌，李永亮提出改水平旋喷为挂板混凝土加混凝土喷射。李永亮建议布喀木三线隧道改用三台阶七步工法施工，进展果然顺利。设计方有时不理解李永亮，说：“您就要求施工单位按设计图纸施工，又省事又省心，出问题责任也不在您。干吗要这么认真、较真儿呢？”

李永亮笑笑，还是那句常挂在嘴边的老话：“这就是职责所系、担当所要。党员领导干部手中的权力就是责任，就是担当！”

李永亮说：“我有这个担当，因为担当是一种牺牲！”

李永亮是60后，他对当年经常背诵的一句毛主席语录印象非常深刻。他说：“毛主席说过‘要奋斗就会有牺牲’。现在是新时期，作为党员领导干部，‘要担当就要有牺牲’。”

这真不是一句漂亮的口号，而是每个筑路人实实在在的奉献和付出。筑路人四海为家，唯独顾不上自己的小家。筑路人铺路架桥，唯独自己常年奔波在无路的荒山野岭。当笔者请李永亮说说他自己是如何作出牺牲时，他突然哽咽了，几次张口却说不出话来。

李永亮的单位中铁十二局在山西省会城市太原，自己的家在河南省新乡市，这两个城市里他都有宽敞的住房，可偏偏这两个城市他一年到头待的时间最短，而长年住在铁路建设工地的临建房内，不能回家照顾母亲和妻子。为此他感到很内疚，但又很无奈。

2010年4月的一天，李永亮还在中铁十二局向莆铁路指挥部担任指挥长的时候，突然感到心脏不舒服，被紧急送往当地医院救治，发现他的心脏动脉硬化狭窄，需要介入治疗搭两个支架。当地医院条件受限，他又被转回老家直接住进了郑州市人民医院做心脏支架手术。这之前他一直瞒着母亲和妻子不敢告诉她们，直到手术顺利，他躺在病床休息静养的时候，他才打电话给妻子问候母亲近日可安好。

妻子在电话那头告诉李永亮说："本来是不想告诉你的，现在母亲病情好转了，我才敢跟你说，母亲因病在住院，现在好多了！"

"母亲住院了？在哪儿住院？"李永亮一听头都大了，急切地询问妻子。

妻子说："在郑州市人民医院。"

"啊？"李永亮手里的手机无力地掉在地上，他哭了。

母子一年多没见面，没想到重逢时竟然是同一家医院住院部里的两个病人。此时此刻，说不完家人离别苦，道不尽母子思念情。

母子病愈出院回家，李永亮跟母亲说有件事想跟她商量商量。母亲说："你先别说你的事，我也正有事要跟你商量呢！我说了你再说你的事。"

于是，李永亮让母亲先说。母亲说："就给你俩字，回来！"

李永亮明白母亲的意思，故意跟母亲打岔说："我们这不是从医院刚回来吗？"

"不是这个意思。我是说你别再去你那什么铁路工地了，给我回家来好好待着。我老了，你爸又不在了，也该你这当儿子的好好尽尽孝了"。

李永亮无语了，他不忍再对母亲说，要母亲好好养身体，有儿媳妇在家照顾她，他就要回工地去了。还是妻子知道他的心思，背着母亲对李永亮说："我知道工地离不开你这个当指挥长的，你就放心地去吧，母亲这儿有我呢。"

这就是筑路人的妻子，她们自打嫁给筑路人那一天起，就也跟着丈夫懂得了什么叫奉献，什么叫牺牲。

　　就在李永亮瞒着母亲重返工地不久，母亲因旧病复发医治无效不幸去世。李永亮当时正在铁路工地，母子没能最后相见一面，成了李永亮心中永远的痛！而他擦干了泪，又投身到铁路建设工地中。

　　说到这里，李永亮说："这些年我亏欠父母，亏欠妻子儿女的，太多太多。可是，这样的情况又何止我一个？只要是筑路人，哪个不是四海为家，以苦为乐，牺牲个人利益，奉献铁路事业！这就是我们中铁筑路人的担当。"

　　李永亮说："我有这个担当，因为担当是一种境界！"

　　当敢于担当成为一种坚持、成为人的行为自觉、成为精神文化需求的时候，就升华到了更高的新境界。榜样的力量是无穷的。在这种新境界的感染力和影响力的作用下，带动了一批这样敢于担当的人。

　　这就是李永亮的追求。李永亮定期召集朗县现场指挥部所管区段的5个参建单位指挥部的指挥长开工程分析会，大家一起交流工程经验，会诊施工难题，更重要的是进行思想沟通。他对大家说："修建拉林铁路，造福西藏各族人民群众，这是党和人民群众赋予我们这些指挥长的一个历史'大担当'，是对我们的现实考验，也是西藏各族人民群众的期待。"他就是要把这种担当意识传导给每个指挥长，传导给每个筑路人。

　　汛期公路塌方断道，指挥长们立刻调派人员和机械车辆第一时间赶到现场抢险救援，疏通道路。指挥长们说，这就是央企的责任担当。

　　施工车辆通过藏族村庄，对群众生活造成一定影响，指挥长们听到群众反映，立刻现场勘测，另外投资修条围绕村庄的永久性过村道路，使藏族群众也得到便利。指挥长们说，这就是筑路人的责任担当。

征地拆迁，有的地块征用之后，除了施工用到的地块之外，还有一部分地块闲置。指挥长们了解到藏族群众还有种植的意愿，便主动鼓励村民自种，还帮助藏族群众把有的不能种植的地块重新造地复原，保护藏族群众根本利益。指挥长们说，这就是铁路建设者的责任担当。

当这种"大担当"的意识达到新境界时，李永亮和他的指挥长们的担当不仅仅局限于拉林铁路的"局部利益"，而是把当地藏族人民群众的大利益就这样义不容辞地担当起来。李永亮经常与拉林铁路经过的当地政府协调沟通，主动走村访户，与藏族群众交朋友，帮助解决征地拆迁中遇到的问题，协调参建单位租赁当地车辆机械、提供普工工作岗位，帮助藏族群众脱贫创收。有次他走村访户到朗县卓林村，村支书巴珠见了李永亮就像见了贵客，直拉他进屋坐，说："今天不跟你谈困难、提要求，什么困难、要求都没有，我们就是想说感谢，请您喝酥油茶，吃糌粑，聊聊天，说说话。"

吴启新指挥长的家事天下事

志在四方、漂泊天涯，这是筑路人的真实写照。"志在四方"表现的是筑路人为祖国铺路架桥的崇高志向，"漂泊天涯"却是筑路人吃苦奉献的生活状态。

生活就是这样复杂，总不能十全十美。理想很丰满，现实却很骨感。

筑路人离家的路越远，想家、恋家、回家的情思就越来越长。长长的情思，总也扯不尽、揪不断、理不清、思还乱。

2015年6月，中铁十一局集团公司副总工程师兼安全总监、还顶着教授级高级工程师和国家一级建造师头衔的吴启新，就陷入这样的困境之中。而这困境还是集团公司总经理张树海找他谈话之后引起的。

这天，算起来还是吴启新刚刚从外地工程项目施工现场调回到在武汉的集团公司机关上班还不满1个月，听说总经理要找他谈话，他就带着笔记本去了。在总经理办公桌前的椅子刚坐下，总经理起身亲自给他沏了一杯新茶放在茶几上，招呼吴启新坐到一边的沙发上来。

这不像是总经理给下属布置工作的样子啊？布置工作都是在总经理办公桌面对面进行。并排坐在沙发上那是谈心的模式。莫非自己做错了什么，总经理要亲自谈谈？吴启新心里还在纳闷着，张树海总经理就开始了和他的谈话：

"启新呀，回家团聚的这段日子还好吧？"

"好，好！谢谢领导关心！"

"你爱人还好吧？"

"好！我回来她很高兴。"

"孩子呢？我记得今年该大学毕业了吧？"

"您记着哪！就是今年大学毕业，正联系工作单位呢。"

"好，好！孩子一工作，你就更没什么家庭负担了。"

"是的，是的。"

"你自己身体怎么样？"

吴启新越听越纳闷，这哪里是总经理找我谈话谈工作？这是闲聊天的节奏啊！他合上了还没有记一个字的笔记本，怔怔地望着总经理，怯怯地问："张总，我有什么地方做得不对吗？"

看着吴启新发愣发问的样子，张树海总经理笑了，说话也不绕圈子了，直接给吴启新把话挑明说了："我们局集团公司在川藏铁路拉萨林芝段中了第一标，担负着拉林铁路全线架桥铺轨和一段线路修建的任务。"

"那好啊!"吴启新口里应着,心里却在琢磨,"这跟我有什么关系呢?"

总经理接着说:"那里可是青藏高原,是又一条新天路,施工会遇到很多在内地意想不到的难题和困难,甚至比我们曾铺架过的青藏铁路更难。集团公司领导班子决定派一位专家高手出山,担任中铁十一局拉林铁路工程指挥部指挥长。"

"我?"不等总经理说出来,吴启新就猜到了。

"就是你!"

说完,张树海总经理看着吴启新,端起茶杯喝了一口茶,静静地等着他的回答。

总经理对他的这位老同事、老部下太熟悉了。吴启新是上个世纪80年代毕业的大学生,在长沙铁道学院学的就是铁路工程专业,毕业后到中铁十一局三公司铺架队工作,从修理工做起,一步一个脚印踏实地往前走。当时张树海和吴启新都在三公司工作,张树海后来担任三公司董事长。他看着吴启新也一步步地从基层成长进步起来,从施工员到技术骨干、业务主管、作业队长、项目经理、三公司副总经理、总工程师、党委书记,直到调任集团公司任副总工程师兼安全总监。职务不是重要的,重要的是吴启新的工作经历和业绩。他参加过京九铁路、我国第一条跨区间无缝线路秦沈客运专线等重要铁路线路的路桥铺架工程,现在已经是集团公司屈指可数的铁路路桥铺架专家。

而此时此刻,吴启新的心里也在剧烈地活动着。他倒是一点儿也没有忧虑去不去青藏高原修建拉林铁路。因为在中铁十一局,干部职工都还保持着它的前身中国人民解放军铁道兵第一师的"军人以服从命令听指挥为第一大职"的优良传统和作风,至今还传唱着那曲雄壮豪迈的《铁道兵志在四方》的军歌。虽然吴启新没有赶上当一名铁道兵战士,但是铁道兵第一师无数英雄战士战争年代抢修"打不烂的钢铁线",和平时代天南海北为祖国建设铁路大动脉的那些无私无畏感天动地的故事,一直激励着他的成长和进步。所以,当他听总经理告诉他组织上决定要他去拉林铁路担任工程指挥部指挥长时,他没有丝毫的犹豫,他之所以没有直接回答总经理,是因为他为难的是这件事该怎么跟妻子说。

筑路人筑路天涯,和家人聚少离多,一年到头根本就不着家。这些年吴启新一直在外地的工程项目上,他和妻子双方的老人、孩子都靠妻子一个人在家照顾,的确吃了不少苦、受了不少累。如今双方老人年事已高,妻子一个人在家实在照顾不过来。他们的孩子今年也大学毕业面临找工作的问题,这可是决定人生道路方向性的一个重要关口,千万疏忽不得。妻子和集团公司领导都熟悉,于是她瞒着吴启新直接找集团公司领导反映了家庭的种种困难,请求照顾。这个小插曲吴启新是后来才知道的,为此他狠狠地批评了妻子不该为家事找集团公司领导。"都去找领导要求照顾回机关、到大城市,那远方的路谁来修?"妻子嘴上没说什么,心里却还是一阵窃喜。

也正好巧合,集团公司领导正在研究调吴启新任集团公司副总工程师兼集团公司安全总监一事。这可是个重要岗位,领导班子会上研究,论技术、论能力、论人品,都非他莫属。于是,一家人好不容易在武汉团聚,让他真真切切地感受到:回家的感觉真好!其实最高兴的还是他的妻子。他一回家就主动承担起了大部分的家务活,说要好好补偿补偿,让妻子好好休息休息。

可是,眼下他又要离家去更远更远的地方,去那青藏高原修建拉林铁路。这回家该怎么跟妻子开口说呢?

不好说,就干脆不说。吴启新想,反正妻子曾经瞒过他一回,请求领导把他调回来,这回也该他瞒着她再去远方。这样，两个人就扯平了。

于是，吴启新跟总经理表态说："请领导放心，我去拉林铁路，保证完成任务！"

川藏铁路拉萨林芝段建设的一场热火朝天的大战在即，吴启新家里的"冷战"却先期爆发。

吴启新和妻子同在一个集团公司，怎么可能没有"漏风的墙"？吴启新又要离家去青藏高原的消息，只瞒过了妻子不到一个星期时间，妻子就知道了。妻子非常生气，责备他心里只有修路、修路、修路（重要的事情要说三遍），根本就没有这个家！责备他这样是对聚少离多的家庭不负责，对即将大学毕业面临选择工作的孩子不负责，更对年迈体弱的父母不负责，还对常年在外的自己不负责。

面对妻子连珠炮般的责备，吴启新无话可说。一连好几天，吴启新只顾埋头研究收集来的拉林铁路有关技术资料，"冷对"妻子的"炮火"。妻子说归说，骂归骂，"冷言恶语"之后，每到了吃饭时间，妻子却又把比往常更丰盛的好饭好菜端上给他。

看来"冷战"归"冷战"，妻子心里总还是热的，吴启新心里有数。到他要上高原离家走的那天，妻子没有送他去机场。楼下来车接他，他感到有点伤感，一个人拖着行李箱下楼上车，小车驶离家属小区的时候，吴启新隔着车窗玻璃望楼上一望，看到妻子也正倚在窗前流下了两行热泪。两个人几乎同时在心里默默地念着这几天壮补藏地知识刚刚学会的一句藏语：

"扎西德勒！"

没有了家事的拖累，吴启新的心里便满满地只有国家大事天下事。

中铁十一局拉林铁路工程指挥部担负着川藏铁路拉萨林芝段全线1819孔桥梁和399.6公里正线、60.2公里站线的铺架任务。如果将铁路建设开隧道、建桥墩、筑路基、修涵洞比喻成画龙之身的话，那么铺轨架桥才是出彩的"点睛"之笔。铁路桥梁架起来，钢轨铺上来，巨龙就"活"了，有爪、有身、有眼睛，钢铁巨龙才能在"天路"之上飞奔驰骋。

可以说中铁十一局的铺架队正是拉林铁路"画龙点睛"的人。与梁朝那位"画龙点睛"的画家不同的是，吴启新不是等着龙爪龙身"画"好之后再去"点睛"，他是超前谋划，预先安排，早打有准备之仗。

吴启新是从中铁十一局成长起来的铺架专家。中铁十一局在铁路铺架工程方面具有很强的核心竞争力，其中T梁架设、有砟、无砟轨道500米长轨铺设、移动式闪光接触焊接、高速无砟道岔铺设、轨道整理等多项铺架施工技术的创新，填补了国内铁路铺架工程的空白，成为中国铁建铺架工程的一张亮丽名片，曾被国家领导人誉为铁路"铺架劲旅"。中铁十一局铺架队还曾参加过青藏铁路的铺架，在海拔4704米的西藏安多县建成了世界上海拔最高的铁路铺架基地，在高原缺氧、高寒、连续长大下坡等特殊困难条件下，创造过日生产轨排3.425公里的全国最高纪录和日铺轨8.1公里的高原铺轨纪录。曾经有段桥梁运架一体机在深山峡谷中架桥的视频在微信朋友圈里广为传播，开始有人以为这段视频表现的外国人架桥的场面。经知情人告知这就是中国铁建十一局集团第三工程有限公司在吉图珲高速铁路架设箱梁的视频之后，微信圈里的朋友们纷纷点赞："厉害了，我的国！"

这回，吴启新指挥长将关注的目光投在了担负铺架任务的二分部项目经理沈育斌身上。

二分部项目经理沈育斌在中铁十一局三公司曾参加过大秦、

宝中、京九、南昆、内昆、渝怀等重要铁路干线以及武广、石武、哈大、兰新、厦深、昆枢等高铁线路的铺架任务。沈育斌具有丰富的铺架经验，尤其是他曾经在青藏铁路参加铺架任务3年，有高原铺架经验。但是拉林铁路的铺架，还是让沈育斌感到了一个字：难！

难就难在时速160公里的客货共线铁路上单线399.6公里铺轨，整条线的铺架运输组织非常难；

难就难在10公里以上的长大隧道多，地理位置偏僻，铺轨通信联络指挥非常困难；

难就难在隧道无碴轨道与路基有碴轨道采用不同方式铺轨，铺轨作业机械需频繁转换，严重影响工效并带来极大的安全隐患；

难就难在雪域高原高寒缺氧、气候恶劣、变化无常、昼夜温差大，大型铺架机械设备需进行高原改造，给制架梁作业造成极大困难；

难就难在藏东南地区交通运输不便，拉林铁路许多路段不通公路，只有便道，铺架大型物料运输十分困难。

难就难在这里是青藏高原，青藏高原，青藏高原（重要的话说三遍）！种种意想不到的困难往往会随时发生，让人防不胜防。

纵有千难万险，我自有谋划在前。这就是指挥长吴启新和项目经理沈育斌的攻坚化险之招、克难制胜之计。

拉林铁路才刚刚开始全面施工，吴启新就开始了铺轨架梁的超前谋划。指挥长吴启新和项目经理沈育斌带领铺架工程技术人员从2016年7月，拉林铁路全线开工才刚刚1年，就连续5次对拉林铁路全线踏勘，对每一段线路地形地貌、工程进展进行了认真分析，有针对性地编制了非常周密的长达276页的拉林铁路全线铺架施工组织方案，将全线每一孔T梁的架设、每一段钢轨的铺轨、每一组道岔的铺设时间都精确安排到某一天进行。随着调研的深入，对时间安排的精确度不断进行动态调整。

踏勘路上，他们既尝到了泥石流断道被拦阻在半路上风餐露宿的苦头，也感受到了一包饼干你推我、我让你谁也不肯多吃也要让给别人的那种工友兄弟间的暖暖情意。一些刚参加工作的大学生似乎就在大家患难与共的那一夜感到自己真的长大了，突然间懂得了许多许多。

2017年2月19日，项目部总工程师李宝林和工程部长梁光华在朗县令达拉隧道出口踏勘线路时，梁光华因高原反应晕倒在工地上，被人急送到朗县医院急救，下巴缝合了7针。可是第二天，他又出现在踏勘现场。总工程师李宝林叫梁光华回旅店休息，梁光华说："我不能啊，李总。踏勘调查线路人手紧，一个萝卜一个坑。我回去躺着休息了，耽误的工作谁来顶啊？"说完他又忙起他的活了。

架梁需先制梁，制梁需先建场。吴启新和沈育斌先抓铺架基地建设，与当地政府协调，在嘎拉山脚下征用荒地400多亩，平整后建成了现代化、标准化混凝土拌和站、试验室和规模宏大的标准化制梁场，并荣获了中国铁路总公司拉林铁路建设总指挥部"优质样板工程"称号。

2017年五一劳动节一过，中铁十一局就开始先行制作拉林铁路第一片梁，比原计划提前了1个月。沈育斌有高原制梁的经验，避开白天日照强、温度高、混凝土失水快的时段，利用高原早晨温度、湿度比较稳定的特点，抓紧时间制梁。制梁的每天早晨4点多钟，天还没亮，制梁场的拌和站就已经隆隆作响。赶在太阳出来之前，第一片梁就已经浇筑完成。白天强光照射升温较快，他们对模板喷淋降温，然后带模养护、覆盖土工布保湿、自动定时喷淋养护，制梁过程中克服了高海拔、高寒缺氧的恶劣环境，及时解决了原材料的供应和运输的困难，面对昼夜温差大、风沙大、气候变化大的施工环境，项目全体团结协作，攻克技术、质量控制的难关，充分发扬了青藏铁路的不畏艰苦的拼搏精神，最终于2017年7月26日一次性顺利地通过中铁检验认证中心桥梁产品生产许可认证，为后续铺架施工奠定了坚实的基础。

拉林铁路铺架工程单线作业，作业线路长，作业工点分散，带来运输、线上施工等巨大安全压力，调度作业工作量大，铺架基地及梁场调车频繁，针对这一系列问题，既有的运输调度指挥系统已不能适应。吴启新、沈育斌、李宝林多次与公司科研和运输调度部门研讨方案，同时借助与外部科研单位的合作，开发出了适合拉林铁路铺架工程特点的《铁路工程运输调度指挥管理系统》，将实现以下功能：列车运行图绘制、列车调度命令无线下达、列车定位及实时监控、安全预控功能（大长隧道内机车相互报警）、视频监控（列车推进视频领航）、施工进度形象展示、数据录入、自动生成及查询、打印功能、移动办公、与列车精确速度传感器测速数据无缝对接、与列车油耗传感系统数据无缝对接、列车使用状况自动统计及维修报警。通过《铁路工程运输调度指挥管理系统》，将有效解决拉林铁路长大隧道通信联络问题，整体提高工程施工期间的机车运行、工程进度管理、工程调度、关键位置现场监控等信息化水平，以适合拉林铁路铺架现场调度指挥的要求。

为了解决时速160公里客货共线铁路单线铺轨的技术难题，他们研究采用换铺法及500米长轨一次性铺设方案，即先在路基上铺设25米长的短轨，再换铺500米长钢轨，然后以500～1500米为单元轨节进行应力放散锁定焊接，最后进行轨道调整，达到列车高速运行的标准。无砟轨道采用WZC500进行长轨一次性铺设。对于全线72处需要短轨、长轨频繁转换铺设方案，他们也研究了一套快速转换的办法，保证铺轨顺利进行。

按照拉林铁路节点工期要求，吴启新倒排工期，周密谋划。

沈育斌经理悄悄地告诉我，他们其实还留着一手哩，那就是凡事都超前的一手。至2017年7月，他们已经制作完成32片梁，长钢轨的运输储备也已经开始谋划，到2017年年底先期储备50～80公里。2017年10月开始在中铁十一局负责施工的管段先试铺第一段轨道，试架第一孔桥梁。沈育斌特意叮嘱我："千万保密，现在只干不说！"

呵呵，不是我不严守秘密哟！其实，中铁十一局先行试铺试架，早已经是公开的秘密了。

张文涛指挥长之眼

人们说，摄影师有双善于发现美的眼睛，他们能够创造性地用视觉语言为人们展示出美丽自然的波澜壮阔和现实生活的多滋多味。中铁十五局拉林铁路指挥部张文涛指挥长就是一个摄影师，是河南省摄影家协会会员，人们称张文涛善于发现美、发现问题的眼睛是"指挥长之眼"。

张文涛的本职其实是铁路工程专家，在神朔铁路、石长二线以及公路等工程项目都干出了不凡的业绩。施工之余，他也非常善于用镜头去捕捉建设者的艰苦奉献之乐和建设成果之美，他的摄影作品频频见之于报纸杂志。2015年6月川藏铁路拉萨至林芝铁路开建，他被任命为中铁十五局拉林铁路指挥部指挥长。美哉，苍莽雪域！壮哉，巍峨高原！一到青藏高原，他立刻被高原的美丽所折服，拿起手中的相机，用镜头真实记录下高原的壮美。

然而，高原很快就给了他们一个下马威！海拔高、气压低、紫外线强、高寒缺氧，氧气不足内地一半。尤其中铁十五局施工的标段平均海拔都在3500米以上，是拉林铁路海拔最高的地段。指挥部那些初上高原的年轻人吃不下、睡不着，头晕脑裂，走路不稳。别说干活，就连生活都困难。

指挥部总工程师杨雷，这位80后年轻人严重高原反应，他还以为是普通感冒没当回事，自己吃了点治感冒的药，以为就能扛过去。结果第二天上班时间到了，他还躺在床上起不来。同事知道后，赶紧把他送往医院，检查结果是高原反应引起的肺水肿，医生立刻下达了病危通知书。如果送医再晚一点儿，后果不堪设想。

工程部副部长黄松波从老职工那里听到太多修建青藏铁路的动人故事，十分向往。可是来高原，因为高原紫外线强，才来半个月，脸和胳膊都晒脱了皮，整个人变了模样。当美丽的想象变成严酷的现实时，他领略到了高原美丽的另一面是残酷。

作业队有的民工谈高色变，干脆不辞而别，离开高原回内地去了。

战斗还未打响，队伍却先减员，这怎么能行？职工高原反应，人心不安，指挥长张文涛看在眼里，急在心上。他和班子成员忍着高原反应带来的头疼脑裂，逐个慰问看望躺倒在床上的职工。他想，奋战高原最重要的因素是人。修建拉林铁路，我们不但要上得来，还要站得住、干得好才行！于是，指挥部一班人把工作的着重点首先放在人的身上，从关心职工生活开始，做好职工队伍安心、安定的工作。

这时，张文涛的目光盯上了二工区经理杜毅。这位当年的铁道兵战士长年在高原筑路架桥，脸晒得黑里透红，加上一脸络腮胡子，同事们给他起了个藏族名字叫：扎西。他参加过青藏铁路格拉段建设，至今身上还有股子青藏铁路精神头儿，对高原生活也有经验。于是，指挥部请他来给大家讲讲青藏铁路精神，讲讲中铁十五局修建青藏铁路的动人故事。杜毅对大伙说：

人是要有点精神的。当年中铁十五局职工奋战高原，修建青藏铁路重点工程之一当雄特大桥，荣获国家优质工程鲁班奖和国家科技进步特等奖。

人是要有点精神的。青藏铁路格拉段全线70%以上路段113万轨枕也都出自咱中铁十五局职工之手。

人是要有点精神的。当年筑路人在高海拔的"生命禁区"修建青藏铁路，成功解决了生态脆弱、高寒缺氧和多年冻土三大世界铁路建设难题，孕育出了"挑战极限，勇创一流"的青藏铁路精神。

杜毅以自己在高原的亲身感受对年轻职工说："山再高，高不过咱筑路人的脚背。高原环境艰苦，可藏族同胞祖祖辈辈在这里照样快乐生活、健康成长、励志创业。高原缺氧不缺精神，我们就是要有这股子精神，这就是'挑战极限，勇创一流'的青藏铁路精神！"

职工们听了杜毅现身说法，很受鼓舞，纷纷表示上来了，就要干下去，不能给中铁建人丢脸抹黑。我们要传承青藏铁路精神，让青藏铁路精神在川藏铁路发扬光大。

中铁十五局二公司的前身是有着光荣传统和辉煌战绩的中国人民解放军铁道兵第五师第二十二团。这是一支英雄的部队，从诞生时起，参加过抗日战争、解放战争无数次战斗。改编为铁路工程部队后，在抗美援朝战场上建造了"打不烂炸不断的钢铁运输线"。在铁道兵时期，部队志在四方，不畏艰险，勇往直前。从白雪皑皑的大兴安岭，到崇山叠嶂的云贵高原，从人烟罕至的西北荒漠，到潮湿酷热的东南海岸，足迹遍及祖国山山水水，修起一条又一条钢铁大道。张文涛至今还收藏有当年铁道兵战士走南闯北修铁路的珍贵历史照片，他常拿出来让青年职工看看，不是欣赏照片，而是从中受到传统教育。

工程部副部长黄松波、二工区技术主管何家宝的父亲都曾是现在他们所在的中铁十五局二公司的前身、铁道兵第二十二团的战士、指挥员。当年父辈曾创下了赫赫战功，如今他们子承父业，在父辈当年战斗过的团队筑路架桥，更增添一种神圣的使命感。他们的父亲知道他们如今在高原参加拉林铁路建设，也写信打电话来鼓励他们在高原上要挺得住、干得好，要像当年他们铁道兵一样勇于战斗，敢于冲锋，建好拉林铁路，去实现父辈们筑路天涯的梦想。

指挥部党工委书记李炳辉适时地把这些照片、资料制作成宣传栏，对职工进行宣传教育，极大地鼓舞了职工士气。

以人为本，保障先行。要让人在高原待得住，必须要有强有力的物质保障。张文涛的眼睛又盯上了职工生活。指挥部十分重视办好职工食堂、宿舍和生活娱乐设施，让大家吃得好、睡得香、玩得乐。把人心稳定在高原，把力量凝聚在工地。

指挥部给大家在高原的伙食补助增加到每人每天20元，每餐四菜一汤，顿顿有肉有菜，实打实地让大家吃进肚里，补助不准节余。

拉林铁路是青藏铁路的延长线，川藏铁路、滇藏铁路、甘藏铁路的共有路段，也将是西藏铁路首条电气化铁路。拉林铁路建成后，将结束藏东南地区没有铁路的历史，完善进藏铁路通道，改善区域交通网布局，成为藏东南地区对外交流的重要交通设施。

2015年5月中铁十五局指挥部进场施工之后，张文涛注重强化工程管理，抓标准化作业，严把施工质量，施工进展十分顺利。高原冬季严寒，在香嘎山隧道施工中为防止混凝土砌衬冻害，他们购买了蒸汽养生机，24小时养护，保证混凝土砌衬质量。

2016年5月7日夜，一场暴雨狂袭，高原顿时水流如注。指挥部工程技术人员都在施工现场检查可能出现的地质灾害。果然，技术员小李最先发现香嘎山隧道进口地表出现长约20多米的裂隙，虽然细微到宽仅仅1厘米，但还是引起了技术员小李的警惕，他立刻将此情况报告给指挥长张文涛。

张文涛接到报告，带着总工程师杨雷和工程技术人员第一时间赶到现场。有的工人不以为然，说是下雨地表浅层裂条缝，有什么大不了的！可是，张文涛的眼睛却敏锐地看到更深层次的问题，他感觉这道地表裂隙不那么简单。他和技术人员一道，扩大范围进行地质检测分析，果然发现原来是由于隧道偏压，导致地质深层倾斜而造成地表断裂缝隙。如果不及时处理，将会引起香嘎山隧道严重变形、塌方，甚至毁了整座隧道。

张文涛果断指挥采取有效防护措施加强洞内支护，洞外地表和洞内地质断裂处同时注浆固化地质结构，防止继续断裂。由于措施得当，有效地防止了地质灾害的发生，受到铁路总公司拉林铁路工程总指挥部的通报表扬。职工们夸赞张文涛说："还是指挥长的眼睛厉害，论摄影，他能发现高原独到的壮美；论工作，他能看出潜在的地质危害。佩服，佩服！"

路基工程浆砌片石防护工程，由于人工操作，质量控制难度较大。指挥部专门成立了以张文涛为组长的质量管理专项小组，每天到工地进行质量巡检。有次在现场，张文涛一眼就看出有一段路基浆砌片石砂浆不饱满，强度厚度都不够。张文涛当即要求作业队返工重砌。他对职工说："质量问题，不能凭经验办事。要严格按照操作规范去办，按照标准化作业程序去办。万万不能有一丝一毫的马虎！因为我们是在西藏修筑天路啊！"从此，张文涛到工地检查，现场技术人员都跟着他的目光转，只要他的眼睛盯上哪儿，技术人员就准备好回答他的技术质询，发现问题，立即整改。

工期为了跟汛期赛跑，指挥部把容易受汛期影响的施工任务尽量往前赶。2015年11月在做站场软基处理时，指挥部调配8台桩机同时作业打碎石桩。二工区技术主管何家宝24小时白加黑跟班作业，定时定点做技术数据记录分析。露天作业，零下十几摄氏度的天气，人都快冻僵了。有人对他说："你不必在现场坚持，快回去避避风寒，定点来一下就行了。"何家宝笑笑说："那怎么行？父亲是铁道兵老兵，他就是这样教我的。"

工程部长王军伟婚期已定，家里催他赶快回家完婚。他总说工期紧，施工忙，一拖再拖就是不回去。未婚妻不知何故，怕他是不是要变卦，索性"追"到高原上来，才明白王军伟真的是个工作狂。

张文涛把这些乐于奉献的人和事都及时收入到他的镜头里。他还张罗着给王军伟和未婚妻举办了一个别开生面的高原婚礼。指挥部党工委书记李炳辉亲自主持婚礼。王军伟的师傅、协调部部长马贯全给他俩做证婚人：以雪域高原皑皑雪山为证，以奔流不息的雅鲁藏布江为证，山不裂，江不竭，不敢与君绝！这些都成了张文涛在高原拍下的最具浪漫色彩的美照。

在张文涛的镜头里，不乏指挥部里年轻人的身影。一工区技术主管赵贝贝大学毕业才4年，上到高原后特别能吃苦耐劳，工作中敢抓敢管敢负责，张文涛大胆使用，任命他为一工区经理，上任后他果然不负众望，狠抓质量，施工进度走在指挥部的前面。

副指挥长李强有次患重感冒，医生让他住院治疗。但是李强不放心他分管的工地施工，就让医生开了点治感冒的药又到了工地。实在坚持不住了，就晚上到医院输液，白天仍然坚守在施工现场。就是在医院输液时，李强也不忘刷新施工生产微信群，实时了解现场情况，指导施工作业。李强的责任心强、技术好、能吃苦、善协调，让张文涛看在眼里，喜上心头，于是他大胆放手使用。李强很快就走上指挥部常务副指挥长岗位。

白天劳累扯块白云擦把汗，爽！夜晚孤寂摘颗星星点盏灯，酷！雪域高原，四处洋溢着中铁建人的革命乐观主义和浪漫主义精神。

拉林铁路全线工期是7年。中铁十五局2015年5月在拉林铁路进场之后，强化科学管理，合理规划工期，工程的各项重要工序都走在拉林铁路全线工程的前面。到2016年6月，才1年时间，中铁十五局拉林铁路指挥部就已经完成全部工程任务的50%，受到铁路总公司拉林铁路工程总指挥部的表扬。

张文涛把建成的路基、桥墩照片不失时机地发到微信朋友圈里，拉林铁路俨然成为西藏山南地区漂亮的一道风景线，获得点赞无数。

看那长长横卧雪域高原的平整路基，看那雅鲁藏布江畔高高矗立的坚实桥墩，无不凝结着中铁十五局筑路人奋力拼搏无私奉献的心血。

看那雪山脚下长驱直入的光亮隧道，看那明珠般点缀在拉林铁路线上的宽敞站场，无不倾注着中铁十五局筑路人造福西藏各族人民的期望。

有一天，施工便道上停了一台车挡住了施工车辆的道。一问，原来是路基旁边的扎庆村藏族兄弟巴桑的车。他借口说车坏了。职工叫来了工区经理"扎西"杜毅，大家说因为他长得像藏族同胞，善于跟他们打交道。

杜毅和巴桑打声招呼，二话不说就上车发动点火，把车开到路边让开道。原来车并没有坏。杜毅问巴桑到底怎么回事，巴桑这才吞吞吐吐地说，车都闲了半年了，想到铁路上找点儿活干，挣点钱。

指挥部了解到这件事，非常重视，并把它列为精准扶贫的一件大事来抓。指挥部研究决定，施工土石方运输全部租用扎庆村及周边藏族群众的90多辆土方自卸车和12台装载机、9台挖掘机。在施工中，给藏族群众提供500余个力所能及的普工岗位。仅此两项，就让当地藏族群众每月增收400余万元。

青藏高原，是我国和东南亚地区的"江河源"，是世界山地生物物种一个重要起源和分化中心，自然生态环境既独特原始，又敏感脆弱。高原植被生长极其缓慢，一经破坏，很难恢复。高原的绮丽风光，常常收入到张文涛的镜头中，也吸引着职工纷纷拿起相机手机拍照留念，丰富业余生活。他在惊叹高原美的同时，也愈加意识到要保护这片美丽的责任。

张文涛对大家说："我们不光要把高原的美丽风光收进镜头里，更要把这美丽风光永远留在高原，留给子孙后代。" 为了不因修路破坏高原的一草一木，张文涛非常重视施工的环保工作。他们到西藏自治区林业厅请教专家，帮助完善施工的绿化环保方案。按照"预防为主、保护优先"的环境保护原则，做到环保设施与主体工程同设计、同施工、同投产。

林业专家给他们推荐了适合当地种植生长的绿植林木品种，尽可能本土化。指挥部专门做了试验段，成功后再扩大种植面积，进一步美化绿化拉林铁路工程。

皑皑雪域，巍巍高原，拉林铁路这条钢铁大道在延伸、再延伸。张文涛们不仅仅用摄影师之眼将天路的美丽展现给人们，更用他们辛勤的双手继续着新的创造、继续着新的辉煌……

何旭指挥长后来者居上

中铁十九局指挥长何旭的拉林故事，还得从一则"长平之战"的典故说起。

公元前260年战国时期，赵国赵孝成王派老将廉颇带兵与秦军在长平对峙，秦军强悍，来势汹汹，几次打败赵军，老将廉颇带领赵军坚守营垒不出来迎战。任凭秦军屡次挑战，廉颇都置之不理。秦军没有办法，于是派人四处散布谣言说："秦军最忌讳、最害怕的，其实不是廉颇，而是老将赵奢的儿子赵括。如果赵括做赵军的将帅，秦军将必败无疑。"于是，赵孝成王听信了秦军散布的谣言，临阵换将，撤了廉颇，让赵括当将军。蔺相如劝说赵孝成王："大王仅凭虚名而任用赵括，就好像用胶粘死调弦柱再去弹瑟那样不知变通。赵括只会读他父亲遗留的兵书罢了，并不懂得灵活应变。"赵孝成王不听，还是命赵括为主将。

赵括当了主将之后一反廉颇的策略，改守为攻，在如今山西高平西北方向古称长平的地方主动全线出击，向秦军发起进攻。秦军切断赵军后路，实行反包围，使赵军粮道断绝，困于长平，46日不得食，分四路突围五次不成。最后赵括被秦军射杀而死，40余万赵兵尽降，后被秦军全部坑杀。

这便是"临阵换将"之兵家大忌的由来。

2017年，中铁十九局承建拉萨至林芝铁路第12标段53公里线路的施工已经进入第三个年头，桥墩林立开始成行，隧道掘进纵深山中，路基涵洞渐次成形，施工一线正是夜以继日鏖战急的时候，中铁十九局拉林铁路工程指挥部的主官指挥长却顾不得兵家大忌与否，不得不连连阵前换将，一年里已经连换三任，到10月的时候指挥长竟然干脆空缺。

中铁十九局的拉林故事就是从指挥长频频"临阵换将"开始的。

临危受命于阵前紧急之时。

中铁人筑路天涯，四海为家，总是一条铁路刚刚修通，又步履匆匆地奔向没有路的地方开始另一条铁路的筑路历程。在中国大西南通往太平洋地区出海通道、被称为"黄金走廊"的广西百色，就驻扎着这样一支筑路队伍，他们是中铁十九局云桂高铁广西段项目部。

云桂高铁又称南昆客运专线，全长710公里，是云南通往东南沿海地区最便捷的铁路通道。云桂高铁2009年开工，2016年年底全线已经按期建成通车运营。中铁十九局云桂高铁广西段项目部只留下常务副指挥长兼总工程师何旭带20来号人处理工程验收结算等收尾事宜。

这是每个工程项目经过几年的艰苦鏖战大功告成之后最为轻松闲逸的一段时间，大多数人都已经相继转战到新的工程项目去了，留下来不多的人只是做些收尾工作，借这个机会正好可以好好地休整休整。于是何旭告诉大家，现在有时间了，大家有空可以到四周景区转转看看。百色位于广西省西北部，拥有众多令人羡慕的旅游资源，世界上最大的天坑群景区乐业县大石围天坑群、中国单级落差最大的瀑布靖西通灵大峡谷瀑布、终年常绿山清水秀的布柳河热带雨林美景，以及罕见的乐业县南国雪景、壮瑶苗等少数民族风情等，都使得百色独具魅力。百色还是著名的革命圣地，邓小平曾经在这里发动和领导了百色起义，在这片热土上留下许多宝贵的历史财富。大家可以去百色起义纪念馆看看，接受爱国主义和革命传统教育呢。另外，粤东会馆、清风楼、岑氏古建筑群等人文景观，也都值得去看看。

项目部留下来的同志轮流把周边的风景名胜挨个儿看了个遍，只有何旭一直坚守在项目部整理竣工资料文件，撰写工程总结报告，还时常到建成的工地上走走看看。同事问何总："您让我们四处去玩玩，您怎么不去啊？"

何旭笑笑说："还有的是时间，急什么？景区就在那儿，又不会跑了！"

的确景区是不会跑的，可是人却会跑。而且人跑了就离了这个村，再没有这个店了。这不，2017年11月2日，何旭正在竣工的线路上处理工程遗留问题，就接到中铁十九局集团公司行政一把手宫建岗总经理亲自给他打来的电话，叫何旭即刻放下手头的工作，乘最早的一班航班到北京的集团公司总部谈话。

他知道新的任务来了，为了这一天，他早就做好了准备。可是集团公司总经理给他亲自打电话，这还是头一回。他接过电话的当天晚上就风尘仆仆地从广西百色赶到北京。第二天上午八点公司一上班，他就准时敲开了宫建岗总经理的办公室，迫不及待地一见面就问：

"宫总，这回是个什么项目给我，还用得着您亲自打电话？"

"你先别急，告诉我你最近体检过没有？"

"项目部10月份才组织职工体检，我的身体没问题，棒棒的。"

"血压高不高？"

"不高，130—85，还在正常范围。"

"心肺有没有什么毛病？"

"没有，也都挺好的。"

宫总还想再问，何旭却沉不住气了："宫总，这不是您的谈话风格呀？我知道您打电话让我从广西赶回来，不是就为问问我的身体情况吧？有什么事，您就直说吧，我都能接受。"

"好！那我就直说了。"

接下来宫总经理的一番话，让何旭既为领导对他的信任而激动，又为事态严重而担忧。

原来中铁十九局承建的拉林铁路第12标段自2015年6月30日开工以来，由于高原的缘故，施工严重受阻，2017年又接连有三位指挥长因高原反应、身体不适退下阵来，至今指挥长位置空缺一个多月了。因此，中铁十九局集团公司领导班子研究决定，任命何旭为中铁十九局拉林铁路工程指挥部指挥长。他的这次任命，已经是中铁十九局拉林铁路工程指挥部一年之内的第四任指挥长了。

拉林铁路是新建川藏铁路拉萨至林芝的藏区起始段，线路从拉萨车站引出，穿过嘎拉山隧道之后，就沿着雅鲁藏布江峡谷两岸褶皱型高山峻岭一路向东穿行。这里正是200万年前印度和欧亚两大古陆板块俯冲碰撞而形成地壳分层变形加厚的青藏高原隆升地带，线路上有多条高烈度地震带和地质断裂带，高岩爆、高地温、高地应力、软岩变形、冰碛层、风积沙、泥石流、坍塌滑坡及洞口危岩落石等严重地质灾害频发，高原高寒缺氧，生态环境脆弱，自然条件恶劣，地质条件复杂，铁路施工的难度之大、困难之多，在平原内地无法想象。

眼下中铁十九局在拉林铁路的工程受阻，就好比一盘大餐，好吃的肉吃完了，该啃到难啃的硬骨头了。由于施工进展不顺，导致产值受到影响，现在连工程资金周转都有困难。前方真是吃紧哪！拉林铁路工程指挥部正等着新的指挥长赶快走马上任，上千人的施工队伍正等着新的指挥长带领他们继续攻难克险，冲锋陷阵！集团公司领导班子已经作出决定，任命何旭为拉林铁路工程指挥部指挥长，并且由集团公司给拉林铁路工程指挥部注入7000万元工程款以解燃眉之急。现在就看何旭能不能、敢不敢接受这次临危受命了。

这时，总经理想起何旭在云桂高铁项目部接受媒体记者采访时曾经说过，云桂高铁是他从事铁路工程15年来所遇到的最难的工程了，总经理对何旭说："恐怕这回上拉林铁路，才是你从事铁路工程以来真正的最大挑战！"

听到拉林铁路工程面临的困境，望着宫总经理对他充满信任和期待的目光，何旭深感这副担子很重、很重，他还是有些担心地回答："谢谢领导对我的信任，多大的挑战我都不怕，只是让我来挑这么个大梁，我行吗？"

"行！怎么不行？领导班子相信你的工作能力，只是担心你的身体。"

"身体没问题，棒着呢！"

"好！那就这么定了！"

这是2017年11月3日，何旭非常郑重地从中铁十九局集团公司宫建岗总经理手里接过人事命令，第二天就赶回云桂高铁项目部交接工作，然后乘坐当天的航班赶到成都。去西藏林芝的航班每天都集中在上午时段，下午林芝米林机场所在的雅江峡谷风大，并且风向不定，飞机难以起飞降落，因此，林芝米林机场下午没有任何航班。何旭不得不在成都住停一晚。11月5日早上7点，何旭从成都双流机场乘坐首班飞机前往林芝，当天上午就赶到指挥部向干部职工报到了。

就这样，何旭以最快的时间完成了一次最长距离的调动，从低海拔的风景旅游胜地来到高寒缺氧生态脆弱的青藏雪域高原，从胜券在握大功告成的云桂高铁项目部来到施工艰难困难重重的拉林铁路新建工程，从只管执行注重技术的项目总工程师转身而为全面管理、决策、肩负更大责任的工程指挥长。

因为这一转变，领导和同事们给何旭点了一个大大的赞：何指挥长临危受命，好样的！

何旭的妻子和家人却十分不理解，甚至反对他接受这项任命去青藏高原，说："你的前任、前任的前任，前任前任的前任，都知道待在高原人不好受，人家去了都下来了，你却反其道而行之上高原去。你这哪里是临危受命，这是见危玩命啊！"

何旭尽心安抚妻子和家人支持他的工作，他说："如果说我选择了筑路这个职业就意味着奉献和牺牲，那么也就意味着筑路人的家人同时也选择了理解和支持。军人以服从命令为天职。我虽然不是军人，可中铁十九局还是保持着当年铁道兵的传统。军令在手，你们说我能不去吗？"

说到这个"命"字，何旭又另有一番不同的解释，他说："说玩命太过言重，说受命理当不辞。这个"命"字，其实就是中铁筑路人的使命。不忘初心，牢记使命，筑路天涯，四海为家。这就是新时代赋予我们中国铁建筑路人神圣而又光荣的使命！"

砥砺前行于艰难险阻之中。

踌躇满志、信心十足的何旭到拉林铁路工程指挥部之后，一心想着带领干部职工甩开膀子大干一场，打一个漂亮的翻身仗，恨不得立刻把后进的帽子远远地甩到喜马拉雅山后边去。可谁知第二天一早，何旭的第一个工作会还没开，就来人围住指挥部给了他一个"下马威"。而且一来就是20多人，人多势众，那架势好像非得把他"吃"了不可！

当时，何旭正召开他到任指挥部的第一次指挥长办公会，听取各部门负责同志的情况汇报，研究当前工作。会开到一半的时候，就听到指挥部院子里乱哄哄一团，开门一看，20多个人围上前来，叫嚷着：

"哪个是新来指挥长？我们有事找。"

"中铁十九局总算又有指挥长了，可了不得了。"

"新来的指挥长听说姓何，是何方神圣，出来我们会会？"

"指挥长这回来能待多少天？给个数，我们好算计算计。"

……

场面一时失控，指挥部办公室的同志怎么拦都拦不住。

这时何旭走出办公室，招呼来人说："大家都别吵吵了，有事请到会议室一个个谈。"

何旭说话的声音不高，却有股子震慑力，让围上前来的每个人都听得清清楚楚。

"你是谁？我们要见新来的指挥长。"

何旭平静地回答说："我就是你们要见的指挥长何旭。"

人群一下子安静下来，顺从地走进会议室，开始跟新来的何旭指挥长对话。原来，来人大多是中铁十九局拉林铁路工程指挥部属下的施工队负责人，还有附近藏族村民，他们是来找新指挥长解决前任、前前任、前前前任指挥长遗留下来的合同争议、费用结算以及村民房屋因施工受损赔偿问题的。

中铁十九局承建的拉林铁路第12标段工程有桥、有隧、有路基、车站,涉及的工序工种比较多,施工队由于专业分工细,队伍也多达50多个,小的施工队只有七八个人,各自独立承担一摊活儿,都是各扫门前雪,不管他人瓦上霜。当多个工序作业出现交叉时,有的就必须停下来等待,也插手不上其他活儿,造成窝工现象。加上前段时间工程总体进展不顺,指挥部资金周转有困难,也影响到与施工队的产值兑现,欠账不少。指挥长又空位一个多月,施工队要账无门,有点着急,更怕"新官不理旧账",因此,当听说新来的指挥长到任了,就急忙约在一起找上门来,来会会新来的指挥长。

何旭了解清楚这一情况,明确地告诉大家:"你们今天来了,我这个新官就先理理你们旧账。因为你们是中铁十九局的施工队,不是哪个指挥长个人的施工队。中铁十九局是有责任、有担当的央企、国企,不管是谁当这个指挥长,都会认旧账、理旧账的。"

"你什么时候也一拍屁股就走啊?"冷不丁地人群中有人发出这样的疑问,大伙儿不信任地哧哧冷笑。

何旭告诉大家:"我这回来,就是来跟你们一起干的!我们大伙儿一起同心协力,不把拉林铁路修通决不下山!"

声不在高,但很有坚定的磁性。何旭的回答赢得了大家的一阵掌声。

接下来10多天时间,何旭挨个儿和施工作业队负责人谈,和要求赔偿损坏房屋的藏族村民谈,办公室面对面谈了,再上工地现场调研,掌握第一手真实情况,把复杂纷乱的头绪理清,合理解决与施工作业队的合同纠纷,清算拖欠工程款3000多万元,清算租用藏族群众车辆运费1000多万元,对萨玉村藏族村民扎西南木杰因路基碾压损坏的房屋赔偿21万多元。在解决遗留问题的同时，也在调研过程中逐渐形成了他的整改思路，何旭决定先解决人的问题，从施工队伍人员管理整顿开始。

完全是巧合。施工作业队以上门围堵的方式给了新来的指挥长何旭一个特殊的"见面礼"，何旭的第一刀就砍向了施工作业队。其实是因为何旭在和施工作业队负责人交谈中，最先发现产生纠纷、窝工的原因所在，那就是施工队伍管理粗放、人浮于事，加上指挥长更换频繁，也是造成队伍不稳的重要原因。他下决心整合施工队伍，清退一些非专业的、资质不全的、临时拼凑起来的小施工队，将原来的50多个施工队，整合为3个比较规范的施工队，更加有利于施工管理，合理安排工序工期，综合施工，穿插作业，减少窝工，提高效率。

何旭的第二刀砍的是指挥部自己。他在调研中排查梳理问题库，发现指挥部和项目分部内部管理粗放、人浮于事，施工队伍管理不善效率低，根子还是在指挥部的内部管理上。

这天，何旭叫上指挥部工委书记、总工、安全总监一起，说是出去走走。办公室立刻按惯例安排好出门的越野车。何旭却笑了笑摆摆手，让司机们都回去，说："高原的秋景多好啊，我们走走路。"

高原的秋景，尤其是林芝的秋天的确很美。中铁十九局拉林铁路工程指挥部设在林芝市米林县城。素有"西藏小江南"之称的西藏林芝属高原温带半湿润季风气候区，眼下正值深秋，雅江两岸层林尽染，绚丽多彩，风景宜人。指挥部出门不远就是雅江江畔的滨江大道，是游人散步观景的好去处。离指挥部再走5公里，就到了被誉为"中国绿色峰级的森林浴场""地球上最高的绿色秘境"的南伊沟风景区，这里生态保护完好，气候湿润，动植物资源十分丰富，平均海拔2500米。传说藏药始祖宇妥·云丹贡布曾在此地炼丹并行医授徒，因此，这里还是神秘藏医药文化的重要发源地，被称为"藏地药王谷"。来林芝旅游的许多人都是奔南伊沟而来。

听何旭说"高原的秋景多好"，大家以为他刚到高原是要出去走走看看风景。可是何旭带着一行人从指挥部出来，并没有去雅江江畔观景，也没有朝着南伊沟方向走，而是直接走着去指挥部下设的三个项目分部。到了项目分部也不歇着，再走着去各个施工作业点。一路上一边走，一边掐表算时间，目测记距离。大家只知道何旭这样做是有目的的，却不知道他到底干什么名堂。何旭心里有数没考虑成熟也不往外倒。就这样，一行人用了两天时间来回走了3趟，直到何旭重新合理规划出最佳施工组织路线图拿给大家看。大家这才恍然大悟，何旭指挥长走路的心思原来在这儿啊！

从每个项目分部到施工点距离有多远，走在路上要多长时间，每个工班有效工作时间有多少，何旭通过亲自走一走，量一量，心里有了数，对生产布局重新做了调整。新的施工组织路线图，可以有效地提高施工组织和工程管理效率。指挥部领导班子一拍即合，研究决定撤并一个项目分部，由原来的三个改为两个，同时要求项目分部既要善于科学合理有效地组织施工，还要学会算账，承担经济责任。指挥部要对项目分部进行成本考核。另外，何旭压缩指挥部和项目分部管理人员，由原来的340人，压缩到现在的180人，几近一半。人员减少后，交通车辆也减少了12辆。精减人员和车辆后，指挥部的管理费比原来每月可少花200多万元。这可是一笔不小的开支。

新带头人来了，人心很快安定了，施工队伍也整顿了，生产布局也调整了，下面就该实打实、硬碰硬地真抓实干了。中铁十九局负责施工的第12标段内5座隧道总长18公里，有富水层、风积沙、冰碛层、软岩大变形、岩爆等地质灾害。这些施工难题没有难倒何旭，他带领大家迎难而上，攻难克险，逐一破解。

何旭知道其他标段的工程指挥长都比他来高原早，对拉林铁路存在的地质灾害已经有一些比较成熟的施工经验。于是，他带着问题虚心向总指负责技术攻关的领导和工程技术人员请教，到相邻标段的中铁十七局拉林铁路工程指挥部学习，将他们已经取得的针对地质灾害施工的阶段性科研成果，运用到施工中来。

针对岩爆隧道，何旭组织施工技术人员采用地应力与围岩特性比较来预测岩爆，超前钻孔、高压水释放岩石应力，约束限爆以及被动防护等措施，有效预防突然发生的岩爆伤人，最大限度地降低施工安全风险。

针对风积沙隧道，施工人员在拉林铁路建设总指挥部专家技术人员的指导下，采用地下连续墙、松散沙堆内劲性钢筋混凝土骨架防护、垂直及水平旋喷桩固结等技术，较好地解决了风积沙施工难题。

2017年年底，觉官坝隧道连续出现塌方变形；色苏隧道在一点儿预兆都没有的情况下，突然大变形，隧道内半个拱架垮塌下来；另有总长6.3公里的4条短隧道，就发现3.5公里围岩发生变化，隧道出现严重变形。针对软岩大变形隧道，在总指工程技术人员的现场技术指导下，何旭带领施工人员采用自进式锚杆超前锚固，高压注浆固结围岩，结合钢拱架有限变形支护体系，解决软岩大变形施工难题。

针对米林隧道即将面临的500多米长的冰碛富水层，何旭提前谋划，制定预案，决定采用超导流洞排水减压、超前帷幕注浆堵水、超前管棚支护等措施，解决冰碛富水层隧道施工难题。

铁路路基工程相对于铁路桥隧来说，是比较容易施工的。然而，路基工程不同于桥隧。铁路大桥桥墩巍然挺拔，桥梁凌空飞架，很有气势。隧道又犹如琵琶半遮面，将整个美丽的身段深深地钻进山腹之中，只露出漂亮的洞口如同山的眼睛注视着洞外的风景。路基无法遮掩，无论美与丑都只能将整个朴实无华的身段裸露在苍天之下，一览无遗。因此说，路基工程形象度要求很高，甚至可以说路基是最给铁路工程"长脸"的地方。

这天，何旭走到一处已经接近完工的连续3公里长的路基工程检查施工情况。按说在地质灾害频发的拉林铁路，路基施工没什么可难的。可是，他却发现这段路基浆砌片石很不整齐，甚至可以说很难看。

何旭心里明白，干工程的尤其是面子上的活儿，谁不想把它干好？他知道这不是有意而为之，一定是有原因的。经过细心询问了解，原来中铁十九局的标段内几乎占全标段一半里程的23公里路基工程，大多都是填方，偏偏工地周边没有合格的填料，只好"矮子里面拔将军"，虽然这段路基浆砌片石"难看"，但这已经是在附近挑选出的最好的填料、片石了。

何旭对负责路基施工作业的同志说："高原铁路百年工程，来不得一点儿马虎，万万不能凑合。近处没有就到远处找，守着'世界屋脊'这个地球上最高最大的大山，我就不信找不到合格的石料。哪怕找遍青藏高原，也要给拉林铁路修砌上最美最漂亮的路基。让来西藏林芝旅游的客人们一下飞机，就能从路基看到我们新修的美丽的拉林铁路。"

何旭下决心将这段已经砌好的路基护坡部分拆掉，从更远的地方运送合格的路基填料和片石返工重建，这样既增加了填料片石的运输成本，又增加了返工重建的施工成本。可是何旭却说："为了给藏区人民群众奉献一条最美丽的拉林铁路，交上一份合格满意的答卷，我们再苦再累怕什么！"

从这段路基的返工，何旭意识到新官不仅要理清人员管理上的"旧账"，还要理清工程施工上的"旧账"。于是，他专门组织了一支60余人的工程缺陷整治作业队，按照工程竣工验收的标准来全部检查已经完成的工程安全质量，进行过程处理。短短3个多月，这支作业队就检查出各类安全质量问题700多处，整治完成300多处，使整个标段工程面貌焕然一新。

再振雄风于雪域高原之上。

就这样，何旭带领着中铁十九局的拉林铁路筑路人瞄着先进的目标砥砺前行，奋起直追，勇于赶超，终于又跻身于拉林铁路建设大军的前列了。

何旭深知他所在的中铁十九局是一支经历过战争风云打不垮、炸不烂的铁兵队伍。他最遗憾的就是没有从军入伍到中铁十九局的前身中国人民解放军铁道兵第九师去当一名战士。但是他从前身也是铁道兵学院的石家庄铁道大学毕业之后入职到中铁十九局，最先接受的光荣传统教育，便是学习组建于全国解放前夕的这支部队的光辉历史。这支英雄部队历经长沙起义、广西剿匪、荆江分洪、抗美援朝等重大历史事件，参与国内基础建设几十年来，南征北战、东驰西骋，先后承担了以京九铁路、青藏铁路、京沪高铁、京广高铁、沪昆高铁为代表的一大批国家重点建设项目施工，先后荣获国家科技进步奖等多个国内外科技、工程奖项，先后荣获全国先进建筑施工企业、全国优秀施工企业、全国工程管理先进单位、全国守合同重信用企业、全国文明单位等多个光荣称号。

这样一支有着光荣历史的英雄队伍，如今怎么可能被雪域高原所惊吓，为艰难险阻所羁绊？何旭始终记着集团领导派他上任前的谈话：不忘初心、牢记使命，为着这支有着光荣历史和辉煌业绩的英雄队伍的荣耀而战，再振铁军雄风于青藏雪域高原之上！

新官理清了旧账，何旭带着他的指挥团队又吹响了勇往直前的冲锋号。

不忘初心，牢记使命，何旭为工程上的事夜以继日地忙碌着。白天奔波在桥梁、隧道、路基工地上，夜里又在办公室兼宿舍里继续忙碌着。自从来到拉林铁路工程指挥部，何旭就没有好好睡过一个囫囵觉，几乎夜夜宿舍里灯亮到天明。工作人员问他："指挥长您夜里睡不好觉，是不是有高原反应啊？要不要吃点红景天，吸吸氧？"

他笑笑连连摆手说："不用，不用，吸那玩意儿我还怕产生氧气依赖症呢。"

"那怎么夜里总不见您熄灯睡觉呢？"

"忙啊！你想，别的标段指挥长都比我早来高原一两年，我不得每天多干点儿，才能把这一两年的时间赶回来啊？"

不忘初心，牢记使命，何旭在工程安全质量上超前谋划新亮点。路基工程的护坡原来全部是浆砌片石，他将上部改为整齐划一漂亮美观而且质量更胜一筹的混凝土预制贴面，为此要增加成本1500万，下大决心2018年在路基全部附属工程上打一个漂亮的翻身仗。为保证他们所承担的17公里550孔大桥1100片预制梁按期架梁，他们已经提前建成预制梁场，并取得铁路总公司的质量标准认证。同时对已经建成的无碴道床弹性支撑块等小型构件预制场更换新设备，上自动化生产线，确保预制构件高标准、高质量。

不忘初心，牢记使命，何旭以自身率先垂范的带头作用，默默地影响带动着大家一道为着神圣的使命不懈地奋斗着。

指挥部总会计师刘丰好像就是为高原而生的筑路人，从参加青藏铁路到拉（萨）日（喀则）铁路再到拉林铁路建设，已经在青藏高原连续转战10年了。每到一处工程项目，他都为完成工程计划投资、成本核算、经济效益精打细算，不该花的钱一分钱不花，能节约的尽可能节约，被大家称为高原上的"铁算盘"。

指挥部总工程师罗振平2010年就上青藏高原，从拉日铁路到拉林铁路，他都在中铁十九局的工程指挥部担任总工程师，对攻克高原施工风积沙、软岩大变形、岩爆、富水层等施工技术难题，他积累了一套好办法、好经验。在拉林铁路施工中，罗总工带领工程技术团队哪里有问题，他们就出现在哪里，和作业人员一道现场研究技术方案现场操作，一计不成再生一计，直到攻克难题为止。大家说："科技是第一生产力，罗总工的工程技术团队就是中铁十九局拉林铁路的第一功臣呢！"

指挥部安全总监李洪升为着工程安全质量操心受累在所不辞。觉官坝隧道连续塌方变形的日子里，他整日待在隧道里观察变形情况，和工程技术人员一道研究解决方案。随着围岩的变化，按技术要求及时改变施工工艺，严格控制工序工法，采取加密钢架、增设锚杆等措施，确保大变形隧道施工继续顺利掘进，保证施工进度质量与安全。有几条短隧道围岩变形，他现场研究发现是隧道走向沿山边而行，山体偏压过大而致，及时向总指和设计部门提出变更设计。这段短短3.5公里的线路，设计变更点占到12标段的一半。正是由于及时变更设计，才避免了更大的质量危害发生。

二项目分部党支部书记毕忠军等指挥部和项目分部的党务工作者配合指挥长、项目经理做好施工人员的思想政治工作，组织开展各种学习和劳动竞赛活动，增强职工的荣誉感、责任感、使命感，使大家安心在高原，奉献在拉林。毕忠军说，何旭指挥长上任后，第二、第三项目分部合并为一个项目分部，项目分部的责任更明确、分工更清晰、管理更精细，大家的劲头也更足了。

理顺问题矛盾，改善工程管理，也有效提高效率，增加效益，激发大家劳动热情。项目分部副经理张德明介绍说，以前管理的确有点粗放，总感到几十亿元投资的工程，浪费点总是难免的。以前运输材料的罐车月租每月一辆租金近3万元，每个月租10辆车都不够用。何旭指挥长来了之后，管理更加精细了，经济责任考核也更加明确了。现在按工作量核算租车，5辆车就足够保证材料运输，大大节约了运输成本。过去项目分部每月管理费450多万还嫌不够，现在每月300万都有节余，每年要节省管理费1500多万元。

这是一个有着光荣历史传统的英雄群体。曾经在大江南北创造过无数光辉业绩的中铁十九局，照样能够在雪域高原绽放出绚丽的光彩。

2018年1月4日上午，经过689天的艰苦鏖战，中铁十九局承建拉林铁路12标段首座隧道——全长1348米的色苏隧道胜利贯通。

2018年1月29日，中铁十九局承建的又一座隧道——全长1750米的罗布琼则隧道胜利贯通。

目前，中铁十九局拉林铁路工程已经完成隧道工程75%，桥梁工程95%，路基工程99%，胜利完成全部施工任务已经指日可待。

问何旭指挥长："中铁十九局拉林铁路工程指挥部何以能后来居上，您有什么高招妙棋，可以和大家分享？"

"因为我们有后发优势。"何旭想了想，回答说，"后发优势主要在于，一是学习的优势，我们有兄弟单位已经取得成功的高原施工技术经验可以学习借鉴；二是激励的优势，我们有拉林铁路建设总指挥部领导、各部门以及中铁十九局集团公司激励鞭策的动力；三是追赶的心理优势。我国有许多古训，'知耻而后勇''置之死地而后生''后来者居上'等等，所指都是'后发制人'的心理优势。我们有全体干部职工不甘落后、不服输认栽、敢于奋起直追的勇气，还有前期各任指挥长带领大家在拉林铁路开辟的良好开端、打下的坚实基础。因此，今天的成绩，并非偶然，而是必然。"

转而，何旭又说："不过，现在还远远不是庆功的时候！拉林铁路施工还在继续，我们时时刻刻都如履薄冰，慎之又慎。不获全胜，决不罢兵！"

何旭盛情地邀我们到 2020 年拉林铁路全线贯通的时候再来看看。当从内地乘飞机降落在林芝米林机场之后，最先映入眼帘的将是中铁十九局修建的拉林铁路最美最美的路段。到那时且看：长长的路基如巨龙静卧雅江河畔，高高的大桥似彩虹飞越峡谷深渊，深深的隧道含蓄深邃地藏而不露，只待你随它一起深入山腹之中去解开群山互通相连的奥秘。那一定是一个个惊心动魄而又激动人心的动人故事，必将是中铁十九局光荣战史中最新最美的一页。

让我们共同期待着。

第五章　　川藏铁路的年轻人

在川藏铁路拉萨林芝段建设日夜鏖战的场景中，我们随处可以看到平均年龄只有30多岁的年轻企业管理团队、年轻专业技术人员、年轻施工队伍战斗在雪域高原的身影。他们年轻人风华正茂、青春靓丽，与同样尚属年轻的青藏高原不期而遇、激情碰撞，在苍茫雪域绽放出一连串绚丽多彩的火花。于是，我们在川藏铁路线上，听到最多的就是这些年轻人的动人故事。

年轻人的选择

相对那些成立于上世纪50年代老牌的一、二、三、四、五中铁工程局，中铁九局算是年轻人，成立于本世纪之初的2003年年底，是在铁路运输系统体制改革，铁路局将承担铁路工务维修任务的工程处脱钩组建的工程局。但是，年轻有年轻的优势，年轻而后起猛追，年轻而无所畏惧，年轻而快速成长起来。近年来，中铁九局承建的工程项目遍布全国，先后参建多条铁路客运专线、高速铁路、高速公路的新建和铁路既有线改扩建，以及多个大中城市的地铁工程，还走出国门，参加过亚、非、欧20多个国家涉及铁路、公路、桥梁、工业与民用建筑等国际工程项目，获得了良好的国际声誉。

2015年6月，中铁九局集团中标川藏铁路拉萨林芝段扎囊、贡嘎两县境内47公里标段。不管此前的业绩有多辉煌，在称为"生命禁区"的青藏高原修铁路可是头一回。能不能上得去、待得住、干得好，这对九局的年轻人又将是一次严峻的考验。

站在青藏高原之上，九局的年轻人克服高寒缺氧、异常气候、生态脆弱、施工地质地理条件复杂等艰难困苦，以惊人的毅力和顽强勇气战胜了各种难以想象的困难。他们说：因为年轻，我们选择了坚强！

一听说要上青藏高原修川藏铁路，这群年轻人就摩拳擦掌、迫不及待了。2015年6月20日，阎树东接到中铁九局集团任他为拉林铁路项目指挥部指挥长的命令，第二天就和指挥部党工委书记曲健一起，带着几个技术骨干从祖国大东北的辽宁省会沈阳，直飞地处祖国大西南的雪域高原西藏首府拉萨。

拉萨，藏语的意思是神居住的地方，是藏族人民心中的圣城，也是旅游的胜地。布达拉宫、大昭寺、八廓街、罗布林卡，都是内地游人到拉萨必去的地方。可是阎树东重任在肩，带着一行人下了飞机，哪里有心思去游玩，而是直奔拉萨长途公共汽车站，赶赴标段所在地的扎囊县，迫不及待地开始了拉林铁路施工现场的踏勘工作。

扎囊，藏语意为"刺树沟内，山桃林中"，地处西藏中南部冈底斯山南侧、雅鲁藏布江中游，平均海拔3680米。他们赶到了铁路标段所在的扎囊县城，住进扎囊县城唯一的一家旅馆，然后又马不停蹄地用两天时间跑完标段内47公里铁路线位的每座隧道、桥梁和路基、涵洞。

刚上青藏高原，这群从来没到过西藏的年轻人看到高山流水、蓝天白云，一切都那么地纯净、纯粹，一尘不染，他们立刻为高原的壮美所吸引、而赞叹。指挥长阎树东禁不住对着峡谷大山高声吟诵："（我）站在世界之巅，伸手可触云天；今日再战拉林，勇士指日凯旋！"同事们兴奋地跟着阎指挥长一齐大声呼喊："拉林铁路——我来啦！"

可是，阎树东和他的同事们并没有听到大山的回音。才来没几天，高原就收起了绚丽的色彩变了脸，给这群初来乍到的年轻人来了个下马威，让他们真正见识了高原的呼啸狂风、嚣张沙尘、强紫外线和氧气不足带来的呼吸不畅胸闷气喘。他们当中一个技术骨干当即因感冒引发肺水肿，被同事们紧急送回内地。其他人则情绪受到打击，整天心理负担沉重，闷闷不乐，饭吃不下、觉睡不实，就连走路都像醉了酒似的东倒西歪，像踩在棉花套上一样脚踏不稳。

阎树东心里明白：这大概就是传说中的"高原反应"了！

为了保持高原施工队伍的战斗力，也是对大家的身体健康负责，指挥长阎树东和党工委书记曲健商量，决定对大家作一次再动员。但是，这回不是动员大家一起战高原，而是动员身体条件不适应的离开高原回内地去。阎树东和曲健已经预料这个"动员会"不会"成功"。果不其然，和他们俩一起上高原来的年轻人，没有一个主动报名打退堂鼓要求下山的。当听到指挥长阎树东问大家"谁怕高原反应"的"怕"刚一出口，这群年轻人立刻没有了所有的高原反应症状，一个个都精神抖擞地站在指挥长和党工委书记面前表示：

"我行！"

"我能！"

"我能行！"

这才是新时期真正的热血青年！这才是打不散、击不垮的九局年轻钢铁汉！

这支年轻队伍的带头人、指挥部的班子成员都是年轻人。除了指挥长阎树东和党工委书记曲健是70后之外，其他安全总监兼副指挥长张伟、总工程师李继祖、总经济师熊安兵、总会计师孟宪宇都是80后，有两个1986年出生的，来高原的时候都还算二十几岁的年轻人。年轻人带领年轻人，正是指挥部班子的优势所在。因为他们懂得年轻人，懂得他们的喜怒哀乐，懂得他们的理想追求，更懂得他们此番上高原的根本目的不是当一个匆匆游客，而是在拉林铁路筑路架桥刷自己的存在感和获得感！

　　阎树东在这个很不"成功"的动员会上深情地跟大家讲："都不怕？没人报名？那就留下来吧，都留下来！九局是第一次上高原修铁路，我们不能把九局的牌子砸在青藏高原，砸在我们手上。因为我们还年轻，前面的路还很长。让我们一起为拉林铁路而战，为中国中铁九局的荣誉而战！"说完，阎树东把自己的手掌有力地伸向大家，一个手掌握上去了，又一个手掌握上去了，十几个人的手掌就这样紧紧地握在一起，汇聚成一股年轻的力量，势不可挡。

　　权循亮是个80后大学生，年纪轻轻就担纲重任，担任中铁九局拉林铁路工程指挥部第一项目部经理，负责杰德秀一号特大桥桩基施工。

　　杰德秀一号特大桥全长1255.11米，孔跨38～32米，共计桩基192根，承台39个，墩台39个。桥位于直线、缓和曲线及圆曲线上，受地形、河道、沟渠、既有道路、规划道路、水文控制影响，施工难度人。2016年3月15日大桥开工以来，权循亮带着一帮年轻人战酷暑，斗风沙，顶暴雨，克服高原缺氧等各种不利因素影响，安全、优质、高效地完成施工任务，确保节点工期的实现，得到了建设、监理单位及当地政府的一致好评。

　　一天，已经很晚了，权循亮还在工地检查施工作业。在他返回驻地的路上，因为实在太疲劳了，当时身体控制能力弱，走路头重脚轻，一下子不慎从高路堤上跌倒下来，加之高原反应，他一时昏迷不醒。同志们将他紧急送到拉萨军区总医院，经医生检查，他的四根肋骨骨折，还怀疑内脏出血。医生下达了病危通知书，指挥部立刻用权循亮的手机发短信，通知他妻子从内地速来拉萨。

接到丈夫要他速来拉萨的短信，妻子以为是要她来拉萨旅游玩的。她实在太向往去西藏旅游了。自打丈夫去了西藏之后，她早就想来，可是总被丈夫以种种借口阻挡。不是高原反应吓人，就是施工紧张没法陪她。这回收到丈夫的短信主动让她去西藏，她可高兴了。出发的时候，还带了好多丈夫喜欢吃的小零食。

飞机到拉萨贡嘎机场落地后，她没有看到丈夫来机场接她，而是丈夫的同事。她还以为丈夫工作忙，走不开，谁来都一样，就没往心里去。可是，谁知道去接她的人直接把她从机场拉到了拉萨军区总医院，她这才感到事情不妙。当她看到循亮躺在病床上，身上插满各式管子，她忍不住趴在丈夫身上大哭起来。

等循亮伤情好转些的时候，妻子劝他趁养伤的机会，名正言顺地向指挥长申请回内地吧。

权循亮对妻子说："你看我这不是就要好了吗？再说，项目部那么多同事都在这高原上呢，我是项目部经理，怎么能丢下大家一个人下山当逃兵？"

没有闪光耀眼的语言，也没有感天动地的大道理，一个最简单的理由，就是他不能独自离开他带领的这个年轻团队。权循亮当初的选择是奋战雪域高原，现在的选择仍然是：留在高原继续和同事们在一起筑路架桥，早日修通拉林铁路。

第一项目部的年轻技术员王金明有次在去工地的路上不小

心把脚扭伤了，脚肿得皮肤发亮。可是他生怕领导因此叫他下高原养伤，于是装作跟没事人一样，每天照常上工地。因为脚痛走路慢，每天他"笨鸟先飞"，别人还在吃早饭，他揣个馒头夹点咸菜就先去工地，慢慢地走在前头。在工地上，每当看见有领导来检查施工，他就远远地站在原地不动，想方设法藏着掖着，就是不让领导和同事们发现。直到脚扭伤痊愈，大家才知道还有这档子事。

权循亮、王金明的坚强只是这个年轻团队的小小缩影。但是九局指挥部领导班子明白，克服高原反应，不能仅仅靠人的意志力量，必须要有可靠的后勤保障。指挥部在抓临建时，特别重视抓生活设施建设。高原气压低，烧水不到90摄氏度就开锅，用普通锅做饭总是夹生。指挥部买来高压锅、压力蒸汽箱，每周专门派人到百余公里之外的拉萨市购买丰富多样的新鲜蔬菜副食，保证大家不吃夹生饭，还要吃得好。指挥部建起了医疗点，配备了高原医疗经验丰富的医生，备足了药品和医疗器械，确保参战员工的身体健康。指挥部还想方设法为职工争取到较高的高原生活补贴。高原不适宜开展球类等剧烈运动，指挥部就建年轻人喜爱的卡拉OK、台球、棋牌室、阅览室等文化娱乐设施，很受年轻人欢迎。工作之余，年轻人在一起有的放开了吼两嗓子，有的几个人凑一桌打两把扑克牌，也其乐融融。阎树东指挥长说，我们就是要让大家感到高原生活和内地没什么两样。高原高，年轻人的思想境界更高。

站在青藏高原之上，九局的年轻人勇于跨越、追求卓越，指挥部带领年轻团队抓管理于细微之处、抢工期于绸缪之时、建精品于努力之中，最大化地实现价值、创造价值。他们说：因为年轻，我们选择了追求！

2015年6月底，九局拉林铁路项目指挥部进场，7月初开始临建，只用一个月多一点的时间，就完成了临建任务，在拉林铁路全线最早建起混凝土拌和站，桩基、桥梁、隧道等8个作业队也全部进场，人员到位、设备就绪。然而，指挥部并没有急于施工，阎树东和指挥部班子认为，抓管理、带队伍，不仅仅在施工当中，也要体现在施工环节之外的细枝末节。他们在开工前的准备阶段，首先在年轻人中间开展施工前的"讲、学、练"活动。阎树东说："讲，就是讲拉林铁路建设的重大意义，更加坚定年轻人早日建设好拉林铁路的信心和决心；学，就是学青藏铁路精神、学青藏铁路建设标准和经验，尽快适应高原铁路施工的要求和环境；练，就是开展高原施工技术练兵活动，最充分地进行高原施工前的人员培训和技术储备。"

果然磨刀不误砍柴工，2016年2月底拉林铁路全面开工时，经过阎树东一班人这"三板斧"锤炼的充满青春活力的九局年轻人，立刻迸发出旺盛的战斗力，桩基、桥梁、隧道、站场各项施工进展顺利，稳步推进。全标段有2011根桩基，4个月就完成了1400根。至2016年6月底，才短短4个月的时间，九局指挥部就完成了4.4亿产值，提前半年完成全年施工任务，工期进展在拉林铁路全线11个标段中名列前茅，工程质量评比也获得多项优质奖项，受到中国铁路总公司拉林铁路工程总指挥部的嘉奖。嘉奖函称：中铁九局集团拉林铁路工程指挥部"在拉林铁路2016年二季度劳动竞赛活动中，科学组织，周密部署，高标准、严要求，克服了高原恶劣气候、建设环境复杂等困难，获得了总体工程及投资完成先进单位第三名和土石方施工新纪录的佳绩，在工程形象进度推进、标准化建设等方面对各参建单位起到了良好的示范引领作用"。同时，拉林铁路建设总指挥部又给九局指挥部追加了当年再完成2.5亿元产值的任务。

有同事开玩笑地抱怨阎指挥长："指挥长啊，您怎么不少报点儿，悠着点儿，我们后半年不就轻松点儿了吗？"

阎树东笑着说："这叫响鼓还得用重槌敲，千里快马再加鞭！悠着点儿干，那可不是我们年轻人的风格哟！"

有兄弟单位的同志对九局这帮年轻人不服气，乘工余时间悄悄地跑到九局工地一看，只见那高高矗立在雅鲁藏布江的坚实桥墩，那深深钻进山腹中的光亮隧道，那长长横卧在峡谷江畔的平整路基，那如明珠般点缀在拉林铁路线上的宽敞站场，这才算是心服口服了，连连感叹："后生可畏，后生可畏！"

的确，这一成绩并非唾手可得，而是九局指挥部的年轻人用汗水和智慧换来的。拉林铁路全线紧靠雅鲁藏布江地质断裂带，有的桥墩一个承台相邻的4个钻孔取出的碴样都不相同，有的是泥，有的是沙，有的是岩石。这说明承台下地质条件非常复杂，对施工现场技术管理更是严峻考验。九局指挥部年轻的技术团队平均年龄也只有30多岁，大都是80后、90后的年轻大学毕业生。可是他们在技术管理上一点儿都不含糊。在施工中严格执行标准化作业程序，推行首件认证制，即无论是桩基、隧道，还是桥台、涵洞，一律先做一段或一个样板出来，经检验合格认证后，实行样板引领，其他工程都照这一程序规范操作，实现质量标准统一。

杰德秀二号隧道施工中，隧道上方山体突然出现塌腔，导致隧道内初期支护出现变形，侵限到混凝土二级衬砌，继续发展下去，将可能导致洞塌人亡。阎树东指挥长带领技术人员在第一时间赶到现场，连续几天几夜蹲守在塌腔位置勘察监测，发现这正是由于地质断裂带形成的延伸地裂波及隧道上方。他们一方面果断采取防护措施，向塌腔处大量注浆，将裂缝固化封闭，确保隧道施工安全；另一方面扩大实时监测范围，防止此类地质灾害发生。

在桥梁桩基施工中，有次施工人员按设计图纸提供的资料钻到了"基岩"，钻孔深度也达到了设计要求，但技术人员发现相邻的钻孔深度相同，碴样却不同，对桩基地质情况产生了怀疑。数据报到指挥部，指挥长和总工程师赶到现场，对碴样和数据进行认真比对和分析后，断定这个"基岩"有问题，要求施工队继续钻探。果然，所谓的基岩不过是一块孤石，钻透之后，下面还是泥沙。正是他们这种对施工质量的不懈追求和精益求精的认真态度，避免了桩基建成之后因桩基沉陷导致桥梁垮塌的严重事故。

站在青藏高原之上，九局的年轻人始终不忘造福于西藏各族人民，筑铁路也筑当地致富路，架大桥也架与民连心桥，唯独将个人利益、小团体利益置之度外。他们说：因为年轻，我们选择了奉献！

在九局标段的分界处，有这样一副对联写的是："走南闯北要与人民群众心连心，筑路架桥都为地方经济作贡献。"九局人说这是国企央企的社会责任，也是他们的光荣传统。我们走到哪儿，都要鲜明地彰示群众，我们是来为当地人民群众修路造福的。走南闯北是这样，如今在青藏高原修建拉林铁路，他们依然是这样。

修建拉林铁路是造福于西藏各族人民，藏族同胞也大力支持拉林铁路建设，九局施工前的征地拆迁进行得很顺利。为了拆迁周转住宿，指挥部给藏族群众提供了23顶帐篷和其他一些设施。格桑家里经济条件有些差，拆迁重建有点困难，指挥部无偿支援他4吨水泥。有一天，拉孜村的几个藏族兄弟跑到指挥部门前，吞吞吐吐欲言又止。阎树东亲自到门口把他们请到会议室来，问他们是不是来集体上访的？他们连连摆手说："我们不是来上访的，不是！"

"那是征地拆迁补偿不够？"

"够了，够了，足够，足够！"

"那是补偿款还没到位？"

"到了，给了，好多，好多！"

阎树东纳闷了,"那你们来有什么事,尽管说!"

原来,当地藏族同胞想在铁路工地上找点活干,挣点钱。他们表示:"我们有车,跑运输。我们有力气,能干活。"

阎树东笑了:"送上门来的壮劳力、现成的运输队,我们怎么能不用呢?"

九局指挥部当即决定,往工地运送材料、拉渣土全部租用当地藏族群众车辆,并为藏族群众提供500余个普工就业岗位,这样一年就为当地藏族群众增加收入上千万元。

都知道青藏高原生态环境脆弱,在恶劣环境下经数十年形成的浅薄植被一旦被破坏,很难在短时间恢复。路基施工完成后,他们在路基边坡撒上当地草种的草籽,定期浇水,精心培育,如今许多新建成的铁路路基边坡上绿草成茵,成为扎囊境内一道绿色风景线。

扎囊车站施工中,站场区域内原有15000余棵树,本来已经给予当地藏族群众经济赔偿,但他们还是不厌其烦地把这15000余棵树全部连根带土挖出来移植到别处,待到车站建成再移植回来,要给新车站装扮上绿色的新衣。

在路基开挖时,施工人员发现挖出一件异样的东西,仔细辨认,感觉与佛教文化有关。指挥部决定立刻停止施工,将挖出的东西拿去请扎囊县文物局的同志鉴定,原来是手工制作的佛塔,非常珍贵。在文物专家的指导下,经过进一步发掘,原来这里是一处色麦擦擦佛塔遗址。文物局决定将佛塔遗址迁移重建,九局指挥部都给予了全力配合。在九局标段内,像这样的文物保护还有两处。指挥部都及时改变施工方案,由强夯改为水泥土搅拌桩加固路基,避免对文物遗址造成震动破坏,得到文物专家的赞扬。

在拉林铁路建设中,说九局的年轻人心里装着西藏各族人民群众,唯独没有装着自己,那可是一点儿也没说错。2015年

10月，指挥部党工委书记曲健接到家里电话，说父亲病重住院想见见他这个儿子。他想，父亲生病想见儿子可以理解，但眼下正在征地拆迁搞临建，而拉林铁路待工，队伍也人心不稳，有大量思想工作正需要他这个党工委书记去做，实在走不开。他便一拖再拖，迟迟不归。待他有空能走开的时候，回到家却万万没想到他和父亲已经是阴阳相隔两界人。他忍住心中的痛，跪在父亲遗像前连磕三个响头，立刻又赶回拉林铁路工地。阎指挥长吃惊地问他怎么这么快又回来了，曲健含着眼泪说："自古忠孝难两全。我已经不孝了，不能再不忠了。"

2016年6月，杰德秀二号隧道发生地裂变形时，项目部经理权循亮刚刚从拉萨乘飞机回家看望生病住院的妻子。听到这个消息，他二话没说，立刻订了返程的机票。从他离开工地回家，到他返回工地，只用了28个小时。同事跟他开玩笑说："你这是打飞的回家看老婆，够'奢侈'的啊！怎么不在家多陪妻子几天？"他说："一边是老婆病了，一边是工地病了，谁大谁小、谁轻谁重，我心里有数！我只能顾得一头，顾不了另一头啊！"

阎树东的孩子2016年中考，妻子几次叫他回来想想办法给孩子选择个好学校，说："你是当领导的，认识的人多，路子也多。这可是孩子的大事。"可是当时正是汛前赶工期的紧张时期，他当指挥长的怎么能离得开？结果，孩子没考到理想的学校，妻子、孩子对他一肚子的抱怨。

指挥部总工程师李继祖因为高原反应严重，走几步就喘不过气来，可是工地有技术问题需要他去现场解决。有人建议拍成视频让他看看怎么处理就行了，他看也不看，二话没说背着氧气瓶就上工地现场办公。他说，这样我看得更清楚，心里更有数。

工管部长戴龙的爱人在沈阳住院要分娩了，看到同一个待产房的女士都有丈夫陪伴在身边，他爱人十分羡慕，几次打电话叫他赶快回去陪伴她。可是戴龙都"借口"走不开。结果他都当上爸爸了，还没见到孩子一面。

主管现场施工的一项目副经理周甫今年32岁，婚后数年至今没有孩子，许多次夫妻俩都私下算好了"日子"，希望能回家团聚一下，但每次都由于施工紧张而使计划"流产"。

技术员徐盛今年26岁了，先后谈了两个女朋友都在内地，就是因为他在高原长时间不回去，恋人忍受不了这种长年累月不见面的"异地恋"，也不听他讲什么高原修路的意义之重要，更不听他解释什么年轻人就是要有理想有追求之崇高，反正跟他见不了面就分手。因此，小徐至今还是个"年轻的快乐单身汉"。

现场技术员董伟本来白白净净，人笑称他是"小鲜肉"。他刚上高原正赶上指挥部劳动竞赛，他整天跑工地。高原紫外线强，没几天他身上衣服遮盖不到的地方都晒脱了一层皮，跟女朋友手机视频时，女朋友吃惊地问他："天哪！这还是你吗？"董伟笑笑说："这是高原人的本色！"

这就是筑路人的忠诚！往大处说，他们忠诚于党和国家的利益，忠诚于铁路建设事业。往小处说，他们忠诚于自己的岗位职责，忠诚于每一个员工百姓。

拉林铁路还在延伸、再延伸。九局年轻人也随着拉林铁路的建设而在成长。他们可能不再长高，但还在天天长大。终将有一天，他们会成长为中国铁路建设事业的中流砥柱。

别样的亮丽青春

青年人固然有许多共同的特点，但是各人却各有各的兴趣爱好和理想志向。指挥部工程调度桑立通说他就是为着信念来西藏的，但他却经历了一段信念从建立到破灭再到重建的心路历程。

小桑28岁。2011年，他从石家庄铁道学院毕业，朋友介绍他去中铁十二局集团有限公司工作。小桑一听说要去的工作单位是央企，又与所学的土木工程专业对口，他二话没说就来了。他向往着在大央企干一番大事业！

可谁知道小桑在公司脚还没站稳，公司所在地山西省会太原市的市中心都还不知道在哪儿，入职培训一结束，就被公司派到山西中南通道铁路建设工地。工地在山区，小桑整天和修路的农民工在一起同吃大锅饭、同住简易工棚、同到工地修铁路。看看农民工，再看看自己，一身的粗布工服，一样的灰头土脸，哪还有大学校园里那个意气风发天之骄子的大学生模样？而离自己在大学就憧憬着西服革履的央企铁路工程师模样差距更是太远太远。太原？太远！他自嘲说，这正应了自己不远千里，来到太原了。要不然，无论老家山东临沂，还是自己小家德州，待哪儿都比待在这远不着村、近不着店，连人都少见的山区铁路工地强。

理想的跌落，使小桑完全没有了在工地再坚持下去的勇气。他干了不到1年，决定自己试着到市场经济的大潮去自由冲浪。

市场经济五彩纷呈，的确有太多的诱惑，也有太多的机遇。这期间，市场给了小桑太多的选择机会，他也做了许多的尝试，学到了许多东西，直到在一家民营房地产开发公司，才算站稳了脚，做公司管理工作。

然而，小桑在市场大潮的打拼中，总有种要么是单打独斗、要么就寄人篱下的孤独感。没有了校园里的同学情，也没有了单位里的同事情、战友情。借用19世纪英国首相帕麦斯顿的一句名言：没有永远的朋友，只有永远的利益。这句话虽然说的是国家外交，但在市场经济环境中，似乎也同样适用。桑立通再次感到迷茫了，虽然他立于市场的潮头，大风大浪并没能将他淹没，但是他知道，他需要一种精神寄托，需要一种归属感。他还在尝试着、追寻着。

恰在这时，他从朋友那里听说，中铁十二局集团有限公司现正在西藏修建拉林铁路。"我要去西藏，我要去西藏……"蒙古族歌手乌兰图雅的这首歌在小桑的心里陡然响起，他心里一下亮堂了。人们说西藏是人生一定要去一次的地方！他一直向往着去西藏。但是他心里明白，更重要的是他要归队，他要回到中国铁建队伍中来，这才是他所要的精神寄托，是他的归属。于是，小桑毅然决然地辞去房地产开发公司的高级业务主管的职务，踏上了前往拉林铁路的旅途。不，他说这不是一次旅途，而是他人生的新的征途。

从西藏林芝沿着雅鲁藏布江大峡谷一路向西330多公里，便进入到雅鲁藏布江大峡谷的桑加峡谷区域。小桑一到中铁十二局集团公司拉林铁路工程指挥部，就被眼前的景象震撼。只见雅江两岸陡峭高耸的大山似乎都拼命地往中间的一点空隙挤压，压得谷底愈加深不可测，江水也愈加湍急，在大山脚下左突右冲，猛力冲刷出一条狭窄的通道，向着下游一路奔腾狂泻而去。中国铁建十二局集团公司拉林铁路工程指挥部就建在山大沟深、水流湍急的峡谷一侧半山腰上。他们承担着拉林铁路控制性难点工程巴玉隧道的施工。

小桑2015年3月20日归队，指挥长和同志们对他的归来表示热情欢迎。根据他的专长，指挥长分配他担任工程调度工作。他二话没说一头钻到了工地，了解施工现场情况，熟悉和优化工程调度方案，合理配置施工机械，调度安排组织施工。了解他的同志说，这回重新归队回来，小桑像是换了个人一样。有同志却明知故问：你好好的不在家乡陪在妻了女儿身边，却离家别子上高原；你好好地放着房地产公司高管职位不干，却在高原这荒山野岭无人烟的地方修铁路。图啥？

小桑反问：你看看咱们指挥长白国峰、党工委书记王延福、总工程师乔志斌，还有你、我、他，指挥部每一个人，谁又不是从平原到高原？谁又不是离家别子？哦，没结婚的除外。他们图啥，你又图啥？

小桑没有直接回答同事的明知故问，因为大家都是奔着一个目的来的，那就是要发扬中铁十二局修建青藏铁路昆仑山隧道的那股子"挑战极限，勇创一流"的精神，再战川藏拉林铁路，续写高原新的辉煌！小桑说到他初到高原最让他感受至深的一件事，那是一次在藏区的路上，他看到几个虔诚的佛教朝拜者每走几步就双手合十敬天，然后四肢伏地，朝着神圣的寺庙方向长长地磕个响头，起来后再走几步，又重复着刚才的动作伏地长磕头。他定定地看了好久，目送着他们这样匍匐叩首缓慢前行。他感慨地说，佛教信众有着多么坚定的人生追求，终生矢志不渝。我们中国铁建的筑路人也一样，有着坚定的人生信念！那就是中国铁建的企业精神：不畏艰险，勇攀高峰，领先行业，创誉中外。如今，我们无怨无悔来到青藏高原修建拉林铁路，不为钱能挣多少、住房有多大、职位升多高，只为早日建成拉林铁路，给藏族人民带来幸福安康。

小桑在他写的一篇日记《我所理解的信念》里写道："人是要有点精神的。我所理解的信念，就是一种精神、一种理想。这种精神，就是我们为高原铁路建设的无私奉献精神；这种理想，从近了说，就是早日建成拉林铁路，大家平平安安、高高兴兴地回家去。往远了说，就是为中国铁路建设事业，为早日建成小康社会作出我们筑路人的应有贡献。"

问指挥部的其他同志，高原缺氧、生活艰苦、施工艰难，你们为何而来？

没有高谈阔论、夸夸其谈，也没有什么惊天动地的豪言壮语，大家憨笑着你推他说，他推你讲，谁都不回答我的问话。

你们不说，我可怎么写啊？我有点着急了，心急头便发晕。大家忙提醒我别着急上火，小心高原反应，这可是青藏高原！

这就是青藏高原！我立刻恍然大悟：这就是答案！正如小桑所说，党和政府为了西藏各族人民的繁荣昌盛，把铁路线画到这儿了，不管是谁，总得有人来修路架桥，把这条线变成实实在在的路。高原就在这里，只要你来了，那就是在默默地奉献。大家从内地平原到青藏高原，从繁华城市到高山峡谷，只为一个共同的信念，那就是早日修通拉林铁路，造福西藏各族人民。因此，只要到高原来的，个个都是好样的，人人都是最有说服力的答案！

高原有高原的艰苦，高原也有高原的浪漫。

巴玉隧道进口技术主管刘渺是个腼腆的 90 后东北小伙，他的那个她叫蒋文君，也是一个 90 后大学生。他们是在工作中收获的甜蜜爱情。

刘渺和蒋文君在大学期间都没有谈恋爱。固然，父母的叮嘱、他们专注于完成学业是一个重要原因，但是更直接的原因是，他们听说了也亲眼看到了许多学哥学姐们的校园之恋，甜甜蜜蜜也仅到大学毕业时，就画上一个大大的休止符。毕业分手后，天各一方，情难再续。即使感情不断线，也要饱受异地之恋相思苦。这不是他们的爱情选项。

2013 年大学生毕业季。刘渺从吉林建筑大学土木工程专业毕业，蒋文君从安徽铜陵学院劳动和社会保障专业毕业，两个人相隔千里，却不约而同都签约到中铁十二局集团有限公司，又都分配到第 2 工程公司同一个公路项目部。小刘干工程技术，小蒋做劳资管理工作，虽然两个人岗位不在一起，但有意无意地还是天天低头不见抬头见。就这样，刘渺和蒋文君从相识到相知，再到相恋。两个人回忆起当时的场景笑着说，这就是他们的缘分！真是有缘千里来相会，无缘对面不相识。是共同的铁道建筑事业牵的线，让他们走到一起来了。

2014年12月，川藏铁路拉萨至林芝段先期控制性工程标段之一巴玉隧道完成招标，由中铁十二局集团有限公司中标，当月就要进场动工，现场急需大量施工技术骨干。

巴玉隧道位于雅鲁藏布江峡谷的桑加峡谷区域，隧道进口在雅鲁藏布江边的峭壁上，隧道出口在藏木水电站库区水域之上，全长13073米。公司领导实行人性化管理，考虑到高原施工异常艰苦的环境条件，决定上高原的人员不能硬派，而是动员大家自愿报名。

从动员会上刘渺了解到，修建拉林铁路意义非凡。拉林铁路位于西藏自治区东南部，是新建川藏铁路拉萨至林芝段，也是滇藏铁路的重要组成部分，是西藏自治区继青藏铁路、拉日铁路后又一重要铁路大通道。拉林铁路西连青藏铁路，北接拉日铁路，将来与尼泊尔、印度的主要口岸相连，是建设"一带一路"倡议的重要举措。

刘渺从公司领导和老职工那里还了解到，当年中铁十二局集团修建青藏铁路，一头是海拔4768米的昆仑山口，一头是"鬼门关"五道梁，平均海拔高度4600米，称为"天路"。而今要修建的川藏铁路是新时代新天路，难度不亚于青藏铁路。

刘渺直听得热血沸腾！他积极主动地报名要求上青藏高原，去修建拉林铁路。他对领导说，青藏铁路我没赶上，川藏铁路我一定要上。

听刘渺说他要报名上高原，蒋文君有些不放心，刘渺安慰她说，我年轻，没事，有那么多同事一起呢！

这是刘渺大学毕业参加工作以来参加的第一个铁路项目。刚到拉林铁路工地，他还处处感到新鲜好奇。听到雅鲁藏布江水在脚下欢腾狂舞的涛声，他就想大声地唱歌；看到白云在山腰缭绕，他就想给自己拍照。可是，第一次进隧道掌子面凿岩放炮，他却吓得跑出去几百米，蹲在地上大口地直喘气。

这时，没有领导批评他，也没有同事笑话他，指挥长白国峰走到刘渺跟前伸出大手拉他起来，然后拍拍他的肩膀，什么也没说，就又大步地朝着隧洞里走去。

刘渺看到白指挥长、乔总工程师他们走在前面，看到工友们走在前面，就连农民工也走在他的前面。再看看自己的身后，他竟是最后一个。刘渺有点不好意思了，赶快拉拉安全帽的系扣，紧紧防护服的皮带，也像指挥长和工友们一样，大步向隧洞的深处走去。

就这样，有白指挥长他们在前面带头示范，刘渺虚心向领导和同志们学习请教，他在高原艰苦的工作环境中很快得到锻炼和进步，从技术员做到了巴玉隧道进口的技术主管。

远在太原的蒋文君却总惦记着高原上的刘渺，几乎每天都要打个电话或者发微信问问刘渺：身体怎么样？吃饭吃多少？睡觉香不香？

刘渺回答总是：没事，没事，都好着呢！

蒋文君还是对刘渺的情况放心不下，也主动向领导要求上高原。刘渺上高原才不到3个月，蒋文君就也来到了拉林铁路工程指挥部。放下行李，她就迫不及待地搭上一辆去工地的便车，到20多公里以外的巴玉隧道进口去见刘渺。到了隧道洞口，正赶上刘渺和施工队的农民工一起从洞口出来，一样的工作服、安全帽，浑身灰土，满脸泥浆，一身疲惫不堪的样子。蒋文君朝着这群人使劲地挨个儿看去，愣是没认出刘渺就在这群人里面。她听刘渺说是在洞里干活，但从来没亲眼见过在洞子里干活什么样，这会儿她才看到，原来就是这副脏兮兮的样子啊！

刘渺一出洞就看到了蒋文君，他感到很意外，但是躲不过去了，只好径直走到她面前叫了声："文君，你怎么来了？"

蒋文君此时却说不出话来，心一酸，眼泪就流下来了。她从包里掏出湿纸巾，默默地为刘渺擦净脸上的泥水，刘渺立刻又是一副帅气的模样。刘渺又问："你怎么也来了？"

蒋文君反问："怎么，你能来，我就不能来？"

"这里可是高原啊！"

"我知道，不是高原我还不来呢！"

两个恋人的重逢，没有花前月下、灯红酒绿，也没有卿卿我我、缠缠绵绵，就在这雅鲁藏布江畔，就在这海拔3500多米的拉林铁路巴玉隧道洞口，两个恋人相互鼓励、相互坚持着，他们就是这样演绎着现代年轻筑路人的爱的情怀、爱的浪漫。

我为这对恋人的爱情故事所感动，想要采访写写他们。他们忙摆手拒绝："千万别，我们才刚来。在我们指挥部，夫妻双双上高原的还有好几对呢！"

是的，刘渺和蒋文君的故事在高原并不是特例。在中铁十二局集团拉林铁路工程指挥部，还有巴玉隧道出口工区长康富润和指挥部物资部陈静、隧道出口技术主管杨玉彬和指挥部办公室宋征、隧道进口桥梁主管陈宪忠和指挥部物资部范国珍、指挥部财务主管陶克涛和指挥部实验室俸晋莉等，都是恩爱夫妻。如今，他们不能在自己年老的父母身边尽孝，有的却还把孩子托付给年老的父母，夫妻双双为着共同的信念，为着共同的事业，相互鼓励、支持，也相互体贴、照顾，一起将他们的爱情镌刻在青藏高原之上，镌刻在拉林铁路之上。

说到孩子，有两个与爱情无关的小插曲。指挥部总工程师乔志斌探亲一回到家，就迫不及待地去幼儿园接孩子，幼儿园老师用警惕的目光看着他，质问道："你是孩子的什么人？"乔志斌回答说："我是孩子的父亲啊！"老师根本不相信，怕他是人贩子一类的坏人，说："哪来的父亲？从来没见过孩子的父亲来接孩子。"就连孩子直叫乔志斌"爸爸",老师也坚决不让他把孩子接走。此时此刻乔志斌好无奈。

工程调度桑立通回家探亲时，2岁的女儿不认识他，不但不让他进门，不叫他"爸爸"，晚上还不让他进屋上床睡觉。小桑对女儿说："我是爸爸呀！"就连妈妈在一旁证明小桑就是爸爸，女儿也不认，坚持说："我爸爸在太远太远的太原！"此时此刻小桑好尴尬。

无论是乔志斌的无奈，还是小桑的尴尬，有的还有家人的误会、甚至是反对，指挥部的同志说他们也都常常遇到，但也都一笑了之。因为他们在高原，多大的困难、多大的艰险都挺过来了，这点小委屈又算什么？

中铁十二局拉林铁路工程指挥部总工程师乔志斌也是个80后小伙，2006年从石家庄铁道学院毕业后到中铁十二局集团公司，先后经过郑西铁路、张集铁路、拉日铁路施工现场的锻炼，很快成长为年轻的工程技术专家。在拉林铁路工程指挥部挑起了总工程师的重担。

2014年12月中铁十二局拉林铁路工程指挥部组建进场，设计院向指挥部移交线路勘测桩。一行人走到雅鲁藏布江边，设计院的同志向雅江对岸的悬崖峭壁一指，说："喏，隧道进口就在那儿！"乔志斌一看顿时头都大了。别说到隧道口进一步查看桩点，准备开工，当下就连过江都困难。隧道进口下面雅鲁藏布江水流湍急，需要先架一座过江便桥。从公路到江边直线距离不足300多米，可是因为无路，他们下到江边整整走了1个多小时。隧道的出口也是在雅江岸边的峭壁上，隧道出口下面就是藏木水电站库容区，水深120多米，施工便桥便道都没法修建，施工器材要靠船运到对岸，再肩背人扛才能到洞口。

乔总每当想起进场之初的这些困难，说："与岩爆比起来，这些困难真的算不了什么！克服这些困难，我们多流些汗没什么。而岩爆的背后，却是死神在虎视眈眈地盯着呢！"

的确，他们只用了短短4个月，利用雅江枯水期架设过江便桥到隧道进口，购买船只从库区运送施工器材到隧道出口，开挖施工便道，搭建住宿工棚，完成了施工前期的准备工作。而岩爆却是要伴随着施工的全过程，何况岩爆的突发无规律可循，有时是瞬间突然发生，有时又持续几个小时甚至几天。岩爆同样是隧道施工的世界性难题。有专家经过现场调查说，拉林铁路高原高地应力地质特殊，隧道岩爆规模和程度均可能超过其他地区，对工程施工安全和工期会造成很大影响。

面对岩爆难题，乔志斌没有退缩，而是迎难而上。他一方面翻阅了大量国内外有关岩石动力学、岩石爆炸动力学方面的技术文献和资料，学习掌握国内外有关预防和消除岩爆的技术措施。一方面花大量时间蹲守在隧道掌子面前，冒着岩石随时弹射出来的危险，仔细观察岩爆发生的过程，录下视频资料进行研究分析岩爆规律。终于乔总发现巴玉隧道的岩爆多发生在新开挖的掌子面上，岩石比较坚硬干燥。针对这个特点，在凿岩开挖工序，他提出了全面采用全断面一级机械化配套施工方案，配备进口的三臂液压凿岩台车进行30米超前地质钻探预报，配合地质雷达、TSP超前地质预报进行围岩地质情况探测和开挖作业，提高施工效率。在爆破工序，他提出了多采用"短进度爆破"和"光面爆破"技术，尽可能减少爆破对围岩的影响，减小局部应力集中发生。在爆破之后，又增加了一个"岩石除危、应力释放"环节，必要时注水软化新开挖掌子面的坚硬干燥岩石，进一步消除岩石内应力。在支护工序，配备一台湿喷机械手喷锚支护作业，采用混凝土加钢纤维锚喷防爆支护等。这些措施有效地减少岩爆对施工人员人身安全的威胁和对施工进度的影响。在拉林铁路12个标段中多次获得"拉林铁路隧道成洞新纪录创建单位""安全质量创优先进单位"称号，被授予奖杯和流动红旗。乔志斌也荣获2015年度火车头奖章。

我问乔总工程师：那么是不是可以说，你们已经成功攻克了岩爆难题？

乔总急忙摆摆手说：不！还不能说已经攻克。既然岩爆无规律可言，那么我们就时刻都在面对岩爆的新课题。即使我们在岩爆施工中取得了一点进展，那也是工程技术人员和施工人员共同努力探索的结果。

在中铁十二局拉林铁路指挥部，年轻人的感人故事还有很多很多。

工程部80后工程师党续平2011年大学毕业到中铁十二局。集中培训之后，他们既兴奋，又忐忑。兴奋的是他们就要到各个项目部真枪实弹地干铁路，在实践中去展现自己的才干了。忐忑的是不知道会分配到什么陌生的地方去。当领导在念人员分配名单时，坐在小党身边的同学重庆人小贾口里直念叨着："重庆，重庆！"果然，小贾就分到重庆项目部。小党的妻子（当时还是女朋友）在西安，于是他也默念着："西安，西安！"谁知他却没能如愿，而被分到拉（萨）日（喀则）铁路项目部，拉日铁路修通后，又转战到拉林铁路，继续战高原。妻子到高原工地上来看他，还没说一句问候的话，妻子自己先因高原反应大口地直喘气。妻子体贴小党，劝他别在高原干了，也别在中铁十二局修路了，回到大城市西安，凭自己的技术能力，怎么也能找到个好工作。可是小党摇摇头说，不！大家都在这儿干，我怎么能一个人当逃兵一走了之？拉林铁路不修通，我就不离开高原。

杨玉彬和妻子宋征都是80后，杨玉彬是巴玉隧道出口技术主管工程师，宋征在指挥部办公室。两口子2015年"五一"刚刚新婚，丈夫6月就要上高原参加修建拉林铁路。一对新婚夫妇舍不得离别，妻子宋征便辞去自己在天津一家科技公司的工作，夫妻双双一起上高原。2016年春节还没到，双方父母就又是电话，又是视频，一再叮咛两口子要按照老家习俗，新婚后的第一个春节一定要回家过。可是，隧道出口由于在库区上，库区水深120米，相距水电大坝也很近，施工与大坝、库区安全遇到许多以前不曾有的困难，施工准备工作非常复杂，使隧道出口工期已经滞后好几个月。为了赶上工期，出口工区春节坚持施工。杨玉彬是出口工区技术主管，怎可能丢下工作回家过节？小杨不回家，宋征也不回家，要留下来陪小杨在工地过春节。

记得2014年刚进场时，还没有便道、没有工棚，指挥部的一帮小伙子就住在藏民扎西家。扎西没出过远门，工作之余，不住地问小伙子们铁路为什么是铁的？火车是什么样？话来语去，小伙子们跟扎西成了好朋友。扎西说了，等铁路修通了，火车开到我家乡了，我一定要给火车献条洁白洁白的哈达。小伙子们说，到时候，一定要请你坐着火车去拉萨！

他们正年轻

走在去拉林铁路工地的路上，一群中铁二局的年轻筑路人边走边哼着《革命人永远是年轻》的歌：

> 革命人永远是年轻／他好比大松树冬夏长青／他不怕风吹雨打／他不怕天寒地冻／他不摇也不动／永远挺立在山顶……

这不正是中铁二局这群顶天立地的年轻人奋战在雪域高原的真实写照吗？

的确，这支队伍很年轻！见到马前卒指挥长，他一开口说的就是："这支队伍很年轻！"马指挥长介绍说，指挥部总工程师王勇是80后，指挥部挑大梁的4个项目部经理、总工程师也都是80后，60多个应届大学毕业生才刚刚走出校门，走进社会，就来到条件艰苦的雪域高原参加拉林铁路建设，他们都是90后。然而他们的确就好比大松树冬夏长青，不怕风吹雨打，不怕天寒地冻，傲然挺立在雪域高原的高高山顶。

一项目部总工程师谢亮是个80后小伙子，2007年从西南科技大学毕业后应聘到中铁二局，这可是国务院直属的国资委管辖的央企，而且还在四川省会大都市，当时引得许多同学的羡慕。可是在成都集中培训之后，就再也没有回到大都市，而是到远离成都的工程项目部去实习、工作。问谢亮，从校园到工地，从城市到山沟，这么大的环境反差，你是怎么适应的呢？

谢亮说，因为我年轻！年轻人没有成就，哪来成长？

谢亮在老师傅的带领下，先后干过4个工程项目，很快由初出茅庐的大学生成为公司的技术骨干。正因为他在施工一线干出了成绩，有了成就，才有了较快的成长。2015年6月上拉林铁路，指挥部直接给这个年轻人压上了第一项目部总工程师的担子。

谢亮开始有些意外，问马指挥长：让我当总工程师，是不是还有点太年轻了？

马指挥长又是鼓励又是激将地对谢亮说：就是因为你年轻，才更有成长空间。何况这是青藏高原，年轻人不上，谁上？

2016年10月，一项目部施工的藏日拉隧道进口拱顶同时突遇冰碛层与千枚岩的纠缠，冰碛层的泥水裹挟着大量泥沙、碎石从拱顶倾泻而下，就像泥石流一般地不可阻挡。一项目部总工程师谢亮在第一时间进到隧道塌方处一看，他也惊呆了，隧道拱顶就像漏斗口一样，冰碛沙石还在继续往下漏，塌方量足足有200多立方米，将隧道作业面堵塞得严严实实，隧道别说继续掘进了，就连施工人员也不能近前排险。

对藏日拉隧道的软弱围岩大变形，谢亮早就做好了应对预案，但真的遭遇冰碛层与千枚岩的这种变形塌方，谢亮也是头一次。他及时向指挥部作了汇报，同时启动应急预案，做好安全防护，确保施工人员的安全。

指挥长马前卒和总工程师王勇赶到现场，带着技术人员一起现场研究，及时变更施工工法，采用大管棚超前支护，强化多层砌衬，打长锚杆加固围岩，对塌方处进行喷浆封闭。这一次塌方连续处理了两个多月，藏日拉隧道才又继续往前掘进了。

雷聪也是年轻的80后，在拉林铁路指挥部第四项目部担任工程部长、团支部书记。雷聪2013年从成都理工大学毕业，大学学的是工业设计，却阴错阳差地到中铁二局来搞土木工程，参加西安至成都的高铁建设，项目部在四川省江油县。说实话，搞土木工程风里来、雨里去，天天钻山沟，也回不了家。哪里有工业设计坐办公室里冬暖夏凉、轻松惬意？他才干了两年就感到有点儿累了，想辞职不干了，还想换个搞工业设计的工作。就连他所在项目部的工程部长都连着换了9个，前8个都是因为嫌干工程太苦太累，主动辞职不干，到城里另谋高就去了。这对雷聪的负面影响也很大。雷聪打电话问妈妈的意见，妈妈没说行，也没说不行，而是耐心地和他一起分析工作上的利弊，让他冷静考虑，自己做决定。

雷聪还在犹豫中。记得是2015年的6月19日，他听大家说公司在西藏的拉林铁路中了标，那儿组建新的指挥部，正需要人手呢。他心一动，人人都说西藏是人间秘境，那可是人生必须去一次的地方。他想去拉林铁路，正好可去西藏玩玩看看。可巧就在6月25日，雷聪就接到公司人力资源部的电话，征求他意见去不去拉林铁路。他毫不犹豫地答应了。

雷聪就这样最初是抱着顺便去西藏玩玩的目的到了拉林铁路。在这个多数是年轻人组成的公司最年轻的指挥部里，雷聪竟然都算得上"老资格"了。于是，马指挥长给他这个"老资格"压上了第四项目部工程部长的担子，还兼任团支部书记，雷聪一下成了第四项目部的技术主管和一帮年轻人的"娃娃头儿"。

肩上有了担子，心里就有了责任。看来到西藏玩玩的心态必须先放一边去了。从今以后，工作也不能再由着自己的性子来。想干就干、不想干就换，那可不行。要让年轻人在高原安下心来干好工程，自己得给年轻人立标打样，做个样子给大家看看。中铁二局人在青藏铁路干得那么好，我们在拉林铁路可不能干砸了。年轻人要给年轻人争面子、争口气，不要让人看不上、看不起……雷聪当时心里就是这么想的。

雷聪把自己心里的这些想法跟四项目部党支部李爱民书记一说，得到李爱民书记的支持和鼓励。无论是工程部的技术工作，还是团支部的团员青年工作，雷聪干起来都干劲十足，也心情舒畅。

中铁二局所中标的拉林铁路第8标段有11座大桥，其中4座大桥跨雅鲁藏布江。雅江水流湍急，深水处最深10多米，施工难度较大。筑岛材料放入水中立刻就被江水冲走，雷聪他们用铁丝编织成笼，装入石头再沉入水中，建成筑岛。

朗镇四号雅江特大桥的江中桥墩深基坑最长桩长达56米，钻机钻到筑岛水面达66米，旋挖钻钻不到头，钻到50米深处再改用冲击钻继续深挖。

大桥承台施工原设计采用双壁钢围堰作为挡水结构，雷聪现场量测，查阅当地水文资料后，发现墩位处河床标高、围堰下沉深度以及施工期间可能出现的最高水位高程等情况，不适宜采用双壁钢围堰。他及时向指挥部报告，指挥部采用了他的建议，改为维护桩、旋喷桩止水，避免返工造成的损失。

就这样，雷聪和工程部的技术团队带着刚刚大学毕业的实习生共15人，最大的刚30出头，最小的22岁，平均年龄也只有25岁，因桥因水因地制定施工方案，攻克了大桥施工的一个个技术难题，保证了大桥建设工期。

一项目部技术员马傲1991年出生，2015年从西南交大土木工程专业毕业就来到拉林铁路，在藏日拉隧道实习。刚从大学毕业，到现场一接触，才觉得书本知识与实际差距甚远。于是他整天看图纸，再对照图纸跑现场，如饥似渴地从实践中学习书本上未曾学到的知识。一项目部的工程部长艾永祥主动做了马傲的指导老师，项目部总工程师谢亮也经常给马傲指点帮助。实习期结束，马傲以优秀的考核成绩顺利定级为工程部技术员，能够独立工作，带班作业了。

2016年春节，是马傲到拉林铁路工作以后的第一个春节。高原的冬季天寒地冻，大桥、路基等露天作业都停工了，为了保证工期，隧道施工还照常进行。大家都在工地过春节，马傲当然也要留在工地。他打电话给父母，父母表示理解，完全支持马傲。马傲再给女朋友打电话，女朋友却不答应，气呼呼地跟马傲说：你给我回来，不回来咱们就分手！

结果，2016年的春节，马傲没有回家。相识相爱两年多的女朋友也真的和他分手了。

项目部领导怕马傲想不通心里不好受，去给他做思想工作。马傲说，我能理解她。她想要那种两个人天天在一起的稳定生活，我给不了她。

马傲的同学知道了，跟他先讲了一个故事：内地电视台有一档很火的年轻人征婚相恋节目，就咱们工程单位中铁大桥局有一个颜值很高的小伙子去征婚，一出场，全场24个漂亮女生一片尖叫，全部给他留灯。可是等小伙子自我介绍是在中铁干工程的，只听"啪、啪、啪"一阵声响，全场24个姑娘霎时间全部灭灯，现场顿时一片静寂。

马傲很平静地说，这个电视节目我看过。

于是，同学打趣地跟他说：你这才灭了一盏灯，怕什么？还有多少灯随时都为你点亮呢！

他们一齐大笑，戴上安全帽，大步地跑进藏日拉隧道。

这就是中铁二局拉林铁路工程指挥部的年轻人。他们虽然年轻，但他们以年轻人的热情干劲、聪明才智和敢作能为，赢得了指挥部领导和同志们的信任。

在拉林铁路2016年第三季度劳动竞赛"优质样板工程"评比中，中铁二局拉林铁路8标段的一段区间路基被评选为拉林铁路"标准化样板示范段"。

2016年11月29日，在拉林铁路全线开工仅一年半，首座连续梁冲康特大桥混凝土连续梁顺利合龙。

拉林铁路建设工程在顺利向前推进，年轻人也在雪域高原茁壮成长。他们说：因为我们正年轻！

　　我们有着一颗心／它就是年轻／年轻的心汇聚在一起／一个美丽大家庭。

　　我们在这里成长／学会了担当／我们的肩负着责任／在这里幸福我一生。

年轻人的歌声在雪域高原久久地回响、回响……

第六章　　一个特别能战斗的指挥部

2006年7月1日是个激动人心的日子：历经数十年几上几下的不懈努力，十多万建设大军经过1800多个日夜奋战，以惊人的毅力和勇气挑战极限，一举攻克了"高寒缺氧、多年冻土、生态脆弱"三大世界性工程难题，几代中国人梦寐以求的青藏铁路终于全线建成通车了！

当拉萨河畔崭新藏式宫殿风格的拉萨火车站与玛拉日神山上古老而神圣的布达拉宫遥遥相望的时候；

当欢喜快乐的身着艳丽民族服装的各族群众在车站广场踏着《北京的金山上》节拍跳起欢庆锅庄的时候；

当现代钢铁巨龙鸣响欢快的列车风笛风驰电掣穿行在"世界屋脊"青藏高原之上的时候，人们没有注意到原来设在青海省格尔木市的铁道部青藏铁路建设总指挥部的一帮人又在拉萨挂起一块"拉日铁路建设总指挥部"的牌子，他们没有止步于青藏铁路通车到拉萨车站，而是马不停蹄地立刻又开始了从拉萨至藏西南重镇日喀则铁路建设的艰难征战。

拉萨不是青藏铁路的终点站，西藏现代化铁路建设还在路上。

拉萨至日喀则铁路于2010年9月26日全线开工，2014年8

月16日全线建成开通运营。这个指挥部又是人马未歇，再次前移到藏东南林芝市，指挥部的牌子只改动了一个字，变身为"拉林铁路建设总指挥部"，又继续开始川藏铁路拉萨林芝段建设。

这就是这个指挥部的前世今生。

这是一个坚强有力、特别能战斗的指挥部！

天路有艰险，科研能攻关

川藏铁路拉萨林芝段线路走向从拉萨河流域穿过贡嘎山分水岭之后，就沿着雅鲁藏布江河谷地质缝合带一路向东，南临喜马拉雅山脉，北靠冈底斯山脉和念青唐古拉山脉，拉林铁路16次横跨雅鲁藏布江，穿行在三座山脉的险山恶水之间，线路多次穿越高烈度地震带和地质断裂带，地质条件极为复杂。

拉林铁路建设总指挥部副指挥长、总工程师王睿告诉我们：修建川藏铁路拉萨林芝段铁路，注定是一场非常艰苦的硬仗。

初见王睿，他瘦削的脸庞总是挂着和蔼的微笑，目光深邃而又柔和，给人留下一种文质彬彬、温文尔雅的知识分子印象，从外表上一点儿也看不出他会是一个敢于碰硬、专门碰硬的硬汉子。然而，恰恰就是他作为川藏铁路拉萨林芝段科研课题负责人，承担着"拉林铁路重点桥隧工程建设关键技术研究"。中国铁路总公司将这一课题列为全国铁路科技研究开发计划重大课题，其中围绕着藏木特大桥和复杂地质条件隧道，要开展8个方面的科学研究，大课题下面分解为44个子课题、5大项28小项关键性技术，动员了中国铁道科学研究院、西南交通大学、广西大学、成都理工大学、石家庄铁道大学、中科院武汉岩石力学所、中铁科研院、铁二院、中铁五局、十一局、十二局、十七局等国内产、学、研单位100多位专家共同参与这一科研课题计划，将发表近20篇科研论文，形成11项专利。

指着办公桌上厚达100多页的研究课题计划合同书，王睿总工程师说："我国现在已经成为世界上公认的基建大国、强国。世界排名前10位的特大桥，我国就占了7座；前10位的隧道我国占了一半以上。我们完全可以自豪地说，现在世界上没有我们架不了的大桥，没有我们打不通的隧道，没有我们建不成的道路。即便如此，在拉林铁路建设中，我们还是感到任务之艰巨、条件之复杂，也是前所未有的。"

"何以见得？"

"这么说吧，一项工程如果能遇到一项世界性工程难题，或者创造一项世界之最，就已经是非常了不起的成就了。而川藏铁路拉萨林芝段所遇到的世界性工程难题何止一项！"

从王睿总工程师的口中，我们第一次听到了风积沙、高岩温、强岩爆、冰碛层、大变形、地震断裂带、地质缝合带、欧亚板块运动、高原地壳隆升等这么多的地质新名词，却一脸的懵里懵懂的样子，完全不知道对于拉林铁路来说，它们如何成灾、又何以为害？

王睿总工程师笑了，说："我们坚持理论和实践相结合，科研和施工相结合，创新和经验相结合，这些看起来拦路虎一般的地质灾害，在我们拉林铁路科研人员和施工队伍的手下，也都找到了治理降服的办法。"

2018年1月18日，在中国铁路总公司召开的"2018年铁路建设工作会议"上，拉林铁路建设总指挥部王建盛指挥长作了题为"不忘初心传承青藏铁路精神，砥砺奋进打造拉林铁路精品"的经验汇报：

以科技领先强化风险控制管理，实现关键技术创新。

拉林铁路地质灾害非常集中而突出，一些高强地质灾害的风险程度在国内绝无仅有。我们根据拉林铁路工程诸多世界性工程难题和工程重点，坚持科技领先，精心组织产、学、研各方力量开展高风险桥隧工程的重大科研课题研究，强化风险控制管理，取得32项高地应力强岩爆隧道、高地温水温隧道、冰碛层隧道、风积沙地层隧道、大变形隧道以及世界上最大跨度铁路钢管混凝土拱桥藏林特大桥等重点桥隧工程施工的关键技术创新方面一系列阶段性重要成果。

一是强化风险识别评估，实现动态管理。制定和完善风险管理制度，根据风险发生概率和破坏程度评估风险等级，确定风险管理级别；明确各参建单位安全风险管理责任、工作流程、追责办法。在风险施工点推进风险识别评估和定期排查相结合，随时变更风险级别，实行风险动态管理。

二是注重日常监控，杜绝风险遗漏。每日汇总高风险工点开挖工法、循环进尺、掌子面围岩描述、安全步距、超前地质预报、监控量测等数据信息，通过信息平台传递到各级管理干部作为风险管理决策依据。每月开展风险因素调查，形成因素调查表，梳理风险台账，建立月度风险看板管理。每季召开安委会梳理当前重要风险，研究风险对策，制定下阶段突出风险的主要应对措施。

三是针对风险点组织各方力量开展科技攻关。针对每一个地质灾害风险点，我们组织产、学、研各方力量周密研究、合理评估，有针对性地开展科技攻关，制定出相应的技术措施和管理措施，取得了针对强岩爆、高地温、风积沙、大变形、冰碛层等高风险隧道施工关键技术创新的阶段性成果，有效降低施工风险。针对强岩爆隧道采用地应力与围岩特性比较预测岩爆，超前钻孔、高压水释放岩石应力，约束限爆以及被动防护等措施，降低岩爆伤人的施工安全风险；针对高地温隧道采用大功率风机循环通风降温，制冰降温，设置恒温调休室，预留隔热复合式衬砌，保证了超高地温隧道的正常施工；针对风积沙隧道采用地下连续墙，松散沙堆内劲性钢筋混凝土骨架防护，垂直及水平旋喷桩固结等技术，解决风积沙施工难题；针对软岩大变形隧道采用自进式锚杆超前锚固，高压注浆固结围岩，结合钢拱架有限变形支护体系，解决软岩大变形施工难题；针对冰碛富水层隧道采用超导流洞排水减压，超前帷幕注浆堵水、超前管棚支护等措施，解决冰碛富水层施工难题；针对藏木特大桥世界上最大跨度铁路钢管混凝土拱桥施工难题，对抗风抗地震的新结构、高性能耐候钢新材料的应用，以及大跨度中承式钢管混凝土拱桥施工新工艺、新技术等项关键技术进行了创新。

在拉林铁路施工环境极其艰难复杂的条件下，他们深知责任重大、使命光荣。在党的十九大精神指引下，在铁路总公司和自治区党委政府正确领导下，指挥部一班人表示：我们有信心、有决心、有能力继续"砥砺奋进，打造精品"，努力把拉林铁路建成"安全、优质、创新、环保"的一流精品工程。

面对重重艰难困苦，挑战雪域高原极限，筑就新时代新天路，他们不忘初心、砥砺奋进，敢于拼搏、乐于奉献，强攻风积沙，再战高岩温，巧胜冰碛层，拼搏强岩爆，巩固大变形，勇攀世界峰，将一个又一个困难踩在脚下，擦擦脸上的汗水，又大踏步地向前进。

紧抓拉林铁路命门的高原之子

如果说面对复杂频发的严重地质灾害，攻坚克难、勇于创新是拉林铁路建设的第一要务的话，那么在高原高寒缺氧、生态脆弱的恶劣环境下高质量地建设精品工程，安全质量就是拉林铁路的命门。

命，人之根本；门，出入的门户。命门是人体生命的根本所在。安全质量之所以称之为铁路工程建设的命门，因为它才是铁路工程的根本所在。在拉林铁路建设中始终紧紧抓住安全质量命门的，是拉林铁路建设总指挥部分管工程安全质量的副指挥长朱锦堂，人称他是"高原之子"。

1985 年，朱锦堂从武汉铁路桥梁学校铁道桥梁专业毕业时才 20 岁刚出头，他参加工作的第一个单位就是海拔 3200 米的青藏铁路西宁至格尔木段的哈尔盖工务段技术室。朱锦堂从技术室见习生做起，到转正为技术员，一直做到工务段副段长兼总工程师，一直都在青藏铁路。

2001 年，举世瞩目的中国新世纪四大工程之一的青藏铁路格尔木至拉萨段开工建设，朱锦堂先后担任青藏铁路建设总指挥部工程部负责人和原铁道部专为青藏铁路安全质量设立的工程质量安全监督总站青藏监督站站长，从那时起，他就一直负责抓青藏铁路工程的安全质量。

2010 年，拉萨至日喀则铁路开工，朱锦堂调任铁道部拉日铁路建设总指挥部副总工程师兼安全质量部部长。

2014 年，拉林铁路开始筹备建设，朱锦堂走上拉林铁路建设总指挥部副指挥长的领导岗位，分工主抓拉林铁路工程安全质量。

可以说，青藏铁路修到哪儿，朱锦堂就战斗在哪儿。问他："何以对青藏铁路情有独钟，30多年不离不弃？以一个副厅局级的领导身份，就没想找找关系，调到内地环境条件更好一点的地方去？"

朱锦堂想了想，准备回答，我们赶快掏出笔和本准备记录，准备如实记下一个铁路人对青藏高原的深厚情怀，一个高原人对青藏铁路的执着追求。然而，我们没想到朱锦堂的回答并没有深刻的大道理，也没有感人的豪言壮语，而是非常朴实地回答说："我出生在（青海西宁）青藏高原。都知道青藏雪域高原环境恶劣、条件艰苦，但是国家把铁路修到我的家乡来，造福青藏各族人民，我当然责无旁贷要为家乡做点什么。是青藏高原选择了我，而我选择了铁路事业，这也是我唯一能为家乡做的一点事。"

是啊！每个人都热爱着生他养他的那块土地，能以一己之长为家乡做点事，善莫大焉！每当提起他在高原工作30多年的这段经历，这位人称"高原之子"的朱锦堂总是说："我在高原上出生、在高原上成长，当然要为高原做点事情！"

是啊！支撑朱锦堂在青藏高原一干就是30多年的，正是他对青藏高原的这份真挚热爱之情怀，正是他对铁路事业的不懈追求之信念。

2003年，朱锦堂在青藏铁路建设总指挥部工作期间，被国资委、铁道部、团中央联合授予"国家重点工程建设青年功臣""全国保护母亲河行动个人5年成就奖""青藏铁路建设建功立业先进个人"等先进称号；2006年被评为"全国铁路劳动模范"。2004年，建设部授予朱锦堂担任站长的铁路工程质量安全监督总站青藏监督站为全国铁路系统唯一的先进工程质量安全监督站。然而，这一切都不是从他本人口中采访得来，他甚至根本就不记得曾经得到过什么荣誉。当拉林铁路建设开始，朱锦堂将过去的成绩全部归零，又义无反顾地开始了他的高原新征程。

生于斯、长于斯、奉献于斯，正是这位为高原而生的朱锦堂平凡的人生轨迹。懂得感恩家乡、不忘报效祖国，这才是这位"高原之子"做人的大境界。

2015年是拉林铁路全线开工建设之年，各路建设大军都在往拉林铁路全线集结，朱锦堂分管的安质部也从内地铁路工程项目上抽调来一批专业技术人员。他们大都是第一次上高原，工作热情很高，凭着以往在内地工程项目上的老经验、老办法，很自信能够胜任拉林铁路的安全质量管理工作。可是，朱锦堂还是从他们报来的当年冬季工作计划中发现了问题所在。于是，他找来安质部的同志询问："你们谁可曾在青藏高原度过冬？"

大家互相望望，回答："没有，我们都是第一次来高原。"

"既然你们没有来过高原，当然就不知道高原的冬天与内地的冬天有什么不同了？"

有人还蛮有自信地说："我们来高原之前做过功课了，西藏冬天不算太冷，这里还算是西南地区，都不属于国家冬季供暖地区呢。"

朱锦堂听了，耐心地给大家讲解高原的冬天："西藏的冬季虽然平均气温在零摄氏度左右，还没有纳入国家冬季供暖地区，但高海拔的地方还是高原严寒，最低温度可以达到零下二三十摄氏度，根本不适宜室外施工作业。许多工点冬季既然不能施工，我们的工作计划也要根据实际去制定，你们说是不是这个道理？"

大家此时面面相觑，无话可说。

朱锦堂接着告诉大家："即使在平均气温零摄氏度以上的地方施工作业，也因为高原冬季昼夜温差很大，必须制订一整套专门的冬季施工办法，还要特别注意混凝土的冬季养护。如果养护不当，混凝土极易受冻，可能出现裂纹、疏松等质量问题。"

许多同志的确都没有高原铁路建设管理经验，朱锦堂就耐心地给大家传经验、教方法，给大家补上了高原铁路建设管理经验缺少的短板。他细心指导安质部专门出台了《冬季施工管理办法》《混凝土养护管理办法》，要求安质部结合每个人的业务特点，按专业分工管理，条块分明，工作很快走上正轨。

朱锦堂虽然担任总指挥部副指挥长，可是在总指挥部常常看不到他的身影。他解释的理由是："我是分管工程安全质量的，坐在总指的办公室里，哪能看到、听到、摸到工程的安全质量。我的岗位在沿线、在现场、在工地。要找我，就到沿线工地现场上找我。"

朱锦堂分管安质部的同志也都愿意跟着他一起下现场，说朱副指挥长高原施工经验丰富，跟着他下现场能学到许多东西。安质部的同志有时由于对高原施工一些问题不懂不会而说错话、办错事，朱锦堂总是细心地给予纠正，并帮助他们一起分析原因、讲清道理，从正面鼓励安质部的同志独立开展工作。他经常说："每个专业工程师都应该把自己当成这个专业的'安质部长'，独当一面，善于发现问题、分析问题、解决问题。"

朱锦堂还善于根据每个同志的性格特点、技术专长，去教育引导他们扬长避短，发挥作用。安质部工程师王文海因为是外聘的，不算是体制内正式职工，因此工作开始有点顾忌，畏首畏尾。朱锦堂发现这点，支持鼓励他大胆工作。当这位同志积极肯干，做出突出成绩时，朱锦堂一视同仁，给予充分肯定，并主动向领导班子建议，给这位外聘工程师每个月增加工资3000元。拉林铁路开工以来，在朱锦堂的培养帮助下，安质部两名同志走上了安质部副部长的负责岗位。

从青藏铁路西格段、格拉段，到拉日铁路，再到拉林铁路，长期在高原铁路工作，朱锦堂在高原铁路工程安全质量方面积累了丰富的工作经验，对工程上安全质量问题也练就了一双"火眼金睛"。他常常一个人叫上司机开上车，既不去施工单位的工程指挥部，也不去项目部，而是直奔隧道洞里、大桥墩下、路基之上"微服私访"、突访、暗访。他常说："事先发通知、打招呼，等下面做好了各种准备再去检查安全质量，那不叫检查，叫走程序，是典型的形式主义作风。这是安全质量的大忌。检查的基本定义就是为了发现问题而用心去查看。"

每到一处工地，他就是这样地在用心去摸、去看、去听。这天，朱锦堂来到一处路基工地，他凭经验从路基填铺的外形就一眼看出该段路基施工质量有问题，可是他还是没有贸然下结论，而是询问了施工队的作业情况，又查看了工点填铺石料砂砾的堆放点，把片石拿起来砸砸敲敲，再抓起一把砂砾在手里细看，然后才断定这段路基质量不合格。

施工队负责人听了不服，强辩说："我们都是按照施工规范做的，怎么就不合格了？"

朱锦堂也不解释，而是用事实说话。他指着一处已经铺好的路基说："你把这里挖开看看。"

施工人员不情愿地拿起铁镐将那处路基挖开，果然填层片石规格质量、砂砾垫层厚度都有问题。

施工负责人当面无话可说，只好按朱锦堂副指挥长的要求立刻返工。等朱锦堂一行离开之后，他才狠狠批评了施工人员给他惹了祸，下不为例，同时又对朱锦堂竖起大拇指，直令朱副指挥长："不愧人称朱总是火眼金睛！服了！厉害！"

青藏高原特殊的自然气候条件对工程安全质量有着更高更严格的要求。高原日照强烈，不但白天和夜晚温差大，就是白天日照面和背阴面也有较大温差，对混凝土的养护质量影响很大。因此，在桥梁结构施工中，朱锦堂非常重视混凝土施工在较大温差时的养护作业，要求施工单位对耐久性混凝土的抗温差胀缩、抗渗、防锈护筋、抗氯离子渗透、抗裂、耐腐蚀、抗碱骨料反应和耐风蚀等质量指标严格把关，他也经常组织突击抽查，对混凝土拌和工艺流程、粗细骨料、添加剂、拌和用水、入模温度等关键环节把关检查，保证高原耐久性混凝土的施工质量。他说："质量是生命，安全是保障，凡是与施工质量安全有关的工作必须要严格把关，绝不能遗留任何安全质量隐患。"

如今铁路施工工法、工艺、流程都已经十分规范，施工单位如果都严格执行，那么工程质量按理说就是处于同一水平线上。可是实际上各单位的工程质量还是有差别的，引起差别的源头就是工程原材料质量上的差别。因此，朱锦堂抓工程质量就是从源头抓起，他提议在拉林铁路建设中引入第三方检测机制，公平、公正、公开地严把原材料的进场检验这道关口，从而从源头上控制工程质量。

在一处工地混凝土浇注作业已经准备就绪，就等着拌和站的混凝土来了就浇注。可是恰恰此时工地使用施工材料的钢筋抽检报告出来了，结论是不合格。

检测第三方只检测，不处理。在现场的安质部同志要求停止使用这批钢筋，已经用了的返工，全部退回供应厂商。可是，这批钢筋的一部分已经绑扎，正准备混凝土浇注作业呢。施工作业队反复解释说这批材料刚刚启用，只是用了很小一部分，对整体工程应该影响不大，为了不耽误工期，请求放过一马。

一方要拆，一方要继续。双方相持不下，怎么办？

争论结果报给朱锦堂，朱锦堂的态度非常坚决："立刻返工拆除已经绑扎好的钢筋骨架，不合格的材料一点儿也不用，用一点儿也不行！"

放下电话，朱锦堂立刻驱车赶到现场，亲自指挥返工拆除全部不合格钢筋骨架。虽然这次材料质量问题的责任在供应厂商，朱锦堂还是对施工单位进场材料把关不严提出批评。他说："拉林铁路是百年工程，千万不可图一时之快，就忽视质量，酿成隐患！"

根据工程进展，朱锦堂经常性地组织对重点原材料进场质量的抽检频次，追踪过程控制，规范报验程序，加大处罚力度。朱锦堂告诉我们，拉林铁路至今，全线共检测各类原材料607批次，对所有不合格材料及时进行了清理退场，并清理了材料供应厂商。同时，还采取回弹、扫描、钻芯等混凝土实体质量检测128个实体构件，全线第三方检测完成桥梁桩基11233根，隧道地质雷达检测13276延长米，路基过渡段地质雷达检测35处，桩板墙声波投射检测46根，工程桩低应变检测338根。对不合格和存在缺陷的全部采取了返工处理，并对责任单位按要求进行了考核。记录一般不良行为8起，发出安全质量黄牌12张，白牌6张；返工隧道二衬4板，桥梁桩基2根，有效地从源头上确保了工程质量。

如果说材料质量是工程安全质量的源头，那么健全的规章制度，就是工程安全质量的基础。在这方面，朱锦堂同样给予了高度重视，从拉林铁路建设筹备阶段到开工伊始，就下大力气组织修订和补充安全质量管理制度办法47份，对参建单位安全质量信用评级、红黄牌考核以及混凝土养护、脚手架搭设、环境水土保持等专项检查考核等，都形成了一整套内容完善、目标明确、切合实际、操作性较强的安全质量管理体系，定期组织春融复工、汛期施工安全风险评估、隧道施工安全、铁路建项目安全管理、铁路工程质量管理和全国安全生产、冬季施工安全、铁路工程线（即有线）安全、冬季防火安全等项安全质量检查，不断夯实工程安全质量基础。朱锦堂对大家说："人们常说，基础不牢，地动山摇。在铁路工程方面，这方面的体会更为深切。制度健全了，基础打牢了，安全质量就有章可循，有了抓手，工作就更实了。"

抓安全质量，朱锦堂的目光不仅仅盯在拉林铁路工程建设上，他目光其实看得更高、更远。他看到雪域高原是一方神圣的净土，拉林铁路沿线更是有着丰富的旅游资源，山南秘境、桑加峡谷、神山圣湖、高山草甸、江畔古柏、名刹寺院、古老庄园、勃朗冰川、林芝花海等，数不胜数。许多景区由于过去交通不便，藏在高原深处人未识。等到拉林铁路建成之后，必将大大促进沿线旅游资源的开发，形成一连串旅游明珠景点构成的黄金旅游带，而拉林铁路也将成为"醉美"的高原风景线。

然而，高原的生态脆弱，作为青藏铁路建设三大世界性难题之一，让曾经参加过青藏铁路建设的朱锦堂充分领教过，也在青藏铁路建设中积累了一些经验。他对拉林铁路参建单位的同志常说："我们不仅是拉林铁路的建设者，还要成为高原青山绿水蓝天的卫护者。"

拉林铁路在工程建设中引入环境水土保持监理，专门履行环水保监测监督职责。朱锦堂主动与自治区环保厅、水土保持局进行汇报沟通，对接环水保工作。组织安质部和环水保监理牵头，对全线参建单位有关负责人员进行环境保护、水土保持业务能力培训。

这天，朱锦堂对一处隧道施工例行检查，走到洞口，他看到隧道排水沟有几处车辆碾压后的缺口，施工污水从缺口溢出，形成径流，从洞口顺流而下。朱锦堂就跟着这股水流追踪流向，结果发现竟然直接汇入山下清澈的雅鲁藏布江中。

本来充分考虑了施工环保问题，拉林铁路隧道施工的污水都要经过三个沉淀池依次澄清之后才能排进雅江，而且隧道掘进弃渣也不能随意倾倒，都按照地方政府环保部门的要求，专门修建了固定的弃渣堆放场所。铁路工地如有树木，一律都妥善地移植别处，而不是砍伐了事。眼下排水沟这点漏水按说也比较常见，根本不算什么事。但朱锦堂还是找来隧道施工负责人，嘱咐立刻派人整修排水沟。

这位负责人听到朱总找他，开始有点儿紧张，以为朱总发现了工程上有什么问题。当听说是排水沟漏水这点小事，一下子就轻松了，感到朱副指挥长是不是有点小题大做了，就不以为然地说："这么点小事啊，还用劳您大驾亲自出面过问？"

朱锦堂严肃地说："这怎么是小事呢？"

"雅江那么大，江水还有自净功能，这么点浑水流进去根本看不出。再说了，雅江最后不也都流到国外去了吗，怕什么？"

"洞里的污水现在流入的是国外的河吗？"

"现在倒不是。"

"那就少废话，赶快给我修补排水沟去。只要是在拉林铁路管的范围内，就是一点儿污水也不能流进雅江！"

见朱锦堂真的很较真儿，这位负责人不敢再言声，赶快安排人去修复漏水的排水沟。

由于总指高度重视，措施到位，领导得力，全线开工以来，西藏自治区政府部门及沿线各级政府在多次对拉林铁路沿线环保、水保专项检查后，都给予了高度认可和好评，没有一起环、水保投诉和举报事件发生。

唱红脸更唱白脸的安质部部长

在中国传统戏剧中，一般把充当友善角色总说好话的好人扮成红脸，而把充当严厉角色总说坏话的人扮成白脸。后来人们就用红脸白脸来比喻在解决矛盾冲突过程中的不同角色。唱红脸的总是讨人喜爱，而唱白脸的就有点儿令人讨厌。

在拉林铁路建设总指挥部，就有一个既唱红脸，更要唱白脸的这么一个角色。唱红脸的时候他笑脸灿烂如花，和蔼可亲；一旦唱起白脸甚至唱起黑脸，他翻脸不认人，如铁面无私的包公。唱红脸的时候他激励大家，大家都说他是拉林铁路安全质量的"守护神"；唱白脸的时候，他批评严厉，处罚手狠，有人骂他是工程推进的"绊脚石"。他就是总指安质部部长何财基。

何财基大学毕业之后，一直在铁路局运输系统工务部门工作，担任南昌铁路局天河建设公司福州分公司经理，企业经营有声有色，工作顺风顺水。何财基的家也正好在福州，工作单位离家很近，小日子过得本来很惬意。

2007年年底铁道部从南昌铁路局抽人组建合资公司修建向莆铁路时，何财基被组织调任到向莆铁路公司现场指挥部担任副指挥长。7年风雨，何财基从现场指挥部副指挥长、总工，到向莆铁路公司安质部副部长、工程部副部长，从向莆铁路筹备阶段直至项目竣工验收全线开通运营，全过程参与建设管理。眼看向莆铁路从繁忙的建设阶段转入运营管理阶段，何财基心里暗自庆幸这下不用那么紧张辛苦，可以轻松舒适地过日子了。

2015年年初的一天，何财基已经跟向莆铁路公司总经理王建盛请了假准备回家看看。干工程这几年很少回家，许多节假日都是在工地上过的。工程现在已经收尾，事情不多，正好回家休整休整。就在这时，他接到王建盛打来电话，他也是刚刚听说王总已经调任拉林铁路建设总指挥部任指挥长了。

王总，不，已经是拉林铁路建设总指挥部指挥长的王建盛，没有问何财基请假回家走了没有，而是直接开门见山地问他："还想不想干工程了？"

"工程不是都已经收尾了吗？"何财基不解地反问。

"还有大工程，要不要接着干？"

"您说的是拉林铁路？"

"是，我刚刚接到调令，去拉林铁路接着干。"

"那可是青藏高原！"

"就是青藏高原！怎么，害怕啦？胆怯啦？"不等何财基回答，王建盛就又甩下一句，"害怕、胆怯就别去，早点儿回家去吧！"

"我才不害怕、不胆怯呢！我跟您上高原，去建拉林铁路！"

何财基有点儿急了，王建盛却笑了。他们在向莆铁路一起干工程的这几年，互相太了解了。王建盛在工程管理中指导帮助何财基从运输系统工务干部一步步成长为精通工程的管理人才，而何财基更为王建盛高超的工程管理能力和爱护人、关心人、培养人，知人善任的人格魅力所折服。因为青藏高原条件艰苦环境特殊，眼下拉林铁路总指挥部正在组建，严重缺员，刚刚上任指挥长的王建盛不得不到向莆铁路旧部"招兵买马"，拉人上山。王建盛知道像何财基这样的"响鼓不用重槌敲"，不用给他讲什么大道理，激将一下，他保准立马跟你走。眼下的情形不正这样吗？

等不及王建盛答应，何财基就迫不及待地询问要他去拉林铁路干什么？

"让你担任总指安全质量部部长，管全线工程的安全质量。你要是觉得这个担子太重，我就另外找人。"王建盛还是用的激将法。

"别，别，别！谁说我干不了？这副重担我挑定了！"

干工程的，其实谁都想干一项能够青史留名的世纪性的伟大工程！当年青藏铁路没赶上，川藏铁路再也不能错过了。何财基就是这样被王建盛指挥长激将上到高原，来干拉林铁路这项世纪性的伟大工程。

2015年2月3日，当他第一次迈进拉林铁路建设总指挥部的安全质量部办公室时，他才惊讶地发现，定员10个人的安质部竟然只有他"光杆儿部长"一个人。他再一打听，各个部门都一样，整个总指挥部都缺员、缺员、严重缺员！

缺员，只因为这里是青藏高原吗？

第二天就是立春，是个好日子。何财基一个人从总指出发了，沿着拉林铁路设计线路走向，用了一周的时间踏勘全线，对全线地形地质情况有了初步了解，对重点桥梁、隧道都做了标记。趁着工程还没有开工，指挥部还在组建阶段，他赶在春节前没有回家，而是又回到向莆铁路工程点上，也采用王建盛指挥长的那一套激将法"招兵买马"。

于是他被"激将"来了，安质部副部长余朝阳！中铁二十三局六公司工程部长，向莆铁路现场指挥部工程师。家在四川省省会成都市。

于是他被"激将"来了，安质部副部长王卓陪！中铁一局五公司向莆铁路项目部项目经理，家在陕西省省会西安市。

于是他被"激将"来了，安质部工程师东怀正！中铁三局向莆铁路项目部总工程师，家在青海省会西宁市。

于是他们都来了。安质部的同志一个个都从生活环境优越的省会城市离家别子来到青藏高原，来到拉林铁路！

大家说：我们来了，只因为这里是青藏高原！

就这样，青藏高原成为一块试金石。有的人因为它而害怕、而止步不前。有的人却因为它而振奋、而砥砺前行！

这回何财基这个部长不再是"光杆儿"了，他第一次召集安质部的同志们开会，第一句话说的是："同志们上来了，就是好样的，就是英雄好汉，就是在奉献！我谢谢你们啦！"

他向大家深深地鞠一躬，将一只手向同志们伸出去，许多只手握在一起，大家齐声高喊："加油，安质部！"

安全质量是铁路工程的根本所在。何财基就是这么认为的，也是这么去抓安全质量的。

面对国家投资数百亿的这样一项巨大工程，何财基一开始就意识到，仅仅靠安质部这10个人来抓全线安全质量，完全应对不了。于是，何财基找到王建盛指挥长，想要几个人配强安质部。

王指挥长问他："你看配几个人才够用？"

指挥长这一问，真把何财基问住了。配几个人够用？就是一个人盯一座隧道，也得47个人；再一个人盯两座桥，还得60个人；还有路基、车站呢？总指的编制定员一共才63个人，现在还缺员，哪里有人能多配给安质部？

见何财基无话可说，指挥长启发何财基说："抓安全质量如果靠人盯人，一定累死人。靠制度来管安全、管质量，就能起到事半功倍的效果。为什么不试试呢？"

一席话如醍醐灌顶，使何财基茅塞顿开。按照总指要求，安质部何财基负责牵头开始整章建制。他查阅了铁路施工大量历史资料，吸收借鉴全路建设管理有效经验，结合拉林铁路工程特点、高原环境、地质条件、生态环境，组织着手安全质量管理的制度建设。从2015年6月全线开工至今，安质部牵头制定了《监理人员诚信考核管理办法》《拉林铁路红牌工点管理办法》《高度风险工点日常管理办法》《拉林铁路绿牌考核管理办法》《拉林铁路环水保管理办法》《拉林铁路砼工程养护管理办法》等46份考核管理文件，涵盖了铁路建设管理安全、质量、工期、投资控制、环保、科技创新、社会稳定、设计、监理管理等方面工作，许多新思路、新做法在全国铁路工程建设管理领域都具有开创性意义。有了这些制度办法，安质部以施工监理企业半年度"标准化绩效考评""信用评价"、季度"激励约束"考核为抓手,不断完善公平、公正、透明的拉林铁路考核评价管理体系。

把制度挺在前面,以制度来规范工程的安全质量,何财基感到工作起来就有了抓手,就实在多了。何财基常常要求安质部的同志在公正考评考核中,既要唱红脸,又要唱白脸。唱红脸的时候,要"树榜样,用典型引路",善于用典型激励行为;唱白脸的时候,要"促后进,以红牌为戒",严格用制度约束行为。

2015年6月30日拉林铁路全线开工,安质部"唱红脸",评选出一批标准化项目指挥部、标准化监理站、标准化作业队和标准化工地。以典型样板引路,有序开展样板工程质量活动竞赛、观摩活动,在全线树立隧道、桥梁、路基及防护工程样板示范段和样板示范工程。通过样板示范工程,明确施工工艺和质量保证措施,强化过程质量控制管理,制定精品线建设标准,努力把拉林铁路建成世界一流水平的高原铁路。

同时安质部也敢于"唱白脸"。开工当年,安质部对全线14个施工标段、13个监理标段、2个第三方检测单位检查并落实整改安全质量问题1285条,记录较大不良行为1起,一般不良行为25起;处罚红牌1张,黄牌26张,白牌14张;扣减施工单位项目经理安全质量风险抵押金11.36万元,扣减总监理工程师安全质量风险抵押金5.76万元;记录监理人员诚信档案7人次。通过激励与约束并重的管理方法,推进安全质量管理,确保全年无安全、质量事故发生。

有的施工单位为了抢进度,急于争先进场。为高标准高起点又好又快建设拉林铁路,安质部又出台了《重点控制性工程、单位工程开工条件核准管理办法》,从人员准备、工装配备、技术方案、隧道洞口防护、大临工程及实验室、拌和站、砼配合比等关键要素严格核准开工条件，条件不满足，不准开工。

有一个施工单位指挥长是第一次干铁路工程，经验不足，总想简化工序，早点儿进入实体工程施工。施工方案几次报到总指安质部，何财基用开工条件核准一卡，达不到开工条件，就是不批。

这位指挥长急了，专门跑到总指挥部向王建盛指挥长告了何财基一状，说何财基是阻碍工程推进的"绊脚石"。王总了解情况之后，做通这位指挥长的工作，欣慰地说："您说的何财基这个'绊脚石'，我看其实是拉林铁路安全质量的'守护神'哩！"

拉林铁路全线开工不久，在一次例行的安全检查中，何财基来到一处临建工地，发现本应热火朝天的工地上竟然冷冷清清，他一下子火了。对一项新建工程来说，临建是最容易干的活儿了，还远远没到工程啃"硬骨头"的时候，怎么就没人干活了？他立刻找来施工负责人，本想要严厉问责，谁知道施工负责人也是一副无精打采的样儿。

"你们这是怎么回事？干活的人呢？"

"从昨天开始，接连躺倒了好几个，病了。"

"什么病？"

"头疼，浑身没劲儿，吃不下饭。"

"你这无精打采的样子，是不是也病了？"

"我倒还好，这不还在工地上呢嘛！"

何财基这才意识到他们不是病了，而是出现了高原反应。这可是青藏高原啊！想想自己刚上高原的时候，不也有过这样的高原反应吗？他知道这样的滋味很难受。

从临建工地回来，何财基组织对全线参建单位做了一个调研，了解到许多单位都由于高原反应导致施工队伍缺员、减员，即使在岗的也不能出满勤、干满点。这个现象让何财基警觉起来，他意识到高原施工人员的因素才是第一要素，如果施工人员连自己的人身安全都无法保证，还怎么去保证施工安全和质量？于是，何财基将安质部全面把好人员素质、源头质量、工序合格、质量互控、全风险控制等五大安全质量关口中，将人员素质关放在第一位。要求各参建单位要选拔高素质人员上高原，注重政治素质高、工作业绩好、技术技能精、责任心强等方面的要求。对上到高原来的同志，要强化人员安全知识的宣传培训，第一课就是高原保健知识和工作生活须知。有人跟何财基打趣说："何部长抓高原保健，安质部是不是应当改名保健部了。"

何财基说："没错，抓安全质量，就是为工程保健，人的安全质量始终是第一位的。人的安全有保证了，个人素质提高了，工程安全、质量才能有保证。"

根据拉林总指安全管理办法，何财基要求各参建单位根据施工进展和高原施工的特点，阶段性、针对性地开展职工安全技术教育活动，安全技术教育应深入作业层操作人员。工地要建立醒目的安全知识教育宣传栏，开办项目职工夜校，组织参建人员系统学习安全专业知识和安全技术，强化安全生产发展观念，提升参建全员安全素质，营造"人人讲安全、人人懂安全、人人保安全"的施工文化氛围。对上岗人员要进行岗前培训和换岗轮训，让操作工人熟悉安全操作规程。施工中坚持三级技术交底全覆盖至作业层操作人员，确保从工程管理层到施工作业层都能理解、熟知施工技术方案和安全风险，确保安全施工。

在严把人员素质关的同时，何财基要求参建单位还要严把源头质量关，就是抓质量从源头抓起，工程材料抓采购进货源头的质量，对原材料质量、混凝土质量、路基填筑质量等现场质量强化控制，结合原材料和实体质量抽检结果，加大质量追溯的深度和问题处理的力度；将龙门吊、架桥机、三臂凿岩台车、机械湿喷手、起重吊运机械、水上运输设备、具有截断、强制搅拌功能设备等从选型质量的源头开始，纳入大型机械设备管理；施工方案和安全技术方案从编制和专家论证的源头抓质量，施工计划变更抓设计源头的质量等等，哪个方面源头出了问题，都要追根溯源，严查到底。

严把工序合格关，就是每道工序都要坚持高质量、高标准，在工序转换前对完成工序按施工方案进行验收，上道工序未经验收合格，禁止进入下道工序。不合格不达质量标准的立刻整改。

严把质量互控关，就是安全质量不但要参建单位自监自控，还要建设、设计、施工、监理各单位互监互控，相互监督制约，共同维护安全质量。

严把安全风险控制关，就是要对拉林铁路重难点工程超前研判，提前梳理高地温、风积沙、高地应力、大变形、岩爆风险工点和段落，及时会同设计单位、施工单位超前研判工程环境、水文、地质条件，进一步优化，编制专项施工方案；对施工风险进行专家评估，按施工计划梳理风险台账，设置建设、施工、监理、设计单位四方人员挂牌监督的风险公示牌，每季度梳理重要风险，研究风险对策，对施工风险点、风险环节重点控制，对可能出现的施工风险做到可控、可治、可消除。

有了这五大关口的层层把控、严防死守，拉林铁路安全质量就落到了实处。

何财基每个月有一半多的时间都在现场。这天，他不跟下面施工单位的指挥长打招呼，直接到一座隧道工地进行暗访，果然发现这座隧道掌子面的围岩地质已经发生变化，而施工作业没有及时变更工法，存在台阶法开挖的台阶高度控制不到位、一次开挖进尺过大等不符合规范要求的情况。按照规定当然要列为安全质量不良行为1次，要给负责该隧道施工的项目分部经理、技术负责人、施工负责人、架子队长等相关人员分别给予红黄牌警告。

对要不要给施工单位指挥长黄牌甚至红牌警告，安质部的同志却有了不同意见，该指挥长也主动申诉说明情况，表示这个板子不能打在他的身上。他的理由是：他的前任、该指挥部指挥长已经调离，他这个指挥长才刚刚接任三天，就出了这样的事，责任不能由他来承担。他也主动表示一定引以为戒，吸取教训，坚决抓好整改工作。

指挥长的态度是诚恳的，整改也是积极的，板子还要不要打在他身上？何财基的态度非常坚决：凡是安全质量出了问题，板子首先就应该打在指挥长的身上。别说他已经上任三天，就是只上任一天，也要对工程的安全质量负责24小时。既然是个教训，不疼不痒，怎么能记取得更牢更深刻！

在何财基部长的坚持下，结果板子还是打在这位刚上任三天的指挥长身上。事情过后将近1年了，这个指挥长还记着何财基部长这一板子的疼。有次到总指开会，会后这位指挥长特意到何财基部长办公室跟他掏心窝子地说："幸好我刚上任的时候你打了我一板子，我还得感谢您呢！"

何财基不解其意，问："您什么意思？正话还是反话？还记仇是不是？"

"不不不，绝对不是这个意思。我是说当初我刚到高原，您那一板子只是让我疼了一下，给我一个警醒。要不然，后来如果还按部就班地按内地的一套方法施工管理，恐怕真要伤筋动骨、流血牺牲呢！"

"哈哈哈！"两个人一齐大笑起来。

何财基笑着说："我如果不把安全质量的责任和压力层层传

导下去，光靠我们总指安质部这几个人，就是人人三头六臂，也抓不过来呀！"

2016年上半年，拉林铁路全线桥梁墩身施工进入高峰期，争取在汛期前完成桥梁墩身施工。真是"萝卜快了不洗泥"，在一次工地例行检查中，何财基发现一个施工单位为了抢工期，一座特大桥的一个桥墩未按安全质量标准进行"砼包裹养护"，何财基当即给该单位指挥长记录"不良行为"1次，要求立即整改。

这位指挥长心里很不服气，认为何部长太过严厉，他"有理有据"地跟何财基强辩说："又不是冬天怕冻裂，现在包裹养护是多余。再说桥墩都符合质量标准，只不过是养护问题，何必小题大做，不至于要给指挥长记录'不良行为'吧？"指挥长还列举说："其他标段也有类似问题存在，我们跟您离得远，您是不是偏心眼儿？"

何财基没有生气，而是跟指挥长讲道理："这里可是青藏高原，风干物燥，早晚温差大，墩身的阴阳面同样存在明显较大温差。先期试验和施工实践已经证明，包裹养护是在高原特定气候条件下保证实体砼质量，避免出现砼龟裂和水分散失影响砼早期强度的最有效的手段。这可不是小问题。您省却一道包裹养护环节，却导致砼龟裂，影响桥墩砼体整体强度质量，那才是大问题。"

至于何财基存在不存在"偏心"，何财基跟这位指挥长约定，在全线指挥长现场观摩中，如果他发现哪个单位存在类似问题而没有受处罚，他何财基当场向指挥长道歉，并撤销其处罚。全线指挥长现场观摩，这位指挥长专门盯着桥墩包裹养护看，结果真没有不按总指要求做的，这位指挥长对何财基心服口服。

何财基就是这样把安全质量的责任担当传导到各单位指挥长身上，再层层传导到基层每个人身上，就是要让每个参建者都担当起拉林铁路的安全员、质量员的责任。总指最先成立安全生产委员会，由王建盛指挥长担任安委会主任。在何财基的督导下，全线设计、施工、监理单位都成立了拉林铁路安全委员会或安全生产领导小组，一把手承担安全管理第一责任人的职责，副职领导落实"一岗双责"，践行安全生产责任。拉林总指每年初与参建单位签订安全生产责任状，逐级落实各参建单位安全生产主体责任。

拉林铁路全线开工建设以来，在拉林总指的工作部署下，何财基带领安质部每年6月份组织拉林铁路全线开展安全生产月主题活动。针对高原施工实际，组织开展针对性较强的应急救援演练，让职工懂得安全逃生技能、安全设备设施的使用方法、应急救援指挥系统的正确启动和运行。根据阶段性施工安全需要，组织春融复工、防洪防汛、火工品管理、桥梁及防护工程安全专项检查10余次，平均每个季度都有一次安全质量主题的专项检查与整治活动。全线建立安全质量隐患问题库4157条，各参建单位按要求落实整改，实现闭环管理，有效促进和提高了全线的安全质量管理水平。

说何财基部长抓安全质量往往小题大做的，还不只那位因为桥墩砼体没有包裹养护就受罚的指挥长，许多指挥长、项目经理等凡是挨过何财基处罚的都这么说。

何财基却说："安全质量哪个是小题？哪里有小题？只有大题大做。"

2017年3月21日，嘎达隧道进口发生了一点小小的坍塌事件，既没有造成人员伤亡，也没有任何设备损失，况且这座隧道也不是关键控制性工程，施工单位认为坍塌的原因并没有人为因素，而是因为地质条件突变引起的小塌方，这在隧道施工中当然是常常遇到的一般性问题，组织建设、设计、施工、监理四方办个设计变更处理就好了。

但是坍塌事件报到总指安质部何财基部长手上，他又较了真儿，没有立刻组织参建四方开会办设计变更，而是亲自到嘎达隧道来查看坍塌现场。施工负责人说现场危险，拦都拦不住何部长。

　　果然，何财基在现场发现了施工单位有偷工减料现象和不按设计规范施作支护的问题，这才是造成坍塌的主要原因，反映出塌方事件背后隐藏着严重的管理问题。在掌握现场第一手情况后，何财基向总指领导做详细汇报，建议将安全事件升级为安全事故处理，得到总指领导批准。在随即召开的坍塌事件扩大分析会上，责任施工单位的指挥长和责任监理单位总监作了深刻检查，从坍塌事件举一反三，剖析施工管理存在的问题。参会的其他单位指挥长、总工程师、安全总监谈警醒体会。总指领导还约谈施工、监理单位的集团公司分管领导，要求驻点组织整改，记录施工、监理单位较大不良行为，清退违规监理单位总监和施工劳务队伍。安全事件升级为安全事故严肃处理，让全线各级管理人员都吸取了教训，此类事件再也没有发生。

　　因为西藏特殊的地理地质条件，适合开采天然山体岩石的碎石场很少，而雅江河谷却遍布鹅卵石。参建单位几乎都倾向于混凝土施工中粗骨料就地取材，直接采用雅江河谷的鹅卵石，取材方便，运输距离短，成本低，也符合砼体的国家标准。

　　这又是"小事"一桩，既不违反国家标准，又符合单位利益，安质部完全可以不必"干涉"太多。

　　可是何财基偏偏又要较这个真儿。他搬出《铁路混凝土工程施工质量验收标准》跟大家说："你们所说的国家标准只是泛用于一般建筑物的砼体粗骨料标准，我们有专业标准，就应采用更为严格的专业标准。"他指出，《铁路混凝土工程施工质量验收标准》明确规定："C40以上砼必须采用天然洁净山体碎石，C40以下砼有抗拉抗疲劳砼必须采用天然洁净山体碎石。"

在这事关"百年大计"拉林铁路实体工程质量的关口，何财基作为安质部部长，力排众议，坚持原则，根据铁路混凝土工程施工质量验收标准，制订了"拉林铁路砼粗骨料适用范围"，明确C40以上砼必须采用天然洁净山体碎石，C40以下砼采用鹅卵石破碎的粗骨料必须满足强度等14项技术指标的强制性要求。凡是不符合这一强制性要求的，一律作为质量不合格论处，不予验收。

转眼间，何财基已经离家三年整。三年来，眼看着拉林铁路在建设者的手中从无到有、从小到大，高标准、高质量地一天天在雪域高原上不断向前延伸、再延伸。三年了，何财基和建设者可以无愧地对着雪域高原大声地说："我奉献、我骄傲、我自豪！"一起分享那份胜利的快乐！然而，每到夜深人静他一个人独处的时候，谁又能知道他深深藏在内心里的那份苦和痛？三年来，他在老父亲病榻之前愧为子，在好女儿成长之中难为父，在贤爱妻顾家之时羞为夫，可是在高原风沙雪暴面前、在工程地质灾害面前、在拉林铁路建设者的眼里，何财基名副其实是个好样的！三年里，何财基含泪送走病逝的父亲，只能通过视频表达对妻子和女儿的思念之情，转眼又换了个人似的生龙活虎般投入到拉林铁路建设中去。人生要有大作为，从来忠孝难两全。这就是何财基和他的同事们无怨无悔的选择，这就是他们写在青藏高原拉林铁路上对祖国和人民大写的忠诚。

拉林隧道的"三剑客"

拉林铁路所处的青藏高原东南部地段平均高程为海拔3564米，最高高程可达海拔5438米，相对高差1890米。在高低落差如此巨大的地段修建铁路，最捷径的办法就是逢山开洞、遇水架桥。因此，拉林铁路新建正线长度404公里，其中47座隧道总长就达216公里之多，占线路总长度一半以上。相当于在青藏高原修建了一条200多公里长的地铁，比国内多数大中城市现有地铁总长度还要长。

按说，中国现在已经由铁道工程大国成为铁道工程强国，铁路桥隧工程最不缺的就是世界纪录。然而，拉林铁路隧道工程面临的高原难题和困境，还是超出许多平原想象！

拉林铁路从拉萨河流域穿过嘎拉山隧道之后，就进入到雅鲁藏布江流域，然后16次跨过雅江，在两岸喜马拉雅山脉、念青唐古拉山脉和冈底斯山脉之间的崇山峻岭之间一路向东穿行。所经之处空气密度小、气压低、温差大、严寒、缺氧、紫外线强、植被稀少、生态脆弱，工程地质条件复杂，隧道不良地质地段多。有岩爆的隧道20座，总长125.737公里，其中强烈岩爆地段长14.8公里、中等岩爆地段长72.3公里；有围岩大变形的隧道共8座，总长16.1公里，其中严重变形段长3公里，中等变形段长6.8公里；有高地温的隧道10座，总长30.19公里；有6座隧道洞身穿越冰碛富水层总长2475米，隧洞易发突水突泥等施工灾害，有7座隧道穿越较长段落的风积沙层地段，总长度750米……

一座座高难度、高风险、高危害的隧道像一个个拦路虎一般，虎视眈眈地拦阻在拉林铁路建设者面前。然而，拉林铁路建设总指挥部王建盛指挥长却十分自信地说："翻开看看我国铁道桥隧工程建造史，可曾有过打不通的隧道、架不了的大桥吗？这就叫'高难险更有高手在，拦路虎偏遇降虎人'。"

王建盛指挥长所说拉林铁路的高手降虎人，就是总指挥部隧道工程专家、高级工程师李安平、肖丙辰、余朝阳，李安平主要负责隧道施工现场，肖丙辰主要负责隧道施工计划、进度考核和变更设计，余朝阳主要负责隧道施工安全质量。大家称他们三个人互相配合，是拉林铁路隧道施工不可多得的"三剑客"。

李安平是铁路老工程，也是老功臣了！他干铁路隧道工程已经30多年，干过的长大重难点隧道也有数十座，像全长20多公里的兰新铁路乌鞘岭隧道、西南铁路全长12公里多的双线电气化东秦岭隧道、湿陷性黄土的西延铁路宝塔山隧道等，其难度、长度在当年国内也都是数一数二的。

上拉林铁路那年李安平已经55岁了，到了企业退居二线的年龄线。王建盛指挥长考虑到他的年纪和身体状况不适宜上高原，本来就没考虑把他列入上拉林铁路人员名单。李安平知道以后，三番五次地找王建盛指挥长，拍着胸脯坚决要求上高原。他诚恳地跟指挥长说："我干了一辈子铁路隧道工程，对我来说，拉林铁路隧道才更具有挑战性。您就让我去吧，让我的隧道人生在拉林铁路画上一个圆满的句号！"

原来他事先做过功课，了解到拉林铁路将面临着风积沙、强岩爆、高地温、冰碛层、大变形等严重地质灾害隧道，有人听到这些地质灾害就直摇头，听说李安平不服气要去拉林铁路，还劝他别去，去了一定会后悔的。"隧道专家"的一世英名千万别毁于雅江河畔。

李安平偏不这么看，他认为这是一次挑战。成功了，往大了说是为建设拉林铁路、造福藏区人民作贡献；往小了说是给自己的隧道人生再添一笔夺目的光彩。

"如果不成功，失败了呢？"朋友提醒李安平。

"在我的词典里，也是在中国铁路隧道建筑史的词典里，从来就没有'失败'这个词！不信你翻翻看。"李安平笑了，笑得很自信。难怪有人称他是拉林铁路上的一把"屠龙剑"，隧道里什么样的"恶龙"遇到他这把利剑，都将化为乌有。

李安平来到拉林铁路建设总指挥部担任安质部副部长，干的却还是他的老本行——隧道工程。

李安平最先接触到拉林铁路隧道，是从图纸上开始的。嘎拉山隧道、藏嘎隧道、巴玉隧道、桑珠岭隧道、藏日拉隧道、安拉隧道、江米拉隧道、达嘎拉隧道、奔中山隧道、岗木拉山隧道、米林隧道、卓木隧道等全线12个存在严重地质灾害的隧道设计图摆在李安平的面前，他逐个逐段地反复梳理、计算、复核数据，审查施工方案。果然李安平经验老到，慧眼识珠，对嘎拉山隧道、米林隧道和藏噶隧道的施工方案提出异议，修改了施工方案，建议增加辅助坑道、单车道改为双车道等措施，弥补了设计上的缺陷。

设计院负责隧道设计的技术人员看到李安平的建议修改方案，虽然感到他的修改有道理，但是他们的设计是按照初步设计批复意见要求做的，这样的修改恐怕总公司工管中心施工图审查不好通过。

李安平说："隧道设计固然要对上级负责，对总公司工管中心负责，但更要对实际负责，对科学负责。修改意见是我提的，要求你们修改图纸也是我做的，有问题追究责任，我来负责。"

修改方案报上去审批，修改部分顺利通过。总公司工管中心认为施工方案的修改部分更加完善了初步设计，更符合隧道地质实际，更有利于施工，对此特意表扬了设计院。当设计院的同志向李安平转达了总公司提出的表扬时，李安平却把功劳推给设计院说："还是你们的设计做得好！"

位于雅江桑加峡谷的巴玉隧道，全长13073米，岩爆区段竟然长达12242米，占隧道总长的94%。作为拉林铁路重点控制性工程，巴玉隧道先于全线开工半年时间，于2014年12月提前开工。

巴玉隧道施工方案已经审定，中铁十二局拉林铁路工程指挥部的施工队伍也报告全部进场，岩爆区段在隧道里面的较大埋深处，进出口最前面的几百米区段还不会有岩爆发生，按说施工开始应当很顺利。可是，李安平检查线路施工，几次从巴玉隧道出口对岸路过，都没看到开工的迹象。

拉林铁路全线都顺利开工了，巴玉隧道先期开工的反倒还没任何动静，到底怎么回事？遇到了什么问题？莫非还没进洞就施工受阻了？什么原因受阻？

这天，李安平带着一连串的问号，专程来到承建巴玉隧道的中铁十二局拉林铁路工程指挥部，还没开始问责，指挥长就大倒苦经。

原来巴玉隧道出口施工受阻有因。巴玉隧道出口在雅江桑加峡谷藏木水电站库区岸边的悬崖上，库区水深120米，相距水电大坝也只有300多米。从公路根本无法到达隧道出口位置，如果按通常做法修建施工便道，施工爆破会直接影响到大坝与库区安全，水电站根本不允许。隧道出口的一点施工材料也是用船从库区水面运到悬崖边上，靠人肩扛背驮一点点送到洞口位置，施工机械根本上不来。中铁十二局指挥部多次与水电站协调借电站的施工便道到洞口，都没有结果，致使巴玉隧道出口施工工期已经滞后好几个月，看来还得继续拖延下去，指挥长急得火急火燎。

了解到这一情况，李安平和指挥长一起研究了隧道施工进入方案，两个人带着技术人员又爬到库区悬崖之上实地踏勘。通过索桥、长隧道、中隧道方案比选后，一个成熟的方案在共同磨合中形成了。那就是：明道不通，且修暗道。在与大坝相接的山体上另打一条900多米的隧道，绕过大坝，直抵隧道出口，虽然增加了施工难度和工作量，但是这样不会对大坝造成影响，又能尽快开工。

这一方案在铁路总公司、西藏自治区、水规总院及华能公司的支持与协调下，经多轮水电、铁路等行业的专家论证，方案最终获得通过。中铁十二局的施工队伍早就憋着一股劲，仅用50天就打通900多米交通隧道，施工设备机械运抵巴玉隧道出口，此时距施工单位初次进场时间已过去一年，这年的五一、国庆节、春节，李安平都在为巴玉隧道出口交通方案的解决而奔忙。

都说万事开头难。只要此头一开，就万夫莫挡了。巴玉隧道出口施工开始往前推进。

二衬仰拱是隧道结构的基础。它一方面要将隧道上部的地层压力通过隧道边墙结构或将路面上的荷载有效地传递到地下，而且还有效地抵抗隧道下部地层传来的反力。为此仰拱的受力状态比较复杂，在施作隧道仰拱结构时必须精细，一定要符合规范和设计要求，否则很容易出现隧道结构失稳、路面沉降开裂、翻浆冒泥等病害，这将后患无穷。

李安平检查隧道仰拱施作中，发现大部分隧道施工二衬仰拱时，每次仰拱施作长度都不超过3米。由于仰拱施作长度小，进度慢，跟不上前面开挖工序，为了满足步距要求，前面的工序不得不停下来等待仰拱施作，严重影响到工程进度。同时，由于二衬仰拱分节太多，造成结构施工缝过多，不但影响施工进度，更重要的是严重削弱了结构的整体性，增加了渗漏水的可能。有没有更好更快的办法呢？

李安平带着这个问题，查阅了有关技术资料和仰拱施作规范文件，也到多个隧道实地查看仰拱施作工序，他找到了解决问题的正确方法。于是，他把施工单位指挥长和隧道仰拱施作负责人找来，要求他们加快仰拱施作进度，把现在每次不超过3米改为每次12米。指挥长搬出规范文件，还以铁路总公司设在青藏公司的质检站也有要求为理由，直言拒绝改3米仰拱施作为12米仰拱施作。双方为此争吵起来。

"我是甲方，根据施工现场实际，有权要求你们更改施工工法!"

"我是施工负责人,我是听你建设单位的意见,还是听你上级总公司质检站的意见?我是按文件规范施工,还是听你的口头意见乱改?"

双方一时谁也不服谁,"官司"打到上面,总公司青藏质检站和国家铁路局兰州监管局都派人来到拉林铁路现场"断"这场官司来了。

李安平先和质检站的来人谈了40分钟。前20分钟双方据理力争,其实是"吵"了20分钟。李安平拿过质检站带来的隧道仰拱施作的规范性文件逐条对照,结果并没有明文规定二衬仰拱必须按3米来施作的要求。

李安平的理由听起来似乎更充分一些:每次按12米来施作仰拱,一是可以减少仰拱接头,渗水点少;二是仰拱整体性好;三是加快施作进度,前面的工序不用停下来等待仰拱施作。最重要的一点是12米施作可以引入自行式仰拱栈桥作业,提高质量,加快施工进度。

双方"大吵"了20分钟之后,就只听到李安平一个人在说,施工方和质检站的同志在静静地听。李安平足足说了10分钟之后,最后的10分钟,就是双方一问一答,气氛友好地相互共同探讨了。

国家铁路局兰州监管局的同志听取了双方意见,也表示支持李安平的12米施作方案。经过进一步的试点试验,终于在拉林铁路全线隧道仰拱施作都采用12米方案和自行式仰拱栈桥作业,既保证了质量,又加快了进度。与此同时,李安平要求仰拱开挖尽量采用光面爆破技术开挖,使仰拱基本成型,基坑几何尺寸一定要符合设计文件要求。

事后,有当事人跟李安平说:"俗话说'萝卜快了不洗泥',您倒好,既要求快,还要求高,也太难为我们了,是不是?"

李安平笑笑说:"萝卜是萝卜,泥是泥。不管萝卜卖得快与慢,泥都是要洗的。您说呢?泥洗得净了,卖的速度又快了,又好又快不是更好吗?"

隧道设计指标,5级围岩每月掘进40米,4级围岩60米。按照这样的进度要求,拉林铁路许多长大隧道用长度除以进度,满打满算到建成通车的最后期限也难以完成。这成了令建设和施工单位头痛的一个问题。李安平也为此动了许多脑筋,那段时间,他几乎天天蹲守在加查县至朗县之间几座属于5级围岩的千枚岩炭质大变形隧道内调研,和施工人员一道在掌子面跟班作业,研究如何改进隧道爆破掘进工法。

打炮眼就像下围棋一样,一次爆破作业上百个炮眼排兵布阵很有讲究,哪些炮眼攻周边外围,哪些炮眼掏槽挖心,哪些炮眼打底板基坑,炮眼的不同位置、不同角度、不同深度、不同装药量,爆破时起到的作用也都不相同。布眼好了,就能准确控制隧道爆破掘进的方向、面积、进尺。根据围岩不同结合隧道内监控量测结果,合理确定循环进尺、施工步距,李安平掌握到一套加快掘进的办法。他跟工程部负责人谈了自己的想法,争取在5级及4级围岩隧道内将每月掘进进度分别提高到60米及90米。

"这怎么可能?书本上的隧道施工规范、拉林铁路隧道设计要求都没有这么快的进度。你这不是盲目蛮干吗?"

"不是盲目蛮干,我有具体办法和跟进措施,可以试试看。"李安平汇报了他的想法,没有把话说得太满,还是留点余地。

"这样不违反施工规范吗?"

"一点儿都没有违反规范。我们不唯上,不唯书,只唯实,这样只是更符合实际了。"

"那就试试看。"工程部负责人同意了,先在中铁二局承建的板岩、千枚岩隧道地层试试看李安平的办法到底灵不灵。

按照李安平的办法，试验性掘进在东嘎山、热当、朗镇一号等隧道开始了试点。这些隧道围岩为5级或4级，属于炭质千枚、炭质岩板岩地层，这两种围岩都属于比较难掘进的地层，施工中易产生软岩大变形。李安平要求施工作业队将隧道台阶法掘进的台阶长度调整长一些，掌子面开挖断面比设计图再高一点，这样有利于设备操作。根据围岩岩性与产状，合理调整开挖进尺，同时加强施工组织、对循环时间进行记录、分析、考核。采取这些措施之后，果然大大加快掘进进度，原来每月掘进40～50米，提高到60～90米，东嘎山隧道曾单口最高月开挖进尺达到115米。难怪有人送给李安平一个"隧道掘进的魔法师"称号。

按照李安平的方法试验进行了一个月，工程部负责人专程来到现场询问中铁二局拉林铁路工程指挥部总工程师："李安平定的指标完成没有？"

总工程师说："他4级围岩要求达到的指标不是高了，而是低了，他的指标是90米，实际都已经超过，接近100米了。"

按照这个进度掘进，全线重点控制工程藏日拉隧道预计工期可提前一年半，为在朗县增设一个制梁场、全线提前架梁铺轨争取了时间。

香嘎山隧道位于贡嘎县，长度仅2400米，同样遇到软弱围岩大变形，一个月每个施工作业口只能艰难掘进二三十米，严重影响到工期进展。由于距铺架起点很近，该隧道已由非重点工程变为控制工期工程。李安平现场调研之后，发现隧道施工按照三台阶工法，每个台阶都严重变形。他果断要求改为两台阶工法，减少薄弱环节，增加超前支护措施，同时增加系统锚杆长度，有效控制了变形与拆换返工，每个月两个口的掘进长度之和控制在120多米，最多达到138米，终于把耽误了的工期抢了回来。

地表水有规律可循，那就是水往低处流。所有的地表水系都明显表露在地面，以分水岭为界，就可将不同水系区分开来。

地下水就毫无规律可循。有句话说，山有多高，水有多高，多高的山上人家，也自有山水滋润。打隧道的体会更深了，明明是干旱地区，可是隧道里不知道从哪里会突然冒出水来，突然涌水是隧道施工的大敌，令人防不胜防。

2017年7月，嘎拉山隧道两端掘进中突然大量涌水，隧道进口端每小时涌水量1000多立方米，出口端每小时涌水量400多立方米，进口端涌水导致洞体塌方，施工不得不停下来排水，出口由于富水，施工进尺也很缓慢，这样下去嘎拉山隧道工期肯定不保了。而嘎拉山隧道是拉林铁路第一隧，制梁场在嘎拉山隧道进口一侧，全线架桥铺轨的梁体、轨排必须从嘎拉山隧道通过，如果嘎拉山隧道不按时打通，将影响到全线架桥铺轨，进而影响到拉林铁路全线能不能按期建成通车。

事关重大。李安平了解到这一情况，赶到现场一看，凭他多年隧道施工的经验看，地下水无常，这水不知道从哪里流出，也不知道总量有多大，反正一时半会儿肯定是堵不住、又排不尽的。经工期测算，该隧道工期已滞后全线铺架工期1个月，为了不影响全线的铺架工期，他提出尽快从旁边另打一条隧洞绕过涌水点再到正洞，就可以继续隧道施工。眼下保工期要紧，涌水点的塌方待后期降水后再做处理。

一个多月后，李安平再次来到嘎拉山隧道查看施工进展情况，发现这一个多月施工单位一直在排水，根本没有研究绕行洞方案，隧道施工一寸未进。李安平一下子火冒三丈，叫来施工负责人斥责："为什么不打绕行洞继续施工？这样停了一个多月没进度，工期不是更加不保了吗？"

施工负责人强辩说："隧道正好处于地质断层破碎带，绕行洞绕不过涌水点，绕行洞也涌水怎么办？"

"你这是自己先设想出一条困难来吓唬自己。你根本就没打绕行洞，怎么知道绕不过去？再说了，即使绕不过去，绕行洞也出现涌水，至少能减少正洞涌水量，便于正洞处理涌水。"

施工负责人无话可说，只好说了实话：是设计院不同意绕行。

于是李安平把设计院的同志请来现场，察看了一个多月还没处理好涌水的现状，强调了绕行方案的理由。设计院的同志感到为难，更改设计需要报铁路总公司批准。

李安平又来气了，说："工期不能再耽误了，先绕行再说。县官不如现管，出了问题，我来负责；责任追究，我一个人承担。"

说着，李安平当即用手机向总指负责同志作了汇报，得到总指领导的支持，决定采用李安平的绕行方案，尽快绕行到涌水点另一侧正洞位置加快隧道施工。

目前，嘎拉山隧道绕行洞方案已顺利实施并取得了预期效果，为铺架的顺利实施扫除了第一个拦路虎。

李安平就是这么敢作敢当，他一个月能有25天都在工地现场，对重点隧道工程一遍遍地逐个查看，现场指导。施工单位的同志说，不管隧道施工遇到什么问题，只要看到李安平来了，心里就踏实多了。

都说拉林铁路隧道施工地质条件复杂，地质灾害频发，注定是一场场苦战、恶战。总指工程部副部长、高级工程师肖丙辰却不这么看。他说："苦战、恶战的对应之策是强攻、硬拼，这其实是下策。拉林铁路隧道之艰之险，往往需要巧战、智战取胜，这才是上策。"

肖丙辰身材高挑，有些清瘦，看上去文质彬彬的样子，给人一种有计有谋的智者印象，这恰恰与他的巧战、智战思维相一致。

上高原之前，肖丙辰在中铁五局一个高速公路项目担任总工程师，工作独当一面。2016年2月，中铁五局拉林铁路工程指挥部的领导推荐肖丙辰到总指工程部。他把这个消息告诉家人，听说他将要去的是青藏高原，遭到了全家人的坚决反对。

肖丙辰是父母最疼爱的小儿子，他们兄弟姐妹4个，父母就培养出他一个人上了大学，离开农村到央企单位工作。现在都当上项目总工程师了，大小也算是个领导，现有的岗位、待遇都不错，没必要去折腾。再去一个新单位从头干起，多难啊！父母不想让他去新单位，只想让他就在现在的央企单位好好干，安安稳稳一辈子，哪儿也别去。

妻子也不愿意他离家太远，更怕他高原反应，因为妻子听说高原反应会要人命的，在内地干得好好的，干吗要去青藏高原冒这个险？

肖丙辰可不是这么想的。他想人生就是应当迎接一个又一个新挑战。人往高处走，水往低处流。自己还年轻，怎么能没有一点追求？人生太顺风顺水就容易导致平庸。更何况拉林铁路建设要比平原高速公路复杂得多，更具有挑战性，自己正需要在更艰苦的环境中得到锻炼，学习更多东西。青藏高原，那可是一个年轻人成长进步的最大最大平台！

2016年3月，肖丙辰最终还是说服了父母和妻子支持他上青藏高原、去拉林铁路。临行前的晚上，一家人坐在一起聊了很久很久。

"给你说了那么多不让去，不让去，你一句都听不进。说到底，还是要到那么高、那么远的地方去。"

"妈，您放心。我是去工作，干几年，等拉林铁路修通了就回来了。到时候我们全家人一起坐着火车去西藏。"

"听说高原冰天雪地的，比咱们四川冷多了。你去就把我那件皮袄带上，我在家用不着。"

"爸，皮袄还是给您留着吧。我有羽绒服就够了。我还年轻，火力壮，没事儿的。"

"给，这个你带上。"妻子给肖丙辰一个大号的塑料饭盒。

"怎么，怕我饿着了，还给我带点好吃的？"肖丙辰打开饭盒一看，里面装的都是高原安、红景天、丹参滴丸一些高原常备药。这是妻子当天专门去药店买的。

"带上，上高原都用得着。"

"你怎么知道要带上这些？"

"上网查的呗。你以为就只有你懂高原啊？"

……

一家人就这样坐在一起说高原，议修路，谈亲情，聊了很多很多……这就是筑路人家！哪一个筑路人家不是这样聚少离多，哪一个筑路人家不是这样互相牵挂！

新事业、新挑战吸引着肖丙辰这样的筑路人心向高原，而他们在高原又同样吸引着全家人心系高原。亲人上高原是一种奉献，没上高原的家人，何尝不也是在奉献！

肖丙辰来到设在林芝市的拉林总指报到，先是在拉林铁路建设总指挥部工程部助勤。一年后，肖丙辰正式调入拉林铁路建设总指挥部，担任工程部副部长。当然这是后话。

来到总指，肖丙辰主动向工程部部长和总指领导请求，他还是干他的本专业：隧道工程。

说起来名正言顺，理由也充分，说得也很轻松，其实肖丙辰是主动拣了一副重担子挑。因为他知道拉林铁路建设工程，就数隧道工程任务最重、最艰巨。全线有47座隧道，总长216公里，长度占拉林铁路全线总长404公里的一半还多，而且风积沙、强岩爆、高地温、冰碛层、大变形等主要地质灾害都集中在长大隧道工程中。施工之难、任务之艰，可想而知。

好钢要用在刀刃上，好剑要用在关键时，调肖丙辰来拉林铁路的目的正是如此。肖丙辰的要求，正合领导心意。恰在这时，总指刚刚布置各施工单位按照2020年拉林铁路提前开通的目标，调整施工组织设计方案。于是，总指领导就将审核调整施工组织设计方案的任务交给了肖丙辰，据此来编制工期提前方案。

施工组织设计，通常简称施组，就是根据建设计划、设计文件、施工图纸和工程承包合同，施工单位要周密制订所承包的工程任务从开工到竣工交付使用所进行的计划、组织、控制等活动。这是工程施工开始前的必要、重要一步。施组是不是合理、经济、可行，关系到后续的施工是不是顺利。因此，施组是施工的重要关口。

三月桃花百里盛开，正是林芝最美季节。第一次来西藏的肖丙辰无闲暇也无心思去观赏雅江河谷的花海美景，一头扎进各个施工单位报来的调整施组报告堆里认真审读起来。看着看着，他发现仅仅审读施组报告文字，看不出各个隧道施工重点重在哪里、难点难在何处、调整调了什么。于是，肖丙辰带着调整施组审读中的问题下到现场，一条挨着一条隧道去查看施工的重点、难点。

有个单位的施工队伍见到负责审核调整施组的肖丙辰来到现场，施工负责人立刻安排专人负责接待肖丙辰。

"请抽烟！"

"不会！"

"晚上请您喝酒！"

"不会！"

"那？"

"我们去现场走走。"

肖丙辰说着就去工地检查施工现场情况。这位施工负责人想带他走马观花简单看看，走个形式就行了。可是施工单位越是这样，肖丙辰就越是较真儿。不让看的地方，偏看。不让去的地方，偏去。他说："要想知道梨子的味道，就得亲口尝尝。要攻克拉林铁路隧道施工的难题，达到2020年提前开通的目标，不到现场走走看看，亲身体验一下究竟难在何处，怎么能找到攻克的着力点和准确方向？"

检查中发现问题，调整施组没能一次通过，肖丙辰通知施工单位立刻整改。施工单位托人向肖丙辰来求情，说："您看看，我们开工这么长时间都是这么做的。您刚刚从施工单位调来总指，也是刚刚从乙方变成甲方，您就多理解理解我们乙方的难处。高抬贵手通过得了。"

肖丙辰很严肃地跟来说情的同志说："请你转告这个单位施工负责人，不管甲方、乙方，我们都同样是承担重大责任的一方，都是必须对国家负责的同一方。他们的施组不是做给我看、做给总指看的，而是将来要按照这个施组自己去做的。我不过是替他们把把关而已。这个关我不把好，将来为难的是他们自己！"

肖丙辰在严把施组审核关的同时，也耐心地给施工单位指出哪里需要改进，哪里需要加强，帮助施工单位完善调整施组设计。果然，这个施工单位在后来的施工中尝到了甜头，体会到了肖丙辰审核严格的好处。再见到肖丙辰下工地来，直拍肖丙辰的肩膀又是道谢，又是道歉，一时不知道说什么好了。

肖丙辰还主动走访西藏自治区政府有关部门，听取他们的意见，结合拉林铁路现场实际情况，多次组织专题研究，编制完成了2020年提前铺通和2020年提前开通方案，为领导决策提供了依据。

拉林铁路所处区域位置地质条件非常复杂，许多长大隧道高达数千米的埋深，即使精密勘探，也不可能完全掌握地质变化情况。因此，拉林铁路许多长大隧道都采取动态设计，也就是通过选点勘探来推断地质情况进行隧道设计。当隧道开挖之后，围岩发生了变化，实际状况与预先设计推断不一致，还采用原来设计的工法施工就不行了，这就需要根据实际变更设计，变换工法。

拉林铁路桥隧工程中几乎所有的变更设计，都要经肖丙辰之手操作、计算、审核、把关。肖丙辰体会到，每一个更改，都是对拉林铁路设计的完善。只有善于变通，才是以巧取胜之道。

拉林铁路巴玉隧道位于雅鲁藏布江桑加峡谷藏木水电站库区的喜马拉雅山脉一侧。为了保护库区水环境不受施工影响，隧道设计不能在库区上增加横洞掘进，而是在与正洞平行的位置再开挖一条平导隧道。由于平导洞工序少、断面小、开挖快，平导洞开挖到一定长度后，再横向开挖到正洞位置，开辟新的正洞作业面，加快正洞掘进进度。就这样，正洞全长13073米的巴玉隧道，进出口的平导洞设计了8000米。即使如此，巴玉隧道的施工进度还是因为作业面的限制而受影响，如果不变更设计，延长平导洞再增加正洞作业面，将会使拉林铁路的工期受到影响。

施工单位请求变更设计的报告送到肖丙辰手里，他很快来到巴玉隧道施工现场。巴玉隧道施工已经掘进到强岩爆地段，肖丙辰穿上防爆服、戴上钢盔进到隧道深处，和施工单位的同志一起梳理前期已经完成的工作量，计算剩余工作量，还考虑到强岩爆对工期的影响，反复核定计划工期和工作量。心里有数之后，肖丙辰再请来设计院的同志一道复核，根据巴玉隧道施工的特殊条件，作出了延长2000米平导洞的变更设计，为正洞掘进义开辟了新的作业面，赢得工期大有希望。

2016年的雨季，青藏高原的雨比往年要来得大一些。香嘎拉山此前叉尼泊尔地震影响而产生的地表裂缝受雨水侵蚀扩大，严重影响到拉林铁路香嘎山隧道。隧道初期支护发生变形，侵限达30多厘米。

肖丙辰接到施工单位报告，立刻赶到现场，经过灾情诊断，他提出先封闭地表裂缝，防止扩大发展，洞内增加临时横撑，反压回填。采取这些应急措施之后，洞内变形暂时止住了。肖丙辰随即联系拉林铁路的设计单位中铁第二勘察设计院的隧道专家，邀请他们前来香嘎山隧道一起研究隧道病害处理方案。他们巧妙地在隧道洞口增加一排抗滑桩，洞内加大工字钢支撑，加长锚杆，防止隧道继续变形。在洞外地表裂缝处的四周修截水沟，防止雨水继续沿着地缝向隧道洞内渗透。

香嘎拉山隧道的地质灾害终于得到有效治理，隧道施工又继续往前推进了。

肖丙辰积极参与风积沙、强岩爆、高地温、冰碛层、软弱围岩大变形等严重隧道地质灾害的科研攻关，着重参与解决了嘎拉山隧道进口风积沙变更方案、香嘎山隧道进口地表处治方案、拉则隧道地表处治方案、杰德秀二号隧道进口大变形处理方案、藏噶隧道一号大里程冰碛层方案优化、藏噶隧道出口穿越断层方案优化、巴玉隧道平导延长方案、令达拿隧道出口软岩大变形方案、巴杰若隧道进口软岩大变形方案、江木拉隧道辅助坑道优化、达嘎拉隧道新增斜井方案、岗木拉山隧道平导延长方案、岩爆段支护措施优化等较大技术方案问题。

拉林铁路的建设者就这样遇强则攻，遇难则变，灵活机智，多措并举，逐一化解施工难题，有的还是世界性工程难题，无不体现出拉林铁路建设者们非常高超的技能和无穷的智慧，一步步迈向拉林铁路大获全胜的彼岸！

当我们要去采访拉林铁路隧道"三剑客"之一、总指安质部负责隧道安全质量的高级工程师余朝阳时，却听说他由于连续数月在拉林铁路隧道群里过度奔波，终因高原反应、体力不支而患脑水肿被紧急送下山去救治。此刻，他正静静地躺在山下的医院病床上接受治疗。

高原反应是会要人命的！这也是许多人谈高色变，不敢上高原的主要原因。余朝阳因高原反应患脑水肿，能够及时得到救治还是令人欣慰的。虽然没有见到余朝阳当面采访有点遗憾，但是我们在拉林铁路还是听到许多关于余朝阳抓隧道安全质量的感人故事。

第一个小故事：一把尺子公平示人。

抓工程安全质量，是法治，还是人治？这是个问题，余朝阳积多年抓工程安全质量的工作经验是，靠制度管人管事，一把尺子公平示人，人服事平。靠人管人，谁服谁啊？即使口上服了，心里也还是不服。

有次余朝阳到一座隧道例行检查，发现二衬混凝土砼体质量强度不够，当即批评施工负责人，责令返工。这位负责人不服气，说："我干隧道工程也干了十几年了，以往都是这么干的，没听说有质量问题啊！"

余朝阳说："这里是青藏高原，气压低，混凝土砼体捣固和内地不一样，质量标准也不一样。"

这位施工负责人还是不服，坚持没错。于是余朝阳搬出《拉林铁路砼工程养护管理办法》给他，说："你不服，是吧？这里有标准、有要求，你自己对照看。我们明天再说。"

第二天，余朝阳从别的工地检查完再次来到这座隧道，发现这位施工负责人已经开始在返工了。

拉林铁路开工以来，安质部根据国家法律法规和铁路总公司相关规定，相继出台46份规范性文件，建立完善一系列安全质量管理办法和制度。安质部部长何财基介绍说："这些文件的出台，余朝阳做了大量工作。用他和安质部的同志一起精心打造的这把公平公正尺子，来衡量工程安全不安全、质量标准不标准，一目了然，不用废话。以此为标准来奖优罚劣，谁都服气。"

第二个小故事：做出个样子看看。

抓安全质量，并不意味着就是严管、多罚，有时候激励比处罚更重要，榜样比说教更有力。这是余朝阳抓安全质量的一个主导思想。

2017年6月25日，余朝阳来到中铁十七局拉林铁路五公司项目部承建的布喀木隧道检查安全质量，还没走到隧道洞口，远远地看到隧道洞门，他忽然眼前一亮，高原气压很低，把天上的云彩也压得很低很低，低到似乎伸手便可触摸到天空。只见一道薄雾轻纱般地从布喀木隧道进口轻轻地掠过，缥缈而上蓝天，然后幻化成一朵朵白云。布喀木隧道进口洞门就映衬在绿色葱茏的青山之间，隧道洞门深邃，好像是高原的眼睛，正深情地注视着雅江河谷的巨变。这该是一幅多么醒目而又引人入胜的美丽图画。

余朝阳和随行的中铁十七局拉林铁路工程指挥长王树成不约而同地掏出手机连连拍照，而后发在朋友圈里，立刻引来点赞无数，这是后话。

来到布喀木隧道进口洞门前，余朝阳并不急于换上工作服进洞，而是叫上王树成指挥长围着隧道洞口一连转了好几圈，还上到洞门顶上反复查看。看得负责施工的中铁十七局五公司项目部经理康艳军心里直打鼓：是不是看出什么问题来了？哪儿又做得不对了？我们一定整改！

康艳军的担心不是没有道理的。布喀木隧道进口洞门所在山体地形复杂，洞门施作条件极差，因此，这个洞门施作是余朝阳抓的一个重点。如果说隧道掘进是里子工程，那么洞门施作就是一个面子工程。这段时间以来，余朝阳与设计单位的同志，会同王树成指挥长、康艳军经理一起制定施工方案，精研施工工艺，精选模板等材料，具体指导现场施作。眼下洞门建成了，余部长就是来高标准验收，专门挑刺、找毛病来的。

等余朝阳从洞门顶上的山坡上走下来，王树成指挥长和康艳军经理拿出本和笔，等着记下余朝阳提出的批评意见，下一步好整改。谁知余朝阳脸上笑容可掬，高兴地说："行，王指挥长、小康经理，干得不错。就得这样做出个样子让大家都来看看。"

余朝阳将检查情况向总指领导作了汇报，将布喀木隧道进口洞门树为拉林铁路样板工程，组织全线施工、监理单位前来观摩学习。

总指安质部就是这样采取样板工程引路的方式，让大家学有榜样、干有目标、超有方向，从而全面提升工程质量管理水平。仅2017年上半年就通过10个拉林总指样板工程验收工点，供大家学习观摩。同时在拉林铁路全面推广隧道工程施工成套技术，现场6个工点已全面实施，3个工点作为全线学习观摩点。

第三个小故事：细节决定成败。

余朝阳在现场检查工作时，常常问大家这样一个问题："我们都知道安全有规范、质量有标准，都用同样的一把尺子比画、衡量，为什么有的干得好，有的却干得不尽如人意？"

"工程环境、条件不尽相同。"

"设备、机械、施工力量有强、有弱。"

"天时、地利跟人和没对上。"

……

余朝阳说："你们说得都有道理，但是这些都是客观因素。我觉得关键还在于细节。细节决定成败！"

细节决定成败！这正是余朝阳摆在床头每晚必读的一本励志的书名。他非常相信书中的一句话：许多时候，细节具有决定性的力量。细节往往因其"小"，而容易被人忽视，掉以轻心；因其"细"，也常常使人感到繁琐，不屑一顾。但就是这些小事和细节，往往是事物发展的关键和突破口，是关系成败的双刃剑。

因此，余朝阳在现场抓安全质量，既看关键重点，更加看重细节。

一座隧道二衬模板拆下来没有冲洗干净，余朝阳找来施工负责人狠批一通，说模板冲洗不干净会影响到下次使用砼体成型质量。

一处工地施工管材堆放不整齐，余朝阳找来施工负责人立刻重新整理，说材料堆放不整齐会造成材料变形，也会严重妨碍隧道应急使用。

甚至一次发现进入隧道施工人员工作服穿戴不整齐，他也会严肃批评，说重点儿，这样会直接影响到人身安全防护，说轻点儿，也影响到参建者的精神面貌和整体形象。

这就是余朝阳的责任心，抓细节体现在安全质量的精细管理上，目标要细化分解、要求要细化具体、责任要细化到人、措施要细化落实。在他的带动影响下，安质部以技术标准、管理标准和作业标准为重点，抓细节，促过程控制标准化，从细微之处全面提升工程质量。

稿子写作中，我们接到余朝阳已经康复出院，即将重返高原的消息。耀眼的三剑客终于又重新齐聚在雪域高原川藏铁路之上。我们默默地为他送上吉祥的祝福：扎西德勒！

一分钱掰成两半儿花的"大财神"

一个人手上如果掌握着360多亿元巨额资金，那么准能挤进福布斯去年中国富豪榜的前20名。如果放在10年前，甚至能排到前3名。这是美国财经杂志《福布斯》专门针对中国大陆地区制订的一个富豪排名榜单。

拉林铁路建设总指挥部计财部部长、国家一级建造师杨瞻梦，就是这样一位手握366亿元巨款，而且要求在7年时间内花完的"大财神"。

采访杨瞻梦，这位"大财神"却说："的确，这366亿巨款的每一笔，都将经我的手在7年之内花出去，但我却不是大财神。"

"那花钱的主儿，您不是，谁是？"

杨瞻梦没有正面回答，却将话题一转，问我们一个似乎不相干的问题："知道为什么别的新建铁路项目都由中国铁路总公司和地方企业共同组建一个合资公司来建设，而拉林铁路建设却叫总指挥部吗？"

"都是建设单位，不过叫法不一样，这有区别吗？"

"当然。近10多年来，中国铁路飞跃发展，新建成高速铁路2.2万多公里，比世界其他国家高速铁路总和还要长。在铁路快速发展时期，原铁道部下属建设单位最多达70多个，比运营单位多3倍多。铁道部改制为中国铁路总公司后，这些建设单位整合为30多个，全都采用铁路总公司与地方共同组建合资公司体制。只有设在西藏自治区内的建设单位称拉林铁路建设总指挥部。"

"青藏高原筑路面临严峻挑战，也将是一场艰苦激战，铁路半军事化，所以才设立总指挥部……"

"这都不是根本原因，根本原因还是因为西藏的铁路建设100%都是国家投资。为了全力支持西藏经济社会发展，拉林铁路建设投资366亿，由中央财政出资75%，另外25%从铁路建设基金出，所以才没有设合资公司。国家是唯一的投资主体，真正的'大财神'呢！我们是在为国家管好、用好、守护好这笔钱，要让每一分钱都能充分发挥最大效用，都能造福西藏各族人民。"

如此这般，一分钱怎能不掰成两半儿花！

一席话，让我们顿时感到集中在杨瞻梦身上高度的政治责任心和神圣的伟大使命感，真的好神圣、好伟大！

对一项工程来说，建设、设计、施工、监理单位往往视工程安全质量为生命，给予高度重视，为了确保工程安全质量，全员全程都参与其中。

其实工程上还有另一种安全质量具有同等重要，甚至更为重要的位置，却往往不为大多数人所知，更没有必要全员全程参与进来。这就是国家巨额投资的资金安全和使用质量。这就是杨瞻梦部长精心守护着的川藏铁路拉萨林芝段建设资金的安全和使用质量。

2015年年初上拉林，工程还在筹备中，各个施工点都还没有开工，国家先期投资已经到位。杨瞻梦走进中国农业银行林芝市支行王行长的办公室，两个人互相自我介绍之后，开始了下面的对话：

"非常欢迎杨部长的到来，也非常高兴你们的选择！选择中国农业银行，就是选择了安全、优质、高效、可靠的资金服务。"

"对农业银行的服务我们不怀疑，我们更加看重的是资金安全。这点还需要贵行给予支持配合。"

"请您放心，资金安全在我们农业银行没问题，百分之百地保证！"

"口说无凭，我们还需要签一个三方监管协议。"

"三方协议？我们与大客户合作都有现成的格式合同，什么三方协议，我们从来没有签过。"

"那就破一次例，我们与贵行和施工单位共同签一个协议，事先约法三章。"

"约法三章?"

"是的,为保证国家对拉林铁路投资资金的专款专用和资金安全,我们三方约定:一是确保拉林铁路建设资金的按期足额使用;二是防止大额资金流向拉林铁路建设之外用途;三是超过50万元资金外拨、超过5万元现金提取,必须同时具有拉林铁路建设总指挥部和贵行、施工单位指定负责人同时签字备案。"

经过三方多次协商,签订了拉林铁路建设总指挥部与农业银行、施工单位三方共同监管资金协议,从源头上保证了资金的安全。

王行长为杨瞻梦竖起了大拇指:"我们将竭诚为拉林铁路建设总指挥部提供全程资金服务,确保资金安全、工程顺利!让我们共同为拉林铁路早日建成通车,为西藏各族人民送来吉祥、安康而祝福!"

确保巨额建设资金安全,签了资金三方监管协议,成功引入外部监管机制还不够,更需要强化内部监管。杨瞻梦着力建立健全计财部内部管理各项基本制度,完善内部监管机制,确保资金安全、管理规范、使用合理,以有限的投资争取最大效益化。

在报告文学中描述这些制度的条条框框,未免枯燥。但正是这些条条框框,规范了拉林铁路建设资金的计划、申请、审核、拨付、使用、审计的各个环节,才使资金安全有了可靠的保证。拉林铁路开工至今,计财部没有发生任何一起资金错拨、漏拨、多拨、少拨等差错。施工、监理单位的同志说:拉林铁路工程得以顺利进行,总指计财部"保驾护航"的重要作用功不可没。

"花钱也要开源节流高质量。"为了保证每一笔国家建设资金的使用质量,拉林铁路开工之后,杨瞻梦一直在思考这个问题。

计财部负责拨付工程款给施工单位，但是工程计价是不是属实？计价有没有虚报、高报？拨出去的每一笔钱是不是都花在工程实处上了？这些都是让杨瞻梦好长时间坐立不安、一直揪心的问题。他知道，仅仅靠计财部的人手肯定管不过来。

于是，杨瞻梦还是"老办法"，其实是他创新的新机制，就是引入外部监管机制。他通过招标的方式，请来第三方审计机构，改事后审计为过程审计，让审计机构提前介入，在工程实施过程中每半年一次，对工程计价的真实性、合理性，对资金使用的规范性、安全性给予全面审计，依据总体施工组织设计，对照施工日志、监理日志和各种财务账册，结合工程完成量，对工程管理费、材料费、机械费、人工费等进行全面审核。施工、监理单位按照工程年度计划合同、计价，申请资金计划，对每一笔工程资金实时监控资金流向。凡是工程急需的款项，依法合规按时足额拨付，确保每一笔资金都用到拉林铁路的每一处工地上。

青藏高原高寒缺氧环境恶劣、拉林铁路严重地质灾害频频突发，这些现实困难靠科技创新、靠团结奋进，都可以克服。有一样困难却常常让施工单位的指挥长和项目经理们感到头痛为难，这就是资金困难。

为了保障高原施工顺利进行，施工单位在人员安全健康保障、施工难题科技攻关等方面要比平原地区施工增加更多更大的资金投入，因此拉林铁路建设的中后期，多数施工单位都会遇到资金紧张的难题，这个难题可不是靠宣传动员鼓动，或者加班加点日夜奋战就能克服的。

资金困难怎么办？当然是要找"大财神"计财部长杨瞻梦。

杨瞻梦其实早就预料到这点，建设资金的支付包括工程预付款，都必须依法合规按合同分期支付，既不能多付，也不能早付，解决施工单位资金困难，还得既要节流，更要开源，依靠施工单位自己解决，那就是先行垫资，这其实也是工程项目比较常见的做法，问题是如何鼓励施工单位主动垫资？杨瞻梦借鉴工程信用评价考核和安全质量红、黄牌管理制度，创新了工程资金绿牌管理制度。施工单位在拉林铁路建设中每垫资2000万元，给施工单位发一张绿牌，将绿牌管理纳入工程信用评价和红、黄牌管理考核中，与信用评价相关联，鼓励施工单位在拉林铁路建设中主动垫资，有效地解决了现场资金困局。截至2017年年底，拉林铁路施工单位共向拉林铁路垫资5.2亿元，计财部发放绿牌共26张，促进拉林铁路建设顺利推进。

桑加峡谷飞跨雅鲁藏布江的藏木特大桥，由于位置奇险、造型奇特、施工奇难，采用了许多新结构、新技术、新材料、新工艺，也因此创造了许多个世界和国内的工程之最，其单体造价超过了4.6亿，为拉林铁路最昂贵的大桥之一。

藏木特大桥由于采用多项新工艺、新材料，因此不等桥拱架起来，先期就需要3亿多资金。大桥主跨采用430米中承式钢管混凝土拱，为世界最大跨度铁路钢管混凝土拱桥，拱架为国内首次采用大跨度桥梁涂装耐候钢做拱肋。因此需要从南京购买特种耐候钢，通过铁路运到拉萨，再通过汽车运到林芝加工厂进行加工，加工好的节段拱再运到大桥上游拼装场进行拼装，然后用船从藏木水电站库区运到大桥下方，通过巨型索吊将每节重达数百吨的桥拱吊装上去。这个过程中需要大笔的购货款、加工费、拼装费、运输费、吊装费等，都由施工单位垫付，已经很困难了。施工单位由于垫款、欠款太多，已经难以为继，施工单位负责人实在没办法，硬着头皮到总指上门去找杨瞻梦。

可是，还不等施工单位负责人找上门，杨瞻梦却主动送上门来。

"杨部长您来了，我们正要去找您哪。"

"我就知道你们要找我，我这不就来了嘛，省得你们跑路了。"

杨瞻梦屁股在施工单位的指挥部没坐住，就要拉着施工单位负责人一起去大桥工地。路上，没等施工单位负责人说找他有什么事，杨瞻梦就主动问："找我是不是为钱的事呀？"

"是是是，正是。"

原来，杨瞻梦了解到藏木特大桥施工资金有困难，特意来大桥工地现场进行调研。通过现场调研，杨瞻梦掌握了第一手情况后，根据施工单位分包合同和耐候钢供货合同，结合藏木特大桥的工艺、工序，换算成桥系数，计算出大桥施工分阶段应拨款项，及时拨付给施工单位，救了工程之急。藏木特大桥施工负责人再见到杨瞻梦时，感激地说："您可真是藏木特大桥的'活财神'啊！"

西藏自治区山南地区地改市后，地方政府要求山南市泽当火车站增加4条通道，涉及增加投资上千万。杨瞻梦会同设计院和地方政府，经过多次现场调研，确认了增加4条通道对发展地方经济具有促进作用，对当地政府精准扶贫政策的落实有积极影响。于是他一方面协调地方政府、设计院优化方案，一方面建议地方政府在征地拆迁等方面拿出更优惠的倾斜政策，调配力量及时解决铁路建设中存在的问题，一方面向铁路总公司汇报变更方案和所需资金。在杨瞻梦的斡旋下，铁路总公司、地方政府和设计院就变更设计方案、建设资金，以及配套的地方政策，迅速达成了一致意见。地方政府的领导紧紧握住杨瞻梦的手，连连表示感谢，拉林铁路的修建，是真正的致富路。

拉林铁路由于地处青藏高原隆起的边缘地带，结构不稳定，地质条件非常复杂，许多重点隧道工程设计无法完全探明深埋于大山之下的地质情况。因此，许多重点隧道都采用动态设计，待掘进到一定深度时，往往地质条件会发生预想不到的变化，再采用原来设计的工艺、工法就无法掘进了，这时就需要变更设计。

对施工单位来说，变更设计就要变更施工的工艺、工法。但对管钱的杨瞻梦来说，变更设计就意味着原来的钱不够用了，将要花更多的钱。

比原来的设计要多花钱，这不能说不是杨瞻梦的一个痛点。但是，为了工程的进展，该花的钱还是必须要花。因此，杨瞻梦非常重视拉林铁路变更设计管理，把好变更设计关。

杨瞻梦会同总指工程部，在变更设计管理办法上细化Ⅱ类变更设计的办理程序，凡是申请Ⅱ类变更设计的，计财部都要派人现场踏勘核查。对设计单位编制的变更设计文件，都要请相关专业专家对其合法性、合理性、规范性、必要性召开专家会进行审查，得到建设、设计、施工、监理以及专家各方确认，工程部审核完工程量后，计财部再次复核工程量的变化和重点审核工程造价，各方手续完善后签订补充合同，才算完成一次变更设计。

位于雅江桑加峡谷藏木水电站库区岸边悬崖上的巴玉隧道出口，相距水电大坝只有300多米，隧道出口下面的库区水最深120多米。由于原设计到隧道洞口的施工便道爆破会对水电站大坝安全和库区水质造成影响，因此施工迟迟不能展开，已经使整座隧道工期滞后一年多，经与水电站协商和多次专家论证，必须变更原有的便道设计。

为此，杨瞻梦一次次地来到巴玉隧道出口，和工程专家一道爬悬崖、登陡坡、越山涧，现场踏勘施工便道，选择最佳方案。

施工单位的同志见计财部长也来踏勘现场，说是山上危险担心他的安全，其实是觉得工程上的事计财部长来是多余，便劝他就别跟着上山了，有工程部的同志陪同专家就行了。

杨瞻梦笑笑并不在意，说："我来你不欢迎吗？我可是给你们送钱来的！"

施工单位的同志解释说："我们是怕您危险。"

"怕我危险，你们不危险吗？你怕是觉得我一管账的，对工程是外行吧？告诉你，我可是国家一级建造师，工程可是我的专业老本行呢！我不来亲自看看，钱给你们拨少了，你们也干不了哪！"

杨瞻梦说得施工单位的同志反倒不好意思了。

总指与设计院专家、施工、监理单位共同研究，最终确定在与大坝相连的山体内重新开掘一道900米的施工隧道，直抵巴玉隧道出口，既不影响大坝安全，又保护了库区水质。这一方案很快得到西藏自治区政府和藏木水电站的高度认可。然后杨瞻梦对此项设计变更反复计算核实工程增加量和增加工程费用，变更设计得到及时批复后，将资金及时足额拨付到位，很快使工程得以恢复进行。

有人问杨瞻梦："您有点儿让人捉摸不透。有时候你把钱抠得要死，恨不得一分钱掰成两半儿花；有时候你又特别大方，成百上千万地大把往外撒钱。"

杨瞻梦听了急忙纠正对方的话说："你只说对了一半，不该花的钱，我就是要一分钱一分钱地往紧了抠。大把地往外撒钱，我可万万不敢！只能说拉林铁路建设所急需的、该花的钱，一分钱都不能少，这方面要是抠了，工程的安全质量就要打折扣。"

这就是杨瞻梦眼里工程质量与资金质量的辩证关系，工程要讲质量，花钱同样也是要讲质量的。在这方面，一点儿都不能差，差一点儿都不行。

有句俗话说：钱不是万能的，没有钱是万万不能的。拉林铁路自开工以来，年年都超额完成投资计划。至2017年年底，7年工期仅仅过了两年半，完成投资计划却超过一半，全线开工累计完成投资178.2亿元。全线路基主体工程已全部完成，隧道工程已经完成70%多，桥梁工程完成近80%，工程质量合格率达到100%。拉林铁路建设速度之快、质量之好、安全之稳，大家都说杨瞻梦这个"大财神"功不可没。

天下第一难何以不难

一位社会学者说：征地拆迁是天下第一难的工作！然而，在拉林铁路，这天下第一难的工作却是最先接近完成的工作。

拉林铁路2015年6月30日全线开工，全部工期7年。开工刚刚一年半，截至2016年年底，拉林铁路已经完成征地拆迁12641亩，占全部计划用地13000亩的97%。拆迁建筑物8.8万平方米，完成93%。临时用地租用7200多亩，基本满足拉林铁路施工建设用地。征地拆迁工作在已完成的基础上还在加码，还增加预留发展用地800亩的征地拆迁，以满足新建川藏铁路未来发展需要。

天下第一难事，何以在拉林铁路就变得不难？这就不能不说到一个人，他就是拉林铁路建设总指挥部工程管理部副部长、土地办公室主任曾红权。

2016年年初，曾红权被任命为总指土地办主任的时候，指挥长就明确告诉他："土地办就你一个人，主任是你，科员还是你。你的任务就是主要负责拉林铁路征地拆迁工作。拉林铁路13000亩建设用地限期拿下，不然拿你是问！"

"为什么总指领导会将这号称'天下第一难事'交给你？"我们很好奇地问，其实想探究曾红权到底有什么"秘密武器"？

"也许因为我当时还负责拉（萨）日（喀则）铁路征地拆迁

收尾工作，对征地拆迁工作比较熟悉，相关工作经常与地方政府协调，也比较熟。拉林铁路征拆工作就接着继续干呗。"

"怎么不给你多配几个人手，就让你一个人干？"

"这也是不得已啊！这里是青藏高原，条件艰苦一点儿不怕，海拔高却不是每个人都能适应的。总指长期缺员一半左右，现有的人员都恨不能以一当十地用、夜以继日地连轴转，哪还有人手配给我？"曾红权苦笑，一脸的无奈。

就这样，曾红权没有推辞，也没有跟领导讲任何条件，义不容辞地一个人挑起了这副"天下第一难的工作"重担。

征地拆迁工作之所以为"天下第一难的工作"，是因为征地拆迁涉及巨大的利益调整，不同利益主体都会为了自己的利益最大化而极力相争。但是征地拆迁政策性又非常强，当国家政策无法满足个人利益、小团体利益或集体利益时，势必要发生矛盾甚至是激烈冲突。因此，关于土地的冲突已成为当前社会最主要的冲突之一。据说与土地相关的上访要占到全部农民上访的一半以上，大量报道出来的恶性事件也都与征地拆迁有关。

曾红权知道自己承担起拉林铁路征地拆迁工作，就意味着将自己一个人置于各方利益冲突的风口浪尖上。拉林铁路地处藏东南，沿线都是藏族群众聚居区。要讲征地拆迁政策，更要讲民族团结政策；要坚持国家利益，更要照顾藏族群众利益；要保证拉林铁路建设用地需要，更要兼顾当地经济社会发展、造福藏族人民群众。难啊！

但是曾红权没有被这个"天下第一难"吓倒而退缩，而是知难而进。他说："毛主席有句名言，'世上无难事，只要肯登攀。'征地拆迁再难，也是和人打交道，事在人为。只要人与人将心比心，就没有沟通不了的沟沟坎坎。"

名义上，拉林铁路建设总指挥部征地办公室只有曾红权一个人，但曾红权常说他"不是一个人在战斗"！他说："有总指领导把关掌舵，有各个部门同志们的支持协助，还有各施工单位负责征地工作同志们的全力配合，还有各级政府土地部门对拉林铁路建设的全力支持，我这个征地办其实是联合作战、战斗力最强的一个部门哩！"

曾红权找来国家和当地政府有关征地拆迁的政策性文件认真学习，领会精神，努力提高自己的政策水平和办事能力。为此，他不知熬过多少个不眠之夜。

主动走访西藏自治区以及拉林铁路沿线各级人民政府和有关部门，学习掌握有关民族政策和当地征地拆迁的有关规定，了解民意民情，和当地群众建立互相理解信任的良好感情关系。为此，他不知磨破多少双鞋。

曾红权每到一个施工点，都向施工人员宣传民族政策，告诉外来务工人员要尊重当地民族风俗习惯，不要在河里钓鱼，不要在河滩捡石头，不要触犯藏族群众宗教禁忌，还为拆迁的事主动请来喇嘛做法事。民族团结搞好了，许多征地拆迁的矛盾也迎刃而解了。为此，他不知费了多少口舌。

说到曾红权征地拆迁工作的"秘籍"，他说不外乎三条：一是始终把法规政策挺在前面，办任何事都要依法合规；二是始终把藏族人民群众的利益放在心里，办任何事心里要有群众；三是始终把拉林铁路建设用地的责任担在肩上，办任何事要敢于担责。"挺在前面、放在心里、担在肩上"，靠着这三条"秘籍"，曾红权耐心细致地做好每一项征地拆迁工作，在拉林铁路征地拆迁工作已经接近全部完成的全过程中，没有发生任何一起被征地农民集体上访事件。

拆迁不仅仅是为了拆迁，那是为了什么？

曾红权的回答是：为了造福西藏各族人民！

这绝对不是空话、大话、套话，而是拉林铁路实实在在的征地拆迁目的所在。

那是有一次他在一个乡政府谈征地拆迁的事，当时因为和乡政府工作人员意见不一致，双方谈僵了。当时也不知道为什么，曾红权急眼了，他控制不住自己的情绪，大声地跟乡政府工作人员吵起来了："你说我征地拆迁是为什么？是我要这块地给自己盖房子吗？是我要这块地开发赚钱吗？我要这块地有我自己一分钱的利益吗？我告诉你，你这块地不是我要，是为修建拉林铁路要，是为完善西藏交通大格局要，是为藏区人民群众奔小康要！我要是不在拉林铁路，你这块地就是白送我都不要……"

曾红权这连珠炮般的一番话，将政府工作人员震撼到了：是啊，目标相同，何来分歧？一定是方法思路有误会。于是政府工作人员听了不但没跟他接着吵，反而打断他的话，说："行了，你也别说了，你的用意我也都知道，就按你说的办吧！"

接下来征地拆迁手续办得异常顺利，连曾红权都没想到。他反过去问那位工作人员："怎么不吵了？"

工作人员说："什么也别再说了，一切都为了拉林铁路，也是为了藏区人民群众！"

曾红权终于悟出这个道理了。以后无论再走进乡政府、村委会，他开口先不谈征地拆迁，而是给当地从来没见过铁路火车的村民乡亲们讲火车是什么样子的，讲火车如何拉得多、跑得快、风雨无阻，接着再讲拉林铁路将修到咱家门口的什么位置，将来从咱家门口坐火车到拉萨有多快；再往大了讲，拉林铁路在西藏区域交通网中如何重要，拉林铁路修通后如何将西藏与内地连接起来，如何使沿线经济快速发展起来，新型城镇建设起来，老少边穷地区脱贫富起来……

曾红权说，这正是拉林铁路征地拆迁工作进展非常顺利的主要原因之一。把道理讲清楚，把理由摆充分，自然就得到了拉林铁路沿线各级人民政府和各族人民群众的充分理解和大力支持，许多征地拆迁的难题都是在大目标一致的前提下顺利协调得到解决。

这天，曾红权来到山南市扎囊县城与县政府有关部门协调征地拆迁工作，路过中铁九局拉林铁路工程指挥部所在地，见到有几个藏族群众围在指挥部门前不知道说些什么。他想，中铁九局施工前的征地拆迁进行得很顺利啊，为了拆迁周转住房，曾红权协调中铁九局拉林铁路工程指挥部给当地藏族群众无偿提供了23顶帐篷和其他一些设施。有的藏族村民家庭经济条件差，拆迁重建有困难，中铁九局指挥部给藏族群众困难家庭无偿支援水泥、石料等建材。怎么会有农民群众上访呢？

曾红权找到中铁九局拉林铁路工程指挥部阎树东指挥长，两个人一起将围在大门口的藏族兄弟请到会议室来，原来他们是附近拉孜村的藏族村民，问他们来指挥部上访有什么问题，他们连连摆手说："我们不是来上访的，不是！"

"那是征地拆迁补偿不够？"

"够了，够了，足够，足够！"

"那是补偿款还没到位？"

"到了，给了，好多，好多！"

阎树东指挥长纳闷了，"那你们来有什么事，尽管说！"

原来，拉孜村的农业耕地本来就少，一些耕地被拉林铁路征用之后，村里的一些壮劳力没活干，村民推这几位藏族兄弟当代表，来跟中铁九局指挥部商量商量，想在铁路工地上找点活儿干，挣点钱。他们说："我们有车，跑运输。有力气，能干活。"

阎树东笑了："送上门来的壮劳力、现成的运输队，我们怎么能不用呢？"

中铁九局指挥部研究决定，凡是往工地运送当地建筑材料的、拉渣土的，全部租用当地藏族村民的车辆，并为附近几个有征地拆迁的村子的藏族群众提供500余个普工岗位，让他们参加到拉林铁路建设中来，一年能为当地藏族群众增加收入上千万元。

这件事得到了圆满解决，也给了曾红权一个有益的启示：有的村子征地拆迁进展慢，正是因为这部分失地的藏族群众担心没有生活来源而致贫。他想，拉林铁路工程可以适当地为他们提供一些力所能及的工作岗位，可以租赁当地村民自有的机械设备，可以购买当地砂石建筑材料，尽可能地吸收当地村民参加到拉林铁路建设中来，这样既可增加贫困藏族群众的收入，又免除了藏族群众对征地拆迁的后顾之忧。

曾红权将这个想法给总指领导作了汇报，得到总指领导的大力支持。在全线电视电话会议上，总指领导向各参建单位提出要求，把征地拆迁与扶贫工作主动结合起来，以吸收当地劳务用工、租赁村民运输车辆、机械设备等方式，实施主动帮扶、精准扶贫，帮助藏族群众劳动致富。

这一措施的实施，使征地拆迁遇到的一些矛盾很快得到化解。藏族群众把拉林铁路的修建看作是自家的事，参与的热情很高。许多村子只要是拉林铁路建设需要用地，先用再征。有些临时用地，无偿提供给施工单位使用。而拉林铁路各参建单位也积极主动地帮扶当地贫困农牧民群众。有的单位采取对口帮扶的方式，定期慰问贫困户，对贫困子女扶困助学，实施精准扶贫。有的利用机械空闲时间无偿给村民修渠、修路、开垦荒地。有的临时用地结束之后，复耕还田于民。

拉林铁路建设的征地拆迁工作说顺利也顺利，说和谐也和谐，许多需要协调的事，是在办公室谈妥的，许多协议书是在会议桌上签订的。但是，也有在酒桌上谈、在餐馆里签的时候。往往这种时候，曾红权该出手时就出手。他苦笑：没辙呀！

这天，曾红权又来到一个藏族群众聚居村的村委会主任扎西家，这是他为一块工程堆放施工材料的临时用地，一周内第三次前来登门拜访这位扎西主任了，这一次还是扎西主任主动叫他上门来的。

一进门，扎西主任家的餐桌上早已摆好了酒和菜，让曾红权在桌前坐下后跟他说："你说的那些道理嘛，我都懂。村里提的一点点小小的要求嘛，你也都答应了。咱们今天不谈地的事，好不好！叫你来，就一件事，喝酒！"

"喝酒，您早说啊！这么着吧，您稍等会儿。"

说完，曾红权出门，快步来到村里的小超市。他知道这顿酒一喝，临时用地的事，有戏！他了解藏族兄弟喜欢喝啤酒，他买了一箱啤酒扛着又进了扎西主任家，把一箱酒往地下一放，说："喝，您备的酒喝了，咱接着喝这箱，不喝完不散。"

这顿酒从中午喝到晚上，从晚上喝到凌晨，两个人边喝边聊，从拉林铁路聊到外面的世界，从青藏高原聊到沿海内地，从扎西的藏族小村庄聊到曾红权遥远的美丽家乡……两个人的话越聊越投机，越聊话越长。直到干完那箱酒里的最后一瓶，扎西望着曾红权说："我真想，真想明天，就坐上拉林铁路的火车，去拉萨，去四川，去北京，到处走一走，看一看，那该有多好哇！"

曾红权说："没有问题！到时候，我陪你，坐火车，走四方！"

临到曾红权出门的时候，扎西主任才忽然想起来似的，拍着曾红权的肩膀说："行，今晚上痛快，你曾部长够朋友，我扎西也不含糊！那块地，你们工程上尽管拿去用，钱的事不提了，先用了再说。"

像这样的酒，曾红权这两年真没少喝。似乎征地拆迁的量与他喝酒的量有点正比例关系。喝是喝了，曾红权敢用党性保证，绝对没有违反中央八项规定。他都是自掏腰包请人喝酒。说实话，有时候他觉得这钱他自己花得有点儿亏。但更多的时候，他还是觉得这钱花得值。

乃东县有一处汽修厂是家民营企业，正好在一座铁路特大桥的桥位上，必须拆迁。这家企业主说拆迁可以，可是他狮子大开口，自己计算资产和经营损失将达1400万，要求曾红权必须一分都不能少地补偿他。

企业主的要求与曾红权的估值差距太大，不答应他，他就不让拆。答应他，明显国家要受损失。于是，曾红权耐心细致地做这位企业主的工作，谈也谈过，吵也吵过，当然酒也喝过，而且还喝得不少，都是曾红权自己掏钱请的客。好事多磨。直磨了七八个月，最终谈妥给这位企业主补偿600万元了结。

以此为例，曾红权说："我个人花了点小钱，为国家省了大钱，值了！"

工程保障，材料为王

中国有句成语叫作"巧妇难为无米之炊"，意思是说，再聪明能干的媳妇，没有米哪能做出饭来？语出宋朝诗人陆游的《老学庵笔记》之中："晏景初尚书，请僧住院，僧辞以穷陋不可为。景初曰：'高才固易耳。'僧曰：'巧妇安能作无面汤饼乎？'"

上得了青藏高原，干得了拉林铁路，个个都是能工巧匠！可是，雪域高原，山高路远，交通不便，正应了"巧妇难为无米之炊"！施工正紧张进行中，没有了钢筋、水泥、炸药等这些建筑材料，再能干的施工队伍，也只能望山兴叹！工程的进展常常取决于施工材料是不是充足，隧道爆破停下来等炸药，混凝土施工停下来等钢筋、水泥、水煤灰，这家的材料运输车打那家门前路过，那家不管三七二十一半道上截车卸货，这都是常有的事。官司打到指挥部，还不都是拉林铁路一家人，调解一下也就一笑而过。下次没材料急了还照样半道截车。

正因为如此，在拉林铁路建设中，施工物资材料的保障，就成了工程的重中之重。而拉林铁路建设总指挥部物资部部长徐键，当然也就成为炙手可热的中心人物之一，有人称他是拉林铁路"材料之王"。

然而，徐键自己并不这么认为。他说："雪域高原，施工艰难。拉林铁路是筑路勇士们奋力拼搏干出来的，不是原材料堆积起来的。你们在前方奋力拼搏，我在后方全力保障，我就是你们的后勤保障部长！"

从拉萨到藏东南重镇林芝，有两条交通路线，一条是北线沿尼洋河展布，一条是南线沿雅鲁藏布江展布。已经建成通车60多年的318国道以及即将建成通车的拉林高速公路都选择的是北线，交通便利，施工干扰因素少。为了完善西藏交通路网布局，照顾更多人口经济社会发展，拉林铁路选择了交通不便的南线。

选择南线，就面临着艰难，就意味着挑战！同在青藏高原，工程难度对等的情况下，对材料运输来说尤其如此。

南线全线没有高等级公路，仅有一条时断时通的206省道，2015年施工队伍进场的时候，雅鲁藏布江桑加峡谷地段还有70公里仅仅一车之宽、路面坑坑洼洼还没硬化的便道，是车友们称之为最典型的挂壁公路，一侧悬崖高耸入云接着天，另一侧悬崖深不可测入了地。遇到相对车辆交会，那是绝对考验司机驾驶水平与心理素质的最佳时刻。一到雨季或者遇到轻微地震，悬崖落石常常阻车断路，数天不通。借用文人诗句"千山鸟飞绝，万径人踪灭"，拿来形容彼时雪域高原的交通状况，一点儿也不夸张。

2015年年初，拉林铁路全线开工在即，徐键就想到如果不及时组织好施工材料的运输，等全线开工，将会面临工地着急等着用的钢筋、水泥、水煤灰等大宗施工材料运不进来的困境。为了防止这种情况发生，徐键一方面安排物资部的同志分头专程赶往施工材料集中采购中标的数十个上游厂家，掌握材料质量、价格、供货能力等信息，现场检查材料质量、落实货源、按协议制定分批次供货计划，另一方面组织全线各施工单位上报物资材料需求计划共347项，分批次按计划保证供货及时到位。

从厂家材料出货到运抵施工现场，一般在10天左右。徐键制定了一个详细的运输路线图，重点沿拉林铁路全线踏勘交通情况。哪里是经常堵车点，哪里路窄不易会车，哪里急拐弯要减速通过，哪里容易发生车祸要小心驾驶……这些重要信息徐键都一一标明，确保施工材料运输安全，能够按时按期进场，不误施工。

有次他又像往常一样踏勘材料运输路线，乘车行至桑加峡谷，车堵在半道上前不能进，后不能退，问前面堵车司机出了什么事，谁也不知道。于是，徐键下车往前步行。车堵了1公里多长，他走了1公里多，直到堵车点一看，原来是路侧悬崖塌方落石，上百立方米的巨石将道路完全阻塞。据说已经有人报警，但没说什么时候能来人抢修。

徐键一看距离此处最近的施工点是中铁十二局的巴玉隧道进口，于是他立刻拨通中铁十二局拉林铁路工程指挥部白国峰指挥长电话，白国峰指挥长义不容辞，当即安排巴玉隧道进口工区长派挖掘机、装载机赶来塌方点抢修。徐键不顾悬崖上随时还会有零星落石的危险，现场担任起义务指挥，让被堵车辆给抢修机械让开通道。

经过两个多小时的抢修，桑加峡谷的挂壁公路恢复通车。徐徐通过的车辆司机都不忘给徐键这位现场临时指挥竖起大拇指点赞。徐键则在他的材料运输路线图上的这个位置做了显著标记：危险区段，快速通过。

开工以来，徐键带领总指物资部的同志全力搞好协调服务，保障现场物资设备的供应，百分之百地完成347项物资材料供应计划，总供应额13.5亿元，已经完成全线供货合同一半以上，无一差错。

在徐键的办公室有一本"警事录"，是他专门用来记载工程质量上的重大案例的。他对这些案例分析发现，几乎所有的工程重大质量事故，都与劣质材料有重大关系。

还回到前面引用过的那句中国成语"巧妇难为无米之炊"，徐键引申这句成语的含义说："无米之炊，固然难为。但是如果没有好米，只是一些糙米、坏米、陈米、霉米，巧媳妇同样做不出好饭来，看似做出饭来，其实是坏饭、毒饭，危害更大。"

因此，徐键把好材料关看作是工程质量的源头，严格把好进场物资材料质量的三个关口，坚决杜绝不合格物资使用到拉林铁路工程实体上来。他说："我们要把最新最好的'米'供给拉林铁路的'巧妇'们，给西藏各族人民做出最香最美的一桌'好饭'来！"

材料质量的头道关就是招标关，这是材料进场前的质量控制。徐键带领物资部的同志仔细阅读工程设计文件、施工图、施工合同、施工组织设计等与工程材料有关的文件，熟悉文件对材料品种、规格、型号、强度等级、生产厂家与商标的规定和要求，了解材料的基本性质，应用特性与适用范围，划分包件，制定招标文件。总指指挥长办公会研究审查投标人资格条件、包件划分依据，有关部门会签，层层把关，然后在兰州公共资源交易中心的网站上公开招标。评标的评委是由交易中心从专家库里随机抽取，拉林铁路建设总指不参与评标。这些必备环节没有一个能够暗箱操作，确保材料招标公平、公正。

这天，徐键的办公室来了一个陌生人，进屋就将手里的一个包往徐键的办公桌上一放。徐键莫名其妙，看看包里的东西，两瓶茅台酒，一条中华烟，还有一个大信封。

徐键很严肃地让来人将包拎回去："把这包拿回去，有事说事。不拿回去，就请走人，这包我就收了。"

来人满脸堆笑："收了好！收了好！"

"收了我就交给负责纪检的同志了。"

来人好尴尬，忙从徐键的桌上把包拎回。说："徐部长，晚上想请您一起坐坐，吃个饭。"

"我们认识吗？你到底有什么事？"徐键已经猜出来人身份，明显表示极为反感。

来人终于把话挑明："那我就直说了，我是投拉林铁路材料招标的。打听到您是物资部长，正管这个，想请您关照关照……"

不等来人把话说完，徐键就打断他："如果是这事，那就请回。就凭你这点，完全可以取消你投标资格。"

来人赶紧认错，表示下不为例。徐键说："一次都不行，哪里还能有下次？"

像这样投标人找上门来请吃送礼的，其实也是个例。因为徐键要求物资部的同志开标前不允许跟交易中心打听评委是何人，杜绝开标前跟任何评委见面的机会。就是出售招标文件，也是让代理公司代售，物资部的同志不露面，一定要从各个环节做到公开、公平、公正招标，这样才能确保中标质量。

截至2017年8月底，徐键共组织拉林铁路物资材料设备招标10批次，中标总金额34亿元。没有一起因招标不公平、公正而被质疑、被投诉的。

材料质量的第二道关是验收关，这是材料进场的质量控制。徐键要求材料进场时，施工单位一定要严格认真验收物单是不是相符，检查到场材料的实际情况与所要求的材料在品种、规格、型号、强度等级、生产厂家与商标等方面是不是相符，检查产品的生产编号或批号、型号、规格、生产日期与产品质量证明书是不是相符。如有任何一项不符，立刻向总指物资部报告，与供应商协调处理。不能鱼龙混杂，让质量不合格的材料进入施工现场。

为了保证材料质量，物资部定期对已经进场的施工材料、构配件委托第三方进行抽样检测。2017年7月，徐键接到第三方检测单位对管段内各标段正在使用的进场原材料的抽样检查报告，共抽样检查14种185个3批次，其中部分单位联合采购物资水泥的物理、化学性能指标均不符合铁路验收标准。

徐键立刻惊出一身冷汗。水泥是铁路隧道桥梁施工的主要材料，水泥不合格将严重影响到工程质量。他当即赶到材料现场，督促施工单位立刻将不合格原材料就地封存，通知供货商将剩余不合格原材料清退出场。然后和施工、监理单位一道全面清查这些不合格水泥进场数量、使用数量、使用部位等情况，对已使用到实体的砼进行回弹检测质量追溯，待所有部位达到56天养护期后，再次试验水泥试块强度，进行二次回复，不符合设计砼强度等级要求的，坚决返工。

尽管没有对工程质量造成严重损失，徐键还是抓住这一材料质量事件不放过，纳入问题库，进行闭合管理，责令限期整改回复。对涉事责任人每人1000元的经济处罚。对涉事监理、施工单位按照《拉林铁路日常检查红黄白管理制度》计黄牌考核，对供货单位作不良行为考核认定，按照合同履约进行经济处罚。

开工以来共随机抽取各类物资材料样品743批次，样品数量18种类，样品检查合格率为94%。对发现不合格材料采取清退、更换、处罚等处理措施，对相关供应商按照相关规定做出相应处罚，不良行为记录认定6起。这些处理对材料质量的保证起到了很好的警醒作用，各单位引以为戒，有效杜绝同类事件的发生。

材料质量的第三道关是管理关，这是材料进场后的质量控制。徐键非常重视施工现场材料库和堆放场的建设管理，对全线施工单位材料库和材料堆放场的选址和建设提出明确要求，避免因乱堆混放或者管理不善造成材料损失。发现材料库或堆放场存放与工程无关材料或不合格的材料，立即要求整改。所有进入现场的材料都要有专人管理，录入数据库，避免使用时造成混乱，也便于追踪工程质量。

抓好这三关，材料质量就有了可靠的保证。大家笑说：有徐键他们做后勤保障，拉林铁路的能工巧匠们何愁"无米之炊""劣米之炊"？

兵马未动，粮草先行，这本是兵家常识，做工程何尝不是如此！因此，专为工程备"粮草"的徐键总是要未雨绸缪，超前谋划，先行于工程一步，为拉林铁路提前做好各类施工材料的准备。

这不，隧道还在掘进中，大桥还在建桥墩，徐键就想到了三四年之后铺架所大量需要的道砟。道砟虽然不比钢材、水泥必须从外地运输进来，可以就地取材。但道砟也有一定的质量标准，并不是随意取之能用。于是，徐键超前谋划，发动各施工单位积极就地寻找道砟源。

这天，当地藏族群众得到这个信息，找上一个施工单位门来，要求这个施工单位只能买他们的石砟，如果不买他们的石砟，那外面的石砟也别想运进来。有的群众还将买不买他们的石砟上升到扶不扶贫、帮不帮当地经济发展的高度来认识，让施工单位很为难。

这一纠纷扯到总指物资部，徐键来到现场，他特意带来两块石头放在地上，当着来访藏族群众的面，拿铁锤砸这两块石头，一块只两三下就砸碎了，另一块怎么也不碎，还崩到一边了。

施工单位和藏族群众不明白徐键的用意，徐键讲了："道砟和石砟是两种东西，不一样。道砟将来每天要经过千百吨重的火车与钢轨的重压，必须用这种不容易碎的玄武岩。这种一砸就碎的是当地的花岗岩石砟，石英含量高，强度不够，做混凝土的石料还可以，做道砟可不行。所以，这个施工单位要的道砟还得从外面运，就是这个道理。"

深入浅出的道理，加上现场示范，藏族群众也明白了，不再纠结买不买他们的石砟了。徐键还主动帮他们出主意，就地取材加工成施工所需要的混凝土石料卖给施工单位，同样可增加当地藏族群众收入，起到帮扶作用。

矛盾化解了，道砟场建设还得继续。徐键和施工单位一道在拉林铁路沿线反复踏勘，终于寻找到合适的道砟石源，全力支持当地企业投资建设，并积极与地方政府沟通协调，协助政府环保、国土资源等有关部门对道砟场建设做环保评估、土地征用等，加快道砟场的建设审批，尽快投产，为将来的铺架工作提前储备道砟创造有利条件。

站后通信工程、信号工程、电力工程和电气化工程，简称站后"四电"工程，直接关系到铁路修通后火车的正常运行以及线路的维修、养护。站前工程还在进行中，站后"四电"工程又在徐键的超前谋划、先行一步之中。

徐键请来拉林铁路设计单位、中铁第二勘察设计院的同志现场踏勘拉林铁路全线，开展站后四电工程施工图设计，明确站后四电工程各专业施工图设计交图的各时间节点。为了保证四电工程与站前工程接口部位的施工质量，徐键组织专门力量进行专项检查指导。2017年6月，全线检查发现隧道接触网隧道二衬槽道预埋问题点194个、桥梁及路基段接触网支柱基础问题点25个。针对这些存在的问题，徐键和施工、监理单位一起认真分析查找问题的根源，请专家技术剖析讲解问题产生的原因、过程和整改办法，让大家举一反三，知其然，还知其所以然，既能采取有效措施及时整改，又提高了大家技术能力水平，从根本上防止同类质量问题再次发生。

做材料后勤保障工作，不像开山放炮那样惊天动地，也不像铺路架桥那样轰轰烈烈，当所有的钢铁、水泥、石头、砂子等建筑材料都化作一条条洞穿大山的深邃隧道、一座座兀然耸立的巍峨大桥，像一座座不朽的丰碑记载着筑路者的丰功伟绩时，他们却无怨无悔、默默无闻地甘做那通天大道上的一块普通的铺路石、那雪域高原又一条"天路"上的一颗永不生锈的道钉。

徐键和物资部的同志们就是这样的铺路石、这样的钢铁道钉。

后勤线上的无名英雄

"后勤"本来是相对于"前线"的一个军事术语，是指后方对前方提供一切保障供应的军事活动。现代意义上的后勤已经泛指机关团体单位的行政事务性工作。

一个特别能战斗的指挥部，离不开好的后勤。拉林铁路建设总指挥部的综合部就是专门负责总指行政事务性工作的部门。总指办事机构设置很精简，总共也只有5个部门，工程部、安质部、计财部、物资部等4个专业部门各负其责，专业部门不管的所有行政事务性工作就都由综合部负责。综合部的工作范围包括了总指办公室、党委办公室、工会办、保密办、综治办、信访办、秘书处、人劳处、医保处、后勤处、总务处、食堂、库房、车队等，从总指行政事务到职工吃喝拉撒睡一应杂事，真是名副其实的一个"大综合"部门。

"闻道有先后，术业有专攻"一说，出自中国唐宋八大家之首韩愈的《师说》，其后半句讲的就是各门技能学业都有专门研究的道理。拉林铁路建设总指挥部的综合部管着那么一大摊子行政事务工作，却只有非常精干的八九个人，其中编制内的正式员工才五个人，其他都是工程单位的助勤人员和外聘员工。他们当中可能没有专攻高原复杂地质灾害施工难题的工程技术专家，也可能没有专司工程计划组织材料设备供应的专业人员，但他们个个都是后勤线上默默无闻、踏实做事的无名英雄。

采访总指综合部的后勤故事，综合部长张建明和同事们都不约而同地指着综合部的藏族姑娘玉珍说："就好好写写她的故事。"

> 你有一个花的名字，美丽姑娘卓玛拉。
> 你有一个花的笑容，美丽姑娘卓玛拉……

每次在总指挥部见到玉珍，总会让人想起这首动人的藏族民歌。不知道歌中唱到的那位美丽姑娘卓玛拉是不是藏族姑娘，总指综合部的玉珍可是个美丽的藏族姑娘，于是大家就认定了玉珍就是歌里唱到的那位美丽的藏族姑娘。

玉珍的全名叫次仁玉珍，在藏文里是长寿、富贵的意思。1986年，玉珍出生在偏僻得不通公路、在地图上都找不到的西藏昌都地区丁青县一个藏族古村落。20岁那年，从小连汽车都没坐过的玉珍偶然听到村里从外面打工回来的人说，拉萨都通火车了，火车真是气派，走起来好威风，连小汽车都赶不上。听说火车站还招人呢！

玉珍非常好奇地问："火车是什么样？火车是烧火的吗？"

"火车跟汽车一样都是拉人装货的，不过，火车比汽车高，比汽车长，许许多多钢铁的大轮子在钢铁的道上走，走起来跟风一样快啊！"

玉珍听了还是想象不出钢铁的轮子在钢铁的道上走，到底是什么样子。于是，她执意要去拉萨，要去看火车，要去火车站打工！

就这样，玉珍唱着、跳着，跟着一群去拉萨转经朝圣的藏族信众离开了家乡、来到了拉萨。

> 心驰神往辉煌壮丽的布达拉，
> 朝圣的脚步执着奔向藏家……
> 我要去拉萨，我要去拉萨，
> 心中屹立着圣洁的珠穆朗玛……

玉珍一到拉萨，最先去看的却不是玛布日神山上辉煌壮丽的布达拉宫，而是拉萨河畔现代藏族宫殿式建筑的拉萨火车站。终于见到了梦中的火车，真的很高大威猛。终于见到了梦中的铁路，两条钢轨通向不尽的远方。玉珍总算如愿以偿了，但是她在火车站里围着火车接连转了好几圈，总是觉得欠缺点什么。

是的，她不甘心从家乡远行1600多里，就只为看一眼人家的火车、人家的铁路。这时，玉珍做出了一个同行人都感到意外的重大决定：她执意要留下来，留在拉萨火车站打工，那样就能天天看火车、看铁路了。

就这样，玉珍以其藏族姑娘的民族身份和天然美丽，被拉萨车站选留在贵宾候车室做一名服务员，待她着一身美丽的藏族特色服饰优雅地出现在候车室迎来送往时，立刻吸引了南来北往旅客的众多眼球，成为拉萨火车站最具民族特色的一个亮点。

在拉萨火车站的那些日子里，玉珍整天开心极了，常常一边工作，一边情不自禁地就歌唱起来：

　　你把歌声献给雪山，养育你的雪山。
　　你把美丽献给草原，养育你的草原……

可是这天，当玉珍听说她现在工作的拉萨火车站还不是青藏铁路最终点，铁路还要继续往高原的更高处修，先从拉萨往西修到日喀则，再从拉萨往东修到林芝，最后还要修到她的家乡昌都。

于是，玉珍又不甘心了。她又有了新的愿望、新的追求，那就是：我也要去修铁路，把铁路一直修到我的家乡去！

善良的姑娘，总能如愿以偿。就这样玉珍从工作轻松、生活舒适的拉萨火车站贵宾候车室来到了拉日铁路建设总指挥部综合部做打扫卫生的工作。但是她无怨无悔，一心想跟着这群筑路人，铁路修到哪儿，她就跟着到哪儿。她相信，总有一天一定能将铁路修到她的家门口。

那还是在拉日铁路建设中的一天，综合部管文件收发的同志因工作太忙太累，加上高原反应休了病假。于是综合部部长安排玉珍代那位休病假的同志收发文件。这下可让玉珍大大地为难了。因为玉珍没有学历，认识汉字不多，根本就看不懂文件的意思，如何收发文件？

然而玉珍身上一再表现出来的那种藏族姑娘坚强、执着、知难而进、毫不气馁的优良品质，没有让她退缩，而是一口答应，先把任务接下来，再一点一点地向别的同志请教怎么干。

白天，玉珍依然认真地打扫卫生。晚上在办公室里琢磨着怎么收发文件，她先看前面是怎么做文件登记、传阅、归档的，她就照猫画虎依样学样。遇到不认识的字，她问别人、查字典、注同音字，逼着自己强学强记，硬是把收发文件的工作做得有条不紊，没出一点儿差错。

也许是"支使"玉珍得心应手了，综合部人手只要一紧张，同事们就习惯叫上玉珍一起干。玉珍是个有心人，也乐意一边跟着别人干，一边"偷偷"学艺。很快玉珍就学会了电脑排版、制表、打印机、传真机、复印机、投影仪，办公事务已经没有什么能难倒玉珍的了。等到拉日铁路建成通车，总指转战拉林铁路时，玉珍已经正式聘用为综合部事务员，负责总指办公用品和高原保健药品、劳保用品等物品的采购发放、库房保管、食堂管理、生活服务等。不管是不是她工作职责范围内该不该她管的事，只要同事们叫到她，她都随叫随到，乐意帮忙。以至于"找玉珍""叫玉珍"竟然成了总指同志们的习惯用语。不但查找文件档案、领办公用品要找玉珍，就连办公室桶装水没了、宿舍被子薄了、高原反应需要吸氧了、洗衣机故障、热水器不出热水等，不管生活上有什么难事、小事，都习惯一声："找玉珍！"玉珍都能圆满地帮助解决。

玉珍不但学习适应能力强，而且心特别细。她负责管理食堂之后，细心地观察发现有的同志每次到食堂开饭时表现出来如嘴角一撇、眉头一皱等微表情，并不是很轻松开心的样子。经过"旁敲侧击"，她了解到食堂的饭菜单就一天来看，饭菜花样挺多，营养搭配也还是不错。但如果天天如此吃同样的饭菜，就倒了胃口。玉珍想，总指的同志大都是从平原上到高原，本来就因为高原反应吃不下饭，如果还让大家吃不好，怎么能有好身体干工作？

于是，玉珍细心地了解大家都是哪方人士，有什么饮食习惯，自己上街买了一本《食谱大全》，和食堂大师傅一道商量制定食谱，早晚各有6样菜，中午7个菜，每天19个不同的菜兼顾到南甜、北咸、东辣、西酸等不同口味喜好，主食有米有面、有干有稀，保证两个周的饭菜都不重样。现在再看大家来吃饭的时候，都是满满开心的样子，玉珍的心里也同样地开心了。

总指的同志都说，玉珍的心地纯净得就像那高高的雪山一样洁白无瑕，像那深深的圣湖一样清澈透明。她负责办公用品、劳保用品、食堂食材等物品采购，每年经她手花出去的钱有二三百万，她管账能精确到一角一分都不差。领导说："派玉珍采购物品，她就跟给自己买东西一样精打细算，真是一百个放心。"

有次玉珍在林芝一家商店采购物品，结完账之后，商家为了感谢她，并且还希望她常来他们店里采购物品，就额外送玉珍一些价值不菲的日用品。玉珍仔细地询问商家送给她这些东西的价格是多少，商家为了表示送她的诚意，如实说出了价格。玉珍说："这些东西我不要，你重新算算我刚才买的总价，把这些钱从总价里扣掉。"

商家解释说："这不是卖你的，是送你个人的，跟总价没关系。"

"怎么没关系呢？我不要这些东西，你就应当退我钱，对吧？"

商家见玉珍还不明白，还在解释，玉珍干脆地说："你也别说了，要么你退我钱，要么我就另找商店去买了。"

商家只好赶快将本来送玉珍的东西按刚刚报的价格退钱给玉珍，心里虽然不痛快，但还是真佩服玉珍公私分明，说："现在这样的人真的不多见了！"

2017年一个春暖花开的日子里，玉珍与拉萨地质队一个藏族帅小伙喜结连理。新婚后，婆婆在拉萨市里最繁华的八角街租下一个店铺，想让玉珍来经营，也好夫妻团圆，婆婆还想赶快抱孙子呢。综合部部长也以为玉珍结婚后肯定会离开拉林铁路建设总指了，开始物色接替她的人选。玉珍知道了，主动跟综合部部长表态："铁路还没修到我家门口呢，我不离开指挥部。"

"等铁路修到你家，还早呢！"

"拉林铁路修通后，不就要接着往我的家乡昌都修了吗？"

"是啊！那也还早呢！"

"总是有希望了不是？那我更不能走了。"

就这样，玉珍还是在总指挥部综合部留了下来，还是依然做着平凡的工作。问她何以能够如此平静而执着，她想了想，反问："您看过最近放映的《冈仁波齐》电影吗？"

我点点头："正好刚刚看过。这是一部表现藏民族充满坚定信仰力量、很有文化价值的电影。"

玉珍羞涩地笑笑说："看了那部电影，就替我回答了。我不知道该怎么说。"

玉珍这么一说，我立刻就明白了。藏族人民是一个有坚定信仰的民族。玉珍从小生长在这块有信仰的土地上，耳濡目染身边那些叩着长头去朝圣的人们所表现出的藏族人民对美好未来的向往、对幸福生活的憧憬、对坚定信仰的虔诚，充分展示出他们纯洁善良无私的美好心灵。

玉珍的确不用再说什么了，她用自己的实际行动已经充分证明任何做人的大道理都是苍白无力的。

相对前方而言，后勤凡事虽然有时不那么紧急、不那么艰难，但是对外协调四面八方，对内管理千头万绪，琐事、小事、杂事，事事也都不可忽视。因此，总指综合部部长张建明对大家的要求就是："后勤后勤，虽后必勤！做后勤工作必须脑勤、口勤、手勤、腿勤。"张建明自己就是这样一个勤而快的人。

说起张建明，也是"高原人"。他出生在青藏高原之青，奋斗在青藏高原之藏。参加工作就在青藏铁路，从此再也没有离开。青藏铁路修到哪儿，他就奋战、奉献到哪儿。从青藏铁路西格段、格拉段、到拉日铁路、再到拉林铁路，他一直都在综合部门工作。多年积累的工作经验，使他对外协调地方政府各方关系——门儿清，对内处理繁杂行政事务——利落，里里外外都是一把好手。因此，总指的同志说起张建明，称他是总指挥部不可或缺的一员大将。张建明却谦虚而低调地说："不敢，不敢，工程上有你们专业技术人员冲锋在前，后勤上我们做好服务保障，仅此而已。"

　　万事开头难。2015年拉日铁路建设总指挥部转战拉林铁路建设，刚到林芝，人生地不熟。总指挥部选址、安置、工作生活设施建设以及建设施工前各项行政许可的申请办理等等，都由综合部负责协调。在很短时间内要办的事情太多，许多事都无从下手。跟张建明一起来林芝打前站的同志有了畏难情绪，甚至想打退堂鼓，还想回到拉日铁路指挥部，在那里熟门熟路干起来顺手。张建明鼓励大家说："万事开头难，难过这一阵子就没事了。后勤工作其实也没有什么诀窍，后勤后勤，就一个'勤'字。一勤天下无难事。来吧，我们一起撸起袖子加油干!"

　　在那段日子里，张建明带领大家四处奔波，得到地方各级政府的大力支持，也曾碰过不少钉子。有次去地方一个部门办事，张建明刚自我介绍说是拉林铁路建设总指挥部的，对方就打断他的话说："您找错地方了吧？我们这儿没铁路。"

　　碰钉子不怕，受委屈忍着。张建明说："世上没有一帆风顺的事，只要有坚定的信心和顽强的毅力，就没有办不成的事。"张建明每到一处办事的同时，都主动热情地向当地同志宣传拉林铁路建设对当地经济社会发展的重要意义，以铁路建设者的一腔真诚，赢得了拉林铁路沿线各地政府和群众的理解支持。

为了给总指人员进驻之后创造良好的办公条件和舒适的生活环境，张建明连续20多天马不停蹄，东奔西忙。选址时，他跑前跑后，左比右选，给领导当好参谋；装修时，他自己动手画图、设计规划，成了设计师；买办公生活用品时，他又是采购员又是装卸工。不管什么事，哪儿缺人手，他就在哪儿顶着。一切终于都安排得井井有条，等到总指大队人马入驻，大家眼前一亮，都为新指挥部优美的环境、齐备的工作生活设施点赞称好，放下行李立刻就能投入到紧张的工作中去。大家跟张建明打趣说："新指挥部拎包入住，不是毛坯房，还是精装修呢！"

就在大家在新指挥部安顿下来时，张建明却因为连日劳累病倒了。平日多强壮的壮汉，人送张建明外号"老虎"，怎么可能受这么一点累就能病倒了？他心里不服，还挣扎着要爬起来继续干活，却依然身不由己，又躺倒在床。

不过，他这一病，倒给他一个猛烈的惊醒。张建明经历过青藏铁路格拉段和拉日铁路建设的艰苦历程，深知在高原工作，对人体最大的危害不是工作劳累，而是高原反应。因此，做好人员的医疗保健工作、防治高原病非常重要。总指将拉林铁路建设全线建立三级医疗保障体系的工作责无旁贷地交给了综合部。

不等病愈，张建明便和综合部分管医疗保障工作的杨建伟一道走访沿线各个医院，调研当地医疗资源，与医疗单位建立密切工作联系。随即指导参建单位在拉林铁路全线设计、施工、监理指挥部设立了23个一级医疗点，与沿线4个县人民医院合作建立了二级医疗点，与2个当地驻军115医院、41医院和林芝市人民医院合作建立了3个三级医疗点，30个医疗点构成拉林铁路三级医疗保障体系。总指又给拉林铁路全线12个标段工程指挥部各配备一辆医疗救护车和应急救护设备，以便能够更方便快捷地救治严重高原反应人员。三级医疗体系的建立，为施工人员建立起高原健康的安全保障。

这天，张建明亲自带着医疗救护车开到一个工程指挥部，施工队的老杨见了，上来围着救护车转了两圈，还打开车门上车看了又看。然后对张建明说："您这车一开来，我们的心里可就踏实了。"

张建明好奇地问老杨："为什么？没救护车的时候心里不踏实吗？"

老杨说："在平原的时候每次单位组织体检，我在家血压都正常，一到体检中心血压就升高。医生说我这是典型的'白大褂高血压'，是由于见到穿白大褂的医生后精神紧张而引起的一种血压升高的应激反应。可是，说起来真是奇怪，我在高原本来还觉得高原反应有些头痛，今天见到您开来的医疗救护车，怎么觉得头也不痛了，高原反应也好多了，可不心里更踏实了嘛！"

职工听了大笑，有人跟老杨较真儿说："老杨，你这是不是搞反了哇？'白大褂高血压'应对的应该是'救护车高原反应'，你见了救护车高原反应更严重才对头啊！"

老杨也笑了："要不刚才我说奇怪呢！反正见了医疗救护车，现在头不痛了是真的。这还是要感谢总指，感谢张建明部长！"

一个部门只要有个好的带头人率先垂范，起先锋带头作用，旁的人其他事就不用催，都能自觉地往前干。总指综合部就是这样，有"老高原"张建明带头着呢！张建明却指着综合部的同志说："您看，综合部哪个不是好样的！"

好样的，综合部的同志们！

负责文秘工作的副部长施良斌、中铁十七局助勤人员吴显贵做文字工作其实是"半路出家"，都知道文字工作很苦很累，一字一句都是创造，不能照搬照抄。他们知难而进，刻苦学习，边学边干，在实践中不断提高文字工作能力，用他们的笔如实记录下拉林铁路建设历程的点点滴滴，常常写作到深夜，起草了大量文件、经验总结、领导讲话、写实材料等，有的经验材料得到铁路总公司领导的肯定，在总公司的会议上进行交流。还编辑拉林铁路建设"微刊""微群"，从职工中征集诗歌书画等文艺作品，编印《拉林铁路情怀·劳动美》画册，展示建设者的美好情怀，鼓舞激励参建者以更大的热情投入到拉林铁路建设中去。

副部长叶富海，主任科员杨建伟、陈豪都是从青藏铁路公司机关主动要求调来总指的，从运营单位到建设单位、从省会城市西宁到拉林铁路建设现场、从海拔2000多米上到海拔3000多米更高处，离家远了，工作生活条件都更加艰苦了，但是他们不忘初心，任劳任怨。叶富海抓行政事务工作忙而不乱，处理信访依法合规，综合治理井然有序，努力推进平安工地建设，维护正常建设秩序。杨建伟抓三级医疗保障工作，把防止高原病作为职业健康保护的重点，定期检查各医疗点工作情况，对设备、药品配备提出要求，列入总指季度考核内容，督促安排职工定期体检，确保人员身体健康。陈豪抓信息网络建设管理，利用技术专长在网络办公自动化方面下了不少工夫，提高了总指办公办事效率。

中铁五局助勤人员侯跃武负责党务、工会及宣传工作，按照总指党委的部署，采取多种形式组织党员干部学习十九大、宣传十九大，面向一线干部职工组织开展大学习、大宣讲活动，增强参建员工政治意识、大局意识、核心意识、看齐意识，自觉以习近平新时代中国特色社会主义思想为引领，拼搏在高原、奉献在拉林。

中铁一局助勤人员王媛媛负责综合部内勤事务以及机要、保密等，工作认真负责，勤勤恳恳，文电往来处理及时、准确、无误，每天总是第一个到办公室，最后一个离开。

拉林铁路建设夜以继日，总指汽车队的同志也昼夜奔波在拉林铁路建设现场，有的司机一个月要跑1万多公里，车轮胎都能跑爆好几个。车队的同志常常前不着村、后不着店，饿了啃口面包，渴了灌两口矿泉水，困了裹着衣服在车上眯一会儿。但只要说去施工现场，他们立马精神抖擞，开起车来不管跑多远，都不辞辛劳，毫无怨言，保证送工程技术人员安全、准时到达现场。职工食堂的同志更是天天起早贪黑，想方设法变着饭菜花样，让大家吃好。

综合部的工作的确头绪繁多，大家都有明确分工，各司其职，各负其责。但是有些事忙起来了，大家都互相帮忙，齐心协力，拧成一股绳，完美地做好每一件工作。

综合部没有惊天动地的业绩，只有默默无闻的奉献。在中国铁路总公司的编制序列里，唯有拉林铁路建设总指挥部这样一个正局级单位的全体职工都是远离家乡亲人的"单身汉""单身女"，他们全部住在一栋集体宿舍楼里，就像一个大家庭。而综合部就像这个家庭的大管家，精心料理着大家的吃喝拉撒睡。综合部部长张建明说："只有让大家在雪域高原上安心了，在工作生活上满意了，才能建好拉林铁路，创造新的辉煌。"

他们的确做到了！且看拉林铁路建设创造的新辉煌，一定有综合部的同志们在闪光。

追寻无穷力量的源泉

一个特别能战斗的指挥部，追根溯源特别能战斗的力量从何而来？这是必须要回答的问题。

在采访拉林铁路建设总指挥部的过程中，我一直在追寻着这个问题的答案。总指挥部的同志们回答说：

力量靠顽强拼搏而来！

力量是努力奋斗而来！

力量从齐心协力中来！

团结、奋斗、拼搏，固然可以迸发出强大的力量，可是这些总还是力量的表现形式，还不能真正算作是力量的源泉。最终，还是总指挥部党委书记、指挥长王建盛运用唯物主义辩证法从更高一层的精神层面上，给了我们一个圆满的答案。

王建盛指挥长在一次召集总指党委中心组学习时，学习了习近平总书记在主持十八届中共中央政治局第二十次集体学习时的重要讲话，习近平总书记结合我国经济社会发展的客观实际指出："我们党始终把思想建设放在党的建设第一位，强调革命理想高于天，就是精神变物质、物质变精神的辩证法。"

习近平总书记对辩证唯物主义基本原理和方法论的重要论述，给了党委中心组很深刻的教育。王建盛谈自己的学习体会时说："总书记的论述强调掌握'精神变物质、物质变精神'的辩证法，强调精神对物质的反作用。总书记还曾在兰考视察时，要求广大党员干部'把焦裕禄精神作为一面镜子来好好照一照自己'，总书记以焦裕禄为'精神变物质'的典型，给我们树立了学习的好榜样，也给我们深刻的教育和巨大的鼓舞。"

在拉林铁路建设中，总指党委始终重视干部职工的理想信念教育，不忘初心，牢记使命，继承和发扬具有光荣传统的青藏铁路精神，培育和创新富有时代气息的拉林铁路精神，坚持用拉林铁路精神团结人、鼓舞人、激励人。

这就是能够坚持奋战在雪域高原战胜一切艰难困苦的拉林铁路精神的力量。

拉林铁路建设者在雪域高原继续演绎着神奇天路"精神变

物质、物质变精神"的奇迹，而凝聚起这股强大力量的正是拉林铁路精神。

拉林铁路精神的形成和提炼，也是有一个过程的。

2014年10月，铁路总公司党组调任王建盛为拉林铁路建设总指挥部指挥长。从海拔低到可以忽略不计的沿海铁路工程项目一下子上到"世界屋脊"的青藏高原，虽然此时林芝正是风光绮丽秀美的金秋，漫山遍野的秋叶万紫千红，引人入胜。但是初上高原严重缺氧的高原反应让王建盛经历了一次肉体上的生死考验，一个普通的感冒演变为呼吸道真菌感染，不得已住进医院治疗了10多天。

再次回到岗位，王建盛强忍着高原反应引起的剧烈头痛、胸闷、失眠、厌食等不适，凭着他对铁路事业的热爱忠诚、对艰苦工作的责任担当，硬撑着完成了拉林铁路全线的踏勘。

工作环境的变化，接踵而来的事更令他真正头痛，那就是指挥部的人手严重不足。有的身体不适应，不敢上高原；有的在拉日铁路建成通车后功成身退，没有再转战拉林；也有的觉得拉林铁路工程艰难，不情愿调动工作。种种原因造成拉林铁路建设总指挥部和施工单位长期缺员50%以上，常常一个人要干两三个岗位的工作，"白加黑""五加二"地加班成为总指的工作常态。

人员紧缺的问题，加上自己初上高原的亲身感受，使王建盛指挥长意识到要干好拉林铁路这又一"天路"工程，必须首先保证人能上得来、站得住，才能干得了、干得好。而要做到这一点，物质激励总归是有限的，只有精神激励，才能凝聚广大人心、聚集无限力量，才能战胜一切艰难困苦。

在总指领导班子会上，王建盛谈了自己的这一想法，得到班子成员的一致认同和支持，总指领导班子统一思想，从理想信念教育入手，加强思想政治工作，在拉林铁路建设中努力传承"挑战极限、勇创一流"的青藏铁路精神，凝聚和创新富有时代气息的拉林铁路精神。

今天，中国铁路建设者在拉林铁路既要面对雪域高原高寒缺氧、生态脆弱的严酷自然环境，更要挑战高原隆升地带极为复杂、多变、频发的恶性地质灾害，怎么能没有点"精、气、神"！

"人是要有点精神的！"总指党委要求总指的同志到现场指导检查施工作业，都要坚持一岗双责，既要履行工程技术责任，又要履行思想政治责任。而下到施工现场总是先问候鼓劲，再检查指导，也成了王建盛指挥长和总指同志下现场的固定工作模式。

这天，总指接到报告，拉林铁路控制性工程巴玉隧道进口发生强烈岩爆，隧道掌子面岩石突然大面积爆裂，严重威胁着施工人员的安全。王建盛接到报告第一时间赶到隧道掌子面，和工程技术人员一道做应急处理。

处理完岩爆，王建盛和作业人员一道走出隧道，当他们脱下裹得严严实实的工作服，摘下安全帽、口罩，一个个露出真容时，王建盛才突然发现刚刚在隧道里奋不顾身、一直冲在前面的中铁十二局拉林铁路工程指挥部的总工程师乔志斌、隧道进口工区长陈永、技术员刘渺等作业人员，竟然都是80后、90后的年轻人，指挥长白国峰也才40来岁。年轻人一个个阳光、帅气、乐观，给人以积极向上的感觉。他们身上一定是有故事的。

回到指挥部，王建盛安排专人前来调研总结中铁十二局指挥部做好年轻人思想工作，使年轻人心系雪域高原、奉献拉林铁路的典型做法，推出了拉林铁路第一篇万余字的报告文学《青春与高原的激情碰撞》，在《中国报告文学》杂志、《中国铁道建筑报》上相继刊发，给了中铁十二局指挥部的年轻人极大的鼓舞和激励。中铁十二局指挥长白国峰说："报告文学的刊发，极大地刷新了职工的存在感、获得感，更加激励了他们的斗志。"

这就是典型宣传的作用，文字的力量，往往胜过连篇累牍的空洞说教。此后，总指又组织总结推出一系列拉林铁路工匠精神的典型报道，把镜头始终对准施工一线的爆破工、隧道工、架桥工、电工、项目经理等，有的事迹还推荐到西藏自治区"藏地工匠"评选。总指对拉林铁路设计、施工、监理等参建单位理想信念教育和思想政治工作的典型经验加大宣传力度，向参建单位征集拉林铁路宣传语。

"高原缺氧气不缺志气，拉林海拔高斗志更高。"

"情系雪域高原，奉献拉林铁路。"

"筑路人奉献雪域大高原，新时代再筑拉林新天路。"

……

总指从沿线充满激情的宣传语中，从拉林铁路建设先进典型和经验总结中概括提炼出拉林铁路精神的表述语，这就是"砥砺奋进、打造精品"。

"砥砺奋进"包含着习近平总书记的嘱托，概括了广大拉林铁路建设者在高寒缺氧、生态脆弱、地质恶劣、灾害频发的极端艰苦条件下，攻坚克难、砥砺前行的大无畏精神和英雄气概，也体现出拉林铁路建设在新时代的大格局中，和全党全国人民一道，在习近平总书记的带领下不忘初心、砥砺前行的责任担当。拉林铁路建设就是全体参建者知难而进、真抓实干、砥砺前行的最好实践。

"打造精品"包含着铁路总公司党组提出把拉林铁路建设成"精品工程"的奋斗目标，概括了广大拉林铁路建设者敢于担当、团结奋斗、永不懈怠、争创一流的精品意识和创新精神，也展现出拉林铁路建设者在青藏雪域高原传承青藏铁路精神，接续奋斗、开拓创新、敢于超越的坚定信心，努力建设拉林铁路精品工程，再创雪域高原新的辉煌。

拉林铁路精神是青藏铁路光荣传统的精神传承，更是拉林铁路工程建设和建设者队伍建设的思想创新，一经提出，立刻得到广大参建干部职工的高度认同。广大参建者在"砥砺奋进、打造精品"的拉林铁路精神激励下，在雪域高原艰苦环境中得到锻炼成长，为把拉林铁路建成"安全、优质、创新、环保"的一流精品工程作贡献。

　　这就是唯物主义辩证法"精神变物质"在拉林铁路上的最新实践成果。

　　艰苦的高原环境最能考验人的意志和品质，艰难的拉林铁路更加凝聚人的精神和力量。王建盛指挥长说："我们在用'砥砺奋进、打造精品'的拉林铁路精神引导人、激励人、凝聚人的同时，不忘关心人、帮助人、爱护人。"

　　全线刚开工不久，有一次王建盛在一座隧道工地检查施工。施工单位负责人预计检查结束的时候，正好赶上中午开饭时间，便提前在离工地不远的县城一家宾馆餐厅预订了一桌饭菜。等到检查结束要吃饭了，便招呼王建盛一行人上车去县城。

　　王建盛疑问："去县城干什么？"

　　施工单位负责人回答："该吃饭了，我们去县城吃。"

　　王建盛又明知故问："你们指挥部没食堂？"

　　"有，怕做不好。"

　　"有，就在你食堂跟职工一起吃，我也正好看看你们食堂办得怎么样？"

　　说着就去食堂，盛上饭菜和职工一起吃着、聊着，问大家在高原身体适应不适应，食堂饭菜满意不满意，家在北方的能不能吃上热面条，南方来的同志能不能吃上大米饭，下班回来能不能洗上热水澡。生活上事无巨细，都装在领导的心里。

　　职工说："总指挥领导每次到现场来，都是先问候我们大家，关心我们吃的、住的、用的，还有业余时间玩的，都让我们心里暖暖的，劲头足足的。"

王建盛和总指领导每到参建单位现场检查施工，总是要到职工食堂掀开锅盖看看职工吃得好不好，有没有荤素搭配；到职工宿舍掀开被子摸一摸有多厚，暖不暖。

为了防治高原反应引起的高原病，总指领导非常重视医疗保障工作，王建盛亲自抓全线三级医疗保障体系建设，督促全线各参建单位都建立健全一级医疗站，常备高原药品和氧气装置，定期组织全员体检。总指还拨出专门经费购置了12辆医用救护车和急救医疗设备，配备给全线12个标段施工单位。职工说看到医疗救护车，就像吃了定心丸，好像高原反应也没那么严重了。

桑珠岭隧道施工刚刚掘进到高岩温地段时，最高岩温接近90摄氏度，洞内环境温度达最高46摄氏度。洞内洞外两重天，洞外是高原严寒，洞内却酷热难耐，高岩温创下了中国铁路隧道施工史之最。

王建盛指挥长接到施工单位的报告，立刻赶到桑珠岭隧道施工现场。进到洞内，他看到有的施工人员嫌热，索性脱掉工作服，穿着背心短裤干活。他立刻指挥作业人员先停止作业往后撤。他和技术人员却顶到酷热的掌子面，实测高岩温下引起的施工变化，现场研究施工措施。几经现场实测试验，最终决定采取制放冰块、加大通风等强制降温措施，尽可能降低环境温度。在隧道洞内又专门搭建作业人员空调休息间，增加吸氧设备，要求作业人员每作业20分钟就换下来强制休息，预防职工隧道高温作业中暑。

桑珠岭隧道又开始继续向前掘进了。经过1125天的紧张施工，长达16公里多的桑珠岭隧道于2018年1月17日顺利贯通，比预定建设工期提前了6个月。

拉林铁路全线有8座软岩大变形隧道，6座冰碛富水层隧道，洞内岩体为沙泥冰块，极易严重变形。施工中遇到隧道涌水突泥险情，总指领导总是在第一时间赶到现场，险情严重时先停止作业，把保护好高原施工作业的每个生命作为总指的头等大事贯彻在日常管理工作中。

拉林铁路高岩爆隧道有20座，隧道最大地应力达78千帕，地应力受扰动岩体会突然爆裂，碎石如弹片，对人员和设备极易造成伤害。总指领导要求隧道作业人员穿戴防弹服，头戴防爆安全帽，加强人员安全防护。要求全面开展机械化作业，减少危险掌子面作业人数，开展岩爆预测研究，及时防范安全风险。

种种安全保护措施和生活上的人文关怀，体现了总指挥部对职工的关心、爱护。职工们说，在拉林铁路干活，跟别处有点不一样，别处干活就为了打工挣钱。在拉林铁路能找到一种"我在高原、以人为本"的主人翁感觉，这里的领导真给力！

俗话说得好："火车跑得快，全凭车头带！"在拉林铁路建设总指挥部，特别能战斗的力量，还来自于榜样的力量。

"打铁还需自身硬"，这是习近平总书记对党员领导干部的严格要求，也成为拉林铁路建设总指挥部党员领导干部的行动指南，要求别人做的自己先做到，要求别人不做的自己坚决不做。领导率先垂范，自然形成一股号召人、吸引人、引导人、鼓舞人的强大精神感召力。

王建盛指挥长从事铁路工程建设管理和工程专业技术工作10多年，严格遵守国家工程建设方面法律法规和铁路工程建设管理方面规范性文件，恪守铁路工程职业道德和专业研究学术道德，精通工程建设管理规范和专业技术业务，在组织的培养下，从一名工程建设专业技术人员成长为本专业领域的管理能手，走上铁路工程建设管理领导岗位。

筑路人的工作性质就是常年在外不着家，总是跟着一个接着一个的新建工程项目走，铁路修到哪儿，"家"就在哪儿。王建盛的三口之家也是这样，一家三个人分居两地，妻子和孩子在北京，而他跟着工程项目四海为家，一家人常年不能团聚。一提到这些，王建盛总感到对妻子和孩子非常愧疚，没有尽到丈夫和父亲的责任，更没能在父母面前尽到为人之子的责任。他说，作为家庭成员，他是最不"合格"的。但是，对此他又有充足的理由："自古忠孝不能两全，既然我选择了铁路事业，就必然意味着对家庭的牺牲。其实，筑路人哪个不是如此！"

　　王建盛扳起指头列数他的拉林铁路同事们，大家谁不是离妻离子，家不是在成都、兰州、西宁，就是在福州、武汉、西安……祖国各地天南海北哪儿都有，还几乎都在大中城市。在总指的院子里只有办公楼兼单身职工宿舍，没有家属区、住宅楼，总指的干部职工全都住单身职工宿舍。这在铁路总公司的直属单位里，恐怕也是独一份呢。

　　在拉林铁路面对极其复杂的地质条件、多种频发的地质灾害以及世界性工程难题时，王建盛以高度的政治责任感和强烈的事业心，临危不惧，迎难而上，率先垂范，组织带领总指党委一班人和干部职工，按照总公司党组把拉林铁路建设成为精品工程的要求，努力实现工程管理创新、关键技术创新、人才队伍创新，安全有序、确保质量地全力推进拉林铁路精品工程建设。

　　在总指领导一班人里，还有一位老高原铁路人、副指挥长许国琪默默地发挥着老同志的带头作用。

　　许国琪从青藏铁路公司到拉日铁路，再到拉林铁路，前后十几年扎根雪域高原。许国琪分管物资供应保障工作，他坚持以"供得上、保进度、省成本"为原则，加强与施工单位的物资信息沟通，对供应物资进行动态跟踪检查，确保水泥、粉煤灰、钢材三大主材供应和各类物资供应，满足生产要求。严抓集中采购供应的施工原材料进场质量的验收卡控，委托第三方试验检测机构对全线进场原材料进行抽检，验证监理、施工单位材料检验结果，严肃考核不按要求落实检测、弄虚作假的施工、监理单位。通过多种有效举措，坚决杜绝不合格材料进入拉林工程实体，从施工材料的源头上保证拉林铁路工程质量。

党委副书记、纪委书记杨柳波也是一位青藏铁路人，从青藏铁路公司政治工作岗位上调任拉林铁路建设总指挥部，分管思想政治工作和纪检工作。在总指党委领导下，杨柳波强化总指党建工作责任制，巩固党的群众路线教育成果，组织党员干部开展"两学一做"学习教育活动。认真落实党风廉政建设"两个责任"，领导干部坚持"一岗双责"，加强党员干部党性教育修养，提高防腐拒变的能力，在工程管钱管物的敏感岗位强化制度设计、监督预防、教育警示三措并举，造成不能腐、不敢腐、不想腐的良性廉洁建设生态。加强雪域高原艰苦环境下职工思想政治工作，凝聚起强大的精神动力，组织动员广大参建职工以强烈的政治责任感、光荣使命感和更大的热情，积极投入到拉林铁路建设中来。

仅仅有一个好的领导班子和好班长是不够的，还要有一个好的英雄群体！这就是在拉林铁路建设中总指注意培养成长起来的各类先进典型。他们中间有优秀党员、先进党支部、先进项目指挥部、标准化工程监理站、标杆施工架子队、样板工程工点、示范工点等一系列先进集体。

榜样的力量是无声的动员、强烈的感召、有力的引领！领导率先垂范，典型立标打样，拉林铁路建设取得了可喜的进展。截至李克强总理考察川藏铁路拉萨林芝段铁路建设工地之前的2018年6月底，拉林铁路建设已完成投资计划的51.88%，隧道及明洞完成设计的74.55%，桥梁完成设计的91.25%，涵洞完成设计的95.14%，路基完成设计的98.19%，站后工程平稳推进，安全生产平稳可控。

我们期盼不久的将来，看那现代钢铁巨龙风驰电掣般在拉林铁路奔驰之时，将与古老的雅鲁藏布江峡谷、巍峨的喜马拉雅山相映成一幅更美更灿烂的壮丽画卷，西藏东南部地区将永远结束不通火车的历史。拉林铁路的建设者和西藏各族人民群众共同祝愿：此情可期，此景可盼！

这就是一个特别能战斗的指挥部所给予的全部答案，还有什么样的语言能比拉林铁路建设的巨大成果更能说服人呢！

第七章　　雅江两岸盛开的格桑花

相传还是在元朝的时候，蒙古人进入西藏，把翠菊的种子也从中国北方带到了西藏，从此在西藏生根开花。那时正是西藏历史上继吐蕃王朝灭亡之后出现的空前盛世，被忽必烈赐为"国师"的八思巴缔造了辉煌的萨迦，使元朝皇室接受了藏传佛教，八思巴也成为元朝的帝师。蒙古人传播来的翠菊在寺院和很多人家种植盛开，那个时代的人们就把翠菊叫作格桑花，也叫幸福花。"格桑"在藏语完整的意思是"格巴桑布"，"格巴"意为时代、世代，"桑布"就是昌盛的意思，就是世代繁荣昌盛或幸福的意思。因此，在西藏，格桑花被藏族百姓视为圣洁之花，人们经常借用格桑花表达和抒发美好的情感，流传着很多赞颂格桑花的歌和故事。

如今，新时代的又一条新天路——川藏铁路拉萨林芝段在雪域高原正热火朝天地建设中。这将永远结束藏东南地区不通铁路的历史，造福于藏区各族人民群众。

国务院总理李克强2018年7月26日在西藏考察川藏铁路拉林段施工现场，了解工程进展情况时指出：川藏铁路不仅是西藏人民的期盼，也是全国人民的心愿，其投资建设将会带动巨大的经济和社会效益，是我们早已看准、迟早要建的有效投资项目。我国目前发展不平衡，中西部基础设施建设滞后，要加快补齐这个短板，通过扩大有效投资，加快中西部基础设施建设，逐步缩小东中西部发展差距。

藏东南地区各族人民群众热烈期盼川藏铁路早日修到家乡的心情，正如歌曲《天路》里唱到的那样：

清晨我站在青青的牧场／看到神鹰披着那霞光／像一片祥云飞过蓝天／为藏家儿女带来吉祥

黄昏我站在高高的山冈／盼望铁路修到我家乡／一条条巨龙翻山越岭／为雪域高原送来安康

那是一条神奇的天路／把人间的温暖送到边疆／从此山不再高路不再漫长／各族儿女欢聚一堂

那是一条神奇的天路／带我们走进人间天堂／青稞酒酥油茶会更加香甜／幸福的歌声传遍四方

在川藏铁路拉萨林芝沿线，我们可以看到：路地共建雪域天路，格桑花开拉林沿线，那是为藏家儿女带来吉祥的格桑花，是喜庆神奇天路早日建成的格桑花，是象征民族团结幸福的格桑花。

就让我们走到中国中铁一局集团有限公司拉林铁路工程指挥部去撷取一朵盛开的格桑花，听听他们和当地藏族人民群众共同培育民族团结幸福之花的动人故事。

像当年红军那样约法三章

2015年6月，拉林铁路第10标段全长42.68公里铁路由中铁一局集团有限公司中标承建。因为早有预案，因此，中铁一局集团有限公司拉林铁路工程指挥部在第一时间组建挂牌，再次吹响向雪域高原进军的集结号，一批精兵强将厉兵秣马随时准备上高原。说实话，此时他们的心情既兴奋，又紧张。

兴奋的是，中铁一局集团有限公司将重上高原、再创辉煌！想当年修建青藏铁路时，中铁一局集团有限公司从青藏铁路格拉段的起点南山口向着拉萨方向，以平均日铺轨3000米、日架桥3.5孔的速度铺就一条天路，他们还曾创造了日铺轨6575米、日架桥6.5孔的高原纪录。矗立在南山口铺架基地的一幅标语"艰苦不怕吃苦，缺氧不缺精神，风暴强意志更强，海拔高追求更高"，被誉为中铁一局集团有限公司的青藏铁路精神，受到700多批次中外媒体和参观团的高度赞誉。

紧张的是，都说"好汉不提当年勇"，中铁一局集团有限公司参建青藏铁路那都是10年前的故事了，如今即将要上高原的却多是年轻的80后、90后。虽然他们向往着那个神秘的地方，但也为从来没上过青藏高原而对高原反应心怀紧张畏惧。

然而，中铁一局集团有限公司拉林铁路工程指挥部党工委书记王崇新却从上级党委下发的一份文件中，体会到更多一层审慎。

这份文件的主题是2016年是中国工农红军长征胜利80周年，届时将举办各项有意义的纪念活动。在下发的有关学习资料中，指挥部党工委看到，红军在藏区民族工作的成功实践，是红军长征的重要组成部分。在长征中，三大主力红军都经过了除西藏以外的川、滇、康、甘、青五省藏族聚居区。红军进入藏区后十分注意尊重藏族人民的宗教信仰、风俗习惯和使用自己民族语言文字的自由，保护藏族群众的根本利益，从而得到藏族人民的普遍拥护和支持，帮助红军克服了许多困难。为此，指挥部领导班子专门开会研究进藏前的准备工作，大家认为，如今我们就要进入藏区修建拉林铁路，而许多年轻人对藏区的历史、经济、文化、风俗和宗教等还缺乏了解，更没有实践的机会，应当及时补上这一课。

指挥部班子会上，中铁一局集团有限公司副总工程师、拉林铁路工程指挥部党工委书记王崇新向大家宣读了当年红军进入藏区时，朱德总司令向红军宣布的4条规定：一是尊重当地的风俗习惯；二是爱护藏胞的一草一木；三是在藏胞没有回家之前，不准进他们的屋；四是看管并喂好藏胞留在家中的牛羊。王崇新说，我们也给大家来个约法三章吧。于是，班子研究，针对藏区群众宗教信仰和风俗习惯，专门下发通知：一是不捡石头（玛尼石）和撕扯山上的经幡；二是不采摘藏族群众的核桃；三是不下江钓鱼捕鱼。一定要严格尊重藏区风俗习惯，与藏族人民群众共建和谐、和睦、友好的铁路施工环境。

有的同志提出"约法三章"是不是太细、太具体了，能不能提些原则性要求，覆盖面更宽一些？王崇新说，"约法三章"就是要从最要紧的细微之处提要求，才好抓具体落实。细微之处看起来是小事，可是事事都是关系到民族政策的大事呢！

指挥部同时还把藏区群众的风俗习惯印发给职工。比如行路遇到寺院、玛尼堆、佛塔等宗教设施，必须从左往右绕行；进入寺院，要爱护与宗教活动相关的物品，不得用手乱抚摸经书、佛像、壁画、法器等，让大家深入了解，自觉遵守。大家说，这个"行为指南"发得太及时了，有了这个，我们到了藏区就知道什么话该说，什么话不该说；什么事能做，什么事不能做了。

西藏林芝地区雅鲁藏布江和尼洋河两岸盛产核桃已有几千年的历史，核桃树遍植路边地头、坡前山后，随处可见七八人合抱的千年大树，景观别致。林芝核桃以其皮薄、个大、肉嫩、肉满、肉质香醇甜润而誉满高原，有着西藏圣核的美誉，是历代达赖喇嘛和达官显贵的贡品。中铁一局集团有限公司拉林铁路工程指挥部的施工队伍2015年6月进场，9月就到了核桃成熟的收获季节，中铁一局集团有限公司拉林铁路工程指挥部三个项目分部去施工现场的路上，核桃树比比皆是，成熟的核桃掉落得满地都是。这些天来，甲竹村藏族村民扎西一直远远地盯着路边的核桃树，就等着施工人员上树摘核桃，他好抓"现行"。

一连好几天，扎西等待的都是"失望"，谁知这天偏偏就让他抓着了。他远远地看到中铁一局集团有限公司拉林铁路工程指挥部一分部的施工车辆在他家的核桃树前停下车来，下来几个工人弯着腰在捡掉落路上的核桃。他耐心地等工人捡得有一会儿了，才突然出现在他们面前，本想来个人赃俱获，可是他人还没开口，自己先傻了眼。原来，工人把掉落在路上的核桃捡起来，足足有10斤，都堆放在核桃树下铺着的塑料袋上。树下、路上，看不到一个吃过的核桃空壳。

这时，一分部党支部书记党新红走到扎西面前跟他说："你家的核桃树该采摘了。你看，昨夜一场风，吹落得路上都是（核桃）。我们怕汽车压烂了你的核桃，就帮你捡起来，都堆在树下了。树下还有掉的，你自己捡捡吧，我们该去工地了。"

扎西本来一肚子想的都是怎么索赔的词，现在一个也说不出口。他情急之下，赶忙跑到树下，抓起两把核桃就要往工人手里塞，请他们尝鲜。可是党新红书记已经带着工人上车直奔工地去了。扎西激动地双手合十，对着中铁一局集团有限公司职工的背影喃喃低语："扎西德勒，扎西德勒！"

中铁一局集团有限公司拉林铁路工程指挥部二分部的职工老谭爱好奇石收藏，走到哪儿都喜欢下河滩捡石头。听说雅鲁藏布江的河滩两岸多奇石，为此，老谭上高原之前做足了功课。他了解到由于四千万年前欧亚板块猛烈撞击形成的造山运动，把原本是一片汪洋的特底斯古海奇妙地变成了地球的屋脊，千姿百态的奇岩砾石就是天公对这片超尘拔俗的地球高地最慷慨、最丰盛的馈赠了。到高原寻找奇石，也就成了老谭积极报名上高原的原因之一。

可是没想到一上高原，指挥部的约法三章头一条就是不得捡石头。这是因为西藏自古以来存在着一种大石文化。藏族先民磨石斧狩猎，凿石锅煮食，垒石屋避寒，佩石坠驱邪。在藏区，随处都能看到藏族在屋顶、门顶、窗台以及土地中央供奉着白石，他们崇信白石是雪山的精华，家庭的保护神，田地和庄稼的守护神，而高高屹立的巨大白色山石，乃是龙女、神女的化身，遍布藏区高山峡谷、村口道旁的玛尼堆更是藏族山石崇拜的表现。

不让捡石头，已经写在中铁一局集团有限公司拉林铁路工程指挥部的约法三章里了，这是铁的纪律，不得违反。在老谭上工地的路上，随处可见千姿百态的好看奇石，老谭都忍痛割爱，视而不见。实在忍不住诱惑了，他也会蹲下来细细地观赏一番，然后掏出手机给奇石照张照片，就算收藏在手机里了。时间长了，他的手机里存了数十上百张雅鲁藏布江畔的奇石照片。在老谭的影响下，施工队好多年轻人都跟老谭一样，成了手机"奇石收藏家"了。他们还正琢磨着什么时候大家都将手机里的奇石照片晒出来，在微信朋友群里办个不一样的"奇石展"呢！

老谭和他的同伴们对奇石异样关注的一举一动，藏族群众其实都看在眼里，感动在心。中铁一局集团有限公司拉林铁路工程指挥部的约法三章，看似约束了职工在藏区的"行为自由"，但是却拉近了与藏族群众的心啊。

页多顶隧道横洞洞口开挖时，施工人员按设计图寻找洞口勘测桩，怎么找也找不到。因为他们怎么也想不到横洞洞口位置恰好是当地单嘎奴觉村藏族佛教信众的一个祭祀台，勘测桩就在祭祀台边。这可给施工出了一个大大的难题。祭祀台是宗教活动场所，万万不能乱动。祭祀台不能动，洞口施工就没办法进行。王崇新把这一情况向拉林铁路建设单位作了详细报告，铁路总公司拉林铁路建设总指挥部会同设计单位研究，到现场调研，立刻更改设计，将横洞洞口往东边平移150米，既保护祭祀台不受损坏，又使隧道施工能够正常进行。藏族群众了解到这一情况，纷纷给这些筑路人竖起大拇指称赞说："这些筑路人如此尊重我们藏族群众的宗教信仰，敬佩，敬佩！"

路地鱼水情、藏汉一家亲

中铁一局集团有限公司承建的拉林铁路第10标段线路全部在雅鲁藏布江北线路，所经过的12个藏族村子，与雅江南岸交通运输繁忙的S306省道公路隔江相望，交通更加闭塞，经济发展也较其他村子更为贫困。

自从中铁一局集团有限公司拉林铁路工程指挥部进场之后，常常能看到一个穿工装的汉族中年男子在当地藏族村子里转悠着，时不时地跟村里懂汉语的藏族青年聊几句。开始藏族群众以为这男子是来村里买山货的商贩，于是把家里自产的核桃、蘑菇拿来给他看，可是他什么也不买。问他是不是新来的乡政府挂职干部，他也笑着摇摇头说不是。可他总是一个劲儿地向藏族村民问这问那。问叫什么名字，在家种地还是放牧？牛羊多少只、地有多少亩？一家几口人、一年收入有多少？还问村里其他人的情况。他问得越是仔细，地处中印边境的藏族村民越是警惕了，悄悄地叫来村委会主任过来"审问审问"他到底是什么人。

这一"审"，这位男子也立刻坦诚"招供"，于是真相大白，原来他正是中铁一局拉林铁路指挥部指挥长徐和军。因为中铁一局承建的拉林铁路标段要从本宗、甲竹、江中、茂公、单嘎奴觉、本夏等12个藏族村子过，他这是主动"微服私访"，到这几个村子来做社情民意调查。他用最通俗的话，讲最明白的道理，告诉这几个藏族村子的村干部和村民们，修建拉林铁路的根本目的，就是造福藏东南地区各族人民群众。但是，我们不是等铁路建成后才让村民来分享铁路通车带来的好处，而是从工程一开始，我们就要积极主动地参与到当地精准扶贫工作中来，为贫困家庭脱贫致富创造条件，直接造福于藏族群众。徐指挥长把他了解到的有关情况，与村主任们进行了核实研究，确定了中铁一局集团有限公司拉林铁路工程指挥部在修建拉林铁路期间，义务承担21户藏族贫困农户的精准扶贫任务，其中一分部帮扶10户藏族贫困农户，二分部帮扶6户藏族贫困农户，三分部帮扶5户藏族贫困农户。指挥部要求项目分部要有专人负责精准扶贫工作，跟帮扶家庭结对子、交朋友，搞好帮困扶贫。

江中村有七八户贫困家庭承包了一些坡地，由于家里缺劳力，一直没种植，地却越撂越荒。三分部负责精准扶贫工作的副经理李明了解到这一情况，派出项目部的挖掘机、推土机、装载机轰轰隆隆开到江中村，连着干了好几天，给这几户贫困户足足平整出十四五亩好地来种植。这些藏族农户有了地，心里踏实了许多，当年就全部种上了青稞。2016年秋天是喜获丰收的头一季，藏族农户高兴得只要见了李明副经理和中铁一局第三项目分部的职工从村里路过，就招呼着要拉他们进村到屋喝酒，还摘下自家树上的苹果送给职工吃。

江中村的地理位置比较偏僻，交通不便，村里唯一通往外界的村道狭窄，而且要盘山绕行，遇到冬天下雪，山道路滑，行人车辆非常不安全。为此，三分部发挥工程施工的技术优

第七章　雅江两岸盛开的格桑花 | 383

势，给江中村开掘了300多米的村路交通隧道，从此不用再走盘山道了。藏族群众说，中铁筑路人给我们打通的这条隧道，真正是我们江中村的幸福道、致富道，从此让我们致富有了"捷径"，家人再也不用为我们的出行担惊受怕了。

村路隧道通车那天，江中村的男女老少穿上藏族的节日盛装，都来这条隧道走走、看看，村委会干部代表全体村民给中铁一局拉林铁路三分部的职工献上洁白的哈达，表示他们最真诚的感谢和最美好的祝福。中铁一局拉林铁路指挥部进场还不到两年，为藏族村子改扩建村道公路80余公里，其中新修道路40余公里，还为藏族村子开沟修渠1000余米，引水灌溉农田。当地藏族群众在各种庆祝场合给中铁一局的干部职工敬献哈达30多条。2016年4月，茂公村村委会还按照汉族的习俗，特意到中铁一局集团有限公司拉林铁路工程指挥部送上了一幅锦旗，上面用藏汉两种文字写着"路地鱼水情，藏汉一家亲"，表达了他们对中铁筑路人的诚挚感谢。

指挥长徐和军说，以前没来过西藏不知道，到了藏区才了解到藏族的节日很多，几乎月月都有节日要庆祝。这是因为藏族使用的是藏族历，根据藏族历和生活习惯，藏族群众有着许多汉族没有的特殊节日，或是用于祭祀，或是用于庆祝，或是用于生产生活的指导，或是用于感恩等等。比如藏历正月一日开始的藏历年、农历初九的上九节、农历三月初六的谢水节、农历四月八日的沐佛节，还有采花节、望果节、林卡节、沐浴节、赛马节等。徐和军指挥长有个小本子专门记着这些节日的时间、习俗，每到藏族群众过节的时候，指挥部和三个项目分部都要组织职工抬着买来的大米、茶叶、酥油、啤酒，去所在藏族村子慰问藏族群众。每到新学期开学，指挥部给对口帮扶贫困家庭的孩子送去书包、文具助学。

2016年藏历新年，一分部经理李天军去当地甲竹村慰问藏族村民，被村委会主任白玛占堆"强拉"到他家去喝酒。李天军当天还要去工地带班作业，便借口说自己感冒了，实在不能喝酒，推辞改天再去。可是白玛占堆主任说什么也不行，说："不喝酒也要到我家坐坐。感冒了我给你最好的藏药，保证一吃就好！"就这样，李天军经理还是被拉到占堆主任家坐着聊了一个多小时。临走时，白玛占堆主任说给李天军经理送一包草药，回家泡水喝了就好。李天军当时也没在意，回到宿舍打开白玛占堆主任送的草药一看，竟然是一包价值数千元的西藏名贵药材冬虫夏草。他知道藏族的风俗习惯，藏族群众送的东西，收下了就不能再退回去，退回去等于绝了交情。于是，他只好先收好这包冬虫夏草，等有机会一定找个借口再把钱送还给村主任白玛占堆。

2015年12月藏族群众过工布节，一分部的职工给当地的茂公村送去了节日慰问品酥油和啤酒。茂公村民热情地邀请职工参加村里的节日庆典活动。藏族群众过节安排的项目比赛是骑马射箭，可是一项目分部的职工不会，村民就特意安排了一个汉族擅长的拔河比赛，也不知是职工真的很擅长拔河，还是藏族村民有意谦让，结果反正是一分部的职工赢了这场拔河比赛。大家和藏族村民一起玩得很嗨、很开心。

为贫困藏村增强造血功能

这天，中铁一局集团有限公司拉林铁路工程指挥部指挥长徐和军又像往常一样，随意到藏族村子走走，和藏族群众聊聊。聊天中他听说有　户对口帮扶的藏族贫困农户（最好了解一下哪个村的姓名），虽然帮扶后生活有所改善，但与别家已经致富的农户比，还是生活在贫困线以下。徐指挥长突然意识到，与其为贫困户"输血"，不如帮助贫困户增强"造血"机能。靠人不如靠自己，还是要帮助他们自己走出贫困，才算是真正意义上的脱贫致富。

于是，徐和军在指挥部和项目分部经理会上跟大家讲了"输血"和"造血"的道理，要求各项目分部将修路施工与精准扶贫有机结合起来，为当地藏族群众创造增强"造血"机能的条件。

一分部建一号搅拌站打基础时，需要外购商品混凝土，甲竹村藏族群众加央知道这一情况，上门找到一分部党新红书记和外协部长段军林，提出买他们村里的混凝土，一是为村产业增加点收入，二是村里有就不必舍近求远在外面买。党新红书记和段军林部长一听是这个理，也符合指挥部帮助藏族群众发展经济、脱贫致富的要求。可是，搅拌站打基础需要承重力很强的混凝土，村里自产的混凝土经检验质量不合要求，无法采用。党书记将这个情况告诉了加央，加央开始不理解，认为中铁一局集团有限公司职工瞧不起他。于是，加央不让一分部外购商品混凝土的运输车进村，要进村走村道，就得留下"买路钱"，每车20元人民币，一分钱都不能少。

解铃还须系铃人。加央出了难题，就还得找加央解决。为此，党新红和段军林特意来到甲竹村加央家登门拜访。一进门，按照藏族的习俗，进门的都是贵客，进来了就得先喝三碗酒，不然就不够朋友。那就喝，尽管党新红和段军林其实都不胜酒力，可是进了藏族朋友的家门，豁出去了，那也得喝。这顿酒从头天晚上直喝到第二天天亮，三个人都喝醉了，但是酒后吐出的真言，却一点儿没掺假。

加央说："我知道，你们那么远……来我们村……修铁路，都是……为我们好！这样吧，你们运水泥的车……尽管从村里过，20块的过路费……我不要了。"

党新红和段军林说："你的混凝土，质量不过关，以后我们帮你……改变搅拌配比，一定要让它……质量过关。不过，这回急用，商品混凝土我们该买还得买。"

"行，你们买，我不拦。"

"但是，砂石料……总该不是你自家造的吧？我们买你的……砂石料，照价付款。"

"行！够意思！来，这杯干了。"

"干！"

就购买甲竹村的砂石料这一项，既为甲竹村增加了30余个工作岗位，又为藏族群众每年增加收入上百万元。加央一提起这件事，逢人便说中铁一局集团有限公司拉林铁路工程指挥部一分部的汉族朋友真够意思。另外，中铁一局集团有限公司拉林铁路工程指挥部和当地镇政府协商决定，施工所需地材尽量都由工地所在的藏族村群众的车承担运输。仅这一项，就为当地藏族群众每年增加600余万元收入。

洛桑扎西就是用自己的车为中铁一局集团有限公司拉林铁路工程指挥部施工工地运输施工材料的，为此他每年实实在在地稳定增加收入10多万元，从此摆脱贫困，小日子过得越来越好。中铁一局集团有限公司拉林铁路工程指挥部施工紧张地进行着，他的车也连轴转，只顾上多跑几趟多挣钱，顾不上按期保养车。结果，这天他的车陷在路边，他猛加油想开出来，车轮打滑却越陷越深，最后车干脆跟他"闹罢工"，熄火抛锚了。洛桑扎西更加着急，车一坏不但误工，这几天的运费挣不上，还要搭上修车费，那可损失不小。可是他打开卡车前盖，依然一筹莫展，不知该如何下手。

恰在这时，　分部党新红书记去工地路过，看见洛桑扎西的车坏在路上，好心上前问他要不要修车。他支支吾吾半天，党新红也不知他到底说些什么，到最后才听清他问修车是不是要很多钱。

党新红笑了，大声告诉他说："修车，免费！不要你的钱！"

洛桑扎西还在将信将疑，党新红已经打电话叫项目部派一台装载机过来，先把车从泥坑里拖出来，然后将车拉到项目部安排修理工放下手里的活，先给洛桑扎西修车。这边修车的工夫，党新红招呼洛桑扎西坐下休息、喝茶。等车修好了，也保养了，洛桑扎西就要上车开走了，还问党书记："你们修车真的不要钱?"

党书记哈哈笑了，大声说："欢迎你再来！"然后向洛桑扎西挥挥手，直催他快开车给工地送料去。

路地共建幸福路

西藏拉萨到林芝的千山万壑之中只有两条公路，一条是北线318国道，途中翻越海拔5013米的米拉山口，山口处常年积雪，有远古时期冰川活动遗迹。另一条是南线西藏306省道，沿着雅鲁藏布江峡谷谷底穿行，是藏东南地区由拉萨连接山南、林芝两地市的一条重要交通要道。拉林铁路采取的正是南线方案，和西藏306省道一样，穿行在雅鲁藏布江两岸的高山峡谷之间，筑路人也便驻扎在306省道沿线。

2016年，雅鲁藏布江两岸的雨季来得要比往年更急、更猛一些，阴雨已经从6月初开始连续下了近1个月了，山体含水量早已呈现出饱和状态。这种情况下，铁路隧道洞口、桥梁桥台以及路基涵洞施工，极易遇到泥石流、塌方等意外情况发生。中铁一局集团有限公司拉林铁路工程指挥部早就做好铁路施工防洪抗灾的预案，要求各项目分部严加防范。

7月1日这天，中铁一局集团有限公司拉林铁路工程指挥部徐和军指挥长接到通知要去林芝八一镇，参加铁路总公司拉林铁路建设总指挥部的一个工程会议。从指挥部乘车到总指挥部100多公里，7点早饭过后，徐和军指挥长便乘车出发，这样8点半就能准时参加总指的会议。

汽车行驶到306省道121公里处，这里是一个山凹处，司机减速拐过弯，正要加速直行，却突然来了个急刹车，要不是系着安全带，徐指挥长准得从副驾驶座上跳起来撞到车前窗上。

"什么情况？撞牛，还是撞猪了？"徐和军问。原来藏族地区群众养牛养猪不习惯圈养，而是四处放养。因此，自由自在的牛和猪吃饱了，常常跑到公路上来十分"惬意"地晒太阳。在藏区的公路上开车，汽车刹车停下来给牛和猪让道是见惯不怪的常事。

不等司机回答，徐指挥长其实已经看到，既不是撞牛了，也没有撞猪，而是撞山了。原来306省道靠山一侧的山石裹挟着泥土塌下来了，足有7万多立方，就像平移过来一座小山，横断拦截在306公路上。

徐指挥长下了车，先给总指领导打了电话，报告了路上遇到的突发情况，对不能按时参会请了个假。总指领导电话告诉徐指挥长说："会议的内容也是研究近期拉林铁路工程抗洪抢险问题，你正好遇到塌方，就地在现场组织抢险吧。"

接着徐指挥长把电话打回指挥部，下令启动指挥部早就制定好的抗洪抢险预案。只不过地点有所变化，由拉林铁路工地改为306省道。

不一会儿工夫，就听到隆隆的机器声，中铁一局集团有限公司拉林铁路工程指挥部三个分部的职工开来了挖掘机、装载机、推土机等14台大型机械，开始移山破石推土，清除公路塌方。而塌方的另一端，中铁十七局拉林铁路指挥部也主动前来接应，开动10多台机械设备和中铁一局的职工一起抢修306省道的塌方路段。

这时，徐和军的手机响了，米林县的县长才旺尼玛打来电话，询问徐指挥长："您现在在哪儿？我这儿有要紧事找您帮帮忙。"

徐和军问县长："什么事？"

才旺尼玛县长说："刚接到县交通局报告，306公路121公里处有塌方，你们能不能支援几台机械帮助清理一下？"

徐和军告诉才旺尼玛县长："我现在就在公路塌方现场，正在清理塌方，请您放心！"

经过中铁一局集团有限公司和中铁十七局100多名干部职工30多个小时的连续奋力抢险，7万余立方的塌方泥石清除干净，306公路又畅通了。

事后，才旺尼玛县长代表县政府给中铁一局集团有限公司拉林铁路工程指挥部送来一面锦旗，上面写着："洪灾无情人有情，全力抢险保畅通"。才旺尼玛县长问徐指挥长："你们当时怎么行动那么神速？我的'请'字还没到，你们就已经到现场行动起来了？"

徐和军笑笑说："这是条件反射！"

才旺尼玛县长不明白："条件反射？"

徐和军说："是的，长年修路架桥，只要遇到险情，就像条件反射一样，我们立刻就紧张、就兴奋、就行动起来。对我们筑路人来说，任何时候险情就是命令。老天爷越过您这个县长，直接下给我们了！"

才旺尼玛县长再问："干活也不能让你们白干哪，费用怎么算？告诉我个数，县财政拨给你们！"

徐和军听了直摆手说："路地一家人，算什么账？地方政府对我们修建拉林铁路的支持的账，又怎么算？再说，抗洪抢险这也是我们央企应尽的社会责任！"

的确，拉林铁路的修建，地方政府也没当成是铁路一家的事，而是路地共建的大事。2015年6月，中铁一局集团有限公司拉林铁路工程指挥部进场施工全面展开，米林县各级政府对中铁一局在征地拆迁、材料供应、交通运输、行政许可等方面，给予了大力支持。许多施工用地都是藏族村子打破常规，主动提供给施工单位先使用，再丈量，然后办征地手续。施工进场没有路，就使用省道、县道、村道。2015年6月中铁一局集团有限公司拉林铁路工程指挥部进场施工一年多来，大胆采用新的施工方法，克服岩爆、高地温、冰碛层等地质灾害，施工进展快、质量优、安全好，多次受到铁路总公司拉林铁路建设总指挥部和中国铁路工程总公司领导的表扬。中铁一局集团有限公司的干部职工说，光荣榜上，也有米林县各级政府和各族人民群众的一份荣耀。

　　中铁一局集团有限公司拉林铁路工程指挥部第一分部经理李天军还给我们讲述他亲眼所见格桑花的故事。那是在一分部奔中山隧道洞口工地，施工正在紧张地进行中。当地本夏村的藏族群众从来没有见过铁路是什么样子，更想看看铁路到底是怎样钻进山里穿洞而过。于是，刚刚开挖洞口的那几天，本夏村的藏族群众男女老少，几乎每天都有人来隧道洞口看中铁一局集团有限公司的职工是怎么挖山洞的，有的藏族群众还带着经幡挂在桥栏、树上。李天军经理看到一位藏族老人每次来，边走边不时地挥动着手，往路边、洞口的地上抛撒些什么，可是他到地上寻找，又什么也看不到。等到老人看完要回村的时候，他担心老人身体受累，就安排工地的越野车送老人回本夏村。扶老人上车的时候，李天军好奇地问老人往地上在撒什么。

　　老人说：格桑花。等到明年就开花了。

　　哦，原来老人为拉林铁路播撒下的是格桑花的种子，这就是藏族群众对拉林铁路最美好的祝福。因为格桑花的种子比芝麻粒都小，难怪李天军看不到。他心里好感动，默默地想着，我们中铁一局集团有限公司的职工一定会用心血和汗水去浇灌格桑花，让她盛开在拉林铁路上。

如今，在中铁一局集团有限公司修建的拉林铁路隧道口、大桥下、路基旁，还有施工便道两边，随处可见格桑花在盛开，她们亭亭玉立，迎风摇曳，那是多么的灿烂、多么的美丽！这正是雪域高原各族人民群众对拉林铁路最美好的祝福，也是拉林铁路实现民族团结的象征。

当我们离开中铁一局集团有限公司工地，再看拉林铁路全线，在400多公里热火朝天的建设工地上，正是：拉林何时不飞花，铁路处处见格桑！

第八章　　洋溢在雪域高原的诗情画意

　　"时势造英雄"一语最早出自晚清著名学者梁启超所著《李鸿章传》一书，说晚清"四十年来，中国大事，几无一不与李鸿章有关系"。不能说其不是英雄，乃为"时势所造"。这其实也正符合马克思的观点，英雄是由所处的社会客观环境所造就。而英雄造时势则是历史唯心主义的观点，夸大了人的主观能动性。

　　如果说有一个环境必定造就英雄，有一个时代必定英雄辈出，那一定就有"世界屋脊"之上雪域高原的新时代新天路——拉林铁路工程！

　　拉林铁路由西藏自治区首府拉萨至藏东南新兴城市林芝，是新建川藏铁路的藏区起始端。全线404公里，90%以上路段都是海拔3000米以上高寒缺氧的高原，年平均含氧量不到平原的70%。高原生态脆弱，气候环境恶劣，地质条件极其复杂，全线强岩爆、高地温、冰碛层、风积沙、软岩大变形等地质灾害频仍。

　　正是拉林铁路艰苦的生存环境、艰险的地质灾害、艰难的天路工程、艰辛的拼搏历程，才造就了拉林铁路建设者的英雄群体，他们有着坚定的理想信念、坚强的斗志决心、坚韧的顽强毅力、坚利的创新利器。

筑天路于雪域高原之上，创奇迹在"世界屋脊"之巅，谋幸福给藏区各族人民。他们才是新时代最可爱的高原筑路人、真正的大英雄！

然而，如果以为坚毅、顽强、勇敢、战斗、拼搏、吃苦、耐劳，甚至流血、牺牲……这就是筑路人高原生活的全部，那就大大地以偏概全了。其实高原筑路人不仅有着钢铁般的坚强意志，也有着火一样的浪漫激情。

面对拉林铁路重重艰难险阻，他们踏石留印、抓铁有痕。

面对雪域高原叠叠神奇美景，他们如歌、如吟、如诗、如颂。

他们是高原筑路大英雄，他们也是浪漫行为艺术家。拉林铁路所到之处，处处都洋溢着高原筑路人那种革命英雄主义气概与革命浪漫主义激情相结合的浓浓诗情画意，令人如梦、如幻、如醉、如痴……

诗言志

他是拉林铁路重点控制工程巴玉隧道项目指挥部的指挥长白国峰，但谁能说他不是一位浪漫诗人？

不管到没到过高原，人们都知道高原反应对人体有着非常严重的伤害，甚至有人害怕高原反应到了"谈高色变"的程度，这也是许多人向往高原而不敢迈步前行的最主要原因。

拉林铁路平均海拔3000米以上，中铁十二局承建的是先期开工的全线重点控制性工程巴玉隧道。隧道在雅鲁藏布江桑加峡谷之上，桑加峡谷被称为"雅鲁藏布江大峡谷中的大峡谷"，隧道两端进出口都在悬崖绝壁处，出口端下面还是水深60多米的藏木水电站库容区。施工之初工程很难展开，承担施工的中铁十二局的年轻人有了畏难情绪，加之不同程度的高原反应，有人开始打起了退堂鼓。就在这个时候，时任中铁十二局二公司工会主席的白国峰代表公司领导前来中铁十二局拉林铁路工程指挥部慰问参建职工。

赞扬年轻人的高原行动，鼓励年轻人的高原坚守，承载着公司领导对职工关心爱护的深情慰问，的确令人十分感动，但最终慰问者还是要回到繁华喧嚣的闹市，被慰问者还是要留下来独自面对雪域高原的严酷。

鉴于巴玉隧道的复杂地质和恶劣的高原环境，中铁十二局二公司最终决定让白国峰留在拉林铁路工程指挥部担任指挥长。白国峰毫不犹豫，不讲任何条件，接受了组织的安排，他决心留在高原与年轻人一起去拼搏、去奋斗、去修建拉林铁路，造福藏区人民。

这件事已经过去了好久好久，白国峰也在拉林铁路与年轻人并肩拼搏了4个年头，大家还是从他发在微信朋友圈里的一首诗里，窥见了他当时的内心秘密。他在这首《看看我》的诗里写道：

旅行的人儿／请你抬起头／看看我，前面已没有更高的山冈／这儿格桑花尽情开放／雪山带来阵阵凉爽／虔诚的心为你高歌／青稞酒的清香／你难道忘了／这就是远方。

旅行的人儿／听那是什么声响／大地在摇晃，原来有批筑路工／他们爆破在高高的山上／用高原特有的风俗／把人间的困苦埋葬。

旅行的人儿／你的眼前／就是流离的老乡，不思量／自难忘／无须对前方迷茫／那沧桑的脸庞／已为你指出了前进的方向……

原来白国峰看到这些英雄的中铁筑路人在用他们高高山上的爆破，去埋葬所有的贫穷困苦，为藏区人民带来幸福安康。这就是前进的方向。鼓舞人者先被应鼓舞的人所鼓舞、所感动。不用再给他们讲任何人生的大道理，年轻人已经用实际行动给他上了最生动的一课，讲述了人生的大道理。因此，他义无反顾地选择了跟他们在一起。白国峰还从藏区佛教信众那虔诚的信仰中有所感悟，也更加坚定了自己作为一个共产党员对远大理想信念的信仰。他在《今夜，谁与我惆怅》，对着一位藏族老阿妈如泣如诉：

静静的拉萨河／爬上了半个寂寞的月亮／轻轻摇动阿妈祈福的经筒／今夜谁在与我／惆怅、惆怅……
已走了很远／很远的地方……／布达拉宫把你遥望／你是否在想我／让冰冷的夜／如此的漫长、漫长……
暗淡的大昭寺旁／手捻一粒佛珠／万般指柔百炼钢／你慰我之眠／了我半世离伤……
玛吉阿米迷茫／不经意间／我看见了／你的眼泪在流淌／绥红高原谁在诵着经歌／轮回着我们前世的忧伤……

白国峰看到了藏族老阿妈捻着佛珠，摇着经幡，诵着经文，流着眼泪，满满地都是对往日贫困的忧伤。于是，他对老阿妈深情地说：

蹚过这条江／雪山的期许／融化于雅鲁藏布江的雨季／天边湛蓝如洗／江岸杨柳飞絮／那和煦的风／

染绿了巴玉的春意……

您看到了吗，藏族老阿妈？高原天蓝似洗，雅江水绿如碧，冰雪已经融化，春风温暖和煦，待到巴玉隧道打通时，拉林铁路通车日，藏区人民群众将迎来更快、更好、更大的发展机遇，别再惆怅，别再忧伤，贫困即将过去，幸福即将来临，好日子还在后头呐！

为着这一天，白国峰带领着中铁十二局的筑路人在不懈地奋斗着。

拉林铁路线位正处于亚欧大陆板块挤压缝合带，3次穿越强烈地震断裂带，沿线地质灾害频发，强岩爆就是其中五大地质灾害之一。拉林铁路全线有20座强岩爆隧道，巴玉隧道最为严重，其最大地应力达78兆帕，相当于1平方厘米的面积上就有780公斤的压力。全长13073米的巴玉隧道预测正洞岩爆区段竟然长达12242米，占隧道总长的94%，其中中等岩爆5922米，强烈岩爆区段2214米。进口和出口两个平导洞的岩爆区段也分别占总长的94%和82%。隧道掘进所到之处，就相当于在充满张力的气球上戳一个眼，强大的地应力瞬间得以释放，导致隧道掌子面岩石突然爆裂，碎石如弹片般四处弹射，严重威胁着作业人员生命及机械设备安全。

岩爆监测技术、分析与预警方法及其防治是岩石力学的世界性难题。

拉林铁路建设总指挥部"西藏高原板块缝合带高地应力岩爆隧道修建关键技术研究"科研课题组在巴玉隧道展开。白国峰和科研人员一道几乎天天盯在隧道掌子面观测试验，在实践中总结出一套有效的施工办法。在强岩爆掌子面，进口的三臂液压凿岩台车进行30米超前地质钻探预报，配合地质雷达、TSP超前地质预报进行围岩地质情况探测和开挖作业，有效地提高了施工效率。掘进爆破采用"短进度爆破"和"光面爆破"技术，减少爆破对围岩的扰动影响，减小局部应力集中发生。爆破之后，及时注水软化新开挖掌子面的坚硬干燥岩石，进一步消除岩石内应力。同时配备湿喷机械手喷锚支护作业，采用混凝土加钢纤维锚喷防爆支护。这些措施有效地减少岩爆对施工人员人身安全的威胁和对施工进度的影响，科研取得了阶段性成果。望着不断往大山深腹掘进的隧道，白国峰心存感慨，他在《废墟》一诗里吟诵道：

　　巴玉的隧道／清理出一堆垃圾／有钢筋／有混凝土／有农民工兄弟的汗和泪。

　　杂物堆积／山鹰在觅食／饥饿忘却了食欲／哪怕能找到一粒米／已足矣。

　　深深地／抚摸着这份颓废／就这么在淤泥边私语／依然／守护着雪花融化的泪滴。

　　就这么裸露着／黑色的羽翼／摄影师调好了焦距／在荒芜的雪域高原／我要快乐地／自由地飞……

　　白国峰还看到，在巴玉的隧道里，"疲惫的足迹／迈不过江水的湍急／碎梦的劳累／诠释着现实的叹息"，"黑暗无数次的轮回／穿行于每一缕阳光沉醉"。望着从隧道里清理出来越来越多的"垃圾"，看到隧道还在往山腹的更深处不断地掘进，巴玉隧道胜利贯通在望，拉林铁路全线通车在望，一切胜利在望！工程技术科研人员和农民工兄弟们虽然流血、流汗，也流泪，但是为着那一天的到来，他们的心底里还是在"快乐地／自由地飞"！

　　白国峰的诗在微信朋友圈里一经发出，立刻赢得点赞无数，并且迅速在工友们的微信群里转发开来，激励着更多的工友兄弟。

方捷，中铁五局拉林铁路工程指挥部党工委书记，曾参加过秦岭终南山公路隧道、渝怀铁路、拉日铁路等重大建设项目，也是一位激情的筑路诗人，曾在《工人日报》《人民铁道》《山花》等报刊发新闻、文艺作品100余篇。

中铁五局集团承建的拉林铁路在西藏山南地区加查、扎囊县境内83公里区段，恰恰处于拉林铁路地质灾害较为集中的区段。拉林铁路全线列了7个强地质灾害科研攻关项目，中铁五局承建区段就占了冰碛层、高地热、强岩爆三个。其中桑珠岭隧道作业面的高温岩石高达86.7摄氏度，超过了高原开水的沸点。藏噶隧道的冰碛层软得如一摊砂砾烂泥，挖一点塌一点，难以掘进成洞。这是高原抬升过程中大量冰川沉积物裹挟在隆起的山体内形成高原特有的冰碛泥砾层。然而，中铁五局筑路人号称是专门攻难克险的钢铁侠般的勇士，面对前所未遇的地质灾害，他们没有退缩不前，而是看作是对他们的意志、勇气、技术、能力的新考验、新挑战。在任何"拦路虎"面前，中铁筑路人从来都不缺乏不服输的勇气和敢打拼的智慧！此情此景令这位一线指挥员、筑路诗人激动起来，方捷热血沸腾，满腔激情地向他的战友们发出《致敬，高原建设者》。

　　我骄傲／我是一名高原铁路的建设者／青藏风云，岁月如歌／再上高原，再谱赞歌／经幡猎猎飘扬／为我们起舞欢唱／圣地哈达洁白／祝福平安吉祥／祖国的边疆／美好的西藏／我们誓把天路延伸／铺向天边／铺到祖国的边城。

　　我骄傲／我是一名高原铁路的建设者／朝圣路上，浓浓期盼／转经途中，信仰至上／天路走来了我和我的同伴／时代的重任，落在我们肩头上／冰雪严寒，风沙漫漫／我们步履矫健，依然欢唱／艰苦做伴，昂扬向上／励志拼搏，光荣无上。

我骄傲／我是一名高原铁路的建设者／峡谷深邃，狂风作乱／车响机鸣，步伐稳当／雅鲁藏布江水激流／我们架起了天桥／像一道道彩虹／高挂在天路／喜马拉雅山脉险峻／我们凿通了隧道／似一条条巨龙／飞腾在雪域之上。

我骄傲／我是一名高原铁路的建设者／高原苦寒征途磨难／无谓艰险 克难共扛／历史钟声在回荡／我们的青春正鲜艳怒放／要挑战极限，勇创一流／要汇成合力，背负重担／我们要在高原铁路建设里程碑上／镌刻下我们光荣的名字／书写下我们光辉的篇章。

青春正在高原鲜艳怒放，背负重担依然高歌欢唱，英雄的筑路人正在书写着新的光辉篇章，他们的丰功伟绩将永远镌刻在雪域高原之上。方捷的诗表达了英雄筑路人将勇敢地迎战一切艰难险阻、去夺取新的更大胜利的坚强决心。

桑珠岭隧道又开始继续向前掘进了。经过1125天的紧张施工，长达16公里多的桑珠岭隧道于2018年1月17日顺利贯通，比预定建设工期提前了6个月。

当年修建青藏铁路时，重点工程之一当雄特大桥就是中铁十五局修建的，获得了国家优质工程鲁班奖和国家科技进步特等奖。青藏铁路格拉段全线70%以上路段113万轨枕也都出自中铁十五局职工之手。当年筑路人在高海拔的"生命禁区"修建青藏铁路，成功解决了生态脆弱、高寒缺氧和多年冻土三大世界铁路建设难题，孕育出了"挑战极限，勇创一流"的青藏铁路精神。这次中铁十五局再上高原又参加修建拉林铁路，他们继续传承和发扬青藏铁路精神，再铸新的辉煌。中铁十五局拉林铁路工程指挥部综合部主任彭海丽激情地为拉林铁路建设者高歌一曲《铁路建设者之歌》：

> 一个名字在祖国大江南北唱响／一腔热血在沸腾的建筑行业中膨胀／一群男儿袒露出坚强有力的臂膀／一抹忠诚定格了永远的守望／朴素的工作服展示出铁建人的风采／坚实的安全帽铸就了一代人的辉煌／这就是中国铁建建设者们……
>
> 看，在那雪域高原上／又出现了你们的身影／缺氧不缺精神、海拔高气势更高／扎根雪域高原、修筑天路丰碑／打响中国铁建品牌／他们的激情，他们的豪情、他们的业绩／他们创先争优的崇高品质和百折不挠的精神／为我们树立了光辉典范／让我们懂得了什么是坚强／什么是人生价值／什么是无私奉献……

再华丽的诗句也比不上拉林铁路的优美，因为它就是高原筑路人用心血和汗水写在雪域高原雅鲁藏布江大峡谷之上的最感天动地的赞美诗。

再高耸的大山也比不上拉林铁路的雄伟，因为它就是高原筑路人用钢铁和意志筑成世界屋脊喜马拉雅崇山峻岭之中的最蔚为壮观的新天路。

新建拉林铁路以那坚实的路基、深邃的隧道、挺立的大桥在雪域高原再筑一座伟大的天路丰碑。这丰碑上面镌刻着什么是创先争优的品质，什么是百折不挠的精神，什么是人生价值，什么是无私奉献！

到过西藏的人们无不赞叹雪域高原的美景，然而，在筑路人的眼里，天路最美最美的风景是劳动、是创造、是筑路！

中铁广州工程局拉林铁路绒乡特大桥项目安质部副部长陈

更新是个90后小伙，2013年从四川大学锦城学院毕业之后，干的第一个铁路项目就是拉林铁路绒乡特大桥。全长4615.57米的绒乡特大桥横跨雅鲁藏布江，桥梁上部结构为26孔48米节段预制胶接拼装简支箱梁，是将整跨简支梁分成11个节段，在预制场集中进行节段预制，然后将预制好的节段梁运输至桥位施工现场，通过专门设计制造的架桥机进行节段梁吊装、调整、粘结、定位预紧、整孔张拉，最后再将整孔拼接梁安装就位的一种桥梁施工工艺。其要求之高、难度之大，在我国高原桥梁建造上是首次采用，在世界范围也很少采用。雅鲁藏布江上高寒风急，昼夜温差大，给拼接节段梁施工带来很大困难。但是造桥人克服种种施工难题，终于成功地将一孔孔节段梁架设在雅鲁藏布江上，为高原增添了又一道美丽风景。陈更新亲历其中，为之感叹：《劳动——天路最美的风景》。

拉林，风景这边独好／崇山峻岭，雅江湛蓝／挥斥方遒，赞美劳动者／百折不挠，勇上第一线／拉林，是发扬工匠精神／展示无限激情的地方。

岁月始终挥不去你激昂的斗志／即使占有了绚丽的青春／你依然无悔付出，谱写着劳动者的赞美诗章／让我们共同唱响劳动最光荣。

筑造拉林铁路，逐梦雪域高原／以不平凡之心做"平凡"之事／让我们以顽强拼搏、百折不挠的精神／筑成钢铁长龙造福西藏人民／让劳动铸就拉林／让拉林成就劳动美。

张才亮，这位"90后"2016年大学毕业刚刚参加工作，就来到中铁二局拉林铁路工程指挥部。他在大学学的是汉语言文学专业和金融学专业，来到拉林铁路，他狂补了许多铁路工程技术方面的知识，同时也听到了太多太多筑路人的感人故事。也许当初他看到一起毕业的同学有的到了文化部门、有的到了金融单位而羡慕，只有他干的不是专业本行，却到了工程单位。然而，现在他已经无怨无悔，也自豪地称自己《我们是工程人》。

> 我们是工程人／从朝霞中寻找黄昏／从黄昏中找寻晨曦／在一轮红日的午后打盹／养足精神／好日夜兼程／追求桥的跨度／今天敲打铁钉／明天礼拜守则／后天倾听号声／在日日夜夜的变化中／感受路基的通达／以"开路先锋"的思维方式／去审视拉林的法／以我们的思维方式／去感受铁路的脉搏。

北京铁城监理拉林铁路指挥部监理工程师魏林林则在他的《拉林情怀》里吟诵道：

> 清晨／迎着一缕暖阳／闻着一路芳香／走进了一天的繁忙／路边／一座座藏族的民房／远处／若隐若现雪山苍茫／天空／一片蔚蓝／雄鹰展开翅膀／翱翔、翱翔／邂逅虔诚的朝拜／随缘一处神圣／手摘一片祥云／聆听一段佛音。
> 一座座桥梁／屹立于雅江旁／一座座隧道／穿过一道道山的脊梁／怀揣神圣的梦想／拉林走进了西藏／如洁白的哈达／带给人民吉祥／喝上一碗青稞酒／闻闻一碗奶茶香／手挽你的手／共把歌声唱／一条巨龙穿越山冈／带给高原幸福的愿望／格桑花开放的地方／欢乐起舞随风绽放。

在中铁十八局拉林铁路工程指挥部技术员王洪乐《我的拉林》里，拉林铁路又是别样的风景：

> 梦中的工程／不一样的人生／会做不一样的梦……／建一个憧憬的工程／每一步每一笔／精雕细镂着理想的梦／辛苦了／那些日夜加班的建筑工／灯火闪烁／机声隆隆／为了那个规划的蓝图／挥汗如雨／日夜兼程……／每一寸浇灌要实／每一块砖瓦要稳／每一根立柱要正／时刻都要仔细施工／彻夜未眠／熬红了眼睛／为那个临近的日子……／我依然信心满满／绽放出劳作后的笑容／因为我付出了努力／从未浪费过生命……

雪域高原因为有了拉林铁路而更加美丽；

拉林铁路因为挺立雪域高原而更加雄伟。

在这美丽和雄伟的背后，却是筑路人无怨无悔的艰辛付出和无私奉献。

每当又一天紧张的筑路工作结束，到了夜深人静的时候，筑路人心底里却泛起对家人的无限思念之情。中铁五局拉林铁路指挥部办公室主任王正武在《黯乡魂》中对着父母妻儿低吟浅唱，说出了多少筑路人难与人言说的心里话：

> 父亲对不起／不是不想您／施工浪潮涌／更兼风雨急／儿在晨朦中／铃声已响起／工期催人紧／血泪染青史。
>
> 母亲对不起／不是不懂您／施工辛酸泪／使命藏心底／儿在闲暇中／时刻念起您／只因责任重／舍弃归故里。

妻儿对不起／真的很爱您／花前柔情短／月下缠绵稀／常在睡梦中／轻唱思乡曲／壮年时正好／丹心映拉林。

壮年正是奉献时，一片丹心献拉林。这正是高原筑路人的心声。筑路人就是这样以诗言志，或象征表达心曲，或激昂直抒胸臆，展示着他们的博大情怀和奉献精神。这就是新时代英雄的高原筑路人。

歌抒情

如果说以诗言志尚属于阳春白雪的话，那么以歌抒情则是百姓大众表达情感的最直接方式了。在拉林铁路建设工地上，处处都能听到建设者们的歌声，抒发着他们喜怒哀乐的丰富情感。而工人们最爱唱、唱得最多的歌，既不是什么歌星成名曲，也不是哪个天王流行歌，而是一首军歌《铁道兵志在四方》。

背上了（那个）行装扛起了（那个）枪／雄壮的（那个）队伍浩浩荡荡／同志呀！你要问我们哪里去呀／我们要到祖国最需要的地方／离别了天山千里雪／但见那东海呀万顷浪／才听塞外牛羊叫，又闻（那个）江南稻花香／同志们哪迈开大步呀朝前走呀／铁道兵战士志在四方。

背上（那个）行装扛起了（那个）枪／雄壮的（那个）队伍浩浩荡荡／同志呀！你要问我们哪里去呀／我们要到祖国最需要的地方／劈高山填大海／锦绣山河织上那铁路网／今天汗水下地，明朝（那个）鲜花齐开放／同志们哪迈开大步呀朝前走呀／铁道兵战士志在四方！

前身为铁道兵一师、二师、五师、七师、八师、九师的中铁十一局、十二局、十五局、十七局、十九局在拉林铁路都设有工程指挥部，参加到拉林铁路建设中来。在他们的工地上，还像当年铁道兵的军营一样，常常响起的就是这曲《铁道兵志在四方》。雄壮豪迈抒情优美的旋律，满腔热血无限忠诚的歌词，曾给数十万铁道兵战士留下了永恒的激情和难忘的记忆。它不是一般的铁血军歌，而是英雄的铁道兵战士在祖国最需要的地方，劈高山、填大海，用生命和鲜血谱写成的歌曲。周恩来总理曾经在一次接见铁道兵代表时，带头指挥大家一同高唱这首军歌。这首歌曾经激励着一代又一代英雄的铁道兵，现在仍然在激励着中国铁建这支有着铁道兵光荣传统的筑路铁军。

2016年五一劳动节的晚上，前身为铁道兵第七师的中铁十七局拉林铁路工程指挥部组织职工庆祝工人自己的节日。指挥长王树成最先拿起卡拉OK麦克风，带头唱了一首老歌《什么也不说》。曲调还是那支歌的曲调，但歌词却是他自己改写填词。他这样唱道：

你跳你的槽哟／我坚守荒漠／你向往繁华／我意在山河／既然是已选择哟／既然都是为祖国／筑路人浪迹漂泊算什么／什么也不说／丹心献祖国／用我辛勤的汗水／为绿洲添颜色。

你享天伦乐哟／我用焊花儿贺／你叙人间情／我桥跨长河／只要能为你的幸福／献出我微薄／筑路人聚少离多算什么／什么也不说／决心更执着／用我无尽的热情／为祖国秀山河。

王树成改过歌词的《什么也不说》一唱完，不但没有调动起大家踊跃卡拉 OK 唱歌的情绪，反而令大家一片沉默。王树成改的歌词，唱到大家的心里去了，引起了大家的共鸣，真的是"什么也不说了"。你在向往繁华，我却浪迹漂泊。在他们身边，吃不了四海为家筑路天涯这个苦而跳槽的有之；找熟人托关系调离施工现场的有之；向往繁华都市生活辞职不干筑路的有之……

此时见状，王树成非常理解大家。他对大家说："此时此刻，大家是不是触景生情了？振作起来，不要那么悲情、不要那么伤感、也不要那么壮烈，但凡是留下来、能上高原的，就是好样的！就是英雄汉！来，我们大家一起唱，唱个大家都会的。"

说完，王树成起了个头，指挥大家一起唱起了他们的传统军歌《铁道兵志在四方》。这首歌在中铁十七局还是铁道兵第七师的时候，就是每天必唱的战歌，这个传统一直保持到了今天。嘹亮的歌声立刻把大家又带回到铁道兵第七师走南闯北，逢山开洞、遇水架桥的光荣岁月。而今的年轻人不愧是英雄铁道兵的后来者，他们接过铁道兵的旗帜，唱着铁道兵的战歌，又大踏步地前进在拉林铁路上了。

王树成是 1993 年大学毕业参加铁路工作的。他从小就有一种铁路情结。那是他 11 岁那年，他母亲带他第一次坐火车，看到火车轰轰隆隆开进车站的时候，他感到火车太神奇了，火车司机太伟大了。因此上大学报志愿的时候，就毫不犹豫地报了带"铁道"两个字的石家庄铁道学院。上了大学他才知道，不是带"铁道"两字的都是开火车的。他上的原来是铁道兵的军事院校，是学修铁路的。他打心里更加乐意。

大学毕业之后，王树成参加工作就到了中铁十七局，先后参加了京九铁路、神延铁路、渝怀铁路、张唐铁路以及公路建设，从见习生、技术员、助理工程师干起，在组织的培养下，一步步走上项目经理、五公司副总经济师、副总经理的领导岗位。在拉林铁路，中铁十七局承建的38.3公里线路，主要工程有5隧5桥3站，存在着高地温、强岩爆、风积沙等严重地质灾害，施工难度非常大。王树成说："面对高原艰苦环境，我们不光有一流的技术、一流的设备，更有一流的队伍、一流的精神。我们发扬铁道兵敢于拼搏、敢于胜利的优良作风，不忘初心，牢记使命，坚定理想信念，传承青藏铁路精神，遵照习总书记的嘱咐，'撸起袖子加油干'。激励大家，凝聚力量，去战胜艰难困苦。正如歌里唱的那样：同志们哪，迈开大步呀，朝前走呀！铁道兵战士志在四方！"

嘹亮激昂的歌声振聋发聩，在雅鲁藏布江大峡谷发出巨大回响。铁道兵战士的情怀，正化作攻难克险不可阻挡的强大攻势。战斗已经打响，胜利的日子还会远吗？

满怀着对胜利的期盼，中铁五局拉林铁路工程指挥部党工委书记方捷特意创作了一首拉林铁路建设之歌《雪域的期盼》，他在歌里深情地唱道：

雪山吟唱／美好的愿望／经幡飞舞／岁月的过往／彩虹高架／无尽的期盼／藏家儿女／奔涌心中的激荡。

雅江欢唱／高原铁路在流淌／珠峰展颜／拉林大道在路上／藏汉齐心／把美好家园来建造／民族之花／盛开在雪域高原上。

今天的歌／唱着建设的豪迈／远方的路／憧憬着未来／把民族团结的双手牵起／牵住富裕 牵住后代／让天路列车／驶向幸福的未来。

兰州交大工程咨询公司拉林铁路指挥部环水保监理工程师杨经业余喜爱古诗词。他曾先后在拉萨至日喀则铁路、敦煌至格尔木铁路项目上担任环水保监理工作。监理虽然不直接参加铁路修建，但天天和施工人员打交通，他在监理工程安全质量的同时，也为施工人员不畏艰险、吃苦耐劳、敢打敢拼的精神所感动。拉林铁路自2015年6月28日正式开工建设以来，来自全国各地的建设者2万多人不畏高原艰险，为了早日建成拉林铁路，造福藏区各族人民，逢山开路、遇水架桥，日夜奋战在施工一线。杨经特意赋词一曲《杨柳枝·拉林线上》。

江南林芝三月天，雨蒙蒙。

万众齐聚拉林线，烛光夜。

铁路健儿多壮志，雅江岸。

披星戴月为哪般？同心愿。

中铁五局拉林铁路工程指挥部王正武也深情地唱了一支歌《拉林的兄弟》：献给一直奋战在雪域高原上、拉林铁路施工一线的兄弟姐妹们，你们辛苦了！扎西德勒！

因为国家建设所需／我们才聚到一起／不仅仅是忙于生计／大家才各奔东西／因为西藏人民急需／我们才背上行李／离开家请你别哭泣／眼角别再有泪滴／拉林的兄弟姐妹／在外要注意身体／在这里我真心祝福你／祝你健康如意。

谁都知雪域高原不易／咱们要多多努力／对家里不要太多惦记／谁都有妻子儿女／不管拉林有多艰难／再苦再累也要干／等到拉林铁路通车时／再风风光光回家去／拉林的兄弟姐妹／我们要一起努力／为了铁路

的早日通车／造福西藏人民。

　　我永远都无法忘记／拉林的点点滴滴／我创作的这首歌曲／献给在拉林的你／拉林的兄弟姐妹／我在这里祝福你／祝你身体健康如意／开心度过每一天／啦……啦……啦……

　　雪域高原之上，拉林铁路在喜马拉雅山脉和念青唐古拉与冈底斯山脉之间的雅鲁藏布江大峡谷穿行、再穿行，从西藏自治区首府拉萨向着林芝、向着四川、向着首都北京方向不断延伸、再延伸……

　　建设者们欢快的歌声也在峡谷里久久回荡、再回荡……

影纪实

　　有人说，智能手机是21世纪最伟大的发明，手机已经先后干掉了电话座机、通讯录、台历挂历、手表、MP3、MP4、录音机、电视机、收音机、照相机、摄像机、游戏机、导航仪、银行卡、手电筒、地图、镜子、报纸、钱包……据说最后要干掉的，竟是手机自己！

　　其实，手机所干掉的上面这些个物件，并不是每个人都同时曾经拥有过的东西。但手机现在所拥有照相的功能，肯定是每个人都在用，而且用得还很频繁，以至现在人们在选择手机时，其通话功能有多强大好用就连经销商都已经不屑于炫耀，而消费者对手机的照相功能却很在意：镜头是不是莱斯高清？单镜头还是双镜头？像素几千万？是不是逆光也清晰？等等。凡是单反相机有的功能手机也差不多都有了，这些都成了手机最大卖点。正因如此，在几乎人手一部手机的今天，人人也就自然都成了摄影师。

在拉林铁路，参建者就是用手机的照相功能，留下了拉林铁路建设的大量珍贵影像。一张张感人照片，运用光与影的艺术，从不同视角、运用不同光影构图，真实记录着拉林铁路的成长，也表达着筑路人对雪域高原的热爱，对拉林铁路的深情。

中铁十五局拉林铁路工程指挥部张文涛指挥长是一位工程技术专家，也是一个优秀的摄影师，还是河南省摄影家协会会员。他的摄影艺术作品多次在国家级、省部级报刊发表和参加国内许多大型摄影展。

人们说摄影师总是长着一双善于发现美的眼睛，能够创造性地用视觉语言为人们展示出美丽自然的波澜壮阔和现实生活的多滋多味。

张文涛作为中铁十五局拉林铁路工程指挥部的指挥长，他精心组织指挥着标段的施工，其中香嘎山隧道就是一个施工难点。

香嘎山隧道海拔 3700 多米，全长 2478 米，最大埋深 335 米，浅埋区最小埋深只有 1.1 米。隧道围岩整体性很差，变化比较大，洞顶覆盖层为粉土和角砾土，质地疏松，自稳能力差，施工难度大。

张文涛组织工程技术人员超前谋划，精心编制开挖方案，针对围岩状况采用机械三台阶工法开挖，降低开挖高度，严格控制开挖进尺。在超前管棚支护的基础上，加设超前小导管，强化超前支护。同时增加洞内外监控量测频率，做好超期地质预报，指挥施工中根据围岩变化及时优化施工方案，安全平稳地渡过浅埋区，加快了隧道施工进度。

施工中，张文涛来不及去拿相机，许多时候干脆就用手机镜头去捕捉建设者的艰苦奉献之乐和建设成果之美，同样拍摄了许多优秀摄影作品，用镜头真实记录下拉林铁路的壮观和雪域高原的美丽。铁路大桥、隧道、路基、涵洞……高原蓝天、白云、雪山、圣湖……都成为张文涛摄影作品里的美丽元素。

张文涛将他拍摄的拉林铁路建设的宏伟场面和高原美丽风光发到微信朋友圈里与大家分享，也吸引着职工纷纷拿起相机、手机去照相留念，丰富业余生活。大家在惊叹高原美的同时，也愈加使张文涛意识到要保护这片美丽的责任。

为了不因修路破坏高原的一草一木，张文涛非常重视施工的环保工作。他们到西藏自治区林业厅请教专家，帮助完善施工的绿化环保方案。按照"预防为主、保护优先"的环境保护原则，做到环保设施与主体工程同设计、同施工、同投产。他拍摄的《香嘎山隧道洞口绿化》，仅仅是绿化工程的一角，让我们看到筑路人精心为高原增添的那一抹亮丽春色。

张文涛对大家说："我们不光要把高原的美丽风光收进镜头里，更要把这美丽风光永远留在高原，留给子孙后代。"

明则特大桥是中铁五局拉林铁路重点工程之一，全长3375.55米，大桥共105个墩台，其中44个墩在雅鲁藏布江中，施工量很大。原工期排在2017年完工，这已经是满负荷工作量了。

但是，中铁五局指挥部查阅了雅鲁藏布江的水文资料，发现雅鲁藏布江从海拔5300米以上的喜马拉雅山脉中段北坡冰雪山岭发源，支流多，流量大，截至国境线年径流总量为1100亿立方米。枯水期河水为冰川融水，汛期洪水由暴雨形成，水量大，持续时间较长。工期如果跨过汛期，会有许多难以预料的困难。因此，指挥部决定集中优势人力资源、机械设备，利用一个旱季施工，抢在汛期之前首先完成44个水中墩的施工，打一个漂亮的歼灭战。

项目部先行先试，样板引路。2015年11月打下第一个先行

| 风雪新天路

试验桩，2015年12月30日，成功灌注第一根桩基，以此拉开"大战三十天，完成水中墩桩基"的劳动竞赛。2016年3月25日，明则特大桥完成首个水中桥墩。6月2日，赶在汛期之前，中铁五局明则大桥项目部终于全部完成雅鲁藏布江水中的44个墩台和61个岸上墩台。

2016年7月中旬，雅鲁藏布江干流突发洪水，一夜之间水位暴涨2米多。8月2日，洪水再次袭来，干流上游决口，当地部分农田被淹。拉林铁路部分在雅江上的在建桥梁也受到洪水影响，一些围堰、筑岛、栈桥被洪水冲毁。而明则特大桥提前完工的44根水中墩没有受到洪水灾害的任何影响。105根高大墩台像钢铁侠一样地傲然挺立，俨然成为雅鲁藏布江畔一道亮丽的风景线。中铁五局拉林铁路工程指挥部党工委书记方捷的另一张摄影作品《如火如荼建大桥》，则从另一角度展现了大桥建设的宏伟风貌。

辅助施工常用的脚手架最为普通不过了，似乎与美图毫无关联，更难入摄影师的慧眼。但是在中铁十七局拉林铁路工程指挥部党工委书记宸江潮看来，脚手架能够为施工提供安全保障，它的功能价值之中必然存在着工程美学价值，否则脚手架的设计者就会设计出另外一副模样。

果然，宸江潮从毫无光彩可言的脚手架所构成的一张《网》中，发现了它的美学意义，通过引导结构线构图方式将人们的视线从脚手架的网线中引导向无尽的前方，以此展示其拉林铁路工程建设的宏伟巨制，给人以强烈的视觉震撼。

拉林铁路筑路人满怀豪情，用诗词表达心声，用歌声抒发激情，用手中的镜头捕捉最美好的一瞬，纷纷发表在博客、微博、微信、贴吧、论坛里与大家分享，这些自媒体多样化、平民化的传播，成为职工的精神家园。

拉林铁路建设总指挥部党委敏锐地捕捉到这些信息，给予高度重视和积极正确的正面引导和艺术指导，在全线参建单位中组织开展了"拉林铁路·劳动美"摄影作品和文学作品的创作征集活动，得到大家的热烈响应。很快就从职工中征集到百余篇优秀摄影和文学作品，经过评选给予一定的奖励，并将获奖的优秀摄影和文学作品汇集成册，印发到职工手中。许多职工看到自己写作的文字变成印刷体，手机随手拍变成了精美画册，那个兴奋劲别提有多爽了！也更加鼓舞了职工文学和摄影创作热情，创作出更多、更好、更美的优秀作品，以鼓舞士气、凝聚力量、引人向上、激励前行。

看吧，那静静长卧高原的铁路路基将神奇地托起钢铁巨龙腾飞；

看吧，那挺拔矗立在雅鲁藏布江上的大桥桥墩如利剑直指蓝天；

看吧，那深深扎进千年雪山的深邃长隧直探山腹如入无人之境；

看吧，那藏式与现代的建筑元素完美结合的火车站房如璀璨珍珠把拉林铁路沿线点缀得更加美丽……

一幅幅精美的照片构成全景壮丽画卷，真实地记录着拉林铁路建设者的奋斗、拼搏、奉献的动人故事，展示出新时代、新天路、新成果。

满满的诗情画意，洋溢在世界屋脊雪域高原之上，真的好美，好美！

如此美丽的诗情画意，令人精神振奋，也使人陶醉其中，笔者十分感慨，不禁萌发诗情，向雪域高原拉林铁路建设者们献诗《高原之上》：

每当我站在高高的世界屋脊之上

总是深情地把这片神奇高原眺望

天蓝蓝水清清纯净得不惹一丝世俗尘垢

让人忍不住伸手触摸头顶近在咫尺的透明穹苍

棉花般的白云朵朵在山腰轻轻飘过

白云般的羊儿成群从眼前跃跃扬扬

远山寺院红墙玛尼奇石跳动着彩色经幡

虔敬的朝拜者匍匐叩首朝着心中神圣的方向

高原信众有着终生矢志不渝的坚定信仰

历经千辛万苦只因人生修行至高无上

不图现世灯红酒绿安享荣华富贵

只为来生太平世界能够平安吉祥

啊，高原筑路人我亲爱的兄弟不也如此志坚如钢

不远万里来到高原不为自己来世祈祷修行

不辞辛劳筑路拉林只为藏区人民幸福安康

无怨无悔为雪域高原奉献青春

高原天路把幸福带给广袤青藏

筑路人的理想追求最终融入一声声汽笛欢唱

车轮滚滚扎西德勒将驶向现代文明人间天堂

没有结尾的尾声

2018年9月11日，"中国铁路"微信公众号一篇题为《铁路建设补短板势头强劲！川藏铁路建设前期工作务实推进》的报道，发布了关于川藏铁路的最新消息：

> 9月10日，新建川藏铁路雅安至林芝段预可研评审会在京召开。这标志着川藏铁路建设前期工作正在务实推进。
>
> 今年以来，中国铁路总公司认真贯彻落实党中央、国务院关于补短板、稳投资的部署要求，安全优质推进铁路建设，全国铁路1月至8月完成投资4612亿元，新线开通960公里。
>
> 铁路总公司以在建和年内投产项目为重点，科学有序推进铁路建设。加大项目前期工作力度，目前今年计划新开工项目已批复23个，投资规模4033亿元；加快推进在建重点项目，全国铁路开通新线960公里，其中高铁911公里，渝贵、江湛、昆楚大等重点工程项目顺利开通运营；积极推进铁水联运和港口集疏运体系建设。
>
> 1月至8月，全国铁路完成投资4612亿元，为年度计划的63%，完成进度同比提高6.2个百分点，其中

国家铁路完成4385亿元，为完成全年投资任务奠定了坚实基础。

铁路总公司主动担当国铁企业责任，加大基础设施领域补短板的力度，持续加大中西部铁路建设。1月至8月，中西部地区累计完成铁路基建投资2310亿元，占全国铁路基建投资的68.1%。2018年中西部地区计划安排新开工项目16项，其中12个项目已批复可研。

建设川藏铁路可形成西藏与内地的又一条骨干运输通道，提高川藏地区及周边运输保障能力，不仅有利于完善国家干线路网结构，便利沿线群众出行，也有利于推进旅游资源绿色开发，加快藏族同胞脱贫致富，增进民族团结，还对进一步加强我国与南亚国家的经贸合作，推动"一带一路"建设具有重要意义。

此前，2018年8月21日新华社记者报道：川藏铁路拉林段重难点工程奔中山二号隧道顺利贯通。

新华社拉萨8月21日电（记者王军）21日15时30分，随着一声巨响，川藏铁路拉林段重难点工程——奔中山二号隧道顺利贯通。这是拉林铁路林芝境内贯通的首个8公里以上的长大隧道。

川藏铁路拉林建设总指挥部朗县现场指挥长李永亮说："奔中山二号隧道的贯通，标志着拉林铁路建设进入最后的攻坚期和冲刺阶段。未来一段时间内，拉林铁路8公里以上的长大隧道将相继贯通。"

与此同时，川藏铁路四川起始段施工也取得重大进展。媒体纷纷报道，2018年8月26日下午，国家"十三五"规划重点项目川藏铁路成都雅安段完成全线铺轨，预计11月底建成通车。

在纪念中国改革开放40年之际，中铁十七局拉林铁路工程指挥部指挥长王树成在接受央视记者的采访时，深有感慨地回顾说："党的十八大以来，在以习近平为核心的党中央坚强有力的领导下，不断深化改革开放，中国经济更加高速发展，一大批涉及民生的重大基础设施建设快速建成，正是因为中国大力发展基础设施建设，在世界上被称为'基建狂魔'。"

王树成回顾刚参加工作时听师傅讲，当年铁道兵修铁路还是靠人海战术，靠人一锹一镐去修，打炮眼也是靠人抢大锤一点一点去凿。那时隧道施工一个洞口分上导坑、下导坑、中槽三个层面开挖，掘进一点，用木头支撑防护一点，遇到严重塌方等地质灾害，有时一筹莫展，死人的事也是经常发生的。改革开放以来，一年一年地技术在创新、设备在更新，现在可是赶上好时候了。现在修铁路是以技术创新为支撑，大型机械设备纵横天下，安全质量更有保证。就说隧道，现在是多臂凿岩机全断面开挖，有的隧道还用上了盾构机自动掘进。提起这些，王树成很自豪地说："我国已成为世界公认的基建强国。现在世界排名前10位的特大桥，我国占了7座；世界前10位的隧道我国占了一半以上。我们完全可以自豪地说，现在世界上没有我们架不了的大桥，没有我们打不通的隧道。"

中美贸易战还在继续，我国抓重点、补短板、强发展的标志性工程川藏铁路也在继续。正由两端向中间加快推进，胜利会师的日子已经有期可待，不再遥远！

这是一场比时间、比速度、比意志、比成果的竞赛。我们相信，在习近平新时代中国特色社会主义思想的指引下，不管前面路有多长、困难有多大，胜利一定是属于我们的。

最后，让我引用习近平总书记2014年9月5日在庆祝全国人民代表大会成立60周年大会上的一段讲话来结束本篇纪实。习近平总书记说："让我们一起来重温毛泽东同志60年前在第一届全国人民代表大会第一次会议上讲的一段话，他说：'我们有充分的信心，克服一切艰难困苦，将我国建设成为一个伟大的社会主义共和国。我们正在前进。我们正在做我们的前人从来没有做过的极其光荣伟大的事业。我们的目的一定要达到。我们的目的一定能够达到。'

"当代中国共产党人和中国人民一定要把这个崇高使命担当起来，不断发展具有强大生命力的社会主义民主政治，在实现中国梦的伟大奋斗中，共同创造中国人民和中华民族更加幸福美好的未来，大家一起努力吧！"

图书在版编目（CIP）数据

风雪新天路 / 李康平著 . -- 北京：作家出版社，2022.11
ISBN 978-7-5212-2038-4

Ⅰ . ①风… Ⅱ . ①李… Ⅲ . ①报告文学 – 中国 – 当代
Ⅳ . ①I25

中国版本图书馆 CIP 数据核字（2022）第 188723 号

风雪新天路

作　　者：李康平
责任编辑：宋辰辰
装帧设计：意匠文化·丁奔亮
封面摄影：罗春晓
出版发行：作家出版社有限公司
社　　址：北京农展馆南里 10 号　　邮　　编：100125
电话传真：86-10-65067186（发行中心及邮购部）
　　　　　86-10-65004079（总编室）
E-mail:zuojia@zuojia.net.cn
http://www.zuojiachubanshe.com
印　　刷：河北宝昌佳彩印刷有限公司
成品尺寸：152×230
字　　数：321 千
印　　张：26.5　　　插　　页：40
版　　次：2022 年 11 月第 1 版
印　　次：2022 年 11 月第 1 次印刷
ISBN　978-7-5212-2038-4
定　　价：79.00 元